新潮文庫

源氏物語を知っていますか

阿刀田 高著

新潮社版

10370

源氏物語を知っていますか　目次

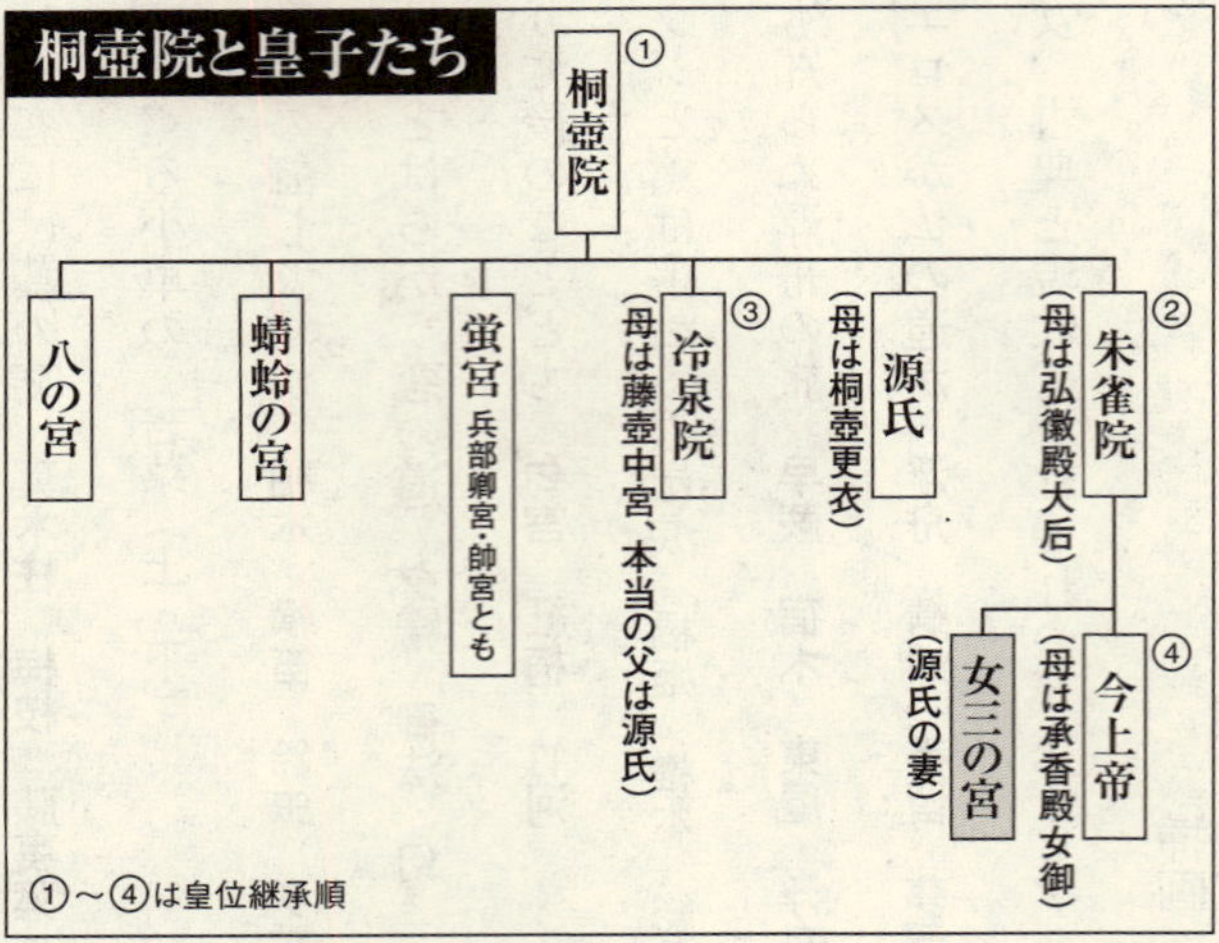
①
桐壺院
②
朱雀院
（母は弘徽殿大后）
源氏
（母は桐壺更衣）
③
冷泉院
（母は藤壺中宮、本当の父は源氏）
蛍宮
兵部卿宮・帥宮とも
蜻蛉の宮
八の宮
④
今上帝
（母は承香殿女御）
女三の宮
（源氏の妻）
①～④は皇位継承順

桐壺院と皇子たち

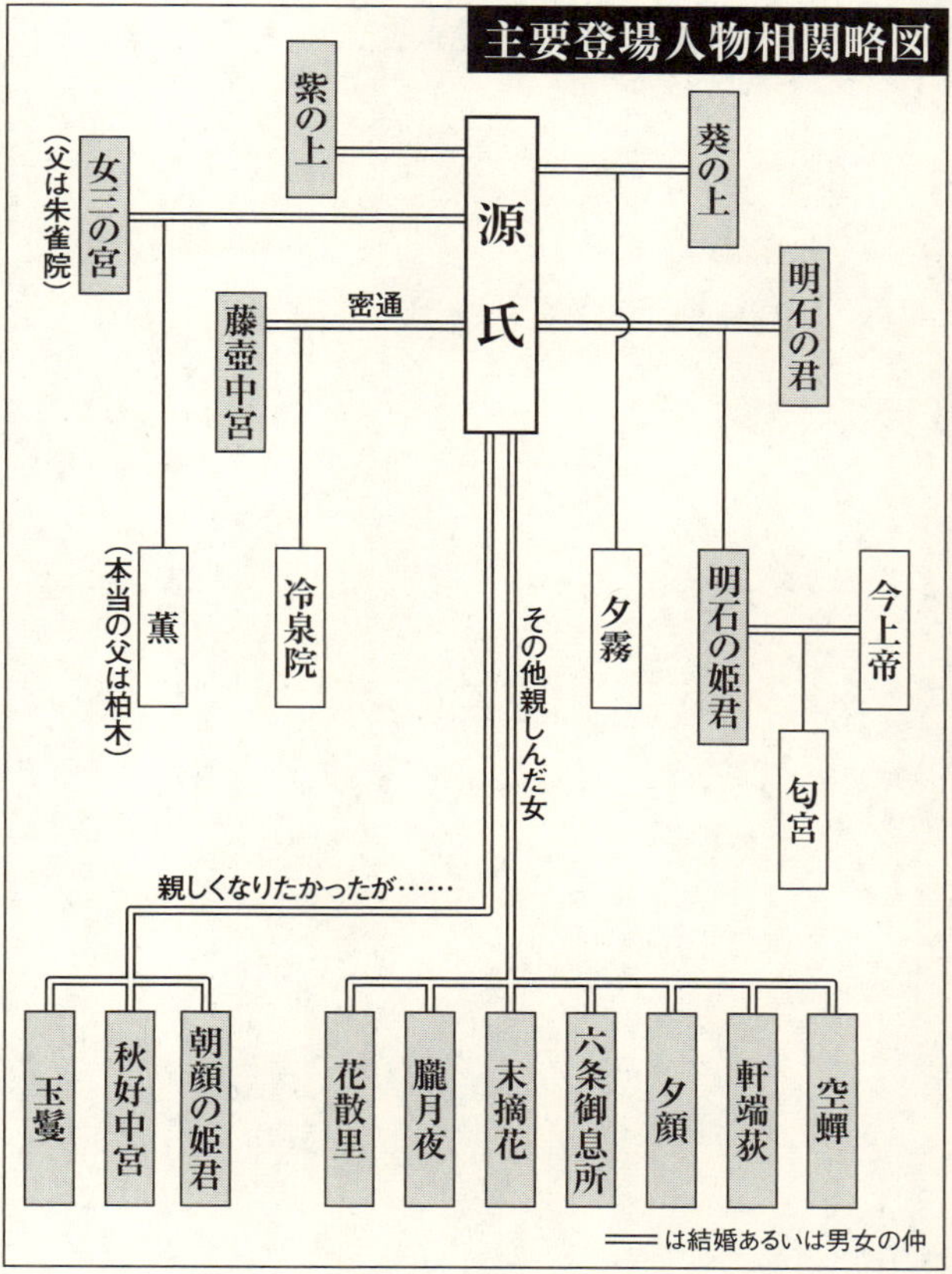
主要登場人物相関略図
紫の上
葵の上
女三の宮
（父は朱雀院）
源氏
密通
藤壺中宮
明石の君
薫
（本当の父は柏木）
冷泉院
その他親しんだ女
夕霧
明石の姫君
今上帝
匂宮
親しくなりたかったが……
玉鬘
秋好中宮
朝顔の姫君
花散里
朧月夜
末摘花
六条御息所
夕顔
軒端荻
空蟬
＝は結婚あるいは男女の仲

源氏物語を知っていますか

1 初めにエロスがあった

桐壺　帚木

いずれの御時《おんとき》にも男女の仲はややこしい。恋愛がある。性欲がある。妊娠がある。子が生まれる。結婚がある。別離がある。嫉妬《しっと》がある。裏切りがある。憎悪《ぞうお》がある。喜びがある。悲しみがある。金銭の出入りが絡《から》む。身分を左右し、毀誉《きよ》褒貶《ほうへん》が生ずる。スキャンダルもある。よってもって人生が狂う。やがて諦観《ていかん》に達する。貴人も下々《しもじも》も変わりがない。

源氏物語は男女の営みを中心にすえ、人の世の栄華と無常を描いた大河小説だ。作者の紫式部《むらさきしきぶ》はすごい。天才だ。

——宇宙人かもしれない——

はるか地球を離れた天体から突然舞い降りて来た特異な才能……。小説の揺籃期《ようらんき》にいきなり近代文学のモチーフと構造を備えた大作を創《つく》りあげたのだから。

その物語は五十四帖《じょう》、つまり五十四巻から成り、第一帖は〈桐壺《きりつぼ》〉の巻。ある天皇が桐壺と呼ばれる女性を溺愛《できあい》したことから始まる。

当時の人々には名前がない。いや、いや、名前はあったのだろうが、通常それを用いることはなく、身分や家族をほのめかす通称で言われていた。少し厄介である。桐壺という女性は宮中の一角、桐壺という部屋に住んでいたから、そう呼ばれていた。それればかりではない。この桐壺を愛した天皇も桐壺帝と称されている。桐壺をあまり

にも熱く愛したから、こう呼ばれたらしいが、

――それって少し変じゃない。天皇が愛人の通称で呼ばれるなんて――

それはその通りだが、そのくらい評判となる熱愛ぶりだったのだろう。とりあえず、そう解釈しておこう。

さて、ヒロインの桐壺は、絶対的権力者の寵愛《ちょうあい》を受けたものの、けっして幸福ではなかった。もちろん容姿は美麗にして教養も申し分ない。性格も穏やかで、ひたむきであった。ただ宮中において身分が低い。

天皇の女性関係は、まず皇后があって、中宮《ちゅうぐう》がいて、この二つは同じくらいの立場。皇后がいないケースもあった。これに次いで女御《にょうご》、そして更衣《こうい》である。その下に雑務担当の女房や女官がいたが、これは天皇の子を産むような立場ではない。

桐壺は更衣であった。天皇がちょっと手をつけるくらいならともかく、ひたすらの愛情を受けるには敷居が少し高かった。彼女の父親はひとかどの身分であったが、早くに没し、今はたいした身寄りもいない。年老いた母親がオロオロとそばについているくらい。

だから宮中では、

「なんであんな女が帝《みかど》にかわいがられるのよ」

「度が過ぎるわ」

「ろくな身分じゃないくせに」

周囲の嫉妬がすさまじい。いくつもの厭《いや》がらせがあった。光り輝くばかりの男子で、これにもかかわらず桐壺帝の溺愛により子が生まれる。光り輝くばかりの男子で、これが源氏物語を貫く主人公、すなわち光源氏《ひかるげんじ》だが、初めからこの名がついていたわけではない。その事情は後で述べるとして、名前がはっきりしないのは困るから、とりあえずここでは光の君としておこう。

光の君は眉目秀麗《びもくしゅうれい》にして知性も抜群、だれもがひとめ見たとたん、

「いいねえ」

「すてきな人じゃない」

絶賛を惜しまない。

成長するにつれ深い教養や嗜《たしな》みのよさも加わり、高い評価はますます顕著となり、これは生涯を通して変わらなかった。フィクションの中とはいえ、まあ、百点満点、考えられる限りのすばらしい男性像を委《ゆだ》ねてよい人物であった。

当然のことながら帝はこの子にも熱い愛情と期待を傾ける。周囲の感情は複雑だ。弘徽殿女御《こきでんのにょうご》なんて人は、いっときは帝の正妻のような立場で、しかも光の君より先に

男子を生んでいたから、

「もしかしたら、うちの子より、あっちのほうを後継ぎにするんじゃないのかしら」

これはただの嫉妬とはちがう。権力争いが加わるから容易ではない。弘徽殿女御のほうは出自もりっぱだし、バックには有力者が控えているのだ。

話を少し戻して……桐壺の更衣は帝の子を産みながら立場はいよいよ危うし。気苦労のあまり体調を崩し、宮中を去って帝の嘆きをよそにみまかってしまう。だが、残された若君は特上の人物だから出生のいきさつはどうあれ評判は上々。間もなく弘徽殿女御が生んだ皇子が立太子、つまり帝の後継者と定められたが、それでもなお、

「光の君のほうがいいんじゃないの」

「まったく」

と噂《うわさ》が絶えない。

帝はしばらくのあいだ死んだ桐壺への慕情をもっぱらにし、その母親を厚く遇して思い出をあらたにしていたが、天皇の役割はこれではすまされない。愛する光の君の将来を案じ、たまたま高麗《こま》の国からやって来た偉い人相見《にんそうみ》に尋ねたところ、

「この若君は国の第一人者として天皇の位にふさわしい相をお持ちだが、それが実現されると国が乱れます。さりとて政治の補佐役というのではもの足りません」

国内の人相見も似たようなことを言っている。そこで帝はこの皇子を臣下に移して源氏の姓を与え、教養人として天下を啓蒙《けいもう》する道につかせた。輝く資質ゆえに〝光源氏〟と称されるようになったのも自然な成行きであったろう。

溺愛する人を失った帝の悲嘆は並たいていのものではなく、失意落胆の様子はまったく目を覆《おお》うばかり。すると、

「桐壺の更衣とそっくりなお方がおられます」

と進言する者がいて、その女性は先の帝の娘で、身分は申し分ない。宮中に入って藤壺《ふじつぼ》と呼ばれるようになった。藤壺もまた彼女が住む部屋の名前だ。

——なるほど、よく似ていて、すばらしい——

藤壺は女御となり、帝より深い寵愛を受けるようになる。

一方、十二歳で元服《げんぷく》した源氏は左大臣家の娘、葵《あおい》の上《うえ》と結婚するが、この四歳年上の妻とはいまいちしっくりしない。少年にとって気がかりはむしろ藤壺のほう。元服前は……つまり幼いときは宮中の女性たちのところにも出入りして、

「こっちにいらっしゃい」

「お菓子をあげましょう」

かわいがられていたから、入内《じゅだい》した藤壺を見るチャンスも充分にあった。

――この人かあ――

藤壺は源氏より五歳年上、亡《な》き母とそっくりという噂も心に染《し》みたが、一人の女性として美しく、源氏はたちまち愛着を覚えてしまう。そしてこの強い憧《あこが》れは、恋ごころへと変わっていく。藤壺を見初めたのは元服前のことだろうから読者としては、

――この少年、ませてるな――

と思うだろうが、往時はなべて早熟であったし、十歳を過ぎれば恋を覚えるだろうし、男の子にとって母親への愛は独特なものだ。母とよく似た人への愛は……源氏には実母の記憶がほとんどなかったが、藤壺への愛が早い時期に芽生えて昇華され激しい恋情へと移っていったのは充分に頷《うなず》ける。それが父なる帝の愛妻なのだ。

――ただごとではすまないぞ――

おおいなる波乱を含み、このあたり小説の設定にぬかりはない。

くどいようだが、とても大切なことなので短かく整理しておけば……桐壺帝が弘徽殿女御により第一皇子をもうけ、桐壺の更衣を溺愛して第二皇子をもうけ、将来のトラブルを案じて第二皇子を臣下に落として源氏の姓を与えた。桐壺が他界し、嘆きの帝は故人とよく似た藤壺を女御として安らぎをえたが、この女御に、何ぞ知らん、青年となった源氏が許されない恋情を抱く、と、これが第一帖〈桐壺〉のあらましであ

り、大河小説の序章として、つまりこれから展開する壮大な物語の大前提として設けられた基本的設定なのである。近代の大河小説も、たいてい初めにこういう序章を置いてこれからのストーリーを展望している。紫式部は遠い時代にそれを鮮やかに創りあげている。

ところで源氏物語にはたくさんの和歌がちりばめられている。その数、泣く子も黙る七九五首。なんで泣く子《なくこ》がここに登場するかと言えば、許せ、許せ、七九五のしゃれである。ストーリーを追う身には、

――和歌って、なんだか邪魔くさいんだよなあ――

厄介にも感じられるが、これは登場人物たちが季節の移ろいや花鳥風月に託して自分の心情を告白しているのだ。当時の貴族たちの生活習慣であり、小説がそれを踏襲するのは当たり前のことだろう。詠《よ》み手の教養の有無が滲《にじ》み出るし、時にはあえて韜《とう》晦《かい》に委ね、ストーリーに膨らみを持たせる技法ともなる。全部とまでは言わないが、これから先、このエッセイではいくつかには目を留めていくこととしよう。

〈桐壺〉の帖では、桐壺の更衣の病気がいよいよ重くなり、宮中で死ぬことはタブーであったから帝のもとを去らなければならない。その別れぎわに更衣が、

かぎりとて　別るる道の　悲しきに
　いかまほしきは　命なりけり
と詠んでいる。

限りある命ではあるけれど、別れる道の悲しさを思えば私は命のあるほうの道を行きたい、くらいの意味だろうか。これが大河小説の第一番、最初に現われる歌である。桐壺の更衣は息も絶え絶えに詠んで立ち去り、これが帝との今生の別れとなった。帝はこの後、使者を送っていとしい人の病状を尋ね、死を知って茫然《ぼうぜん》自失、悲しくてたまらない。葬儀や法要の様子、桐壺の母とのやりとり、思い出にむせぶくだりでは、中国は唐の時代、玄宗皇帝が楊貴妃《ようきひ》を失った故事を引き合いにしながら悲嘆を懇切に綴《つづ》り、ここにもいくつか関係者の慟哭《どうこく》の歌が散っているが、それは省略、とにかく、

――桐壺帝はとことん悲しかったんだろうなあ――

と理解しておけばよいだろう。若い光の君をそば近くに置いて気をまぎらせ、また藤壺を知って次第に癒《いや》されていく。

源氏物語の中にある数多《あまた》の歌について、もう一つ重要なことに触れておけば、

「紫式部って和歌はそんなにうまくなかったらしいね」

「和泉式部《いずみしきぶ》なんかのほうがいいわね」

好みの差はあるにせよ、歌人としての評価は〃中の上〃か〃上の下〃か、この天才にしてはやや低い。それが一般に言われていることらしい。歌集に残された紫式部の個人的な詠歌は、そう評されがちなのである。

しかし、ですね、源氏物語の中の歌はどうだろう。単純に和泉式部その他と比べていいものかどうか。

まず事情がちがう。同じものさしでは計れない。つまり和泉式部にせよ、ほかの歌人にせよ、和歌は当人の心情を詠むものだ。代作は別問題として、ほかの人の心情を歌うわけではない。

もうおわかりだろう。源氏物語の七九五首は紫式部が自分の心情を詠じたものではなく、登場人物それぞれの、折々の心情を吐露しているのだ。フィクションとしての歌、すべてが代作のようなもの。登場人物の人となりを表わすためにわざわざ下手くそに詠むことさえありうる。小説の中の歌であるならば、当然そうでなくてはいけないし、この遠い時代の作家はそれを実践してみごとに詠み分けている。

もし、たとえば夏目漱石の〈坊っちゃん〉において登場人物が折々の心を和歌で訴えるとなると、どうだろう。

「漱石は和歌より俳句のほうが得意だったんじゃない？」

なんて、そういう問題じゃないけれど、俳句なら自然や風物を詠むことが多いからまだしも創りやすい、かな。一方、和歌となると……坊っちゃんの狼狽《ろうばい》、赤シャツの下心、山嵐の友情、お清の喜び……五七五七七でしなやかに歌うのはなかなかむつかしい。紫式部はそれを大河小説で何人にもなり替ってやってのけたのだ。困難は並たいていではあるまい。それを鮮やかに克服する才能があったことは疑いない。天晴《あっぱ》れ名人と評すべきだろう。

そうであればこそ源氏物語の現代語訳では、つねに和歌の取扱いに苦労がともなう。たったいま掲げた別れの歌を例に採れば、谷崎潤一郎は古歌をそのまま引用しておいて、同じページの上に注記をそえて大意をほのめかしている。その注記は、

〝限りあることとして、お別れ申し上げて行く死出の道の悲しさを思うと、何とかして命を保って生きていたいものでございます〟

円地文子も同じ方針を採ってページの脇《わき》に解釈をそえ、

〝今を限りとお別れしなければならない死出の道の悲しさ、何とかして生きていとうございます〟

とし、瀬戸内寂聴は少し長めの五行詩に変える方法を採用して、

〝今はもうこの世の限り

あなたと別れひとり往《い》く
死出の旅路の淋しさに
もっと永らえ命の限り
生きていたいと思うのに〃

と綴っている。歌人の俵万智は（物語全体の訳ではないが）この古歌を現代の五七五七七に替える道を選んで、

〃限りある命だけれどどうしても今は生きたいあなたのために〃

と巧みであり、わかりやすい。

さらに源氏物語の英語訳によって世界を啓蒙したアーサー・ウェイリー（一八八九～一九六六）は、和歌を詩的な文章で文中に入れ込む手法を多く採り、ここでは桐壺に“*at last*”と呼ばせたのち、

“Though that desired *at last* be come, because I go alone how gladly would I live!”

としている。和歌の処理については、それぞれの苦労が偲《しの》ばれて興味深い。

和歌のむつかしさとはべつに、視点を変えて源氏物語の本文そのもののむつかしさはどうなのだろうか。これにも少し触れておこう。冒頭の部分を原文で引用すれば、

〃いづれの御時にか、女御更衣《にょうごこうい》あまたさぶらひたまひける中《なか》に、いとやむごとなき際《きわ》にはあらぬが、すぐれて時めきたまふありけり。はじめより我はと思ひあがりたまへる御方々《かたがた》、めざましきものにおとしめそねみたまふ。同じほど、それより下﨟《げろう》の更衣たちは、ましてやすからず〃

歴史的仮名遣いは当然として、同じ日本語ながらこの古文は相当に手ごわい。だが一升びんに三合の酒があるのを見て「えっ、もうこれだけしかないの」と悲観するむきもあれば「まだ三合あるぞ」と楽観するタイプもある。源氏物語については、

――むつかしいけど、半分くらいわかるじゃない――

と、ここでは楽観主義をお勧めしたい。

〃女御更衣〃はすでに説明した。〃めざましきもの〃とあるのは〃目が覚めてしまうほどトンデモナイしろもの〃のことである。身分の低い女が（帝の寵愛を受けるほど）ときめいているので、周囲がトンデモナイやつだと貶《おとし》めて妬《ねた》んでいるのだ。下﨟は……上﨟《じょうろう》、中﨟《ちゅうろう》、下﨟と並べて身分の上中下である。男性にも使われるが、主に女性。現代でも講談や落語で聞かないでもない。

そして、この〃半分くらいわかる〃がすごいことなのだ。千年前の言葉が今でもおおよそわかる、というのは稀有《けう》のこと。それだけに日本語は豊富であり、多彩であり、

用法や意味の変遷《へんせん》からかいま見えてくるものがたくさんある。膝《ひざ》をポンと打ちたくなるケースも多い。この、言葉を熟慮し敬愛することは、源氏物語を離れても大切なことですね、きっと。私はそう思う。

話を本筋に戻そう。藤壺が入内して帝の心は安まったが、これが新しいトラブルの原因となってしまう。元服後の源氏はもう藤壺と顔を合わせることができない。天皇の後宮にいっぱしの男がノコノコ入って行ったりしてはいかんのである。しかし、

――会いたいなあ――

慕情はかえって募るばかりだ。

ストーリーはこんな事情を伏在させながら第二帖〈帚木《ははきぎ》〉へと移っていく。因《ちな》みに言えば、この大河小説は五十四帖すべてのタイトルが美しい。趣が深く、寓《ぐう》意《い》に富んでいる。帚木とは、ほうき草の意味もあって、それならば、ほうきの材料だから、

「なにが美しいのよ」

と短絡な意見もあろうけれど、それは後で説明するとして、第二帖の特色は〝雨夜《あまよ》の品定《しなさだ》め〟があること……。つまり、その、五月雨《さみだれ》の夜、宮中に宿直《とのい》する男たちは退

屈しきっていた。そこで源氏の部屋へ男たちが集って来て、こんな女がいい、あんな女がいい、こんな女とつきあった、あんな女とつきあった、いい女だった、後悔した、体験にフィクションを交え、評定までそえてあれこれ女性談義に励む、という事情である。〈桐壺〉の末尾で十二歳だった源氏は、ここでは急に十七歳、甘苦い思春期を省略したのは作者の知恵だったろう。この貴公子にしても、この時期にはつまらない失敗や愚かな劣情に走ったことがあっただろう。そのあたりはあえて記述せず、この品定めで〝読者諸賢よ、ご想像あれ〟という設定を採った、と見よう。

集ったメンバーは源氏を中心に、頭中将《とうのちゅうじょう》、少し遅れて左馬頭《さまのかみ》と藤式部丞《とうしきぶのじょう》が加わる。いずれも身分や役職名でややこしい。あとの二人は忘れてもいいけれど、頭中将は花丸印の重要人物。出自は時の左大臣家で、めっぽう毛並みがよろしい。同腹の妹に葵の上がいて、これは源氏の正妻だ。源氏の親しい友でありライバルであり、長い、長い源氏物語の中にしばしば登場し、立場を変えて最後は太政《だいじょう》大臣にまで昇っている。だから呼び名も変わる。ほかの人が頭中将になって、その名で呼ばれたりもする。厄介極まりないが、登場したときには、

――あの人のことだな――

この理解が大切だ。源氏の次くらいに恰好《かっこう》がよく、次くらいに教養もあり、次くら

いに敬愛されていた。ナンバー・ツーの男として記憶しておいていただきたい。

頭中将も、その他の二人も源氏より少し年長らしいが、いずれにせよ若い。が、現在の二十歳前後とはちがう。結婚は早かったし、女性経験は充分に積んでいる。

初めに源氏と頭中将二人のあいだで、

「恋文を見せてくださいよ」

「少しだけ、だな。見苦しいのもあるから」

「見られて困るのを見たいなあ」

「じゃあ」

と源氏が見せてくれたが、手近な文箱に入れてあるものなんか、たいしたしろものではあるまい。頭中将は手紙の多さに感心しながらも、

「これは……あの女からでしょ。こっちは多分あの女から」

と尋ねる。近しい立場だから見当がつかないでもない。

「いや、いや。それよりあなたの秘蔵品こそ見せてほしいな」

「私のとこになんか、たいしたもの、ありませんよ」

さぐりあううちに頭中将が、

「欠点のない女なんて、いませんな。このごろようやくわかりましたよ」

と言い出し、この夜の品定めが始まった。

源氏はおおむね聞き役である。すでにして〝名のみことごとしう〟……つまり光の君とかなんとか大層はでな名前で呼ばれ、その通り美貌《びぼう》も教養も申し分なく輝いており、こういう立場でつまらない噂など立てられては男がすたる、控え目にふるまいながらも若い恋ごころをどう処したらよいか、一通りのビヘイビアを身につけていた。ただの十七歳とはまるでちがう。三十歳くらいの感じ……。

それを知ってか知らずにか頭中将は、

「教養や人あたりなど高い身分にふさわしく、それなりにこなしている女でも、つくづく吟味してみると、いまいち深くない。人を見くびったりしますしね。まわりの者がおべんちゃらを使い、いいことばかりを言いふらすから割り引きして考えないといけない。ろくな女がいませんよ」

「でも、いいところが一つもないってのは、いないだろう」

「いたとしても、そういうレベルには近づきませんから。どうにもつまらない女と特上の女とは同じくらいの数なんでしょうね、きっと。どちらも皆無に近い」

統計学には正規分布という考え方があって、たとえば収穫した蜜柑《みかん》を直径四センチ未満から八センチ以上まで、サイズを計って数えてみると、両端はゼロに近くとても少ない、まん中が突出して多く、この分布をグラフにすると釣り鐘のような形を描く。自然の産物は手を加えなければ、きまってこの分布を示す。女性のレベルも同じこと、頭中将の理屈はこれに適《かな》っている。

さらに続けて、

「ただ一流の家に生まれ育っていると、いい面だけが強調されるから特上に見えてしまう。だから中流の家の女のほうが見極めやすく、結構おもしろい。下流となると、こっちもあんまり目をつけようとしませんから」

出自により手が加わるから分布図に狂いが生ずるのだ。そこがむつかしい。

源氏の妻は左大臣家の娘で、一流だが、少し煙ったい。頭中将の妻は右大臣家の娘。当時は妻の家へ通うのが通例の夫婦生活であったが、二人とも、この上流家のほうにはあまり足を向けず、公務のあいまに女性談義に興じているのだから、女性の読者からは、

「いい気なもんね」

苦情もあろうけれど、現代のものさしで計ってはいけません。これが源氏物語の世界なのだ。事のよしあしはともかく当時の女性は上流、中流、下流、氏育ちによってまず評価されていた。人前にあまり姿を見せないのだから人がらはもちろん器量のよ

しあしだって正当には判断されにくい。

源氏はこのあたりを案じてか、身を乗り出して、

「女性を上中下の三つに分けるとして……それも結構むつかしいのとちがうかな。一流に生まれても今は落ちぶれているのは、どうかね？　逆に生まれは中流でも今は出世して華やかな生活を享受《きょうじゅ》しているのは、どうかな。上下を決めるのはむつかしい」

左馬頭と藤式部丞が加わったのは、このあたりからで、まず左馬頭が、

「今はときめいていても、もともと二流というのは、世間の目にも、当人の考えもやっぱり二流でしょう。いくら昔は一流でも落ち目になるとあれこれと不足が生じ、これも二流でしょうね。昨今は地方の国守で不自由のない生活を営んでいる者がいたりして、そういうところに、まんざらでもない女がいますよ」

参議で三位《さんみ》以上が上流の目安だが、それより下の非参議の四位《しい》くらいの中流でも、

「まぶしいほど大切に育てられて、なかなかの逸品がいましてね、宮仕えに呼び出されたりすることもありますから」

源氏にとっては自分の母親とも関わりがありそうな話題である。だが、さりげなく、

「つまり、なにもかもお金のあるのがいいんだ」

と茶化すのを頭中将が、

「あなたらしくもない」

と気色ばむ。そして左馬頭が上流でも駄目な女がいることを主張し、さらに、それとは反対に、

「草深い家に、思いもかけないいい女がいて、その驚きが男の心を捕らえてしまいます」

と体験談めいた話を続ける。意外性のある女にはやっぱり興味をそそられる、と……。

聞いている源氏はおっとりとかまえて、まことに典雅である。上品な衣裳《いしょう》をゆるやかに着て脇息《きょうそく》に寄りかかり、ポーズが決まっている。どんな特上の女でも、こんなすてきな男の相手となると、釣りあいがとれないのではあるまいか。

左馬頭が話題を変え、

「ガールフレンドとしてつきあうぶんには不足がなくても、妻として選ぶとなると、むつかしいですなあ」

と溜息《ためいき》を漏らす。

これは当然ですね。

「男だって帝に仕えて天下の柱石となる人材を見つけるのはむつかしい。でも国は一人、二人で治めるわけじゃないからやりようがあるけれど、一家の主婦は一人だけだ

から大変です。いろいろと求められてしまう。一生のつれあいを一人だけ選ぶとなると、うまくいかない。よしと思った女がひどかったり、あるいは生真面目《きまじめ》で家事をさせるぶんには申し分ないけれど、風情《ふぜい》に欠けるというのは味気ない。夫の仕事をまるで理解できないのも困りものですな」

あれこれと一つに絞りきれない矛盾のあることを嘆き、結局は、

「家柄や器量のことは言いません。真面目で、すなおで、夫に従い、少しでも成長する女がよろしいでしょう。思案が深いのかどうか、急に尼になったりするのも厄介ですよ」

いろいろな事例を挙げて論評し、夫の浮気に妻がどう対処するのがよいか、にまで話が広がる。頭中将は、

「女にはよくあることだろうけど、愛している相手が浮気をしてるんじゃないか、そんな疑念が生じたときはつらいだろうね。自分のほうにはあやまちがなく、大目に見ていれば夫が非を改めてくれるだろうと思って待っていても、そうなるとは限らない。まあ、許せないと思うようなことが起きたときにも気長にかまえて我慢するのが一番だね」

と、これは源氏に嫁いだ自分の妹、葵の上のケースをほのめかして源氏の様子をさ

ぐったのだが、源氏は居眠りをしているのか、なにも応じない。頭中将としては少々おもしろくない。左馬頭は急に芸術論をぶって、

「木工の職人であれ絵師であれ、突飛なものと言うか、趣向の目立つものと言うか、けれん味のあるものは評価されやすいけれど、だれしもが見てよく知っているものをみごとに創りだすのは天晴れ名人の技でしょう。それと同じように……」

と、ふたたびこの夜の本来の話題に戻って、

「女もやたら目立つような長所を見せるものより、さりげなく見えても実のよさが備わっていて、それがよい場合もありますな。私の昔話ですけれど……ある女のところへ通っていたんですよ。器量はよくないが、頼りがいがありそうな感じなんですね。実際、なにごとにも努力する女で、不得意なことでも工夫をしてなんとかするし、男に気に入られようと身ぎれいに努めるし、気配りも怠らない。だからだんだんいい女になる。ただ勝ち気で嫉妬深いから、こちらとしてはつきあいづらい。一度、脅してやれば少しは改まるかもしれないと考えて〝やきもちやきは厭《いや》だ、別れよう〟と強く宣言したところ女は〝たいした男でもないあなたに、これまで一生懸命尽してきました。たいていのことは我慢しますが、あなたの浮気には、もうこりごり。年月を重ねるごとに苦しくなるばかりでしょうから、いっそ別れましょう〟と開き直る。売り言

葉に買い言葉、こっちが憎まれ口をきくと、女は私の指を取って嚙《か》みつく。私は本気で別れるつもりはなかったけれど、この剣幕ではおいそれと通っていくわけにもまいりません。しばらく放っておいたんですよ。でも、あるみぞれの夜〝やっぱり、あの女のところかなあ。今ごろ待っているかもしれん〟と訪ねてみたら、あいにく親もとへ行って不在なんです。しかし、私のことは待っているみたい。私が着るものなども趣味のいいものをそろえているんですよ。で、よりを戻そうとすると〝浮気は厭〟と頑《かたく》ななんですね。こっちも〝じゃあ心を入れ替えよう〟とも言えず、意地を張って中途半端なつきあいをしているうちに死んでしまいました。相談ごとにもきちんと答えてくれる女だったし、染め物や裁縫の腕前なんかみごとなものでした。本妻にするなら、あれがよかったのかなあ、と、しみじみ思い出しますよ」

さらに、もう一つ、

「同じころ通っていた女は、歌もよし、字もよし、琴もよし、器量もまずまずで話もうまい。おおむねよろしいけれど、色好みで、ほかに通って来る男がいるみたい。実際、それを目撃することになってしまい、味気ないものですな、ほかの人がまじめくさって痴話に興じているのを聞いちゃったりしてね。歌を交わしたり、笛と琴とを合わせたり……。長くつきあえる女じゃないと思い、通うのをやめちゃいましたよ。ま、古い話を二つ比べて、どういう女がよいか、本当にむつかしいものです。皆様方はどんな女でも手折《たお》れば落ちる萩《はぎ》の露、お心のままに親しくなれるでしょうが、色っぽい女にはご用心、ここ七、八年のうちにおわかりになりますよ」

と戒めて話を閉じた。替って頭中将が、

「愚かな男の話なんですよ」

と、これは自分自身のことである。

「密《ひそ》かに通っていた女なんですが、そうわるくない。私があちこち遊び歩いていても文句を言わず、一途《いちず》でしてね。身寄りのない女で、いとおしくは思ったけど、しつこくないから適当にあしらっていたんですよ。歌なんか送ってよこしても、とても控えめで切羽詰まったような様子がなかったものだから、こっちもいい気になっていたんですよ。ふいに姿を消してしまって、今ごろどうしているのやら。心の中で深く苦しんでいても、さりげなくふるまっている女もいるんですね。嫉妬深いのは困るし、才たけているのも長くつきあうとうるさいし、浮気者は論外でしょうし、今、お話しした女は頼りなかったけれど、どれが一番よろしいのか、むつかしいところです。吉祥《きちじょう》天女《てんにょ》に思いをかけてみても、これは人間離れしていて興ざめかもしれませんな」

と一同の笑いを誘った。

この夜の品定めで一番よく喋《しゃべ》ったのは左馬頭で、頭中将はコーディネーターのような立場だったが、たったいま語った〝控えめな女〟のエピソードはとても大切、丸印だ。女はどこへ消えてしまったのか、子までなしたということだが……。これがこの先に登場する夕顔《ゆうがお》の伏線。登場して……変死はするし、玉鬘《たまかずら》という娘を残すし、源氏物語の中で、かなり重要な役どころを担《にな》うこととなる。頭中将はさりげなく語っているけれど……。

ところで源氏物語五十四帖が、どういう順序で綴られたか、確かなことはわかっていない。順序通りに……つまり第一帖から順に第二帖、第三帖……と書かれたとすれば、頭中将の話から察してこの〈帚木〉で作者はすでに第四帖〈夕顔〉や第二十二帖〈玉鬘〉などなどを構想していたこととなる。これはまあ、近代の大河小説の執筆なら格別珍しいことではあるまいが、小説の揺籃期であったことを思えば、やっぱりすごい。本流の、すぐ隣くらいのストーリーにも目配りが充分に届いていたわけだから。だが、その実、執筆は第五帖〈若紫〉から始めて十数帖を書き、それから初めに戻ったという学説もあるから、工房の真実はよくわからない。ここではただこの頭中将の語ったエピソードに丸印をつけるだけに留めておこう。

さて、もう一人の参加者、式部丞が勧められて語りだしたのが、

「ものすごく賢い女がいましてね。思慮は深いし、漢学の素養は博士も顔負け、書もすごい。ずいぶんと教えられましたが、私のような者には頭が上がらず気が重い。りっぱな方には、こんなりっぱな女は不必要でしょうし。これとは逆に馬鹿な女だと思いながらも、かわいいのがいいってことも、よくあるんじゃないですか」

確かにあまり賢いのは困りものだ。

「その賢い女とは、その後どうなったの？」

頭中将が問いかけると、

「しばらく通わずにいたのですが、久しぶりに訪ねてみると、賢い女は愚かなやきもちなんかやきません。でも、ほいほいと迎えたんじゃプライドが傷つくでしょ。〝風邪を引いて、にんにくを食べたから今は会えない。匂《にお》いの抜けるころに、どうぞ〟と、こうぬかすんです。こっちは鼻白み、歌で愛想がつきたことを伝えたら、むこうも歌でしがみついてくる。しらけてしまって、はい、それっきりですわ」

さながら厭な匂いが漂ってきそうな述懐をくり出す。

ストーリーを離れて特筆しておきたいのはこの述懐の中で交わされた和歌のこと。にんにくの口臭をほのめかされ、式部丞は、

ささがにの　ふるまひしるき　夕暮に
　ひるますぐせと　言ふがあやなさ

それに女が返して、

あふことの　夜《よ》をし隔てぬ　仲ならば
　ひるまも何か　まばゆからまし

さあ、むつかしい。ささがには蜘蛛《くも》のこと。それからにんにくのことを蒜《ひる》と言い、それを昼にかけているところがキイ・ポイント。式部丞の歌は、蜘蛛がしきりに動きまわっているこの夕暮れは蒜の匂いが濃いから〝昼にしましょう〟とは、どういう了見なんだ、くらいの意味。女のほうの返し歌は、一線を超えて夜に会っている仲なら蒜の匂いがしようと、昼だろうと、まずいことないでしょ、と、あからさまである。やんごとない人々の夜語りに、にんにく風味の体臭をほのめかすのは、まずい。一座はあきれて、

「作り話だろ」

と笑っているが、それとはべつに品のわるい情況が必要なときに品のわるい和歌まで創ってその情況を示すところが、すでに触れたように小説家・紫式部の腕力なのである。

このあと左馬頭が、

「なまじ学があって、それをひけらかす女は困りものだね」

とりわけタイミングを逸して偉そうなことをほざく女は興ざめだ、と説くあたりで、この夜の女性論は終りに近づく。

源氏はむしろ聞き役で、それもそう熱心に聞いている様子ではなく、半畳を入れたり、目を閉じていたり、

——狸寝入《たぬきね》入りかな——

と映るほど。

しかし、これも紫式部の巧みな情況設定と見るべきだろう。

源氏はちゃんと耳を傾けていたのである。十七歳の年齢ですでにいくつかの女性経験を経ていたが、みんなの話を聞いていると、この方面の道はとても深い、らしい。中流にも思いのほか優れた女がいるとなると、

——きっとそうだろうな——

好奇心が蠢《うごめ》く。

——しかし、あの人に比べれば——

このとき源氏の心を強く占めていたのは、早世した母によく似たと言われる藤壺の

こと……。自分の父である桐壺帝の妻だが、思えば思うほど最高の女性、この上なくいとしい人に思えてならない。許されない思慕にはちがいないけれど、

――この世に、あの人以上の人はいない――

今のところは密かな慕情にすぎないが（いや、いや、すでになにほどかの関係を持っていたかもしれないが）

――本命はこの人――

自分の真心を担保しながら、

――ほかにもおもしろい女性がいるかもしれないな――

この夜の源氏は女性について一つは深く、一つは広く、アンビバレントな好き心をめぐらしていた、ということだろうか。これは男性にない心境ではない。一方で一人の女性に純愛を捧《ささ》げつつ、片方で花街の漁色にうつつを抜かしているとか、そんなケースを遠い時代の宮廷に移して高貴に変えると、この夜の源氏の気分に近づくのではあるまいか。そして、これはこれから続く長い、長い物語を貫くモチーフでもある。

紫式部は、この第二帖で、

「源氏の君を中心に、こんな男女の心理と、その成行きを書きますよ」

と宣言しているのかもしれない。

このモチーフにそって源氏の君は、この夜、

――中流の女かあ――

なにほどかの興味を覚えたようだ。これまでは上流が中心だったが……という事情である。

〈帚木〉というタイトルを説明しておこう。これは〝遠くからは見えるが近づくと見えなくなる幻の木〟である。

――女性もそうかもなあ――

まったくの話、このタイトルは第二帖にこそつきづきしい。

品定めを終えてストーリーは具体例へと移り、その始まりは〝方《かた》たがえ〟である。

〝方たがえ〟とは外出のさい、行き先が縁起のわるい方角に当たっているときには、べつな方角へ赴き、そこから目的地へ向かう、という風習である。平安のころに顕著であった。銀座から新宿へ行くのがまずければ、いったん品川へ向かい、それから新宿を目ざすようなものだ。

源氏の正妻は左大臣家の娘。足繁くそこへ通えばいいものを、この女はちょっと堅苦しい。

――真面目な人なんだがなあ――

左大臣家もよくもてなしてくれるが、正直なところ日光駅の一つ手前、つまり、いまいち（今市）なのだ。

ある暑い日のこと、内裏《だいり》から左大臣家へ足を運んだが、

「今夜は内裏から見てわるい方角ですよ」

と告げる者がいて、

「ああ、そうだな」

わるい方角は日ごとに変わる。思えば源氏自身の住まいも本日はわるい方角に当たっている。

「どうしたものかな。なんだか暑くて気分がよくないし」

「お泊りはいけませんよ」

ちょっと訪ねるくらいならいいけれど、左大臣家にこのまま泊まるのは〝方たがえ〟の禁忌を破ることになってしまう。

「うーん」

「紀伊守《きのかみ》の屋敷へ行かれたらよろしいでしょう。最近、川の水を引き入れ、涼しいようですよ」

と勧める者がいる。家臣の家だ。

「それはいいね。牛車《ぎっしゃ》ごと入れて気楽なところがいい」

だが、それを知らされた紀伊守は、

「実は、父の伊予介《いよのすけ》の家で慎しむことがあって、親戚《しんせき》の女たちがゴチャゴチャ来てます。失礼がないとよろしいのですが」

と渋る。

「いや、いや、人気《ひとけ》の多いほうがいい」

結局、お忍びで紀伊守の家を訪ねることとなった。

すでにして源氏の心の中には蠢くものがあったにちがいない。伊予介と紀伊守、父子の家柄はけっして高くない。伊予介の後妻は、雨夜の品定めで話題になった中流くらいではあるまいか。食指が動かないでもない。

訪ねた屋敷は涼しさを取り入れ、ほどよいしつらえ、源氏は一通りのもてなしを受けながら様子をさぐっていると、障子の向こうの母屋《おもや》に女たちが集まってヒソヒソ話しているのが聞こえる。源氏のことを噂にしているようだ。

子どもたちが姿を見せ、その中に年齢は十二、三歳、際立って上品な少年がいる。

「この子は？」

紀伊守が答えて、

「衛門督《えもんのかみ》の末の子です。早くに父を失い、姉が私の父の後妻に入ったものですから、こうして私のところへ来たりしているのです」

「じゃあ、この子の姉が、あなたの義母になるわけか」

「はい」

実は、この上品な男の子の姉こそが、次に登場する空蟬《うつせみ》で、第三帖〈空蟬〉のヒロイン。伊予介という老人の後妻であり、老人の子・紀伊守より若いのに紀伊守の義母という家系図である。

——弟がこんなに上品なら姉さんもわるくあるまい——

と源氏は考えたにちがいない。姉弟とも父の衛門督が早世しなければ、もっと恵まれた立場を望めただろうに……。

夜更《よふ》けて周囲が静まると源氏は行動を開始する。弟と姉が小声で話しているのを聞いて姉の休むところを知り、内鍵《うちかぎ》のかかっていないのをよいことに寝所に忍び寄る。女は自分に仕える女房が来たのかと思ってすきを見せるが、源氏のほうは、こんなにうまく事が運ぶのは、

「私の思いが届いたような気がして」

と言い寄った。

女のほうはびっくり仰天。噂を聞いて、すてきな人とは思っていたが、いきなりこんな仕打ちに出られるなんて……身がすくみ、声も出せない。

「人ちがいでしょう」

と囁《ささや》くのが精いっぱい。源氏はいさいかまわずかき口説き、周囲の者が気づくと、

「朝になったら迎えに来なさい」

女はもう絶体絶命。さらに源氏の巧みな口舌が……。「ずっとお慕い続けていた」とか「けっして浮気心ではありません」とか執拗《しつよう》に迫まる。

「……」

女は恥じ入っているのだ。自分が源氏に口説かれるような立場ではないと……。身分もちがうし、人妻でもある。契《ちぎ》ったところで、どうせひとときの戯《たわむ》れだろう。そのことを思えば涙にくれるばかり。あれよあれよと思うまに契りを交わして一夜が過ぎ、源氏は、

「どうか心を許してくださいよ。これもなにかの宿縁。恋を知らない娘じゃあるまいし、いつまでも邪険にされて私はつらい」

またの逢瀬《おうせ》をほのめかすが、女は、

「かりそめのことです。せめて今夜私に逢《あ》ったことはだれにも言わずにおいてください」

と願って頑なである。

このあたりには源氏の恋のビヘイビアがほの見えている。けっして浮気だけの男ではない。まごころは尽す。その覚悟はいつも持っている。が、源氏のまごころと女たちの願いは微妙にくいちがっている。あえて略言すれば源氏はすてきな恋がしたいのだ。そのときそのときにまごころとまごころが触れあうような恋、源氏の美意識はそれを求めている。それが叶《かな》うなら中流の女だっていっこうにかまわない。

一方、女は世間から指をさされるような恋はしたくない。恥ずかしい。プライドを失って生きるのはつらい。立場を越えた恋は、ほんのひとときすてきであっても、いずれ深い後悔へとつながる。この女《ひと》は（空蟬と呼ばれることになる女は）とりわけこういう考えに頑なだった。別れたあとも源氏のほうは、

——わるくなかったなあ——

と未練を抱いている。もともと源氏は契った女を簡単には見捨てない性《さが》の持ち主だ。

空蟬の弟を……紀伊守の家で見た上品な少年のことを思い出し、紀伊守を召して、

「あの子を私の身近に置いて、やがては宮仕えをさせてやろう」

と後見を申し出る。

空蟬への思いを、この方便でつなぎとめようとしたわけだ。そして、さりげなく姉のことを、空蟬の器量や人となりを聞いて知るようになる。一夜をともにしたくらいでは、よくわからない。恋しい人のことはいろいろ知りたいものだ。

上品な弟（小君《こぎみ》と呼ばれる）は源氏の館に入り、姉との連絡を託される。しかし源氏が手紙を送っても女はすなおには応じてくれない。

空蟬の心は千々に乱れていた。あの夜のことは人妻として恐ろしい。だが、

――私はあの人を知ってしまった――

光り輝く貴い人を……。そのあげく、

――私は恋し始めている――

しかし恋してはいけない人なのだ。

――私はこの恋に身を委ねたい――

それに値しない立場なのに。

源氏は小君を通して密会を求めてくる。小君は手引きを強いられて、つらい。

さあ、どうなることか。〈帚木〉はそれが幻の木であることを告げて、このあたりで終る。

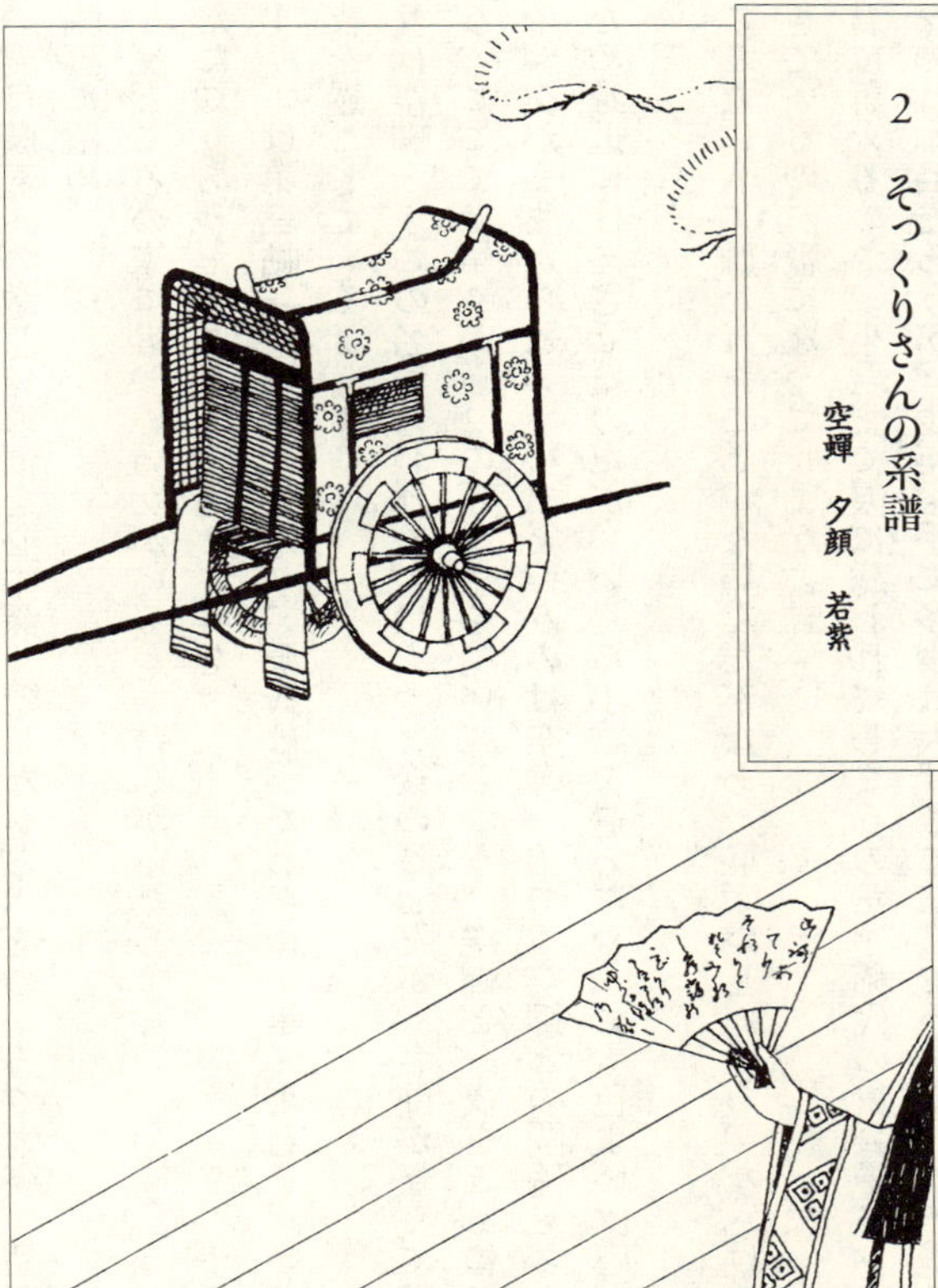

2 そっくりさんの系譜

空蟬　夕顔　若紫

源氏の君は藤壺への激しい慕情を心中深く隠しながら、その一方で雨夜の品定めの会話を脳裏に留め、

――二流どころの家にも、いい女がいるって言うからなあ――

あらたに知りあった女に思いを馳《は》せていた。

ストーリーは第三帖《じょう》〈空蟬《うつせみ》〉へと入り、源氏はかたわらに少年・小君《こぎみ》を置いて眠れない夜を過ごしている。

その女は空蟬……この名で言われるのはもっと後のことだが、名前がなくては困ってしまう、ここでは早くからこの呼び名を用いておこう。空蟬と一夜をともにしたが、その後の親交がままならない。小君というのは空蟬の弟で、空蟬との関係をスムーズに運ぶため身近に仕えさせたのだが、いくら小君を遣いにやっても色よい反応が返って来ない。

「私はこんなに人に嫌われたこと、ないんだがなあ。恥ずかしいやら、なさけないやら、生きているのが厭《いや》になってしまうよ」

と小君に訴えるので、小君まで涙に誘われてしまうのだ。稀代《きたい》の貴公子がショックを受けたのは本当だろうが、少年相手に多少は大げさに演じていたのではあるまいか。

その実、泣いている小君を見て、

——姉弟だけあって、あの人に似てるんじゃないかな——

と冷静な思案を失っていない。空蟬のほっそりとした小柄な姿態を思いめぐらしているのだ。この前は暗いところで、そこはかとなく抱きあっただけだから顔形などよくわからない。それが当時のランデブーのつねであった。弟から聞き出したり、弟の姿から推測したり……まだるっこしい。

一方、空蟬のほうも安らかではなかった。立場をわきまえて心ない態度を採り続けているものの、

——つらいわ。本当にもうこれっきりになってしまうのかしら——

忘れようにも忘れられず、もやもやと気が晴れない。きっぱりと決断をしながらも後ろ髪を引かれてしまうのだ。

源氏はついに決心をして、

「このままじゃ気持が収まらない。なんとか姉君に会えるよう一工夫してくれ」

と小君に強く命じた。

小君にしてみれば、主人である源氏の嘆きは大変なものだし、なんとかお役に立ちたい。チャンスを探っていると、折も折、紀伊守《きのかみ》（空蟬の義理の息子）が任地に下って不在となり、留守宅では女たちがくつろいでいるようだ。

「今夜ならば」

「うむ」

小君の手引で忍び込んだ。

暑い季節なので屋敷の中の見通しがきく。紀伊守の妹が来ていて空蝉と碁を打っている最中だった。屛風《びょうぶ》も畳んであるし、几帳《きちょう》をまくりあげ、灯がともっている。女二人の姿がほんのりと見えた。

源氏の視線は、まず空蝉のほうへ。横向きに坐っている。たしなみ深く顔を隠しているのでよくはわからないが、全体の様子は、おぼろな記憶にある通り小柄で、ほっそりとしている。碁を打つ手は袖《そで》の中に覆《おお》われ手先だけが細く痩《や》せて見える。身につけている衣裳《いしょう》などどことなく品があるみたい。もう一人の女は、こっちを向いているから、よくわかる。白いうすもののひとえがさねに赤味を帯びた二藍色《ふたあいいろ》の衣をかけて……と、このあたり衣裳の描写は入念である。これは源氏物語の特徴の一つ。衣食住のうち衣はくわしく、住もまあまあ。食についてはあまり筆が伸びていない。二藍色がなにかは省略して……この女は色白で、小肥《こぶと》り、胸もあらわにして、しどけない。目鼻立ちははっきりとして愛敬がある。髪も豊かで、まずまずの器量。この女の親はきっとわが娘を〝滅多にない美人〟と思っているにちがいない、と、これは源氏の判断である。

——しかし気性はどうかな。もう少し落ち着いた感じがほしいけど——

才気はありそうだ。碁を打ち終えて盤上を整理する手際《てぎわ》は機敏、だが騒々しい。計算は速い。

空蟬のほうはもの静かで上品、だが横顔がチラチラと見えてきて……眼ははれぼったく鼻筋はすっきりとせず、美しいところが見つけにくい。器量よしとは言えないが、衣裳にも立居ふるまいにも凜《りん》としたところがあり、目を引きつけられてしまう。二人は静と動、滅多に見ることのない女たちの寛《くつろ》いだ姿だけに源氏は興味深く見入っていた。

様子を探っていた小君が戻って来て、

「珍しい客が来ていて、なかなか姉のところへ寄りつけません」

「このまま私を返すつもりか？　それはひどいぞ。なんとか今夜、頼む」

「姉が一人になったときに」

工夫を凝らしている。まだ年若いのに人の心を慮《おもんぱか》る気配りを充分に備えているようだ。

しかし結果を先に述べれば、なんぞ知らん、空蟬は一人にならなかった。夜が更《ふ》け、身のまわりの世話をする女たちは立ち去って行ったが、囲碁の相手をしていた女（やがて軒端荻《のきばのおぎ》と呼ばれるので、その名で呼ぼう）は、空蟬と几帳を一つ隔てて横たわることとなった。この状況を、小君や源氏は、どこまで知っていたのか。

頃やよし、と思い、薄闇《うすやみ》の中、源氏が忍び込む。軒端荻は若い。すでにぐっすりと寝入っていたが、空蟬のほうは、

——あら——

まずかぐわしい香りが漂い、衣《きぬ》ずれの音もする。

——あの人だわ——

ぴんと来た。いくらか予期していたのかもしれない。見捨てられたわけではないと知ればうれしいけれど、

——深入りしてはいけない——

とっさに単衣《ひとえ》を一枚羽おって床を抜け、滑るように逃げ出してしまった。そうとは知らない源氏は、

——よし、一人で寝ているな——

勝手に判断してにじり寄り、眠っている女の夜着《よぎ》を剝《は》いで触れると、いつぞやより肥っている。眠っている様子も上品とは言えない。

――はて――

だんだんに正体を察し、軒端荻と気づいたが、今さら人ちがいというわけにもいかない。

――ままよ――

さっき見た女なら、そこそこにチャーミングなところもあったし……そのまま抱き寄せた。ひどい！　と言えば、ひどい話ですよね、これは。

軒端荻は目をさましたが、すぐにはなにが起きたかよくわからない。源氏は瞬時に方針を変えて、なぜ自分がここへ来てこういうふるまいに及んだか、巧みに訴えてつじつまを合わせる。

――頭のいい女なら見抜くはずだが――

碁を打っているときは機敏に見えたが、こういう気転は鈍いらしい。それにしてもいまいましいのは空蟬のほう。どこかに姿を隠して、

――馬鹿な方ね――

と笑っているのではあるまいか。気がかりでならない。空蟬への思案をめぐらしながら、軒端荻を抱きしだき、そのうえで、

「人に知られるより密《ひそ》かな仲のほうが趣が深いものですよ。私は忘れないから、あな

たも忘れずに待っててくださいね」

と、ここでは事後の工作が大切だ。大っぴらにされては困ってしまう。

「でも恥ずかしくてお手紙もさしあげられませんわ」

軒端荻も自分が、

――この人に愛される立場じゃない――

と一応はわかっているのだ。

「人に話しちゃ駄目ですよ。私のほうからお手紙をさしあげますから、あなたはなにもなかったみたいにして……」

うまくごまかして立ち、かたわらに空蟬が残しておいた薄衣だけを持って去った。

あとは小君がなんとか取りつくろうだろう。源氏としては小君を相手に空蟬の仕打ちを伝え、

「よほど嫌われたらしいな。ひとことくらい優しい言葉を伝えてくれればいいのに。私が伊予介《いよのすけ》より劣るということか」

と、愚痴っぽい。

でも伊予介は夫なんだから、おのずと扱いがちがうはず。優劣を比較するケースではありませんよね。

が、それはともかく、空蟬にこう邪険にされては貴公子のプライドが傷つく。源氏の心中に屈折した感情が募る。持ち帰った薄衣に思いを馳せ、そのあげく小君には、

「役に立たないなあ、お前は」

「すみません」

「お前はかわいいけど、つれない人の弟だから、いつまでもかわいがっていられるかどうか、わからんぞ」

と八つ当たり。やおら硯箱《すずりばこ》を引き寄せて一首を綴《つづ》った。

空蟬の 身をかへてける 木《こ》のもとに
なほ人がらの なつかしきかな
つまり蟬が脱皮をするように薄衣を残して行ったけれど、あなたの人がらが懐《なつか》しく思われてなりませんよ、である。木の下で茫然《ぼうぜん》とながめている気分と重ねている。

小君はこの歌を姉のもとに届けたが、空蟬は、

「とんでもないことをされてしまって、私、困っているのよ。なんとか逃げましたけど、よくない噂《うわさ》が立てられるわ。あなたにもよくないわよ。そうなったらあの方にどう思われることやら」

こっちでも小君は叱《しか》られてしまう。空蟬にしてみれば、汗ばんだ自分の薄衣が源氏

の手もとにあることだけでも恥ずかしい。はしたない。でも、

——あの方も少しは本気で私のことを思ってくださっているみたい——

いつかのこと……一夜の戯《たわむ》れではないのなら、うれしい気持も込みあげてくる。で

も、いけないことなのだ。

——娘のころだったら、どんなにすばらしかったかしら——

乱れる思いを抱きながら源氏からの手紙のかたすみに、

空蟬の　羽《は》におく露の　木《こ》がくれて

しのびしのびに　ぬるる袖かな

蟬の羽に露がおくように私の袖は木かげに隠れて涙に濡《ぬ》れてます、である。この女が空蟬と呼ばれるのは、もちろん、このやりとりのせい。空蟬は本来は蟬の脱けがらの意味だが、蟬そのものも指す。ここでも両方の意味を響かせているようだ。品定めのランキングでは二流の女かもしれないが……そして瘦せぎすでけっして美形ではなかったが、たしなみの深い、男ごころに響く佳人なのである。

ところで、もう一人のヒロイン、軒端荻は落ちつかない。人まちがいとは見抜けず、狐《きつね》につままれたような気分。源氏からはなんの連絡もないし、人に話せるようなことではないし……寂しい思いを抱いたが、あまりこだわりの深い性《さが》ではなかったのかも

しれない。大騒ぎもなく、源氏にはさいわいであった。

先にも触れたが、源氏物語を海外へ翻訳紹介した先駆者はイギリス人アーサー・ウェイリーである。昨今はいろいろな外国語訳が上梓《じょうし》されているが、歴史的にはウェイリーの業績が決定的であった。平明にして精緻《せいち》な英語で綴られ、正宗白鳥《まさむねはくちょう》が「原文よりわかりやすい」と評価したほど。瞥見《べっけん》の価値はある。

数年前、カナダに招かれ、日本文学の研究者たちと意見を交わした折、

――あ、そういうことなのか――

と、あらためて感じたことがあった。

カナダの研究者はウェイリーの訳より新しいエドワード・G・サイデンステッカー（アメリカ人、一九二一～二〇〇七）の訳などで多く読んでいるようだが、いずれにせよ、ほとんどが英語文の読者である。日本語にそれほど堪能《たんのう》ではない。そして当然のことながら、

――これが日本の遠い時代の小説である――

と、そのことは熟知しているが、英語の訳文そのものは遠い時代のものではない。どの翻訳であれ、現代の英語に限りなく近い。ここが原文を知見している日本人とお

おいにちがう。日本人なら源氏物語を一見して、

——昔の文章だな——

とわかる。たとえ現代語訳で読んでも、この意識は抜けない。現代の文学としては読めない。ところが外国人にとって、この翻訳文は、たとえば十九世紀頃のヨーロッパの文学、バルザック（一七九九〜一八五〇）やチェーホフ（一八六〇〜一九〇四）の英訳とそんなに変わらないのではあるまいか。

たったいま紹介したくだり、源氏が空蟬の寝所に忍び込み、勘ちがいをして軒端荻を抱くところなんか、これは、

——艶笑《えんしょう》文学だよなあ——

研究者との歓談の中で、そんな気配を感じないでもなかった。因《ちな》みにこのクライマックスをサイデンステッカーの訳から引用して示しておこう。

“Genji was delighted to see that there was only one lady asleep behind the curtains. There seemed to be two people asleep out toward the veranda. As he pulled aside the bedclothes it seemed to him that the lady was somewhat larger than he would have expected. He became aware of one odd detail after another in the sleeping figure, and guessed what had happened. How very stupid! And how ridiculous he would seem if the sleeper were to awaken and see that she was the victim of a silly mistake. It would be equally silly to pursue the lady he had come for, now that she had made her feelings so clear. A new thought came to him: might this be the girl who had so interested him in the lamp-light? If so, what had he to lose? It will be observed that a certain fickleness was at work."

と平易である。同じ部分の原文を覗《のぞ》けば、

〝君は入りたまひて、ただひとり臥《ふ》したるを心安く思《おぼ》す。床《ゆか》の下《しも》に、二人ばかりぞ臥したる。衣《きぬ》を押しやりて寄りたまへるに……〟

と明白に現代の文章と異なる。因みに右の英文を、先入観を捨てて……つまりこれが古典の一部であることを忘れて、そのまま訳してみれば、

〝源氏はカーテンのむこうに女がたった独りで眠っているのを見て喜んだ。ベランダのほうには侍女が二人眠っているらしい。ベッドの上がけをはぐと、女は思ったより太っているみたい。眠っている相手の特徴を少しずつ見極めるにつれ、なにが起きたのか、思いめぐらした。

ばからしい。もし眠っている女がめざめていて、自分が愚かなまちがいの犠牲にな

ったのだと知ったら、まったくお笑いものだ。消えてしまった女を追っても無駄なこと、彼女の気持はもうはっきりしてしまった。すると新しい考えが浮かんできた。眠っているのはランプの光で見て『わるくないぞ』と思った娘だろう。だったら、損はない。浮気心のようなものが込みあげてきたようだ〃と、あくまでも現代調なのだ。十九世紀頃の文学の翻訳と変わらないと判じた所以《ゆえん》である。簡単に結論の出せることではあるまいが、源氏物語が海外でどう読まれるのか、見えにくいところがたくさんあることは疑いない。

だから……と、あまり論理的ではないけれど、ここでは外国人が近代の小説を読むくらいの気分で、私も気軽にわれらが源氏物語を紹介していこう。

ストーリーは第四帖〈夕顔《ゆうがお》〉に移って、これはなんだかミステリー小説みたい。源氏は、むかし世話になった乳母《めのと》が病んでいると聞いて見舞に行く。この乳母は源氏のもっとも近しい腹心の一人、惟光《これみつ》の母でもある。惟光は今後もしばしば登場する人物。珍しく本名でしょうね。

牛車《ぎっしゃ》で訪ねて行ったが、

「門がしまってます」

「じゃあ、私は牛車の中で待っているから」

従者が中の様子を探りに行く。待っているあいだ源氏が周囲をながめていると、垣根をめぐらした質素な家に女たちが集まっているみたい。板塀にかかる白い花を見つけて独り言のように、

「なんという花かな」

と呟《つぶや》くと、ともの者が、

「夕顔です」

「一房折って来てくれ」

ともの者が花の茎を折っていると家の中から女の子が現われ、白い扇をさし出して、

「この上にのせて、どうぞ。枝のきたない花ですから」

家の中にいる女の計らいにちがいない。

――はて――

粗末な家だが、たしなみの深い女がいて、中から様子をうかがっていたらしい。源氏はそう判じたろうし、読者諸賢もそう察していただきたい。

が、そこへ惟光が出て来て、

「ご不便をおかけしました。ひどいところにお待たせしてしまいまして」

と案内する。

乳母の親族たちが集まっていて、思いがけない源氏の来訪にみんなこぞって恐縮、恐縮。乳母は、もう、源氏がりっぱになっているのを見て涙、涙、今生の最後のご利《り》益《やく》と喜ぶ。源氏は優しい言葉をかけ、病気平癒の加持祈禱《かじきとう》を命じて乳母の家を出たが、

——そう言えば、さっきの家——

と白扇を寄せた人が気がかりだ。扇にはみごとな筆跡で一首が書かれている。

心あてに　それかとぞ見る　白露の

　光そへたる　夕顔の花

夕顔の花に露が落ち、光を受けて輝いている。それと見まちがえるほど美しいお姿は、もしや源氏の君では？　くらいだろうか。

——わるくない——

源氏は惟光に、

「どういう人が住んでいるんだ」

「病人の看病が忙しく、近所のことまではわかりません」

と、そっけない。惟光にしてみれば、

——またいつもの癖ですか——

少し鼻白んでいるのだ。

「あはは。気に入らんのかな。でも、この扇、気がかりだから、だれかに聞いて調べてくれ」

主人にこう言われては惟光は逆らえない。奥へ入って調べて、

「家の主人は田舎へ行っていますが、その妻が風流を好んで、姉妹たちも出入りしているとか。宮仕えをしている女たちのようです。それ以上はわかりません」

と伝える。

――なるほど――

おおよその見当はつく。宮仕えをしているなら源氏のことを知っているのだろう。よこした歌はなれなれしい。

――小癪《こしゃく》な女――

とも思ったが、女から歌を送られ、そのままではすまされないのがプレイボーイの性分だ。

寄りてこそ　それかとも見め　たそかれに
ほのぼの見つる　花の夕顔

近くに寄って来て確かめてみたらいかがですか、たそがれどきに、ほのかに見える夕顔の花の姿を……と軽くジャブを飛ばし、

――今日のところは、このへんで――

と牛車を出発させた。

女たちはさぞかし驚いて大騒ぎをしていることだろう。この家の女こそが第四帖〈夕顔〉のヒロインであり、そう、これも夕顔という名で呼ぶことにしよう。

このころ源氏が親しく通っていたのは六条御息所《ろくじょうのみやすどころ》のもと……いや、いや、〝親しく〟は不適当かもしれない。いっときは親しく通っていたが、少し疎遠になっていた。六条御息所というのは……偉い。とても偉い。名家の出身で、早世した先の東宮（桐壺帝の兄弟）の妻であった人、皇后になったかもしれない女性である。教養はあるし、美しいし、でもプライドが高い。源氏としては帝《みかど》の妻・藤壺への思いが断ちがたく、言ってみれば、その身替りに、この高貴な寡婦《かふ》に近づいていた、という事情である。

当然のことながら御息所の住む家は特上である。源氏はそこで一夜を過ごして帰り道、夕顔の家の前を通るコースになっている。こちらは特上に比べると、だいぶ劣っているけれど、意味ありげな歌を交わした仲ではないか。気がかりでならない。

このあたり、源氏の好き心の発露と言えばその通りだが、もう一度、雨夜の品定めを思い出していただきたい。二流というか、中クラスというか、そこにもすてきな女がいる、という話ではなかったか。源氏の心の片隅にこの記憶があったことは確か。女のよしあしは出自だけでは決められない。どこに、どんな逸品が潜んでいるかわからない。これは源氏物語を貫くモチーフの一つであり、小説家は伏線として長編小説の初めに品定めをちりばめておいたのだろう。

――しかし、あの女、本当に中クラスなのだろうか――

歌は巧みだし、気おくれするところがない。品定めの告白をちらつかせながらストーリーはミステリアスに展開していく。

さて惟光は主人の意図を熟知していたから夕顔の家についてさらに調査を進め、

「あい変わらずよくわかりません。すてきな女性が春ごろから住んでいるんですが、どこのだれか、家の者にも教えないんだとか。確かにそっと覗いていると、若い女たちがいて主人に仕えているようです。私も覗き見をしたんですが、昨日、その主人らしい女が手紙を書こうとしているところへ夕日が射《さ》して、はい、まことにおきれいでしたよ。でもなにかつらいことがおありなのか、まわりの者も声を忍んで泣いてました」

わけありの女らしい。好奇心は蠢《うごめ》くが、源氏の心には空蟬のことがまだわだかまっている。声をかければ女はすなおになびくものとばかり思っていたが、空蟬とは一夜は抱きあったもののうちとけてくれなかったし、もう一夜は逃げられてしまった。

——二度もつれなくされて、私は負けたみたいだなあ——

釈然としない。さらに、

——もう一人はどうしてるか——

軒端荻のほうも、かわいそうと言えばかわいそう。それも空蟬が冷淡だったから……。空蟬はプレイボーイの醜態にほくそえんでいるのではあるまいか。

とこうするうちに空蟬の夫・伊予介が都に戻って来た。早速、源氏のところへ挨拶《あいさつ》に来る。海路の旅のせいで日に焼けて、無骨な男だが老いてたくましい。風格もあり、なかなかの男ぶりだ。伊予の国のことなど話題にのぼっても源氏は、

——私はこんな好々爺《こうこうや》の妻と通じたりして——

と、うしろめたい。空蟬は憎たらしいが、この男のことを思えば、

——貞淑な妻なんだから、ま、誉《ほ》めるべきかもしれんなあ——

でもある。伊予介はなにも気づかないまま話を変え、

「娘を結婚させ、妻を任地へ連れて行こうと思います」

と告げる。

つまり……軒端荻の結婚が決まり、空蟬は都を離れて遠くへ行く、ということだ。

——そんなあ——

源氏は狼狽《ろうばい》を隠すよりほかにない。

軒端荻のほうは、夫が決まってもまだ源氏からの誘いを待っているらしいが、これは一件落着の方向でよし。だが空蟬にはせめてもう一度だけでも会わなければ気がすまない。小君を突ついても、らちがあかない。こういうランデブーはたがいに心を合わせていても失敗が多い。まして空蟬のほうは拒絶を心に決めているのだ。空蟬は源氏の誘いを心待ちにするようなはしたない願望を一応は捨てていたけれど、忘れられてしまうのはやっぱりつらい。この心境を源氏がどこまで知っていただろうか。やがて空蟬は夫とともに去って行く。

当時の結婚は夫が妻の実家を訪ねる通い婚が多かった。源氏の正妻は（すでに触れたことだが）由緒《ゆいしょ》ある左大臣家の娘で、通称葵《あおい》の上《うえ》である。源氏が訪ねて行くと左大臣家は大歓待をしてくれるが、源氏自身はこの妻になじめない。もともと政治的な思惑の絡《から》んだ結婚であり、相手は年上で、気位が高い。それに、むこうも源氏をさほど愛していないみたい。こんな事情だからどうしても源氏の訪れが間遠くなってしまう。

いっとき親しんだ六条御息所も出自は最高にして教養も高く、人柄もりっぱであったが、この人は一途《いちず》な真面目《まじめ》ちゃん、ものごとを真剣につきつめて考えるタイプだった。男女の仲もひたむきであることがなにより大切、浮気は駄目だから源氏は困る。少々敬遠気味になっていた。この二人の仲がどういう経緯で始まり、どんなプロセスをたどったすえ今どんな思いを抱いているか、もう少し説明があったほうがよいような気もするのだが……そこにこそ小説のおもしろさが、読ませどころがあるようにも思えるのだが、このことについては後で触れよう。

六条御息所が源氏との仲について悩んでいたことはまちがいない。

——私はあの方のこと、好きだし、邪険にされたらつらいわ。それに、そんなことが世間に知られたら、それもつらいわ——

失恋はそれ自体もつらいし、それが周辺に知られてとやかく言われるのもまたつらい。遠い昔の高貴な女性も同じ悩みにさらされていたわけである。

秋が来て、源氏は左大臣家にはご無沙汰続き。

——うらめしく思われてるだろうな——

そう思いながらもそちらへはなかなか足が向かず、ある夜、源氏は六条御息所を訪ね、この夜はほどよい睦《むつま》じさを示した。きぬぎぬを迎え、出立する源氏はまことに凜々《りり》しく、優美である。本当に惚れ惚《ほぼ》れする男っぷり。紫式部はこのプレイボーイの上品な衣裳にも筆を振るって入念に美しさを綴っているが、それは省略、読者諸賢は形も姿も滅法美しい男性を想像してください。御息所に仕える女たちは感動して息を飲み、さらに加えて、

――昨夜はとてもねんごろでいらしたわ――

女主人と源氏がいつになく睦じく過ごしていたことも喜ばしく、誇らしく思っていたが御息所自身はどうだったのか。睦じい夜はうれしかったろうが、賢く、鋭敏な女はもっと深いものを……恋の行方を見つめていたのかもしれない。

源氏は夕顔の家の女が気がかりでならない。

――どういう人だろう――

それなりの身分の女らしいが、素性がわからない。生活ぶりは質素で、あえて身を隠しているようなところがある。品定めで話題になった二流のくちかもしれないが、センスはわるくないみたい。通って来る男がまったくいないのかどうか、そのへんもわからない。

やがて惟光の計らいで源氏はこの女のもとへ通うようになったが、女はそれでも身を明かさない。だから源氏のほうも名を明らかにせず（むこうはある程度気づいているだろうと察しながらも）身をやつして赴き、あからさまに相手の過去を問うことをしなかった。

――それほどの女かな――

訝《いぶか》りながらも気を引かれ、昼のうちからソワソワしてしまう。相手は特筆大書するほどの長所を備えているわけではないが、若々しく、微妙に上品で、かわいげがある。

――前世からの契《ちぎ》りでもあったのかなあ――

不思議な魅力を感じ、どんどん深入りしてしまう。

八月十五日、満月の冴《さ》えわたる夜を女とともに過ごした。その明け方は、例になくうすら寒く、耳を傾けると近所からは働く者たちのせわしない気配も流れて来る。情事にはそぐわない。

「近くにゆっくりできる館《やかた》があるから行きましょう。ここでは気詰りでいけない」

「急に、ですか」

「いいから、いいから」

日常を離れた密かなアバンチュール。ひとめのない静かな、寂しい館へと牛車で連れ出した。女もすなおに従って強くは抗《あらが》わない。

朝まだき、人家の乏しい里の道に入って薄暗い。どこからか行者たちの勤行《ごんぎょう》の声が聞こえ、厭でも人の命のはかなさ、恋の行方の頼りなさなどを思わずにはいられない。たどりついた館は、かなりのあばらや、牛車を降り、濃い霧の中、留守居の者の案内で草露を踏み分けながら行く。

――まるで道行きみたいだな――

女はさらに心細い。女には右近《うこん》という女房がつき従っているが、ここではひたすら源氏にすがりつくよりほかにない。わびしい里の家の風景描写もつきづきしく、女の姿もあえかに描いて間然するところがない。前者は省略して後者のみ原文を少し示せば、

〝白き袷《あわせ》、薄色《うすいろ》のなよよかなるを重ねて、はなやかならぬ姿、いとらうたげに、あえかなる心地して、そこと取り立ててすぐれたることもなけれど、細やかにたをたをとして、ものうち言ひたるけはひ、あな心苦しと、ただいとらうたく見ゆ〟

薄闇を背景にして白い衣裳に薄紫を重ねて、けっして華やかではないが、細い体がなよなよとあわれに映り、囁《ささや》く言葉もいじらしい、のである。源氏が日ごろ慣れ親しんでいる華麗な屋敷、上流の女たちの雰囲気とはまるでちがう。源氏自身、そんなも

のものしさや堅苦しさに少し倦《う》んでいたから、たまにはあばらやのデートも一興だろう。日がな一日、里の家の怪しさを女とともに楽しみ、

——少し水くさいか——

それまでは顔を覆面で隠していたのだが、はっきりと顔を見せて(女にもうちとけてもらいたくて)

夕露に　紐《ひも》とく花は　玉ぼこの
　たよりに見えし　え(縁)にこそありけれ

これは源氏が乳母の家の近くで夕顔から送られた白扇の歌をふまえて詠んだもの、覆面の紐を解いて顔(花)を見せたけど、これもあのときの縁でしたね、くらいの意味だ。これに対して夕顔は、

光ありと　見し夕顔の　上露《うわつゆ》は
　たそかれ時の　空目《そらめ》なりけり

あのとき光り輝く露のように美しく見たのは、たそがれどきの見まちがいかしら、と、手きびしい。源氏が「どうだ、私の顔は花のように美しいだろう」と詠《よ》んだのに対し「よく見ると、それほどでもないわ」なのだ。往時の女性としては、はしたない言いようだが、このときはこんなやりとりがふさわしい二人の仲、周囲の情況だった

のだろう。しかし、それでも夕顔は自分のことを明らかにしない。

また夜が来て……めくるめく愛のひとときを過ごして源氏がトロトロと眠りに陥る。

すると、夢かうつつか枕上《まくらがみ》に美しい女が坐《すわ》っている。恨みがましく呟いている。

「あなたをりっぱな方だと信じていたのに、こんなつまらない女と連れ親しんで、ひどいわ」

呟きながらかたわらで眠っている夕顔を起こそうとする。

――いけない――

源氏はうなされて目を開く。

恐ろしい。灯は消えて周囲はまっ暗闇。太刀《たち》を抜き枕もとに置く。これは魔除《まよ》けのため。次いで夕顔の侍女の右近を呼び起こした。

「だれか宿直《とのい》の者を呼べ。灯りを持って来させろ」

と命じたが右近も幻を見たのかおびえている。

「しょうがないな」

源氏が手を叩《たた》いたが、それも不気味に響いて返って来る。だれも来ない。

夕顔は、と見ればわなわなと震えて、ただごとではない。

「なにがそんなに怖い！」

伏せているのを抱き起こすと、ぐったりとしたまま。恐ろしさのあまり気を失ったのかと思ったが、なんだか息がないみたい……。源氏が部屋の外に出て、

「だれか！　惟光はどこだ」

しかし惟光は夜が明けるまでご用がないものと考えて、いったん退出したらしい。ほかの従者たちが騒ぎに気づき、灯りを持って馳《か》け寄って来た。

灯りを取って夕顔のほうを見れば、一瞬、またしてもその枕もとに、さっき見た美しい女がいて、

「えっ！」

すぐにかき消えた。

それを怪しむより焦眉《しょうび》の急は夕顔のほう。抱き寄せて、

「どうした。しっかりしろ」

どう揺すっても反応がない。顔色を失い、どんどん冷えていく。息は絶え、まさか……死んでいる。

「生き返ってくれ」

と叫んだが、生き返るはずもなく、早くも、死の表情を現わし始める。右近は、

「日ごろからとても怖がりでいらして……」

オロオロと泣くばかり……。

源氏もどうしていいかわからない。まったくの話、現代なら一大スキャンダル。司直の手が入るケースだ。

大急ぎで惟光を呼びにやり、この腹心の手配で善後策が講じられた。亡骸《なきがら》を夕顔の家へ戻すのは、女たちがいたずらに騒ぎ立てて、ろくなことがない。源氏はいち早く二条院の自宅へ帰り、これはアリバイ工作ですね。亡骸は東山あたりの懇意の山寺へ運んで、そこで急死ということに……。

二条院へ戻った源氏は自失の状態。女房たちは、

「どこからお帰りですか。どこかおわるいようですが」

と訝ったが、源氏は一人とばりの中に籠《こも》って胸を押さえて思案を取り戻す。

——どうして一緒に行ってやらなかったのか。もし山寺で生き返ったら、どう思うだろう。見捨てられたと思い、私を恨む。当然だよな——

自責の念が込みあげ、女へのいとおしさも募る。そのうえ頭は痛むし、熱もあるようだ。頭中将《とうのちゅうじょう》が帝の使いとしてやって来て、

「ぜひ参上するように。昨夜もいなかったが、どうしてたんだ？」

と問いかける。源氏は苦しまぎれに、

「乳母を見舞いに行ったところ、その家の者が急死し……穢《けが》れの身で参上できないよ」

と、ごまかした。

夜になって惟光が現われ、

「つつがなく手配いたしました」

「あれが最期《さいご》だったんだな、本当に？」

「はい」

衣の袖《そで》で涙を隠しながら、

「右近はどうしている？」

「自分も死にたい、と。本当に死ぬかもしれません。よくよく宥《なだ》めておきましたが」

「そうか。不都合かもしれないが、私もこのままでは気がすまない。もう一度亡骸に別れを告げたい」

と馬で山寺を訪ねて最後の別れを惜しんだ。この愁嘆場は省略して……悲しみの右近は二条院に、源氏の家に引き取ることとした。

少し落ち着いたところで右近に、

「あの人は何者だったのよ」

と尋ねてみれば、

「口止めされていたことをお亡《な》くなりになったからと言って話してよいものかどうか」

「いや、不思議な縁のあった人だ。懐しくてたまらない。ぜひ、ぜひ」

せがまれて語るに……なんと！　夕顔は頭中将、源氏の親友の愛人であったとか。

いっときは仲むつまじかったが、頭中将の妻の実家のほうから恐ろしいことを言われ、

「臆病《おくびょう》な気性でいらしたから黙って身を隠されたのです」

そこへたまたま源氏が現われた、という事情である。源氏としては、

――そう言えば、あの雨の夜に頭中将が話していたなあ――

と、そのことは第一章で触れておいたが、源氏は、

「確か子どもがあったはずだが」

「はい」

「事情を頭中将に話してよいものかどうか」

「はあ……」

「残された子を私のところで育ててもいいのだが」

「はい……」

右近の一存で進められることではあるまい。

だが、この提言はこのあたりで終り、源氏はふたたび夕顔の思い出に涙を誘われてしまう。

「いくつだったのかな、あの人は」

それも知らなかった。

「十九歳でした」

「すばらしい人だったね」

まさしく二流にもすてきな人がいる。源氏は夕暮の空を見つめ、

見し人の　煙を雲と　ながむれば
夕べの空も　むつましきかな

あの人を葬《とむら》った煙があの雲かなと思えば、この夕べの空も懐しくてたまらない、という心境ですね。

お話変わって、少し前の情事の後日談……。空蟬には小君を通じて歌を送り、それを受けた空蟬の心境は、

――もう、やめてください――

心苦しく思いながらも、やはりうれしい。女心の微妙さを抱きながら夫の伊予介とともに任地へ下って行く。

あ、そう、そう、婿《むこ》を迎えた軒端荻にも〝本当に好きだよ〟なんてリップ・サービスの歌を送り、返歌をもらい、

——やっぱり筆跡もよくないなあ——

上品さに欠ける人柄だったと思い返す。

はい、男の本心はこんなところでしょう。好きな人にはどこまでも優しく、好きでもなかった人には当たりさわりのないところで、その実かなり冷淡に……。でも女の本心はもっと顕著かもしれません、ね。

あ、そう、そう。それから夕顔の枕辺を襲った美しい姿のもののけ、あれはなんだったのか。源氏の心のやましさが生んだまぼろし、それが周辺の者にも伝染して、と、とりあえずそう解釈して第四帖〈夕顔〉を終えて第五帖〈若紫《わかむらさき》〉へ移ろう。

年が変わり春三月、前の年には夕顔ショックで源氏は二十日あまりも不調が続いたが、今度はマラリアのような病気にかかってなかなか治らない。北山に偉い行者がいて、この坊さんの祈禱がとてもよく効くらしい。源氏は親しい従者数人を連れてその

寺を訪ねた。勤行のあいまに外へ出てみると、この寺は山のてっぺんにあるので眼下に宿坊が見え、女の子たちが水を汲《く》んだり花を折ったりしている。みんなかわいらしい。

——女が住んでいるのかな——

さらに裏の山へ登って京のほうを眺めると、

「まるで絵のように美しいな」

従者たちが、

「都を離れて海や山を眺めると、もっとみごとな風景があります」

「ほう、そうか」

「西の国の海辺など、まったく絶景があって気を紛わすには最高ですよ」

と明石《あかし》の海岸のことを語り出し、そこに住む男について、ある大臣家の末裔《まつえい》で、すごい家を構えているが、今は身をやつし仏門へ入っていることなどを話す。

「その男に一人娘がいて、これがなかなか……」

「ほう？　美しいのか」

「父親がやたらかわいがっていて、そんじょそこらには嫁がせたくない。宿願にふさわしい好運にめぐりあえなければ、海に身を投げるがいい、とか」

「そんな箱入り娘なら龍宮の王にでも嫁がせたらいいだろ」

噂話に源氏は耳を傾けている。その父親、明石入道《あかしのにゅうどう》のユニークな生き方も綴られていて、読者諸賢も心に留めておいていただきたい。これはこの後の大切なエピソード、第十二帖から第十三帖の須磨《すま》・明石の出来事につながる伏線だ。

が、それはともかく、この散策のあと、源氏は山頂から見た宿坊の近くへ行き、垣根のすきまから覗いてみると、読経《どきょう》に励む尼君の姿、この尼も上品で、すてきな感じの人だが、女房に交じって現われた女の子の中に、

ドキン。

滅法美しい子がいる。将来はどうなることか。いや、いや、それはかりではない。

――似ている――

源氏が恋い焦《こ》がれている人に……。あの藤壺に……。それは早くに死別した母にも似ているということだ。感激のあまり涙がこぼれてしまうほどだ。

事情を問いただしてみれば、上品な尼君は少女の祖母で、その娘のところに兵部卿《ひょうぶきょう》宮《のみや》が通って来て生まれたのが、この少女。血筋はりっぱだが、生みの母はすでに亡く、尼君が引き取って育てている。

が、それよりもなによりも兵部卿宮と言えば、恋しい、恋しい藤壺の、その兄。藤

壺と少女は叔母・姪《めい》の関係なのだから似ていても不思議はない。このとき少女は十歳くらい。まだ幼い。飼っていた雀《すずめ》が逃げたと言って泣いているのだから……。しかし藤壺の姪なら、

――捨ててはおけない――。

源氏の執心はすでに始まっていた。少女の行末の頼りないこともあって後見を申し出るが、尼君は、

「ありがたいお話ですが、まだ、ほんの子どもなので」

やんわりと断った。源氏は尼君と歌を交わして別れるが、当然のことながらこの話はこの先大きく展開していく。

桐壺、藤壺、そしてこの少女（若紫、のちに紫の上と呼ばれる）……。藤壺は桐壺によく似ていたし、少女は藤壺に似ているし、源氏は似ている容姿に関心が深いのである。

3

二《に》兎《と》も三兎も追いかけて

若紫　末摘花　紅葉賀　花宴　葵

病気の治癒を願って北山へ赴き、そこで美しい少女を見初めた源氏であったが、病が治まれば、ぐずぐずしていられない。帝《みかど》もおおいに心配しているらしい。世話になった人々へ充分な感謝と御礼を尽し、源氏はうしろ髪を引かれる思いを抱いて都へ帰った。その折の源氏の様子は……例によって美しいこと、みごとなこと、見送りに出た人々がこぞって息を飲むほど。くだんの少女も、

「お父さまよりすてきなのね」

女房の一人が、

「じゃあ、あの方の子どもになったら」

ストーリーの行く先が暗示されている。

二条院へ帰った源氏はまず帝のもとへ参上して快癒の報告をすませる。すると、その席に左大臣の姿があって、

「私の牛車《ぎっしゃ》でお送りしましょう。一日二日ゆっくり休まれたらよかろうに」

「はい、どうも」

左大臣は源氏の正妻・葵《あおい》の上《うえ》の父である。ずっとそこへは通わずにいたから源氏としてはおろそかにもできず、そのまま左大臣家へ。葵の上は、いつものことながらすぐには現われず、左大臣に言われてようやく登場。絵に描かれた姫君のように美麗に

装《よそお》い、行儀よく坐《すわ》っているが、この取り澄ましようが源氏にはなじめないのだ。話しかけても反応が薄い。

「私の病気のこと、気になりませんか」

と尋ねても、そっぽうの答が返って来て、よい雰囲気にならない。源氏が寝所へ入ってもあとを追うわけでもない。

源氏は眠たいふりをして一人思い悩むよりほかにない。北山で見た少女のこと……。こちらは早速翌日に関係者のもとへ手紙をしたため、重ねて少女を引き取りたいこと、けっしていい加減な気持ではないことなどなどを訴えたが、やはりはかばかしくは進展しない。

そのうちに、大事件、大事件……いや、いや、大事件は少し後のことで、ビッグ・ニュース、ビッグ・ニュース、藤壺が患《わずら》って宮中から里のほうへ退出したとか。このチャンスに、

——逢《あ》わずにいられようか——

藤壺に仕える女房を責め落とし、無理な算段を講じさせてなんとか会ってみれば、懐《なつか》しさ、いとしさはひとしお、もうどうにもならないほど源氏の思いは深い。手紙を交わすくらいでは我慢ができない。藤壺のほうも、

——この人を受け入れてはならない——

と、拒絶の決意は固いものの源氏の魅力がひたひたと女心に迫ってくる。

——もう耐えきれない——

ここで大切な指摘を記しておけば、源氏物語は第一帖《じょう》〈桐壺〉と第二帖〈帚木〉のあいだにもう一帖、源氏と藤壺の最初の密会が描かれた幻の一帖があった、という説がある。驚いたなあ。その説の真否はともかく、小説作法としては、

——源氏と藤壺のこと、これまでにもう少し触れておいてほしかったなあ——

と思う。十二歳の源氏が母・桐壺によく似た藤壺に強い思慕を抱いていたことは〈桐壺〉に描かれているが、元服以後は管絃《かんげん》の催しなどの折に、かすかに藤壺の姿を見て涙を流すだけ、プラトニックな思慕に見えたが……読者はそう読んでしまうが、その実、このあたりで（物語に記されていない空白の五年間も含めて）源氏は一度くらい憧《あこが》れの人と密会を果しているのではないのか、ありていに言えばそこで肉体関係に近いものがあったのではないのか、それがおぼろげな描写であれ記されている一帖が、数ページが、あってもよさそうな気がするのである。もっとも紫式部は、こういう密会を直截《ちょくせつ》には描かない美意識があったらしく、後日談の中にさりげなく書いたりする。たとえば藤壺が〝あさましかった〟一夜を思い出して苦しんだりして、これが

過去の決定的な出来事の説明だったりするのだ。現代の読者にはわかりづらい。研究者の意見などを綜合《そうごう》してみると何年か前に肉体関係に近い密会があったことは確からしい。

そんな過去があればこそ若い源氏の思慕は一層強まるし、藤壺のほうにも微妙な弱味があったにちがいない。いずれにせよ源氏はこの〈若紫〉の帖で手段を尽して強引に里帰りの最中の藤壺に会う。そこでどんなくさぐさがあったことだろうか。これも記されることなく、別離のあとに、さらに強まる憧憬《しょうけい》と罪の深さを……源氏の立場から、あるいは藤壺の立場から物語の作者は少しだけ綴《つづ》り、そのあと密会から三カ月たって藤壺は気分がすぐれず〝いとしるきほどにて、人々見たてまつりとがむるに、あさましき御宿世《すくせ》のほど心うし〟……つまり、はっきりと兆候が現われ、人々が見て問いただすようになり、藤壺はこの世の定めのあさましさに心を悩ました、となる。これは懐妊であった。源氏の子を身籠《みごも》ったのである。

周囲の者たちはよくわからない。懐妊は確かでも、なぜ今まで奏上《そうじょう》しなかったのか。真相を察する者もあったが、恐ろしくてとても明らかにできない。やがて藤壺は宮中に帰って〝帝の子〟が生まれることとなる。のちの冷泉帝《れいぜいてい》である。

源氏の悩みは深い。その苦しみに耐えるエネルギーは、

――あの少女のこと――

北山で会った少女を、藤壺の姪《めい》であり、そのせいかよく似た美しい娘を手近に置くことと、その執拗《しつよう》な要求へと向かって行く。

さて、話は変わるが、巷間《こうかん》では〝一押し、二金、三男〟と言う。女性にもてるための条件、そのランキングである。経済力や男っぷりも大切だが、それよりもなによりも〝押しが強いこと〟〝まめであること〟が役立つ、と教えているのだ。そうかもしれない。

源氏の君は二も三も超一級であったが、一についても怠りがなかった。北山で見た少女（少女を思って詠じた歌の中に紫草を匂《にお》わす歌があり、それゆえにこの少女を若紫と呼ぶようになるのだが）若紫を、ぜひとも手近に引き取ってうしろ楯《だて》となりたい、と、その要望はまことに真摯《しんし》で、しつこかった。相手は十歳くらい、なのに、この要望は〝愛人にしたい〟という意図を含むものなのだから、少女の関係者にしてみれば、

――よいお話だが、まだ早い――

と戸惑ってしまう。どうせっつかれても答を出しにくい。

この少女、若紫とは……あるやんごとない姫君のもとに先帝の皇子・兵部卿宮《ひょうぶきょうのみや》が通

ってもうけた子どもなのだ。母なる姫君は早世し、祖母なる尼君のもとで育てられていた。因《ちな》みに言えば兵部卿宮は源氏が敬慕する藤壺の兄であり、だからこそ少女は藤壺によく似ていて、源氏の心を揺さぶるわけである。少女の亡母は、娘の世話を父なる兵部卿宮には託したくないという考えを生前に抱いていたようだ。継母がいるからだろう。かくて、若紫は大変りっぱな血筋を持ちながら今は後見の薄い立場だった。

源氏が、

「じゃあ、私のところへ」

と申し出る情況は整っていた。関係者に使いを送り、歌を届け、源氏自身も出向いて説得にかかる。少女も源氏に少しずつなついてくる。まことに熱心な交渉が続いていたが、なんとまあ、この申し出の続く最中に、少女の一番大切な養育者である尼君が他界してしまう。少女の身はあわれそのもの。源氏には、ますますのチャンス到来。兵部卿宮の方からも後見の手が伸びて来るが、源氏としては、そんなところへ委《ゆだ》ねるわけにいかない。いよいよ明日あたり兵部卿宮から少女への迎えが来るらしいとわかった朝まだき、

「惟光《これみつ》、仕度をしろ。行くぞ」

腹心に命じ、少女の眠る家を訪ねた。少女の世話をする人たちは、うろたえ、拒も

うとしたが、源氏は委細かまわず、

「さあ、行きましょう」

寝ぼけまなこの若紫を連れ去る。少女には一番近しい世話係の女房が一人ついて来るだけ……。

「ほかの者は後から来ればいい」

と取り合わない。

でも、これって子女誘拐《ゆうかい》に近いのとちがうかな。とにかく源氏の住む二条院へ連れ込み、にわか仕立てで少女がここちよく暮らせる環境を作った。

思いがけない失踪《しっそう》に兵部卿宮のほうは困惑したが、源氏に口止めされている関係者からは、はかばかしい情報がえられない。そのうちになにか察することがあったのかもしれない。

——まあ、いいか——

この父親には積極的に少女の後見をしにくい事情もあったのだろう。トラブルは生じなかった。あとは若紫が二条院でどう暮らすか。源氏の配慮が行き届き、幼い心も納得して、落ち着きを取り戻す。それどころかすっかり源氏に馴《な》れ親しんでしまい、源氏の帰宅を待ちうけて迎え、二人で雛《ひな》遊びを楽しむのはともかく、夜は懐《ふところ》に抱かれて寝起きする始末。これって、たとえ実の父娘でも、少し不適切。まして少女の後見人がその少女と臥所《ふしど》を一つにしたりして……。源氏も、

――ちょっと風変わりかな――

と思い、読者諸賢もそう思いますよね、やっぱり。この関係が、いつ、しなやかな男女の仲になっていくのか。

ストーリーは第六帖〈末摘花《すえつむはな》〉に入り、これは源氏が、やんごとない醜女《しこめ》についつい関わってしまう話である。

つまり、その、源氏はときどき急死した夕顔のことを思い返し、

――いい女だったなあ。あんな人、またどこかにいないかな――

空蟬《うつせみ》も軒端荻《のきばのおぎ》もみな懐しい。関わりを持った女にはいつまでも慮りを忘れない性分なのだが、それとはべつに昔の乳母の娘に大輔命婦《たいふのみょうぶ》がいて、この女が、

「とても琴の巧みな姫君がおられて」

と、ほのめかした。

その姫君は常陸宮《ひたちのみや》の娘で、出自はすばらしいのだが、今はろくな後見もなく、さびしく、貧しく暮らしている。人見知りが激しく、命婦とも几帳《きちょう》を隔てて話すくらい。

──夕顔みたいな人かなあ──

ある十六夜《いざよい》に源氏が訪ねて、琴の音を聞く。格別うまくはないが、

──まあまあ、かな──

ひどい暮らしぶりのことはひとめでわかる。

──どうしたものかな──

と、この夜はそのまま退散してくると、

「えっ」

ものかげに男が訪ねて来ていて、なんと！ 親友の頭中将ではないか。頭中将は源氏がどんな女のところへ行くか、つけて来たのだった。二人はからかいあい、一緒に立ち去ったが、

──頭中将も、あの荒れ果てた家の女に関心を抱いてるのではあるまいか──

かすかにライバル意識がうごめく。あばらやにすてきな女がいたりしたら、ずいぶんとロマンチックではないか。源氏は大輔命婦を通じて小出しに粉をかけるが、おもわしい反応がない。手紙を送っても返事がないし、会いに行っても愛想がない。障子のうちくらいまでは入ったけれど（ここまで入れば契《ちぎ》りがあった、と見なされるが）、その実、はかばかしい進展はなかった。

――よほど奥ゆかしい姫君なのかな――

仲介する命婦の説明もはっきりしない。源氏は相手をよく見てないから半信半疑。次に訪ねて、もどかしい夜を過ごし、朝に到《いた》って、

「雪の空がすてきですよ」

と、御簾《みす》の外へ出て来るよう誘いかけた。女房にうながされてにじり出て来た姫君を横目で見ると……。ここが、まあ、この第六帖の白眉《はくび》だろう。胴長で、顔色は青く、とりわけみっともないのは鼻……。普賢菩薩《ふげんぼさつ》の乗っている象の鼻みたい。長く伸びて垂れ、先端が赤い。ひどく長い顔。体は骨張って肩のあたりは痛そうなほどゴツゴツしている。着ているものも、寒さのせいもあろうが、ボテッとしてひどい。若い娘の衣裳《いしょう》にしては古風過ぎる。ただ頭の形は美しく、とりわけ髪は黒々として長く、床に広がり溢《あふ》れている。よほど恥ずかしいのか、口もとを袖《そで》で隠しているが、それがまた野暮ったいしぐさだ。充分にひどい様子だが、それを描く作者の筆も充分にきつい。そばに仕える者も落第点が多い。

源氏は狼狽《ろうばい》し、歌を贈って立ち去るが、

――気の毒だなあ――

色恋とはべつにプレゼントなどをする。姫君からようよう手紙が返ってきたが、紙

も、筆使いも、雅《みや》びとは言いにくい。そえられた歌に首を傾《かし》げていると、衣裳箱がさし出され、中身は〝元旦《がんたん》の御装束に〟ということだが、これ

――これを私に〝着ろ〟というのか――

歌までがはしたない。ろくな師匠もついていないのだろう。このとき源氏が詠《よ》んだのが（独詠である。贈ったわけではない）

なつかしき　色ともなしに　何にこの
すゑつむ花を　袖にふれけむ

懐しい色でもないのになんでこの花に袖をふれてしまったのか、あの赤鼻がいまいましい、である。

末摘花というのは紅花のこと。ここからこの姫君が末摘花と呼ばれるようになるのだが、それでもなお源氏は決定的に末摘花を見捨てるようなことはしなかった。この粋人の心意気と見るべきだろう。

そして、もうひとつ、念を押しておけば、源氏は頭中将とのライバル意識もあって、この末摘花に早い段階で（たとえば二度目に訪ねたときくらいに）契りを示していたらしいのである。姫君の障子の中に入って歌で呼びかけたりしたら、これはもう当時は〝一線を越えた〟男女関係だったのだ。契りなのだ。しかし顔は見ていない。

――背は高そうだな――

疑心を抱きながらもみんな奥ゆかしさのせいと勝手に考えて何度か通い、とうとうひどい姿を見るし……心ばえも冴《さ》えない女と知ってしまった、という次第。たったいま示した歌にそんな心境が表われている。源氏の色好みと勝手な思い込み、仲介役の命婦の思惑といい加減さ、姫君の羞恥《しゅうち》と醜さ、三人の立場を読者は少しずつ感づき、そこにはモリエールの喜劇（あるいは狂言）のような構成が生じ、これこそがこの帖の重要ポイントかもしれない。

一方、自宅の二条院では、若紫がすっかり寛《くつろ》いでいて滅法美しい。源氏は雛遊びに興じながら、髪の長い女を描いて、その鼻先に紅を塗り、次には自分の鼻先に紅をつけ、

「私がこうなったら、どうだ」

若紫は、

「いやーん」

源氏は拭《ふ》きとるまねだけをして、

「おっ、消えないぞ。こんなざまでは帝に叱《しか》られてしまう」

若紫は、本気で心配して拭きとろうとする。和気あいあい、まるで夫婦のようにな

じんでいる。源氏の女性関係はまことに複雑で、多岐にわたっているのである。

第七帖〈紅葉賀《もみじのが》〉ではタイトル通り紅葉の美しい季節に朱雀院《すざくいん》への行幸が企てられ、実行される。

朱雀院って、なに？

ここでは建物を指し、桐壺帝の父か兄か、とても偉い人が住んでいた。この物語では後に朱雀帝も朱雀院（上皇）も現われるから少し厄介だが、気にしない、気にしない、ここでは訪ねる相手よりそこで催される貴人たちのパフォーマンスが重要であり、みんなが日ごろ鍛えた典雅な技を披露することになっている。ただしこの行幸には女たちは参加できない。せっかくのパフォーマンスが見られないのは残念至極、とりわけ帝はいとしい藤壺にこれを見せたくて予行演習を兼ねたプレ・パフォーマンスが催された。

源氏は頭中将と組んで、中国伝来の雅楽〈青海波《せいがいは》〉を舞った。冠をつけ、波紋様の衣服で踊る。そのみごとなこと、みごとなこと、頭中将も美しいが、源氏はさらに美しい。楽の音に合わせて典雅な手ぶり、足ぶり、表情も美しく、とてもこの世のものとは思えない。舞いながら詩句を朗詠するや、これはさながら極楽に住む妙鳥・迦陵《かりよう》

頻伽《びんが》の声である。あまりのすばらしさに帝を始め、見る者みんなが感涙にむせぶほどであった。ひとり弘徽殿女御《こきでんのにょうご》だけが、

「神様が聞いて神隠しにするわよ、ああ、気持わるい」

故事を引きあいにしてけちをつける。

藤壺の心中は複雑だ。もとより源氏の美しさに感動したけれど、帝に、

「今日の催しは青海波ひとつで完璧《かんぺき》だった。あなたはどう見たかね」

と問いかけられ、

「は、はい、すてきでした」

源氏との関わりを隠すのに必死であった。

翌朝、源氏から藤壺のもとに手紙が寄せられ〝心が乱れて舞うどころではなかったけれど、それに耐えて袖を振ったのをご存じでしたか〟と歌で訴え、藤壺は〝唐の国でどのように袖を振るのか知りませんが、みごとでしたよ〟と、むしろそっけなく返したが、このやりとりには、二人の複雑な心理が絡《から》んでいる。藤壺は源氏との罪深い交りを悔み（その結果が胎中に宿っているのだ）源氏もそのことに悩みながらも、とにかく藤壺が久しぶりに歌を返してくれたことがうれしくてたまらないのだ。この先、この心境をベースにした二人のやりとりが……すなわち藤壺は源氏をいとおしく思い

ながらも拒否を貫こうと努め、源氏はことの恐ろしさを知りながらなお藤壺に会いたいと願う、そんなくさぐさがくり返され、皇子の誕生のあとも続いていく。

それにしても源氏の周辺は大変だ。だれもかれも心中おだやかではいられない。あえて言うならば、雨夜の品定めはさまざまな女性についての雑談であったが、話の趣を実際に試みようとするとこれはただごとではすまない。なのに源氏物語はそのように展開していく。もちろん実際に試みる主人公は源氏の君である。

まず藤壺、これは今述べたように純愛と罪悪感の絡みあいである。愛を抱えながら秘密の保持に心をくだかねばならない。次いで葵の上、正妻で、しかも美しく、趣も深く、おまけにその父の左大臣は源氏に対してとてもねんごろなのに、源氏自身はこの女とはうまく折りあえない。そして若紫、とてもすてきな少女で、源氏は愛情をますます強くするが、これは男女の関係とするには相手が幼なすぎる。どう愛しても満たされないものがあるのは我慢するとしても周囲は奇異に思うし、なによりも葵の上が、

「二条院に女を囲い込んで溺愛《できあい》してるって話じゃない」

と、強い反発があらわになる。

空蟬のことも、しこりを残している。軒端荻はどうしているだろう。それにしても、

──夕顔は、わけもなくチャーミングだったなあ──

いとしい女なのに死なせてしまった。この無念さがわだかまり、末摘花にうっかり手を出して厭《いや》な思いのほうが強く残っている。ほかにも気がかりなケースがいくつかあるらしい。

第七帖〈紅葉賀〉は青海波のパフォーマンスを冒頭に置いて、源氏がどれほど美しく、雅びであるか、どれほどみんなの賞讃《しょうさん》を受けているか、余すところなく描き、その一方で、源氏の心の煩悶《はんもん》を示して対比させるような構造だ。読者としては、

──もて過ぎるのも大変だなあ──

という感慨なきにしもあらず。

一服の清涼剤とも見えるのは、源氏が兵部卿宮と会って、たがいに親しみを深くするくだりだろうか。源氏にしてみれば藤壺の兄ということで敬愛を覚えるし、この男もなかなかの美丈夫《びじょうふ》でもある。彼は源氏について、

──私が女になって恋したいな──

と惚《ほ》れ込んでいて、それはそれでいいけれど、この男の娘、若紫は源氏が密《ひそ》かに連れ出して二条院で育てているのだ。このあたりの事実があからさまになったら、この親しさはどうなるか。不安は背中合わせだろう。

る）源氏は、兵部卿宮がススイと藤壺の御簾の中に入るのを見て（兄なんだから許され
る）羨《うらや》ましくてならない。

——なんだかこのごろ藤壺は私に冷たいし——

と気が気でないのだ。

左大臣はこの娘婿《むすめむこ》に対して内心では、

——浮気はほどほどにして、うちの娘をもう少しかわいがってくれんかなあ——

とは思うけれど、源氏に会ってしまうと、なにしろチャーミングな男なので恨みを忘れてしまい、厚い好意を示してしまう。これから出かけようと装束を正している源氏に、宝玉を散らした名高い帯を贈って着用を勧め、ついでに履物までそろえてやろうとする始末。源氏が驚いて、

「この帯は宮中で宴会のあるときにでも」

「いや、いや、そのときには、もっとりっぱな品があるから」

万事この調子で、源氏の世話をやくことがうれしいのである。葵の上との関係は、もちろん源氏が煙たがっているのがしっくりしない第一の原因だろうが、ボタンのかけちがいみたいなところもある。若紫の件についても源氏は、

——すなおに問いただしてくれれば、ちゃんと説明するのに——

と思い、また、

――やっぱり私の浮気がわるいんだよな――

と反省もするのだが、葵の上のほうは疑心暗鬼を募らせて、

――二条院に迎えた人を、いずれ正妻にするんでしょ――

このテーマに拘泥《こうでい》すること自体、彼女のプライドが許さないのだ。帝はむしろ左大臣の肩を持ち、

「左大臣が心を籠《こ》めて育てた一人娘なんだから、もう少し配慮したらよい」

と苦言を呈されるから源氏は恐縮するばかり、なんとも答えられない。とはいえ帝の目には少しふし穴のところもあって、

――この男はやたら情事にうつつを抜かしているわけではない。左大臣の娘とは性格の不一致かなあ――

と、同情したりしている。

色事は秘密主義がよろしいのだけれど、そして源氏はこの点とても巧みなところがあるのだが、これは一歩まちがうと真実の〝友〟を損うことにもなりかねない。

こういう情況の推移の中で藤壺の出産が近づく。いや、もう近づくべきなのに、なかなか近づかない。

少しおかしい。日時が合わない。

たとえば……帝と藤壺が最後に親しんだ日から数えて、もう産まれてよいはずなのに、それが遅れている。源氏は真実を察知し、それより先に藤壺自身が確信し、周囲にも気づく者がいただろうが、当時の科学はさいわいにもおおらかなところを伏在させていたようだ。予定の十二月も過ぎ、一月もなにごともなく二月の十日過ぎに皇子が生まれ、帝の喜びはひとしおであった。宮中は賑《にぎ》わい、藤壺はますます安らかではいられない。死さえ覚悟し、それを願ったかもしれない。だが弘徽殿女御などが、

「いい気になって。呪《のろ》ってやるわ」

皇位継承の問題もはらんでいるから、皇子の誕生をよくは思っていないらしい。おおらかな藤壺も、

——そういうことなら、こっちもおちおち死んでなんかいられないわ——

気強くなって産後の肥立ちもまずまず、元気を回復した。母は強し、である。

子どもは生まれたときから源氏によく似ており、育つにつれいよいよ似てくる。生き写しと言ってよいほどに。源氏はその子を見たくて見たくてたまらないけれど、藤壺は、

——会わせたらろくなことがないわ——

さらに頑《かたく》なに源氏が近づくのを拒否するようになった。源氏がつきそいの命婦に迫ってみても、どうにもならない。

帝はと言えば、目に入れても痛くないほど幼な子をかわいがり、源氏に似ていることについても、高貴なお立場は賤《いや》しい疑いなど抱くはずもなく……それにことの真相は〝この世にけっしてあってはならないこと〟なのだから、

——比類なく美しい者は、結局似るものなのかな——

と、おおらかである。世間には知らないほうが平穏というケースがよくあるものだ。

源氏と若紫との睦《むつま》じさは、一緒に人形遊びをするやら琴と笛とを合わせるやら、少女は子どもっぽいけど、とても賢く、センスも抜群、この二人を父娘として見れば、まことにほほえましく、特上の関係、それがこまごまと綴られているが、このままではすむまい。源氏の喜びにはつねに影がつきまとっている。

お話変わって、ここに源典侍《げんのないしのすけ》という女がいて人柄もよく、才気もあり、出自もよろしいのだが、色好みのところがあり、充分に年を取っているのに、その気は衰えない。源氏は、

——どうしてかなあ——

好奇心をそそられ、冗談半分に誘いかけてみると、むこうはいささかもたじろがない。その気になって仕かけてくる。源氏は人に知られてはみっともないし、

——まずいぞ——

と、すげなくすると、女は本気で恨み悲しむ。仕方なく歌などを交換して痴話を交わしていると、それを帝に覗《のぞ》かれたりして、二人とも狼狽、狼狽。

ところがこの関係を頭中将が知り、

——あの女はいつまで色好みなんだ——

源氏の鼻を明かしてやれ、と近づくうちに当人が彼女とねんごろになってしまった。頭中将もなかなかの美丈夫だから典侍は、

——まあ、まあね——

と思いながらも、やっぱり本命は源氏がよろしい。

ある夜、琵琶《びわ》の音に誘われて源氏がこの典侍を訪ね、歌などを交わしていると……こういう戯《たわむ》れには、ほどよい相手なのだが、そこへだれかがそっと忍んで来て、源氏は、

——まずいな——

屏風《びょうぶ》のかげに隠れた。こんな老女と夜を過ごしているのを人に知られては貴公子の

沽券《こけん》にかかわる、かな。

典侍にしてみれば、近づく影に気づいて、これは恋人と恋人の鉢合わせ。

——まずいわ——

震えながらも入って来た男にしがみつく。男は怒って抜刀……。だが、男はもう吹き出しそう。よく見れば、なんと頭中将ではないか。頭中将は源氏がどんな女とつきあっているか現場をあばこうと追っていたのである。

「ひどいなあ」

わかってしまえば、腕をつねったり、直衣《のうし》を引きちぎったり、小ぜりあいも恨みの歌を交わして優雅である。頭中将が一本取った形で、その後のからかいの種にされてしまう。源氏としては、

——またつまらない女とつきあってしまったなあ——

しかし出来事そのものは、親しい男同士の戯れとして、わるくない。二人の人間関係を示す適当なエピソード、小説家の技である。頭中将も一流の貴人、でも源氏と比べれば、いつも負け犬だ。それをくやしがり、出自だって、容姿だって、

——負けちゃいないぞ——

このライバル意識が小説のちょっとした味つけになっている。この出来事といい、

青海波をともに踊ったことといい、第七帖は頭中将にも細かく筆がさかれている。

そして話は変わり、藤壺がいよいよ中宮に立つこととなった。これは古株の弘徽殿女御を越えての出世だから女御のほうはおもしろかろうはずがない。しかし帝は藤壺をこよなく愛していたし、そこにはりっぱな皇子も生まれ、自分の退位も考えていた。そうなれば弘徽殿が生んだ今の東宮が帝位を継ぐのは必定。そのときには、

「あなたは皇太后になるんだから」

と弘徽殿を宥《なだ》めて、この人事をまるく治めた。源氏は宰相のポストに就き、藤壺が中宮として入内《じゅだい》する夜には、お供の役をおおせつかった。

まことにもって複雑な心境……。藤壺のそばに行けるのは、うれしい。でも輿《こし》の中を思いやるだけ、会えるわけではない。藤壺の出世は喜ばしいが、

——つらいなあ——

この栄誉で二人の罪の意識はさらに深くなる。源氏も苦しいが、藤壺はもっと苦しい。

——なんたる因果——

罪の子は、それと知られることもなく、ますます美しく育っていく。源氏と同じようにあでやかに、さながら天に月と日が二つながら輝いているように。

まことに浅薄ながら私見を述べれば、失恋で苦しいときには、静かに日時を置くのがよろしい。苦しさを埋めようとして、もう一つ、べつな恋を求めると、ろくなことがない。ちがいますか。遠い昔の源氏の君にも、不肖私のこんな愚考を伝えたくなってしまう。藤壺への満たされない思いを抱いたまま末摘花や源典侍にちょっかいを出したのは、真剣でなかったから傷は浅かったけれど、相手によっては軽傷ではすまないケースも生じてしまう。

第八帖〈花宴《はなのえん》〉は短い一帖で、帝が桜の宴を催すところから始まる。左近の桜、今日でもその名残りが京都の御所に伝えられているが、そんな山桜を眺めて絢爛《けんらん》豪華な催しが開かれ……帝はもとより藤壺、東宮、弘徽殿女御、左大臣、右大臣、有力メンバーから中ぐらいまでゾロゾロと集まっていた。弘徽殿女御は自分の立場が藤壺より下位にあるのがおもしろくない。それでもこれだけの催しを拒否するわけにいかず参上して……と、この人はなべてこの物語の敵役的存在なのである。源氏は帝を助けてプロデュースの役を務めたふしがあり、後にこの点について左大臣から絶賛を受けたりするのだが、この人は、催しの場に姿を現わしただけで美しいのは毎度のこと、帝より〝春〟の字をいただいてみごとな漢詩を創《つく》ったり、あるいは東宮に望まれて、ほんの少し、袖をひるがえすくらい舞ったりするだけでも見事、見事、頭中将もりっぱに舞って宴は大成功。だが、それとはべつに源氏は藤壺を気にかけ、藤壺も源氏が気がかりだ。藤壺は源氏の凜々《りり》しい姿を見て、

おほかたに　花の姿を　みましかば
露も心の　おかれましやは

と詠んでしまう。これは、普通の気分で凜々しい花の姿を見たのであったなら露ほどもやましさを覚えないだろうに、である。安らかな気分で源氏を見ることができない、と藤壺の心境はその通りだったろうが、こんなこと、みだりに吐露してはいけないですよね。そして、その通り、おもしろいのは、これは独詠であり〝密かに詠んだはずなのに、どうして世間に漏れたのだろう〟と文中にそえてあることだ。風が運んだのか、リークした者がいるのか、藤壺の心中に作者が同情したのか、小説家のテクニックですね。

一方、若紫については、少しずつ成長して華麗さを増し、源氏との睦じさがほほえましくも微妙に変じていくことが綴られている。

が、この帖の白眉はほかにある。宴のあと人影も消えた夜更《よふ》けに源氏は、
――なんとか藤壺に会えないものか――

と、館《やかた》のまわりをさまようが、扉はきっかりと閉じて探りようもない。すぐ近くに弘徽殿の細殿《ほそどの》があって、ここは戸口が一つ、開いている。そっと忍び込むと中は寝静まっている。

そこへ普通の女房とはちがった上品な気配を漂わせて、

「朧月夜《おぼろづきよ》に似るものぞなき」

と、新古今集の名歌の一節を口ずさみながら女がやって来る。

——すてきな女性《にょしょう》——

源氏はすっかりうれしくなって、スッと袖を捕らえた。女は、

「あ、怖い、どなた？」

「怖いこと、ないでしょう」

と言いながら、さらに、

深き夜の　あはれを知るも　入る月の

おぼろけならぬ　契りとぞ思ふ

と歌でつないだ。女が「朧月夜に……」と呟《つぶや》きながら来たのに対し、それを受けて〝こんな月夜のあわれを知るあなたは、入る月とも深い契りがあってのことでしょうね〟と問いかけたわけ。〝入る月〟はもちろん忍び込んで来た源氏自身のことをほの

めかしている。とっさにこういう歌を示すのが当時のよきプレイボーイの資格であった。

こう言いながら女を抱きかかえ、しきりの戸をしめてしまうのだから、しぐさは優しくとも、ほとんど暴漢みたい。女は震えながら、

「ここに、変な人が」

と叫んだが、源氏はわるびれもせず、

「私はなんでも許されている立場ですから、人を呼んでも無駄です。静かにしてください」

すごいですねえ。万民平等の社会ではないんです。女のほうも、

――源氏の君だわ、きっと――

と知って少し心を許した。貴公子に誘われたら優雅にふるまい、愛想のない女と思われたくない、と、そんな心理もあったろう。

源氏は少し酔っていた。女を放したくない。女も若いせいか拒み通すわけでもない。

――かわいいな――

と思い、次の文章は〝ほどなく明けゆけば、心あわたたし〟であって、つまり朝が明けてくるので、あわただしい、のである。さっきは深夜だったのだから……どのく

らいじっと抱き合っていたのか。あわただしいのは、
――これからどうしよう――
今後のことに心を乱しているのだ。女は思い乱れている。当然そうだろう。相手がいくら貴《たっと》い源氏の君らしいと察しても初めて会ったとたん、いきなり抱かれてしまったのだから。源氏は畳みかけ、
「お名前をお聞かせください。お手紙を送ります。これで終りじゃないでしょ？」
すると女は歌で答えて、
うき身世に　やがて消えなば　尋ねても
草の原をば　問はじとや思ふ
名前を言うほうがやさしいと思うけど、そういうはしたないことはやらないのだ。これで女も相当な身分と教養を持つ人とわかる。歌の意味は〃このまま私が死んだら、あなたは名前を知らないからって草の原を分けて私を訪ねてくれないんですか〃くらいだろう。お気持がおありなら名前くらい調べてくださいな、かな。とても色っぽく聞こえた。脈あり、と男は思う。
このあと源氏も歌で答えたりしているが、人々が起きて来るらしく、出会いの現場を見られるのはまずい。扇を交換して別れた。

宿直《とのい》の館に戻ってからも、

——すてきな女《ひと》だったなあ——

と心がときめく。弘徽殿で会ったのだから右大臣家の娘だろう。トップ・クラスであることはまちがいない。しかも若い。五番目か六番目の娘……。

しかし、読者諸賢よ、弘徽殿女御と言えば、源氏と敵対している相手ではないか。その女御の妹、なんですよ、きっと。そんなやんごとない姫を野合《やごう》同然に扱ったりして、これは容易じゃない。いくら〝なんでも許されている立場〟だとしても。

しかし源氏の執心は一通りのものではない。腹心たちに探らせたが、わからない。源氏は若紫と親しく戯れたり、正妻・葵の上の住む左大臣家を訪ねたりしながらも、この女が忘れられない。

折しも右大臣家で藤の花の宴が催され、源氏のところへ迎えが来る。帝も、

「行ってやれ」

と、おっしゃるし、源氏は心中密かに期すところがあったのではないか。そのときの源氏の衣裳、いでたちは例によって格別みごとなのだが、これは省略。宴も滞りなく終えて夜が更けるころ、源氏は酔って苦しくなった、みたいに装って席を外し、右大臣家の女たちの住む一画へ忍び込む。戸口から入って寄りかかり、御簾の中に女た

ちがいるのを確かめ、

「気分がわるいので、少し休ませてください」

と御簾の中に体半分を入れてしまう。中からは、

「困ります。身分の賤しい者のすることですよ」

こんな方法で上流とのコネクションを求める者がいるのだろう。

源氏はそのまま中を探って、たき物の香り、衣《きぬ》ずれのゆかしさ、もちろん調度のたぐいもほの見えて、

——身分の高い女がいる。右大臣家の姫君だな——

と見当をつけ、微酔を装ったまま、

「扇をとられて、からきめを見る」

と、よく知られた催馬楽《さいばら》のパロディを歌った。もと歌は〝高麗人《こまうど》に、帯をとられて……〟なのだが〝帯〟を〝扇〟に変えて歌ってみたのだ。お目当ての姫君とはすてきな扇を交換しているのだから、こんなパロディで問いかけたわけ。すると中からは
「おかしな様子の高麗人ですね」と、そっぽうの答がささやかれたが、微妙なため息もうごめく。中にパロディを理解した人がいるのだ。源氏はそのあたりにある手を几帳越しにとらえて、歌で問いかけると、この推測はピン、ポーン、ぴたりと適中して

相手も歌で応じる。源氏は大喜び。この姫君は右大臣の第六女であり、弘徽殿女御の妹であり、さらに東宮への入内が予定されている人だった。名前は、そう、出会ったときの呟き「朧月夜に似るものぞなき」に因んで朧月夜と呼ばれることとなる。さて、この恋はどうなるか。物語は第八帖〈花宴〉を終えて第九帖〈葵〉へと移っていく。このタイトルは葵の花を詠んだ歌や葵祭に由来している、と言われるが、それよりも源氏の妻・葵の上をめぐる事件が印象深い。が、それはともかく……。

二年ほど歳月の省略があって、ここではすでに桐壺帝は譲位して上皇に、すなわち桐壺院になっている。弘徽殿女御とのあいだにもうけた皇子が朱雀帝《すざくてい》となり、さらに藤壺とのあいだにもうけた皇子（実は源氏と藤壺の子）が立太子《りったいし》、東宮となっている。上皇はますます藤壺をめでて睦じい。

源氏はと言えば、二十二歳、まだ若いけれど往時はみんな熟成していた。位が上がって大将となり、今までほど軽々しく女性関係に花を咲かせていられない気分。桐壺院からも、

「相手の女に恥をかかせないように」

と、お咎《とが》めを受けたりしている。もし藤壺とのことが院に知られたら、

——恐ろしい——

ただごとではすむまい。それでも源氏の藤壺への思慕は続いているのだ。

それとはべつに、因縁が深いのは葵の上と六条御息所《ろくじょうのみやすどころ》の二人。葵の上は先刻ご承知の通り源氏の正妻で、出自、教養、器量、ほとんど百点満点に近いのに源氏とはいまいち折り合いがよくない。が、源氏の思い直しがあったりして昨今は雪解けの気配もほの見えて来て……はい、その証拠に葵の上は懐妊、左大臣家は大喜び……でも好事魔多し、とんでもない不幸が待っていた。

一方、六条御息所は、少し前の東宮（桐壺帝の兄弟）の妻、その東宮が早世して寡《か》婦《ふ》となったが、この人も出自、教養、器量、百点満点に近く、源氏は藤壺への思いが満たされない苦しさに替えようと、いっときは親しく通っていた。でも、このごろはご無沙汰が多く、手紙もあまり交換されていない。よってもって御息所はひどく寂しく、つらい日々を送っている。娘が伊勢神宮の斎宮《さいぐう》に任じられたので、

——もの憂《う》い都を離れて私も伊勢へ行こうかしら——

それも源氏への未練などがあって、ままならない。都から伊勢は遠かったのだ。斎宮は帝に替って神に奉仕する立場である。

源氏は公務が忙しいし、加えて、このところ葵の上の体調が優れず左大臣家へ留まらねばならないことが多い。滅法かわいらしい若紫の暮らす二条院へも滅多に帰れない。たまさかの逢瀬をいとしみながら、

——ややこしい女性関係は厭だな——

倦怠《けんたい》を感じ、昔、そこそこに親しみながら深入りをさせなかった朝顔《あさがお》の姫君のことなどを思い出して（この物語ではほとんど書かれてないが）

——ああいう関係もいいんだよな——

あらためて懐しがっている。

折しも弘徽殿大后《こきでんのおおきさき》（これまでは弘徽殿女御と呼ばれていたが、皇子が朱雀帝になったので、皇太后へ）の三女がこちらは賀茂神社の斎院に任じられ、就任の儀式は、あれこれまことに盛大で、賑やかなものであった。本祭の前に御禊《ごけい》の催しがあり、これが特にすごい。みんながそれを見物しようとして、とりわけ女房たちはこの行事に奉仕する源氏の晴れ姿を見ようとして牛車をくり出し、都は通行もままならない。その混雑混乱喧騒《けんそう》ぶりは省略するが、六条御息所は、よそながら源氏の君を見れば、

——気晴らしになるかしら——

お忍びで出て目立たないところに牛車を止めていた。

葵の上は妊娠のため体調がわるく、外出などしたくなかったのだが、まわりの女房たちが色めき立っているし、大宮《おおみや》（母親）にも勧められるし、急に見物へとくり出した。だが町は大賑わい、とりわけ一条の大路は大混雑で、遅れて来た葵の上の一行は牛車を止める場所を見つけにくい。一行の牛車は一つではない。身分を反映してにぎにぎしく連ねている。どこかに適当なところがないかと探して、

「よし、あのへんだ」

供まわりの少ない牛車に、

「立ちのいてくれよ」

と命じてスペースを見つけようとした。

様子を見れば、葵の上の一行は、おのずから偉い人たちとわかるから、ランクの劣るほうは譲るのである。ところが、そこに六条御息所の牛車が止まっていたから、ややこしい。

「どけ」

「だれの牛車だと思ってる」

供まわりが喧嘩《けんか》を始め、すったもんだのすえ御息所のほうが追いやられてしまう。

御息所はもともとこういう争いはきらいだし、今日はひっそりと身分を隠して来てい

るのだ。なのに御息所の牛車とばれてしまい、相手が葵の上の一行だと知れば、さらに口惜しい。牛車も傷つけられ、みじめったらありゃしない。源氏の馬がやって来ても、御息所の位置からはよく見えないし、源氏はなにも気づかずによそよそしく通り過ぎて行ってしまう。葵の上のほうへは視線こそ送らないが、ちゃんと意識をしているし、ほかの牛車には、にっこりとほほえみかけたりしているのに……。

――来なければよかった――

今日このごろの身の上の悲しさとあいまって、すっかり落ち込んでしまった。

この日の源氏が美麗であったことは省略して……女同士のいざこざは、牛車の争いも御息所の嘆きも源氏の耳に届く。葵の上については、

――やっぱり冷たいところのある人なんだなあ――

自分ではそうひどいことをするつもりがなくとも、思いやりが足りない。それがまわりの者にも伝わって心ない仕打ちをやってしまう。

――御息所は本当にお気の毒――

と、わざわざ訪ねて行ったが、御息所は口実をもうけて会おうとしない。

――この人ももう少しこだわりを捨ててくれるといいんだが――

釈然としない。

源氏を挟んで、葵の上と御息所の複雑微妙な確執、ストーリーはこれを軸に進んでいく。

4

恋の責め苦をなんとしよう

葵

賢木

弘徽殿大后《こきでんのおおきさき》の第三女が賀茂神社の斎院に就く。儀式が華やかに催され、源氏はその第一日目を晴れ姿で飾ったが、本祭の日には若紫を連れて見物へと赴く。その仕度のため源氏はみずから若紫の髪を切りそろえてやるのだった。

本当にみごとな黒髪……。この娘はどんどん美しくなり、たおやかな大人へと変貌《へんぼう》していく。豊かな黒髪は当時の美女の一大要件であった。

あい変わらず祭は賑《にぎ》わっていた。牛車《ぎっしゃ》を止めるところを探していると、女が牛車から扇をさし出して招いて、

「ここを譲りましょう」

「あ、どうも」

見れば、これが、なんと、源典侍《げんのないしのすけ》、あの年老いてもなお色好みの女ではないか。扇の先端を折って歌を寄こす。源氏は〝浮気な女は信じられない〟と皮肉って、きつい調子の歌を、しかし優雅に綴《つづ》って返すと、源典侍も〝くやしいわ〟と、これもそれなりの歌で答えた。これは、まあ、長大な物語の中の筆休めというか、源氏がどれほどもてていたか、それを読者にばらまいて知らせるエピソードのようなもの、軽く通り過ぎればよろしい。

大問題は六条御息所《ろくじょうのみやすどころ》と葵《あおい》の上《うえ》のほう。御息所の悩みはすでに述べたが、思えばこの

女性、充分にしあわせであってよい立場なのに、夫には早世され、源氏とは屈託の多い関係が続き、葵の上には侮《あなど》られ、もともとプライドが高く、一途《いちず》な性格で、傷つきやすいタイプだったから、この苦しみは下々《しもじも》とは少しちがう。真実、世をはかなんでいたことを理解しておいていただきたい。

葵の上は妊娠の経過がよくない。この営み、現代でも侮ってはならないが、往時は人生の一大事、女性の最大の難事であり、この期間は妊婦の体内にもののけが宿りやすいと信じられていた。だから加持祈禱《かじきとう》が盛んにおこなわれる。祈りまくってもののけを追い出す。

憑坐《よりまし》という風俗をご存じだろうか。苦しんでいる人の体内に宿るもののけや悪霊《あくりよう》を祈禱師が引き出し、これをそばにいる人に移してしまう。その移される役割が憑坐である。うまく移せば病人の苦しみは治まる。移された人は、どうなるのか、こちらはさほど苦しむこともないらしい。女や子どもが選ばれるケースが多いが、やっぱり丈夫な人がよいのではあるまいか。人形が務めるケースもあった。

葵の上の場合は、いろんなもののけや生霊が宿っていて、やんごとない祈禱によりたいがいは憑坐に移ってくれるのだが、どうしても駄目なのが一ついる。しつこくくっついて離れない。よってもって葵の上の苦しみは、けっして消えない。さめざめと泣くばかり。

源氏としては正妻の妊娠、その不調となれば、そうそうかうかと遊び歩いていられない。

「どういう怨霊《おんりよう》なんだ」

「だれの恨みだ」

つきものの正体探しが始まる。源氏の周辺に思い当たることがないものか。

六条御息所もこの噂《うわさ》を聞いて胸騒ぎを覚えてしまう。ますます気が滅入ってしまう。それを知って源氏がふたたび訪ねたが、御息所の煩悶《はんもん》はそう簡単には解けない。源氏を愛しているのに、源氏はよそよそしい。親切だが、まごころが籠《こも》っていないみたい。病気の妻のほうに心を傾けている。そこでは子どもも生まれるというし……。もう滅多に訪ねて来ないかもしれない。

——つらい、にくい、苦しい、でも好き——

心は千々に乱れる。源氏から手紙だけが来て〝病人の容態がひどいので〟と書いてあるのを見ても、

——下手な言いわけをして——

源氏のむこうにいる葵の上が憎くなってくる。手紙のやりとりをしても、どことな

くしっくりしない。

御息所の嘆きは、思い過ごしもあったが、半分くらいは的中していただろう。源氏のほうは苦しむ葵の上をいたわりながらも御息所にもそれなりの思いを馳《は》せ、手紙を送っては、その返事の筆の美しさにあらためて感心したりしている。情熱と背中合わせのクールさがあって、

――この世はままならんな。容姿にも心ばえにも、それぞれいいところがあるから別れられないんだ。この人こそ、と一人に決められるといいんだが……つらい――

それは自己責任に属する問題でしょう、と言いたくなるけれど、情況はけっしてなまやさしいものではなかった。

まったくの話、葵の上の苦しみはすごい。死ぬかもしれない。ますます激しくなる祈禱に、取りついたままけっして離れようとしないもののけが、

「お祈りを少しゆるめてください。源氏の君に申しあげたいことがありますゆえ、お呼びください」

泣き声をあげて訴えるのだ。なんだか様子がおかしい。

「よくよくわけがあるのだろう」

と源氏を病人のそばに招き入れた。見守っていた父の左大臣も母の大宮も娘が夫に密《ひそ》かに伝えることがあるのかもと案じて枕辺《まくらべ》を外した。僧侶《そうりょ》たちの読経《どきょう》だけが聞こえる。

源氏が几帳《きちょう》を引き上げて見ると、葵の上は滅法美しい。お腹だけをふくらませて、白一色をまとい、長く豊かな黒髪が一つに結ばれてその上に垂れている。かわいらしい。いたわしい。目を開いて源氏を見つめ、ホロホロと涙をこぼす。まるでこの世の名残りを惜しむみたいに。

「夫婦は永遠のものだ。病気もすぐによくなる。さ、気を強く持って」

と慰めたが、

「とても苦しいの。楽にしてほしくて、あなたをお呼びしたのよ。お祈りをやめさせて。思ってもいなかったことなのに、思いつめると、本当にこんなことあるのね」

と、わけのわからないことを懐《なつか》しそうに呟《つぶや》く。そして歌まで詠《よ》む。

なげきわび　空に乱るる　わが魂《たま》を
結びとどめよ　したがひのつま

下がいを、着物の下側をしっかり結びつけて宙に乱れ飛ぶ私の魂をつなぎ留めてほしい、ということ。

――こんなとき歌を詠むかなあ――

とも思うけれど、それよりもなによりも声が葵の上ではない。すっかり変わっている。

――なんということだ――

まさに六条御息所の声そのままではないか。生霊が取りついたらしい。源氏は、これまで世間で呟かれるわるい噂を、御息所についての中傷をうち消してきたけれど、こういうことも実際にあるものなのか。半信半疑のまま、

「あなたはだれです？　はっきり言っておくれ」

と問いかけると、病人は姿まで御息所に変わって、これはもうあきれている場合ではない。近くに侍《はべ》る女房たちが知ったらなんとしよう。

生霊はなにかしら胸のつかえを訴えたのだろう。源氏は驚きながらも慰めたにちがいない。苦痛の声が少し収まったので母の大宮が薬湯を持ってくる。人々が抱き起こすうちに間もなく子どもが生まれた。一同が、

――よかった――

男の子の誕生だ。ほっとする気配が流れ、僧侶たちも退散する。後産《のちざん》の心配があるもののみんなが新しく生まれた子のほうへ関心を注ぐ。めでたいニュースはすばやく

広がり、贈り物が次々に持ち込まれ、三夜、五夜、七夜、九夜の祝宴もにぎにぎしい。

六条御息所はと言えば、すでに述べたように激しい屈辱に苛《さいな》まれ、世を憂《うれ》い、体調を崩し……やっぱり生霊を発する側にも兆候が……おぼろげな自覚がないでもない。自分の魂が抜けて、さまよっているような感覚があって、そのことにも悩んでいた。憎い葵の上に取りついて、その枕辺でなにかを源氏に訴えたのではあるまいか。出産のニュースを聞いて、

――あら、命も危いって話じゃなかったの――

と、うらめしい。気がつくと衣裳《いしょう》には祈禱に用いる香の匂《にお》いが滲《し》み込み、髪を洗っても衣裳を着替えても消えない。

――やっぱり、私、生霊になって葵の上の枕辺に行ったんだわ――

自分が厭《いと》わしくなるし、そんなことが世間であれこれ語られたら、たまったものじゃない。独り心のうちに隠していると、ますます狂いそうだ。生霊なんて取りつかれるほうが厄介なのは当然だが、生霊を発するほうだってただごとではないものらしい。まあ、そうでしょうね。

関係者にして目撃者の源氏は、この奇っ怪な情況を思い出しては不快に思い（現代人ほどその非科学性に悩むこともなく）ひたすら、

──御息所には気の毒だったなあ──

さりとて「あなた、このあいだ、生霊になりましたか」なんて訪ねて行くのも不適当だから、とりあえず無難な手紙だけを送るに止《とど》めた。左大臣家では生まれた子がかわいらしくてたまらない。美しく、東宮にも似ているので、とてもいとおしい。東宮というのは桐壺院と藤壺の子、実は源氏の子なのだから、似ていて不思議はない。源氏にとっては、このあたりには秘密のいとおしさが伏在しているのだ。その子を生んでくれた葵の上に対しても、以前より繁《しげ》く、やさしく枕辺に来て話しかけ、薬の世話までする。もちろん夜遊びなんかには出にくい。

しかし葵の上の産後はおもわしくなかった。いっときに比べれば小康をえているので、みんなが油断して、父の左大臣なども宮中へ参上して留守にしているとき、さあ、大変、急に病人は苦しみだし、そのままみまかってしまった。

左大臣家は上を下への大騒ぎ。もののけが気を失わせたのではあるまいか、と、二、三日はそのまま様子を見たが、だんだんと死相がはっきりしてくる。もはやこれまで、死を認めて嘆き悲しむよりほかにない。亡骸《なきがら》を鳥辺野《とりべの》へ運ぶ道筋は、葬送の行列こそ桐壺院、中宮、東宮などなどからの使者を混えて一帯を埋め尽すほど多勢であったが、たった一人の娘を失った左大臣の落胆ぶりは立っていることさえままならないほど。

そのありさまに源氏の君も悲しみをあらためて深くする。葵の上については、――やがては思い直してくれて仲のよい夫婦になるだろう――そう考えていたけれど、結局、折り合うことなく別れてしまった。今となっては悔いばかりが残る。若紫の待つ二条院へも帰りづらく、ほかの女性たちにももっぱら手紙を送るだけ。

一方、六条御息所は、娘がいよいよ斎宮に就くこととなり、身を慎むことがもっぱらで、源氏との文通も拒否している。これがまた源氏にはつらくてならない。いっそ出家でも、と思うが、愛らしい若紫のことを思えば、それもむつかしい。僧侶たちの念仏までが悲しく聞こえて来る。

晩秋の朝ぼらけ、源氏のもとに菊の枝が届き、手紙が結ばれていて、筆跡をみれば、みごと、みごと、典雅にしたためられている。すぐに六条御息所からだ、とわかった。

〝お悲しみを慮《おもんばか》ってお手紙をさしあげませんでしたが、私の気持をお察しください〟

と前置きをして、

人の世を　あはれと聞くも　露けきに
おくるる袖を　思ひこそやれ

人の世の無常を聞き涙を誘われ、残された方の袖も濡れることを案じております、くらいだろう。生霊になった人からだから源氏の心中は複雑だ。しかし、そのままにしておくのは尊い女性に非礼であり、気の毒でもあり、未練もある。〝すっかりご無沙汰しましたが、喪中でもあり、微衷をお察しください〟として、

とまる身も　消えしも同じ　露の世に

心おくらむ　ほどぞはかなき

だれもみな消えて行くはかないこの世に心を執着させるのは無駄なことです、であり、これはやはり生霊へのひとことだろう。御息所は、

――やっぱりそうなのね――

自分が生霊になったこと、源氏がそれに気づいていることをほのめかされ、あらためて、

――つらいわ――

ましてこれが桐壺院の耳にでも入ったらどうしよう。ことさらに目をかけていただいているのに……。源氏と通じ、憂《う》き名を流してしまったことが、なんともなさけない。心身の不調は治まりようもないが、この女性はこの上なくすばらしいたしなみを持つ人なのだ。そんな噂も世上に高い。源氏としてはそれを聞くにつけても、

——あの人が斎宮となる姫君と一緒に伊勢へ行ってしまったら、寂しいなあ——

心が千々に乱れてしまうのだ。

悩める源氏のところへは三位中将《さんみのちゅうじょう》（これまでの頭中将《とうのちゅうじょう》。位があがって今はこの呼び名）がちょいちょい顔を出して慰める。この男、いつも負け犬にされてしまうが、世間話をしたり、しんみりと同情したり、あるいは年甲斐《としがい》もなく色好みの源典侍のことを笑ったり、二人はよい友人同士でもあるのだ。

しかし三位中将だって悲しい。葵の上は妹である。妹の死である。父の左大臣も、母の大宮も悲しみのどん底に突き落とされている。これからは源氏の足が左大臣家から遠のくのは必定、もう訪れなんかないのかもしれない。親しい人が遠ざかっていくのは、どの道わびしいことだが、左大臣はずっと源氏を気に入り、頼りにしていたから余計に痛ましい。大宮も同様だ。愁嘆の歌が交わされ、ここに仕える女房たちの嘆きも綴られているが、それは省略して、左大臣家と源氏の絆《きずな》は、残された幼な子のこと……。葵の上は源氏の子を生んで他界し、その子は左大臣家で育てている。のちに夕霧《ゆうぎり》と呼ばれる若君だ。

もちろん源氏はこの幼な子に熱い目を注いでいる。桐壺院のところへ参上すれば、院より丁寧な慰めをいただき……でも、えーと、ここで大切なのは藤壺中宮のこと、ですね。しかし中宮からは女房を介していたわりの言葉があるだけ。源氏は東宮に挨《あい》拶《さつ》をしてみずからの二条院へ帰った。

二条院は東の対《たい》、つまり東の一角が源氏の住まい、西の対、すなわち西の一角に若紫が暮らしている。源氏が西の対を訪ねると、ここは久しぶりの源氏の帰還にみんなが華やいでいる。とりわけ若紫はしばらく会わないうちに、かわいらしさを残したまま大人の美しさがちらほら。源氏が几帳をあげてのぞき見ると、はすかいを向いて、ちょっと恥ずかしそう。それにしても、

――なんと藤壺に似ていることか――

源氏はうれしくてたまらない。

このとき源氏は二十二歳、若紫は十四歳くらいだろう。源氏が老成しているのは毎度のことだが、若紫もぽつぽつ成熟した女性と見なされる年齢だ。源氏は少し前から結婚を匂わす言葉をこの姫に寄せているのだが、姫君のほうはいっこうに気づかないみたい。

――もうそろそろだな――

ある夜、なにか決定的な誘いが示されたにちがいない。朝になり、源氏が立ち去っ

たあと、若紫は臥《ふ》せたまま起きて来ない。つねにはないことだ。ようよう起きてみると、源氏の残し置いた手紙があって、

あやなくも　隔てけるかな　夜《よ》を重ね
さすがに馴《な》れし　よるの衣を

いくつもの夜を一緒に過ごし、夜の衣もすっかり馴れ親しんでいるのに……なんで契《ちぎ》りあわないのだろう、と、これは源氏が抱き合おうとしたのに若紫は従わず、それはまずいでしょう、という歌だ。しかし若紫はショックを受け、布団《ふとん》をかぶったまま起きて来ない。彼女の心中は、

——思ってもみなかったことです。そんないやらしい人だったんですか——

昼ごろになって源氏が様子をうかがいに来ても衣裳をかぶったまま寝ている始末。源氏があれこれ懐柔しようとしても若紫の機嫌はなおらない。

遠い時代にしては……女が男に従うのが通例であったときには、少し珍しい対応だったかもしれませんね、これは。近代なら充分にありうること、慈愛に満ちた父親みたいな保護者だとばかり信じていたのに、セックスの相手として見られていたのかと思えば、うぶな乙女ごころは傷つく。そこにこそ男女の本当の愛があると考えるには、女がもっと大人にならなければならない。源氏は若紫のこんなビヘイビアもまたかわ

いらしいと考えたが、若紫のほうはそうしなやかには納得できなかったようだ。源氏は腹心の惟光《これみつ》に命じて亥《い》の子《こ》餅《もち》を届けさせる。これは結婚の印となる祝いの品だ。気働きにたけた惟光が巧みに主人の命令をまっとうする。言ってみれば既成事実を周辺に撒《ま》いて若紫を承知させようという策略だ。若紫を囲む女房たちが、

――ああ、やっぱり、そうなのね、いよいよ――

この連中がそう振舞うようになれば、姫君は頑《かたく》なに抵抗ばかりしてはいられない。情況は少しずつ許容へ、納得へと進んでいく。

源氏にとっては、ずっと前から思い描き、楽しみにしていたことがいよいよ幕開けとなるわけだが、それとはべつに心中には、一つは朧月夜《おぼろづきよ》の姫君のこと、もう一つは六条御息所のこと、二つながら強くわだかまっているのである。

朧月夜は第八帖《じょう》〈花宴《はなのえん》〉で短い契りを交わした若い相手だ。とてもすてきな女性……。だが、これは右大臣家の姫君で、源氏と折あいのわるい弘徽殿大后《こきでんのおおきさき》の妹である。朱雀帝《すざくてい》への入内《じゅだい》が噂されている。姫君の父なる右大臣は、

「源氏の君は北の方を亡《な》くされ、うちの娘のことを気に入って正妻に迎えてくれるなら、それもいいか」

と、男なんて暢気《のんき》なものですね。弘徽殿大后にしてみれば、

「源氏なんて、とんでもない。絶対に朱雀帝のところです」

姉は朧月夜の入内を画策しているのだ。源氏は、

——入内されてしまったら、もう駄目だな。ま、仕方ないか。これからは若紫ひとりを守って……。女の恨みは恐ろしいからな——

そう考えていたかどうか、どこまでこの考えを続けられるだろうか……。

六条御息所については、

——すばらしい人だが、妻にしたら情念があり過ぎて厄介な人かもしれん。これまでと同じように軽くつきあっていけるのなら、それが最高なんだがな——

まだふん切りがつかない。

年があらたまって源氏は桐壺院、朱雀帝、東宮に参賀し、それから左大臣家に向かった。ここには葵の上が残したわが子がいる。少し育っていて、今の東宮の幼いときと、

——よく似てるなあ——

狼狽《ろうばい》を隠さねばなるまい。

復習をしておけば、今の東宮は桐壺院と藤壺の子とされているが、その実、父親は源氏自身である。左大臣家の幼な子は源氏の子なのだから、この二人が似ていて、なんの不思議もない。いずれの御時《おんとき》にも男女の仲はややこしいが、源氏の周辺は特にや

やこしいのである。

ストーリーは第十帖〈賢木《さかき》〉に入って、まずは六条御息所である。くり返して言うが、この女性は桐壺帝の弟（あるいは兄）がまだ東宮であったころ入内して娘をもうけ、皇后になったかもしれない人なのだ。出自は申し分ないし、教養も、器量も、たしなみもひときわ優れて百点満点と評されていた。その東宮が早世して寡婦《かふ》となり、源氏とよい仲になった。源氏は同じく百点満点の藤壺との恋がままならず、その替りにこの女性に近づいたふしがないでもないが、なにしろ特上の相手だから源氏の思い入れも深い。少し疎遠《そえん》にしていても手紙をもらったりすると、その歌の巧みさ、筆のすばらしさに、

——すてきな人だなあ——

敬愛があらたになり未練をとても捨てきれない。

御息所のほうはもっともっと源氏に愛されたいと願いもしただろうし、

——私、だれにも負けないわ——

くらいのプライドは充分にあっただろう。なのに源氏はあちこちに思い人がいるようだし、なによりも本妻の葵の上がいた。新斎院の御禊《ごけい》の日、一条の道筋で受けた屈

辱は……直接葵の上が示したことではないけれど、耐えがたい。そのくやしさは激しさのあまり内向して深層心理にまで及び、生霊となって葵の上の産褥《さんじょく》に忍び込んでしまったのだ。まったくただごとではない。

この人の娘、つまり前の東宮の娘が伊勢神宮の斎宮に執《つ》くこととなり、これは帝《みかど》の代理としてやんごとない神社に仕える役割、未婚の内親王が選ばれるのが通例で、栄誉こそあれ、神職として身を慎しまねばならないから、娘には少しつらい。が、断るわけにはいかないのだ。

当然、伊勢へ行く。往時は都からずいぶんと遠いところだった。傷心の御息所は都を離れ、娘とともに伊勢へ下ろうと考えている。

しかし世間は源氏の正妻が亡くなったのだから、

「今度は御息所がそこに入るんじゃないの」

などと噂している。それがふさわしく見える二人でもあるのだ。御息所も心のかたすみに、その願いがないでもない。軽率に伊勢に赴いてよいものかどうか、迷いながらも、

――あの方を当てにしてはいけない――

決心を少しずつ固くしている。

源氏はと言えば、確かに六条御息所はわるくない。

――でも、なあ、あの人、生霊になったりするんだ――

その執念はすさまじい。深く接すると、なにが起きるかわからない。手紙を送る程度に止めていたが、いよいよ伊勢へ行く日が近づくころ、御息所が身を寄せている嵯峨野の野宮《ののみや》を訪ねた。そこは神域なので恋の訪問などふさわしくないのだが、

「あえて訪ねてまいりました。胸のつかえもありますので、少しだけ話をさせてください」

渋っていた御息所も奥からにじり出て歌を交わす。この帖のタイトルは、このときに交わした歌に榊《さかき》（賢木）が詠まれているからだ。源氏は伊勢行きを思いとどまるよう勧めるが、御息所の悩みは深くなるばかり。いっときはすてきな恋を交わした仲であり、言ってみれば恋上手の二人でもある。だが、もうそれも過去のくさぐさなのか、今さらしなやかには折りあえない屈託がどちらの心にも潜んでいる。夜を尽して語り合い、その内容は〝聞こえかはしたまふことども、まねびやらむ方なし〟……つまり、その、話し合ったことはとても筆舌に尽しがたい、と紫式部は逃げちゃっている。情《じょう》緒纏綿《しょてんめん》、恋の残り火が静かに輝いたにちがいない。

源氏は秋の寥々《りょうりょう》たる気配の中で野宮を立ち去り、御息所は娘とともに伊勢へ下るこ

ととなる。このあたり、人の世の切ない別離を描いて間然するところがない。

このあと、斎宮の出発の様子に筆がさかれている。まず宮中に赴いて儀式を催さなくてはいけない。母親が任地までついていくのは例のないことだが、それも許されたようだ。源氏は宮中での儀式をながめたいと思ったが、御息所に〝捨てられた〟(とも見える)立場としては面映ゆい。もの思いに沈むよりほかになかった。

斎宮と御息所の出で立《た》ちは二人の趣味のよさを反映して、まことに奥ゆかしく、美しい。見物もたくさん集まってくる。御息所にとっては久しぶりに宮中へ足を踏み入れるケース。十六の年に東宮に召され、二十歳のときに東宮の死に遭い、三十歳の今、別れを告げるために訪ねる宮中である。さぞかし感無量であったろう。

斎宮のほうは、このとき十四歳。とても美しく育っているという評判で、源氏は、

——ああ、残念。しかし、またいつかお会いできるだろう——

なのだ。その通り、この姫君は大河小説の舞台にこの後ふたたび登場して、賢い役割を担当することとなる。

宮中を辞去した二人の旅車《たびぐるま》は源氏の屋敷の前を通って、やがて逢坂《おうさか》の関を越え、鈴《すず》鹿川《かがわ》を渡って伊勢へ向かう。源氏は鈴鹿川を織り込んだ歌を送り、御息所も同じ川を含む歌を逢坂の関のむこうから返した。しかし、これが二人の最後ではない。御息所

はこの後に姿を見せて得意技を示す。乞《こ》うご期待、ですね。

桐壺院の健康が悪化していた。朱雀帝が見舞いに訪ねると、院は、

「源氏を頼りにしなさい。それだけの政治力のある人物です。私はずっと補佐を願ってきました。私の言葉をたがえないように」

あれこれと胸に響く遺言が伝えられたが〝女のまねぶべきことにしあらねば、この片《かた》はしだにかたはらいたし〟……つまり、女の語り伝えることではないから、たった今、チョロッと書いたことすら気が引けてしまう、なのだ。確かに……。〈源氏物語〉は政治向きのことは語らず、それを語るのは昔の女性のたしなみではなかった。

――しかし、それにしてもなあ――

源氏はどんなふうに政治的に優れていたのか、第一、夜遊びが多くて、昼はねむかったんじゃないのかなあ、と思うけれど、そんな心配自体この典雅な物語については、かたはらいたし、かもしれない。

東宮もまた日を替えて桐壺院を訪ね、院よりなにほどかの教示を受けたにちがいない。が、それよりもなによりも御齢《おんとし》五歳くらい、とてもかわいらしい。藤壺はわが子のいたいけな姿を見て涙にかきくれてしまう。母といえども東宮ともなればそう繁く

会うことができないし、将来もまた心配だ。桐壺院は朱雀帝に加えてこの東宮の後見をも源氏に願うことひたすらであった。

弘徽殿大后も見舞いに上がろうと考えたが、

――あの女がいるから厭《いや》ね――

藤壺がそば近く仕えているのが気に入らない。そのうちに桐壺院はひどく苦しむこともなくお隠れになってしまう。

みんなは大あわて。朱雀帝はぼんぼんのところがあるし、院は譲位のあとも実質的に政治を睨《にら》んでいたから、この死は影響が大きい。朱雀帝の母方の祖父（弘徽殿大后の父）なる右大臣は帝の後見の立場にありながら短気で思慮の足りないタイプ。この人の実権が強まるにつれ、

――こりゃ大変だ――

宮中の不安は一通りのものではなかった。

もちろん藤壺や源氏にとって、よい風向き、とは言えない。源氏は法要のときの衣裳こそみんなが惚《ほ》れ惚《ぼ》れするほどみごとだが、心中安からず、

――いっそ出家しようか――

しかし浮世のしがらみがままならない。

寡婦となった藤壺は三条の実家へと居を移すこととなり、兄の兵部卿宮《ひょうぶきょうのみや》が迎えに来る。源氏も顔を出して歌などを詠《よ》みあっている。男二人は非常に親しいとは言えないが、会えば馬が合う仲なのだ。あ、そう、そう、大切なことに触れておけば……若紫のこと。若紫は兵部卿宮の娘であり、北山で祖母に育てられていたのを源氏が密かに奪い出し、自分の庇護《ひご》のもとに置いたのであり、これは父親の了解のなかったこと。若紫が成長するにつれ、このあたりの事情は明かされ、(物語の中に記述はないけれど)許容されていたにちがいない。

さて、お話変わって朧月夜の姫君は朱雀帝の寵愛《ちょうあい》を受けたまま尚侍《ないしのかみ》になった。尚侍というのは後宮の一つ内侍司《ないしのつかさ》の長官で、帝のそば近くに仕える立場である。まことに高貴な姫君で、源氏はあい変わらず愛慕を寄せている。右大臣の娘であり弘徽殿大后の妹であり、ややこしい立場でありながら彼女のほうも源氏のことが忘れられない。密かに手紙などを交換する仲であり、これは今を盛りの相思相愛、逢瀬《おうせ》はままならないが、それだけにこの恋はとてもおいしい。

もちろんこの仲が世間に知られたら大変。姫君は帝の愛人であり、姉の大后は源氏を完全に敵視している。しかし源氏はむしろこういう危険な恋のほうが好みなのだ。

が、それはともかく桐壺院の死にともない権力の地図が変わり始めていた。朱雀帝は穏やかな人柄であったが、明らかに右大臣系に属している。それゆえに右大臣や、とりわけ弘徽殿大后がチャンス到来、おおいにのさばろうとしていた。源氏は左大臣系であり、左大臣は桐壺院の信頼が厚かっただけに今はつらい。当人も権力争いに倦《あ》いて間もなくそのポストを辞任する始末。こちらは下降気味で、左大臣の子である三位中将も妻が右大臣の娘なのに、もともとあまりよい夫婦仲ではなかったのが、ここに来てさらに不遇をかこつようになっていた。

こういう情況の中で源氏の危険な恋が続いていくのだが、それを語る前に、もう一つのほう、その後の藤壺についてまとめて綴っておこう。

桐壺院が亡くなって藤壺は弱い立場に陥り、自分のこと、いや、それよりもなによりも東宮のことを案じ、この件では源氏が一番頼りになるのだが、源氏のほうは藤壺への思慕を捨てていないから厄介なのだ。藤壺だって源氏のことを、

――すてきな人――

とは思っている。見てくれも人柄も趣味も教養も文句のない男性なのだ。うっかりしていると立場を忘れ身も心も傾けてしまいそうになる。それが困る。とりわけ、

――あのことが世間に知れたら――

この上なくひどい罪を背負っているのだ。ほとんど知られていない真実だが、東宮は源氏とのあいだに生を受けた子どもなのだから。

源氏物語の記述を離れて一つの推測を開陳してみれば、もしかして桐壺院は、どこかの時点でこの事実に気づいたのではあるまいか。気づいていながら藤壺や東宮への配慮から知らんぷり、あの世まで秘密を背負って旅立って行ったのではないのか。そして、そのことはだれあらん藤壺は感づいていたのではないか。ならば藤壺は思う。

——申しわけない。あんなりっぱな人をこんなにひどく裏切ってしまって——

その人が死んでしまったからといって罪の意識が消えるわけではない。むしろ、もっと深くなる。未来永劫《えいごう》に重くなる。藤壺はそう考える誠実さを持つ女性であったろう。だから、これ以上源氏と近づくことは、世俗的には(罪の噂が流れて)東宮の立場を危うくすることになりかねないし、もっと本質的な問題として、そう、人間として、あるいは神の前に、仏の前に、許されないことだろう。

——どうか私のことはあきらめてください——

祈禱までして恋慕の消滅を願う、次第にそれが明確なものへと移っていく。この頃の藤壺は、こんな心境ではなかったろうか。

ストーリーに戻って、ああ、それなのに源氏は逢瀬を願って手紙を寄こす。巧みに企てて藤壺の近くに忍んでくる。藤壺は冷たくあしらい、胸苦しさのあまり倒れてしまう。源氏は目の前がまっ暗、判断力を失い、うろたえてしまう。夜が明けきっているのに、藤壺のかたわらにいて部屋から出ようとしない。

藤壺の苦痛に驚いて女房たちがやって来る。わけ知りの女房（実はこの女房の好意で源氏はこれまでにもしばしば藤壺との仲を取り持ってもらっていたのだが）の気転で、源氏は納戸《なんど》に押し込められ、脱ぎ捨てた衣裳もこの女房が集めて隠してくれた。

そこへ藤壺の兄の兵部卿宮が来て、

「どうした？　どこがわるい？　早く僧を呼べ」

と加持祈禱を勧める。読経が始まる。

そのまま夕暮れが近づき、いったん藤壺の苦痛が遠のくと人数も少なくなり、藤壺もつね日ごろのたたずまいに戻った。納戸の中でずっと耐え忍んでいた源氏は、そっと抜け出し、屏風《びょうぶ》のすきまから覗《のぞ》くと、藤壺は、

「ああ、また、苦しい」

でも、その横顔の美しいことと言ったら……。源氏はこんなときにも観察力を発揮して、

——やっぱり若紫に似ている——

若紫がもの思いに沈んでいるときを想像する。

——いや、この人はもっと美しい——

﨟《ろう》たけた美しさはかけがえのないものに見えた。前後の見境も忘れて戸口と屏風のあいまへ入ると、衣《きぬ》ずれの音、いつもながらの芳香、藤壺はすぐに源氏とわかって気もそぞろ。

「こっちを向いてください」

「いけません」

衣裳を滑らせて逃げようとする。源氏は逃がしてなるものか、黒髪をしっかりと握ってたぐり寄せた。

源氏はいとしい、恋しい、苦しい、長年こらえてきた思いが一気に込みあげてきて理性を失うほど、泣きながら訴える。藤壺は、

「気分がすぐれません。またべつのときに」

と、いとわしさをあらわにするが、源氏はなおも胸の思いの深さを訴え続ける。藤壺としては、どうしていいかわからない。源氏の吐く言葉はやっぱり女ごころを打つ。これまでにも過《あやま》ちがなかったわけではないが、

——ここでまたくり返したら、ろくなことがないわ——

藤壺の苦しみがさらに増す。優しさを示しながらも拒否の姿勢は崩さない。

「せめてこんなふうにお話を交わすだけでも」

「困ります」

また夜が明けてきて源氏は別れなければならなかった。

逢ふことのかたきを今日に　かぎらずは
いまいく世をか　嘆きつつ経ん

逢うことのむつかしさが今日だけに限らずずっと続くなら私はいくつもの世を生き返って嘆き続け、あなたを慕います、という決意の表明だ。藤壺が返して、

ながき世の　うらみを人に　残しても
かつは心を　あだと知らなむ

何度も生き返って恨みをお残しになるとしても、それはとりもなおさずあなたの心に誠実さがないからと知ってほしいわ、と、これはかなり手厳しい返歌ではあるまいか。藤壺としては〝どうか人間としての誠実さに思いを馳せてください〟と、これは色恋の好悪とはべつな判断だったろう。

源氏は茫然《ぼうぜん》自失、屋敷に帰りつき、

「なんの面目があって、もう一度会えるというのか。せめて私をかわいそうな目にあ

わせたとだけ覚《さと》ってくれればよいのだが」

塞《ふさ》ぎ込み、またしても出家を考えたが、若紫のことを思えば、それもむつかしい。藤壺のほうも苦しい。源氏は明白につれない態度を示すようになった。みずから望んだことであったが、やはり寂しい。それに東宮のこと……。右大臣家が権力を掌握していく中でわが子の行く末が心配だ。藤壺への圧迫も次第に強くなってくる。それにつれ罪の意識もどんどん深くなってくる。桐壺院の一周忌をすませ、その少し後に、御八講《みはっこう》という宗教行事が催された。法華経全八巻を四日間で講説して供養《くよう》とする法会《ほうえ》であり、藤壺は中宮として源氏の助けを受けながら豪華にこの行事を進めた。初日は父帝への供養、二日目は母なる皇后へ、三日目は桐壺院への供養、そして四日目、藤壺自身への祈願ののち、突然……いや、心中密かに決心していたことであろうが、

「出家いたします」

と導師を通じて御仏に申し述べた。

みんなが驚く。源氏はもちろんのこと、藤壺の兄の兵部卿宮も知らなかったこと。兵部卿宮は座を立って中宮の御簾《みす》の中へ入って……おそらく真意を尋ねたのだろうが、藤壺の決意は固く比叡山の座主《ざす》より戒《かい》を受ける手はずまですでに整っていた。

源氏は動揺したけれど、藤壺の気持がわからないでもない。源氏自身も昨今の情勢

に厭気がさし、出家したいくらいなのだ。

藤壺は中宮の立場を捨て尼宮となる。源氏はその尼宮のすまいにも時折赴いて親しみを示して慰めたが、これは恋とは少しちがうものだ。周囲の情況も寂しさを増し、藤壺の女房たちの戸惑いが、いや、離散が拍車をかける。が、このあたりは省略して源氏と朧月夜の姫君との密会に筆を移そう。二人はこっそりと手紙を交わし、ときにはこっそりと会って心を通わせていた。この姫君は今は朱雀帝の後宮にある立場であり、にもかかわらずこの不貞、若い帝は朧月夜と源氏の密かな恋について小耳に挟んでいるけれど、

——今始まったことじゃないし、似あいの二人だし、目くじらを立てることもないか——

鷹揚《おうよう》な性格であり、源氏とは仲がよいのである。だが秘密の恋が世間に知れわたったらただではすむまい。とりわけ右大臣家が黙っているはずがない。別件ではあるが、右大臣家の若君の中には、中国の故事を引き合いにして源氏に〝謀反《むほん》の疑いあり〟とほのめかすやからもいる情況なのだ。手ぐすね引いて源氏を失脚させようとしている。

源氏は、

——いちいち気にかけていてもつまらない——

浮世の雑事に倦《う》んだところもあって、法会を開き、仏教を学び、詩歌管絃を楽しみ、学問に励むかたわら学問を遊びに変えるゲームに興じたりして自適の道を踏んでいる。

折しも朧月夜が体調を崩し右大臣家に里帰りをしていると聞いて源氏は通いつめ、ある夜のこと、密会の最中、明け方に雷雨が襲って来て屋敷の中は大混乱、女房たちも朧月夜の御簾近くに集まって来る。源氏は出るに出られず、帰るに帰れない。事情を知っている女房が二人、ただおろおろするばかり。朝が来て雷が去って雨が小やみになると、

「大丈夫か」

いきなり朧月夜の父なる右大臣が様子見に入って来た。御簾をあげ、

「病気はどうかな」

ふと見ると男帯がある。懐紙に手習いをしたためたようなものが落ちている。

「なんだ、これは」

と奥のほうを覗くと、そこにしどけない姿の男が横たわり、顔を隠している。右大臣としては、それが源氏だとはわかったが、引きずり出して暴《あば》きたてるには気おくれを覚え、どうしていいかわからず落ちている懐紙を握って荒々しく立ち去って行った。

朧月夜は恥ずかしいやら困ったやら死ぬほどつらく思い、源氏はとりあえず姫君をい

たわるよりほかにない。

右大臣は短気で、思慮の浅い性分だから、この出来事を早速、弘徽殿大后に告げた。大后こそが源氏の敵役の筆頭であり、目下権力を握ってのさばっている立場である。朧月夜の姉でもある。

右大臣にしてみれば、以前に朧月夜を源氏に世話しようとしたときには、つれない返事をしたくせに（そんな過去があったのだろう）こっそりと手をつけられてしまった。娘の将来を案じ右大臣はなんとか取りつくろって帝の後宮に入れたのに、またもやこの始末。源氏についてはほかにもよくない噂は山ほどあり、

「私が信じていて……愚かだった」

と嘆く。大后のほうは、もっと過激に悪口を言い、不始末を並べ立て、

「どうして世間があの男をよしとしているのかわかりませんわ」

「まあ、しばらくはこの件は外へ漏らさないことだ。とくに帝には知られんように、な。あの娘《こ》には追って意見をしておいてくれ」

と、右大臣は穏やかな善後策を匂わしたが大后はそんなことでは気がすまない。これだけの侮辱を受けて黙っていられるものか。源氏を失脚させる大チャンス、あれこれと思案をめぐらす。まさしく源氏はピンチである。

朝顔の姫君についても少しまとめて触れておこう。出自は桐壺帝の弟の娘で、充分にやんごとない。源氏が朝顔の花とともに歌を贈って交際を求めたが、姫君はかたくなであった。評判のいい姫君だし、センスがよく源氏の好みのタイプ。断られると余計に求めたくなるのが源氏の性分である。時おり思い出しては歌を贈ったりするのだが、返し歌はあるものの、それ以上は踏み込ませてくれない。彼女としては、六条御息所と源氏の仲についてかんばしくない噂を聞いているから、

——二の舞は厭だわ——

距離を置いて、たしなみのよい関係を保っていた。葵の上が他界したとき、源氏はままならないこの世の寂しさを痛感して、

——あの姫君なら、わかってくれるだろうな——

と思い、美しい書を贈って、

わきてこの　暮こそ袖《そで》は　露けけれ
　もの思ふ秋は　あまたへぬれど

つまり寂しい秋はたくさん経験しているけれど、今日の夕暮はことさらに涙で袖が濡れてしまう、である。

手紙はまず姫君つきの女房にわたされ（情況次第ではそのまま握りつぶされてしまうこともあるのだが）女房も「奥方を亡くされているときですから」と姫君に返答を促し、かくて、

秋霧に　立ちおくれぬと　聞きしより
しぐるる空も　いかがとぞ思ふ

もの寂しい秋霧の季節に奥方に先立たれたとお聞きしました、しぐれる空の下でどんなに悲しいことでしょうか、と、墨の跡は滅法美しいが、やや他人行儀か。色恋という点では、

――つれない人だが、趣味はいいし、優しさはあるし、これもわるくないんだよなあ――

と源氏は忘れられない。

ストーリー全体を展望すれば、激しい恋や愚かな恋が多い中、こういうしめやかな男女の仲もあるんですよ、と紫式部は散らせておいたのだろう。この関係は、この直後、右大臣家をして、

「あの男は、あの姫君にもチョッカイを出して」

と源氏を貶《おとし》める理由の一つにされたりするが、源氏の心はどうあれ、姫君は清い立

場を貫き通す。そういう役割を担《にな》った登場人物で、ときたま現われて印象を残す役割らしい。

因《ちな》みに言えば、往時の男女交際は顔を見たうえで始まるわけではない。ほとんどの場合、情報だけが頼り……。とりわけ姫君に仕える女房たちからの情報や斡旋《あっせん》で男は、

――すてきな女なんだろうな、きっと――

と近づく。手紙を交換したり、気配を感じたり……。そして御簾の中など、そば近くにまで入ったら〝契りがなった〟ということなのだ。ここまで来れば顔も（うっすらかもしれないが）見るだろうし、手を握り、かき抱くかもしれない。翌朝にはきぬぎぬの文を贈るのが常套《じょうとう》であり、肉体関係の有無は必ずしも決定的ではなかった。

これまでの女性を例にあげて説明すれば、末摘花《すえつむはな》の場合は、仲介役の口車に乗ってしまい、また源氏のほうも賤《しず》が屋に佳人の住むロマンを期待して、ついうっかり契ってしまったわけ。そのとき肉体関係まで及んだのかどうか……よくわからないが、契りは契りである。そして後日、女のひどい様子を知って愕然《がくぜん》、後悔をしながらも、生活の面倒ぐらいは見る、という関係になったらしい。

朧月夜の場合は、たまたま会ってしまった。会ったとたんにひとめ惚れ、女のほうも満更ではない。その場ですぐに契りがなったらしいが、見て、会って、親しくなる

のは、むしろ例外的なケースだったろう。それだけに思いが深いのかもしれない。

軒端荻《のきばのおぎ》の場合は、契りこそ人まちがいの延長であったけれど、源氏は彼女が碁を打っている姿をかいま見ていたのだから、一応は容姿を知っていたわけで……おめでとうございます。

空蟬《うつせみ》については情報を頼りに強引に契ってしまい（情報は源氏の好みにあって正確だったが）前もって打診があったら、たしなみのよい空蟬はきっと初めから源氏を拒否していただろう。

夕顔はむしろ標準的なパターンだが、若紫は幼いときに見て、育てて、保護者としては契りに入りにくくて、と、紫式部の筆は多彩である。

朝顔の姫君については源氏は歌の交換こそ親しくおこなったけれど、顔や姿をほとんど見ていなかったろう。まことにもって、心と心の清らかな関係であった。

5　明石の雨に打たれて

花散里　須磨　明石

源氏の君の栄華に陰りが見え始めていた。桐壺院がみまかって宮中の勢力地図がはっきりと変化し、源氏を憎む右大臣家が実権を握り、源氏を糾弾しようとしている。それにも劣らず源氏自身の中に、これまでの自分の生活に倦《う》むところが生じ、

――あからさまに非難されるより先に、身を引こうか――

都を離れて辺境の地に住むことを考えるようになった。第十一帖《じょう》〈花散里《はなちるさと》〉は際立《きわだ》って短い一帖だが、栄華からわび住まいへと移るプロセスの間奏曲のような趣《おもむき》がないでもない。

ここ数年、いろいろな女性とそれぞれ心の高ぶる関係を持ったけれど、こんな心境のときには、ゆるやかな接触が懐《なつか》しい。

――あの人のこと――

わけもなく訪ねてみたくなる女《ひと》があった。

たとえば麗景殿女御《れいけいでんのにょうご》……。実はこの名前は源氏物語のあちこちにチラリ、チラリと四人ほど登場するのだが、まずはこの〈花散里〉の姉君に心を留めておけばよいだろう。桐壺院が帝《みかど》であったときに寵愛《ちょうあい》を受けた人だが、院の死後は源氏の君がさりげなく面倒を見ていた。若くはないが、桐壺院の思い出を語り合うにふさわしい。

この人に妹がいて、それが花散里である。例によって〈花散里〉の帖のヒロインだ

からこう呼ばれるわけだ。三の君とも呼ばれ、今は姉といっしょに暮らしているが、かつて宮中にあったときには源氏の訪れを待つ仲であり、そこそこの恋人、昨今は姉もろとも源氏の庇護《ひご》を受けながらも、そう親しくは扱われていなかった。

──あの姉妹のところへ、行ってみるかな──

逆境のプレイボーイはふと思い出して訪ねて行く、という事情である。そこは橘《たちばな》の白い花の散る里なのだろう、命名も美しい。

五月雨《さみだれ》の晴れ間である。そこへ行く途中、琴《こと》の音が聞こえ、

──そう言えば、前にここへ来たことがあったなあ──

一度訪ねたことのある女の家だ、と気づく。ほととぎすが誘い込むように鳴くので、お供の惟光《これみつ》を召し、歌を持たせてさぐりにやってみると、そこに住む女はプライドがあってのことか、源氏を迎える気があるのかどうか、はっきりとしない。惟光が、

──たいした女じゃない──

そう判断して、それにふさわしい答を源氏の待つ牛車《ぎっしゃ》に持ち帰ったにちがいない。

源氏は、

──このレベルの女性では筑紫《つくし》の舞姫がよかったな──

と、ほかの女なんかを思い出している。ちょっと手をつけ、そのまま放っておき、

でもすっかり忘れてしまうわけではなく、ときおり懐しむという女性が、あちこちにいたのであり、これをして情が深いというのか、罪作りというのか、読者諸賢はどうお考えになるだろうか。が、いずれにせよ、これが都における源氏の生活の一端であった。今、それが失われようとしているのだ。

麗景殿女御の住まいを訪ねてみれば、人影もなく、ひっそりとしたところ。

――こんな寂しいところに――

と哀れを覚えた。

先に姉君を訪ね、月の光のこぼれる夜空を仰ぎながら桐壺院の思い出をしみじみと語り合った。ほととぎすの声も橘の香りもつきづきしい。それにしても麗景殿女御はなんと雅《みや》びな人柄であろうか。

夜更《よふ》けて妹君のほうへ赴き、そっとのぞけば、久しぶりに見る姿は、わけもなく懐しい。姫君は恨みつらみを示すこともなく、こまやかな心使いが並たいていの人とはおおいに異なっている。ここでも充分に心を通わせる。この女《ひと》にはたとえ会うことが乏しくとも心変りをするようなはしたなさがないみたい。源氏にとってサムシングを感じさせる夜だったろう。

第十二帖の〈須磨《すま》〉に移って源氏は蟄居《ちっきょ》の地として大阪湾に面する須磨を選んだ。

なにかしら噂《うわさ》を聞いたことがあったのだろう。現在では神戸市の西側、充分に賑《にぎ》わっているが、往時は相当にさびれた海辺だったろう。

ここで特筆大書《とくひつたいしょ》しておきたいのは、源氏の置かれた情況がかなり深刻なものであった、ということだ。その現実をだれよりも当人が厳しく把《とら》えていたようだ。源氏物語は政治に関わることをほとんど綴《つづ》らないが、桐壺院の力は（帝であったときは当然のこととして院に退いても）充分に強固であったにちがいない。生涯にわたって善政を布《し》き異分子の逆《さから》いを鮮やかに封鎖していた。源氏はこの絶対的な権力者の最愛の子であり、十全の庇護を受け、もちろん源氏自身の教養や人柄のよさも手伝ってのことだったろうが、ほしいままに生きることのできる立場だった。事実そうふるまっていた。

その権力者が死ねば世相は変りやすい。源氏にも逆境の現実が迫ってくる。謀反《むほん》の噂までささやかれ、このぶんではどんな悪巧みが仕かけられるかわからない。野心のないことを示すためにも都を離れるのが得策だ。しかしそれを実行するとなると、源氏自身の苦悩は言うに及ばず近しい者たちの悲嘆が著しい。こちらは天から災難が降ってきたようなもの。

まずだれよりも同じ館《やかた》の西の対《たい》に住む紫の上（これまでは若紫と呼んできたが、充分に成長したので）である。彼女にしてみれば、

――そんな馬鹿な――

どうにも信じられない気持だったろう。ほんの一日二日離れて暮らすのでさえつらいと思っていたのに、

――この先、何年待つのかしら――

再びあいまみえることとさえ絶対に保証されているわけではない。人の世の定めを思えば、永遠の別れになるのかもしれない。聞けば、行く先は、波風のほかなにもない海辺の地……。旅そのものも険しい。でも紫の上は、

「どんなに恐ろしい道でも、ご一緒に行けるならば」

と訴えて、このうえなく恨めしげである。

さもあろう。だれしもがそう思う。しかしこれは政争に絡《から》んだ蟄居の旅なのだ。愛する人を連れてノホホンと逃避行を踏むわけにはいくまい。そば近く仕える数人だけを選んで同行させることとなった。女たちは、

――本気なのかしら――

実情をわきまえず、あちこちに人知れず胸を騒がせている向きもけっして少なくなかった。

出発を前にして源氏は退居中の左大臣の屋敷へ赴く。この老爺《ろうや》も失意の中にある。

愛娘《まなむすめ》の葵《あおい》の上《うえ》が没し、源氏との縁が薄くなり、うしろ盾となってくれていた桐壺院もいない。表舞台から身を退いたのは自分の意志であったとしても右大臣家など反対派の跳梁《ちょうりょう》がつらい。そこへ来て源氏が遠い地へ行ってしまうのだ。幼い若君が……源氏と葵の上の子がここにいて、なんにも知らずにはしゃぎまわっている。源氏はその子を膝《ひざ》の上にのせて、

——しばらくぶりなのに、ちゃんと私を覚えているんだよな——

と、いとおしい。この子の将来も心配だ。

左大臣家には女房やら乳母《めのと》やら源氏のファンがたくさんいて……ファンどころかもっと深い仲の女《ひと》もいて、みんなそれぞれにこのたびの決断を悲しんでいる。その悲嘆のありさまがまた源氏には悲しい。左大臣も力を失い、彼自身も病気やら世評への配慮やら慮《おもんばか》るところがあり門を鎖《とざ》して慎しんでいるのだが、昨今の世情には、

「命を長らえたのがうとましいほどだ。末世の姿かもしれませんぞ」

と涙する。源氏は、

「なにもかも前世の報い、私の運命でしょう。官位を剥《は》がれることもなく、軽い咎《とが》めを受けただけの場合でも、公《おおやけ》の謹慎は重く考えるべきもの、そのまま普通の暮らしを続けているのは外国でも罪深いとされております。私の場合は流罪《るざい》にすべきだという

噂さえ飛びかっているとか。この先、大変な重罪が降りかかるかもしれません。自分一人で潔白と信じていても埒《らち》があきません。これ以上恥を見ないうちに身を隠そうと、そう考えた次第です」

じわり、じわりと真綿で首を締められるような危惧《きぐ》を感じていたのだろう。どちらかと言えば、貴公子は〝打たれ弱い〟のだ。左大臣は昔の思い出を語り、桐壺院がこんな事態を予測して生前に言っていた言葉などを、衣裳《いしょう》の袖《そで》を目から離すこともなく、涙、涙、涙、泣きながら語るので源氏のほうも耐えられない。まして若君が二人にまつわりついて、やたらかわいらしいので、このうえなく切ない。左大臣のくり言はさらに続いて、

「亡《な》くなった娘のことはいつまでも忘れられず、いまだに嘆いておりますが、こんな禍《わざわい》が生じると、もしあの娘《こ》が生きてたら、どんなに心を傷《いた》めたことか。命短かく、悲しい夢を見なくてよかった、と自分を慰めております。ただ、この幼い子が年老いた祖父祖母《じじばば》のもとにばかりいて父親となじめないまま月日を過ごしていくのかと思うと安らかではいられません。本当に重い罪を犯しても、こんなふうには罰せられませんよ、普通は。非運なのでしょうか。外国でも無実の罪を問われることは多いとか。なにか仔細《しさい》があってのことでしょうが、どうにも納得がいきません」

三位中将《さんみのちゅうじょう》（かつての頭中将《とうのちゅうじょう》）がここに駈《か》けつけ、酒などを酌《く》みかわして語り合ううちに夜も更けてきて、源氏はここへ泊る。この家の女房のうち中納言《ちゅうなごん》の君はひときわ源氏と深い仲。悲しみもひとしお深いのを見て源氏は皆が寝静まるのを待って忍び入り、しみじみと語り合った。

左大臣の北の方、すなわち大宮からも言伝《ことづ》てがあって、

「お目にかかって、なにか申しあげたいのですが、心が乱れてままなりません。もうお帰りなのでしょうか。幼い若君がなにも知らずに眠っておりますのに……」

幼な子のことを言われると源氏もつらい。

「なまじ寝入ってる姿を見ると、かえって心が鈍りそうなので、心を鬼にしておいとまいたします」

涙の見送りを受けながら立ち去る。

二条院に戻ると、女房たちも眠らずにいたらしく、みな呆然《ぼうぜん》としている。詰め所のほうでは、日ごろ源氏の身近で仕えている者たちの姿がなく、それぞれが「一緒に」と言われたときの心づもりに奔走しているらしい。

それにしても館の様子がいつもとちがう。これまでは門のあたりに来客の馬や車が

ぎっしりと詰めかけ、こちらも出迎えの支度を設けていたものだが、それがどこかちがっている。ところどころに塵《ちり》がつもったり敷物がかたづけてあったりして、もの寂しい。この館を訪ねるだけで咎めを受けるかもしれないと、面倒を避けている人が多いのだ。世間の浅ましさが身に染《し》みてくる。

──私がいなくなったら、もっと荒れ果てるぞ──

西の対へ行くと、こちらも紫の上がもの思いにふけって夜を明かしてしまったらしい。源氏は、

「昨夜は左大臣家へ行ってました。こんなときに外泊なんて、気をわるくしたかもしれないけど、いよいよ世間を離れるとなると、気がかりなことが多くてね。せめて都にいるあいだだけでも、片時も離れずにあなたと一緒にいたい、それが本心ですよ。でも人に薄情者だと思われるのは厭《いや》だし、思いがけないことばかりが多くて……」

不在の言いわけに努めたが、紫の上は、

「これ以上に思いがけないことなんか、ほかにありませんわ」

と、ひたすら深い悲しみに沈んでいる。紫の上にしてみれば、もう一つ、心に引っかかることがある。実の父である兵部卿宮《ひょうぶきょうのみや》が、もともとそれほど近しかったわけではないけれど、このところ自分の娘が源氏と結ばれていることを世間がどう見るか、噂

を恐れて便りもなければお見舞いにも来ない。こんな父を周囲がどう見ているか、ひどく恥ずかしいし、

――いっそ、ここにいることも知られないほうがよかったわ――

と後悔してしまう。継母までが、

「あら、いい運をつかんだかと思ったら、すぐにそれを失ったりして、縁起のわるい娘なのねえ。きっと、かわいがってくれる人と、次から次、別れるさだめなのよ」

と、ひどいことを言っているらしい。まったくの話、源氏に去られたら、もう頼る人とてない境遇であることが強く実感されて、沈み込まずにはいられない。源氏としては、

「今のような情況が長く続いて、ずーっと須磨にいるようになったら、そのときはどんな岩屋の中にでもあなたを迎えますよ。でも当面は私は気ままに暮らしてはいかんのです。好きな人を一緒に連れて行くのは、なんとしてもまずい。そんなことをしたら、もっとひどい罰を受けるかもしれません。ね、よく考えて、わかってくださいね」

と言い聞かせ、その日は日が高くなるまで眠っていると、

「お客様がお見えになりました」

源氏の弟に当たる帥宮《そちのみや》（のちの蛍宮《ほたるのみや》）と三位中将が別れを告げに来たようだ。源氏は無紋の衣裳に着替えて、

「無位無官だからな」

と紫の上に笑いかけ、鏡の前に立って、

「やつれたな。鏡の中みたいに痩《や》せているんだろ、私は。本当に情けないね」

と呟《つぶや》く。こんな飾りけの少ない装《よそお》いがかえって優美に映るのだが、紫の上は涙を目いっぱいに浮かべて、もうとても耐えきれないほど悲しい。源氏が、

身はかくて　さすらへぬとも　君があたり
去らぬ鏡の　影は離れじ

と詠《よ》む。自分の身はさすらいの旅に立つけれど、あなたの近くで鏡の中に影を残し、けっして離れませんよ、の心意気だ。紫の上が返して、

別れても　影だにとまる　ものならば
鏡を見ても　なぐさめてまし

面影が鏡に留まるものならば、それを見て慰められますわ、である。こう詠んでは柱のかげで涙を隠している姿が、まったく美しい。今まで会った多くの女のだれよりも、ずっと心に滲《し》みてくる。

訪ねて来た客人については……帥宮とは時を忘れて語り合っているうち夕暮になった、と短く記してあるだけだ。

大切なのは、やっぱり女性関係で、まずは花散里の姉妹、この前久しぶりに訪ねて行ったら、その後しきりに便りをよこす。

――このまま会わないってのは、わるいなあ――

さぞや恨めしく思うだろう。少し気が重かったが、夜が更けてから出かけた。姉君のほうが、

「まあ、人並みに扱ってくださいまして」

と大喜び。それにしてもこの家の暮らしぶりは心細い。周囲の様子も風流と言うより荒れ果てている。源氏が都を去ったあとはどうなることか。ずいぶんと頼りなく、思いわずらっている。それも気の毒だが、他人事《ひとごと》ではない。

――須磨の生活もきっとひどいぞ――

妹の花散里は源氏の来訪なんてあるまいとふさぎ込んでいたが、馥郁《ふくいく》と薫る源氏の君の訪れを知って、

――うれしいわ――

月の光の射《さ》す中、にじり出て来て二人で夜をながめることとなった。

「なんと短い夜でしょう」

「はい」

明け方まで語り合い、歌を交わして別れた。

もちろん留守宅への配慮、旅の支度は抜かりなく整えた。とりわけ紫の上への心使いは大切だ。基本的には館の統括はこの女主人に任せる。その近くに忠実で、有能なアシスタントを選んで上下の役目を決めた。領地その他の証書なども紫の上に譲り渡し、財産の管理はしっかり者の乳母の少納言に委《ゆだ》ね、よき腹臣たちを相談相手に命じた。須磨に連れて行く者は別途に少数を選び、持ち物は調度類、書籍、そして琴《きん》、必要最小限に止め、

——山里の暮らしが待っているんだ——

と飾るつもりはない。

これまで源氏に仕えていた女房たちは、

——この先どうしたらいいのかしら——

とても心細い。

「命があって帰る日もあろう。待てる者は西の対へ赴いて女君に仕えるがよい」

去る者にも心配りを忘れない。

関わりの深かった知人には、男性は、まあ、もっぱら鄭重《ていちょう》な書状を送る対策、これが相手にも迷惑をかけない挨拶《あいさつ》だろう。女性についても二、三を除けば同様だが、朧《おぼろ》月夜《づきよ》への手紙は別して触れておかねばなるまい。手段を講じて、

〝あなたからお手紙をいただけないのは当然のこと、つらいけれども私は覚悟を決めて都を去ります。

逢《あ》ふ瀬なき　なみだの川に　沈みしや
流るるみをの　はじめなりけむ

あなたを思い出す罪だけは逃れられません〟

と綴り、歌の意味は、逢瀬もない涙の川に沈んだのが漂泊の流れを行く旅の、始まりなのでしょうか、であり、わかりやすい。なにしろこのたびの謹慎の一番の原因は、この朧月夜との恋が露見したことだった。手紙を運ぶプロセスに敵方のスパイがいたりして、危険がなくもない。だからくわしく心情を吐露することがむつかしい。短い手紙だが微衷をお察しください、という気持が込めてある。朧月夜にもその気持は伝わったろう。ここでも涙、涙、袖に余まる涙は川となってしたたり落ちるほど。

涙川　うかぶみなわも　消えぬべし

流れてのちの瀬をもまたずて

涙の川に浮かぶ水泡《みなわ》のように私はあわれで消えゆく立場です。あなたの流罪が解けて逢う、その逢瀬《おうせ》を待つこともなく、と詠み、筆あともまことに美しい。受け取った源氏は、

——もう一度だけでも会いたい——

でもそれは無理。朧月夜は源氏を憎む右大臣家の中にいて独り孤独に耐える立場なのだ。手紙さえもう無理に出したりしてはなるまい。

いよいよ出発という前日、桐壺院の御陵へ参拝へ。が、月の出る前に、まず藤壺の尼君のところへ。この二人の心中は充分に複雑だ。簡単にはまとめられない。御簾《みす》を隔てて嘆き合い、歌を交わし、共通の懸念《けねん》は東宮の今後のこと……。東宮はこのとき七歳くらいか。先帝（桐壺帝）の御子《みこ》となっているが、その実、源氏と藤壺の子だ。余人《よにん》はいざ知らず二人はこの真実をよく知っている。そして目下は源氏の大敵・弘徽《こき》殿大后《でんのおおきさき》の子が朱雀帝《すざくてい》として君臨しているのだ。先帝は朱雀帝に遺言して、万事において源氏を相談相手にすること、とりわけ東宮や藤壺の後見を源氏に託すこと、などを説き、源氏はことさらに朱雀帝に軽んじられているわけではないけれど、右大臣家が実権を握って末世を思わせる昨今の世情、この先なにがどう変わるかわからな

い。東宮の立場も安心とは言いがたい。

桐壺院の御陵へ、ほんの五、六人のとも連れで向かい、これは昔の華やかな外出とはまるでちがう。ほんの数年前、賀茂の御禊《ごけい》の日の源氏の晴れ姿を思い起こして涙する供の者もいる。源氏の脳裏にはさまざまな思いが去来して、これも涙、涙、あれほど心を配られた桐壺院のご遺言も今は消え失《う》せてしまいそうなのだ。所詮《しょせん》亡くなってしまえば、どんなすばらしい威光も消えてしまうものなのか。故人の尊い面影を思い出しながら草深い道を返して都へ戻った。

翌日は東宮のもとへ。ここには藤壺の尼君に代って王命婦《おうのみょうぶ》が仕えている。王命婦を通して、

「今日出発します」

と東宮への報告を頼む。東宮は幼いながら真顔で聞いて、

「遠くへ行ったら、今までよりもっと会えなくなってしまう、と伝えてくれ」

と、どこか頼りないのも仕方ない。幼いし事情はなにもわからない。むしろ事情をすっかり知っているのは、この王命婦のほう。思えば源氏の無理難題を聞いて藤壺とのデートを密《ひそ》かに講じたのが、この人なのだから。災いのもとは、

――私にある――

と王命婦の悔みは深い。

この後、日中は紫の上とゆっくり語り合って過ごし、旅立ちは当時の習いに従って夜が更けてから。

「月が出たようだ。外へ出て見送ってください」

泣いていた紫の上も気を取りなおして、いざり出る。先々の知れない二人の別れは情緒纏綿《じょうしょてんめん》、あわれにも美しいものであった。

春三月、須磨の浦に着き、住まいは海辺から少し入った山中で、充分に寂しいところだ。家は田舎造りだが、源氏には、

――こんなときじゃなければ、ずいぶんとおもしろかろうに――

野趣に富んでいる。家臣の良清《よしきよ》が（〈若紫〉の北山で雑談のおりに明石の海岸のことを話題にした男だが、ここにゆかりがあって）あらかじめ源氏の好みなどを勘案して一切を整えておいてくれたのだ。次々にこの地の有力者が挨拶に訪ねて来たが、まともな話し相手になる人はいない。先々が思いやられてしまう。

そうこうするうちに梅雨の季節となって、じめじめとうっとうしい。ますます心が沈んでしまう。

手紙を書いた。

とりわけ大切な三人の思い人がいる。紫の上、藤壺、そして朧月夜ですね。涙で目もくらむ思いで綴ったが、くさぐさは省略しよう。紫式部もそう熱心には紹介していない。

受け取ったほうは……紫の上は一層の悲しみで寝ついてしまった。女房たちが慰めても甲斐《かい》がなく、ひたすら源氏が残して行った調度や琴、衣裳に残った匂《にお》いなどを頼りにして昔日《せきじつ》を偲《しの》んで懐しみ、まるで源氏が死んでしまったような苦しみようだ。見かねた乳母の少納言が（北山で幼い女君が祖母の尼君に育てられていたころからの乳母である）北山の僧都《そうず》に祈禱《きとう》をお願いする。僧都は、

「二つの祈願をいたしましょう。一つは源氏の君のご無事を願って。もう一つは女君の心痛を鎮《しず》めるために」

と祈るのであった。

紫の上は源氏が詠み残して行った歌を思い出し、

――〝去らぬ鏡の影は離れじ〟っておっしゃったけど――

鏡なんかいくら見たって去った人が現われるわけじゃない。死んだ人ならまだあきらめられるけど、須磨は近そうで、とても遠い。いつまでとけじめのつかない別れな

ので、つらくて、つらくて仕方がない。そんな思いを込めて手紙を送り続ける。あわせて遠流《おんる》の地で必要であろう品々を考えて送るのだが、その趣味のよさ、手際のよさが際立っている。

——いい女だよなあ——

呼びよせたいけれど、心を殺して源氏は勤行《ごんぎょう》に励んだりしている。

相手変わって……藤壺にしてみれば、源氏の不運は、まず自分との密通から始まっている、と思わざるをえない。でも事情が世間に知れて、

——東宮に災いが及んだら——

と、なによりもこれが心配だ。口さがない世間なのに、この件が噂されないのは源氏の配慮が深いからだろう。なのに、その人の切なる心ばえを知りながら自分はつれない仕打ちばかり……。

——すてきな人なのに。許してください——

すべてを語りえないもどかしさを……心中をさりげなく、こまやかに綴って返すよりほかにない。

朧月夜もそうあからさまに源氏への思いを綴ることはできない。須磨に届く手紙自体が侍女の手紙の中に入れてあり、むしろ侍女の手紙の文面が朧月夜の一途《いちず》な恋心を

伝えて源氏の涙を誘ってしまうのだ。

この姫君について、もうひとこと触れておけば、源氏との不祥事があったけれど、右大臣たちのとりなしもあって尚侍《ないしのかみ》として朱雀帝に仕え続けている。帝は彼女と源氏の仲を知りながら、

――まあ、いいか――

寛大である。帝も源氏が好きなのであり、源氏が去ったあと、管絃の遊びの折などには、

「あの人がいないともの足りないね」

と朧月夜にしみじみ訴えたりする。でも朧月夜が涙を流したりすると、

「だれのための涙かな」

とジャブを飛ばしたり……。帝は優しい気性で、現下の政情がけっして心にそうものではないはずなのに強くは反発できないたちなのだ。

三人のほかにも、伊勢に下った六条御息所《ろくじょうのみやすどころ》のこと……。わざわざ須磨まで使いが訪ねて来たりして、連綿たるラブレター、あい変わらずみごとな筆跡。生霊《いきりょう》のことは気がかりだが、

――あの人にはすまないことをしたなあ――

やっぱりすてきな人柄だ。涙、涙、返しのお手紙、お手紙……。
また花散里のほうにも姉妹との手紙のやりとり……。ほかにも手紙を交わすべき相手はたくさんあって、いそがしくもあり、ものさびしくもある、という須磨の日々が続いていく。

秋が来て、時には独りあわれな波の音を聞きながら琴《きん》を鳴らして歌をくちずさむ。周囲はみんな寝ていると思ったのに、目を覚まし感じ入り、泣いているのではあるまいか。源氏としては、
――みんな私のために親兄弟、いとしい人などを捨ててここに来ているのだ――
不憫《ふびん》であり、なさけない。こんな人たちを慰めるためにも自分は明るくふるまい、芸道のすばらしさなどを示さねばなるまい。

今まで実際に見ることのなかった大自然をまのあたりにして絵を描いた。この人、これがまたうまい。草花の咲き乱れる庭に、さりげなく寛《くつろ》いだ姿で現われ（これがまた滅法美しく、決まっているのだが）お経を誦《よ》んだりする。これがさらに名調子だ。

沖の舟、鳴いて飛ぶ雁《かり》、十五夜の月、趣の深いものを見定めては家臣たちと歌を交わしたり、と鄙《ひな》びの中にも典雅を求めて、いかにもこの人らしい。

大宰府《だざいふ》の次官なる男（大宰の大弐《だいに》と呼ぶ）が任期を終え、都へ帰る道すがら、船旅を混じえて海浜を上って来たのだが、源氏が須磨にいると知って、ご挨拶、息子の筑《ちく》前守《ぜんのかみ》が使いでやって来た。しかし長くは留れない。源氏と親しくすることが憚《はばか》られる時勢なのだ。

一行の中に大弐の娘、五節《ごせち》の君がいて、この人はかつて源氏と慇懃《いんぎん》を通じた仲、おおいに心をときめかせたが、これも歌の交換が限度である。

都の様子はと言えば、帝、東宮、藤壺、そのほか源氏と親しみの深かった人たちは、こぞって高貴なるプレイボーイを懐しがっているが、あい変わらず弘徽殿大后だけは、

「考え直したらいいわ。おいしいものだって食べちゃいけない立場なのよ。なのに風流な家に住んで歌を詠んだり世間を批評したり、いい気なもんよ。それに追従する者がいるんだから気が知れないわ」

年来の敵役は健在である。

しかし、ですね、須磨における小説上のポイントはここではない。すぐ近くの明石に明石入道なる怪傑がいて、その娘がわるくないのだ。源氏の家臣の良清が手紙を送ったが（良清はもともとこの娘に関心があり、旅先のつれづれに粉をかけてみたのだろうか）むこうの考えは……父なる入道の野心は、そんなレベルではない。すでにこ

の物語の第五帖〈若紫〉の北山のくだりで頭出しがしてあったように、入道は遠隔の地に住みながら娘を最高位の男性に嫁がせようと狂信的に願い、それ以外の道を捨てている確信者なのだ。そのために娘をすこぶる大切に育てている。源氏が須磨に来ているなんて、神が与えた絶好のチャンス、良清なんか目じゃない。知人でもある良清に、

「お話ししたいことがあります。ぜひお会いしたい」

と源氏への橋渡しを頼むが、良清は腰を引いている。入道の妻は、夫の野望がふくらむのを見て、

「とんでもない。聞けば、ご身分の高い女《ひと》といろいろ関係のある方なんでしょ。須磨に身を隠したのも、そんなトラブルのせいなんだとか。うちの娘なんか見当ちがいですよ」

「お前はなにもわかっとらん。これは天命なのだ」

と家長の主張は揺ぎない。娘は……入道の思い入れもあって鄙にはまれな優れ者ではあるけれど、

――やっぱり無理よ――

おろおろと戸惑うばかりだ。この三人のビヘイビアは、この後、ほとんどこの方向

のまま進んで行くのだが、ここで少し話を変えて……三位中将がわざわざ須磨にまで見舞いに来てくれた。田舎風味ではあるが、それなりに贅《ぜい》を尽したもてなしの中で旧歓を温めあったが、この友も世評を恐れてそう長くは滞在しなかった。源氏には男性の知己が少ないのである。やっぱり人間としての弱点でしょうね。孤独感も仕方がない。

たまたま海の様子をながめに出てみれば、凪《な》いでいた海が急に荒れ始め、空は黒さを増し、驟雨《しゅうう》が落ちてくる。

悪《あ》しき前兆……。

あるいはそうかもしれない。源氏の夢の中に異形の者が現われて、

「お召しがあるのに、なぜ来ないのか」

と探し歩いている。目ざめて、

——海の龍王に魅入られたかな——

と無気味である。嵐《あらし》はますますひどくなり、この住まいが耐えがたいものに感じられてしまう。ただならない気配をはらんだままストーリーは第十三帖〈明石《あかし》〉へと入っていく。

嵐は数日続いて須磨の海は荒れ狂い、源氏の心は恐怖に揺れ激しい不安に苛《さいな》まれる。夢の中には、またしても異形の者が現われてつきまとう。

——都に帰りたい——

しかし、こんなことで挫《くじ》けたら、まったくのもの笑いだ。

折も折、二条院から使いが来て、都でもただならない天候不順が起きているらしい。大水のせいで政事《まつりごと》も途切れがちとか。紫の上も心細さで身も世もない様子、源氏はそんな手紙を読むにつけても汀《みぎわ》の水が増してしまうほど涙をこぼしてしまった。

——末世かもしれない——

豪雨、洪水、雷鳴、荒波、建物に落雷し、その凄《すさ》まじさにだれひとりとして常の心ではいられない。まず源氏が住吉神社に向かって願をかけて祈った。周囲の者たちは自分の不安をよそに源氏の善行を訴え、無実を告げ、潔い謹慎《いさぎよ》への慮りを神に願った。

その甲斐あってか嵐も少しずつ衰え、平穏が戻ってくる。しかし、まだ安心はできない。疲れでうつらうつらと眠りに落ちた源氏の夢枕《ゆめまくら》に桐壺院が現われて、

「なんでこんなひどいところにいる？」

と咎める。源氏が答えて、

「お別れしてからは悲しいことばかりが多く、この海辺で命を捨てるのも仕方ないか

と考えております」

「馬鹿なことを言うな。ほんの少しの罪ではないか。そなたが苦しんでいるのを知って私は海に入り陸にあがって告げに来たのだ。この海辺を早く立ち去れ。私は都へ上って帝にも告げておきたいことがある」

と消えた。

——これはどういう夢なんだ——

夢とはいえ父君に会えたうれしさが胸にしっかりと残っている。あれこれ思案をめぐらすうちに夜が明け、ようやく静まった海に、なんと小船が着いて、二、三人の使者が源氏の住まいへと向かって来た。三人はまず良清に会い、

「迎えの船でございます」

明石入道から迎えである。良清が驚いて、

「入道どのとは昔からの知り合いだが、波風のまだ収まらないときに船を出して、どんなお考えかな」

と尋ねた。

良清としては、明石入道の並々ならない野心は聞いていたが、良識に適《かな》うことではあるまい。入道は大臣家の出自でありながら官位を捨てて出家し、明石の浦にりっぱ

な屋敷を構え、娘にのみ大望をかけている。源氏のほうもそのことを少しは知っていただろうけれど、それよりもなによりも心に昨夜の夢が残っている。桐壺院は「この海辺を早く立ち去れ」と言っていたではないか。そこへ迎えの船が来るとは……。

「早く会え」

と良清を促し、良清を介して聞いてみれば、

「入道のもとに異形の者が現われて〝嵐がやみ次第、この須磨の浦に船を出せ。霊験《れいげん》があらたかになるだろう〟とのこと。そこで……」

と仔細を説明する。源氏はこの霊験に信じうるものを感じ、

「よし、行ってみよう」

早速迎えの船に乗り込んだ。

たどりついてみれば明石は風趣に富んだ土地がらである。須磨よりもずっといいみたい。ただ、

――人数が多いな――

どうせならもっと人の姿が見えないほうがこのときの源氏の好みに適っていた。

明石入道はこの地の権力者で、海浜にも山中にも領地を擁している。どちらにも屋

敷を構え、海辺のほうはことさらに造った苫屋《とまや》が風流だし、山辺には御堂《みどう》を建てて勤行に励むことができる。田畑もあれば倉も並ぶ。自分の敷地自体が小さな町なのだ。姫君は高潮を恐れて今は山のほうで暮らしているみたい。源氏は海辺の屋敷に案内され、のどかに暮らせるよう充分に整えられていた。

「お世話に与《あずか》ります」

入道が現われ、これは真実、願いが叶《かな》いそうなのでうれしくてたまらない。

「どうぞ、どうぞ。お気のすむままに」

まるで住吉の神に仕えるように源氏を敬い扱う。

雰囲気はわるくない。屋敷の中は都の家々に負けないほどの典雅さを備えているのだ。源氏としては、正直なところ、

――確かに、こっちのほうがずっといい――

須磨の暮らしは違和感が多過ぎて心細かったけれど、こちらはほどがよい。都落ちをしてこんな生活が送れるなら申し分ない。源氏は落ち着きを取り戻し、またせっせと都へ手紙を送って近況を伝えた。そのやりとりは、いつものことだから、省略としよう。

入道は毎日勤行に努めているが、胸中は、

——娘をどう源氏の君に取りもったらいいものか——

この思いでいっぱいだ。ただし、そう思いながらも源氏その人を間近で見てしまうと、

——こんなすばらしい人なのか——

気おくれを覚えないでもない。

一方、源氏も日ごろの勤行に励みながらも、

——どんな娘かな。いい器量と聞いたが——

と興味がないわけではない。入道その人もなかなかの教養人であり趣味のよい人であり、総じてわるくない。娘の人がらも偲ばれてしまう。

源氏が明石に居を移して一カ月ほど、入道は、

——娘の件をどう切り出したらいいものか——

いろいろと配慮をめぐらし、源氏の生活を乱さないよう努めながらもチャンスをうかがっていた。そして春もおぼろな月の夜に源氏が無聊《ぶりよう》にかられて独り琴《きん》を奏《かな》でるのを聞き、そのあまりのみごとさに感動して(あるいは感動にかこつけて)勤行を中断し源氏の住まいへと顔を出した。この男も絃《げん》の道にはひとかどの心得がある。この方面には七絃の琴《きん》と十三絃の箏《そう》とがあり、源氏は琴をよく弾くが、入道は由緒《ゆいしょ》ある箏の

奏法を正しく伝授された身なのだ。話題にはこと欠かない。しかし、

「娘が見よう見真似《みまね》で弾くようになりまして、これが山伏風情《ふぜい》の私の聞きちがいかもしれませんが、筋がよろしいようなんですわ。そっとお耳にお入れしたいのですが……」

と話が核心のほうへと近づいて行く。やがて入道はさらに踏み込んで、

「この娘をぜひとも高貴な方に縁づかせたいと積年願い続けてまいりました」

そのために心を籠《こ》めて育ててきたが、

「もし叶わないならば〝海に身を投げて死ね〟と申しつけてあるのです」

と、なみなみならない執念を告白する。

最高の貴人を前にしてずいぶんとあからさまな述懐だが、一つには老爺の執心に対する同情から、もう一つには、二人で奏でた絃の響きの美しさ、それに因《ちな》んで語り合った蘊蓄《うんちく》のほどのよさから、さらにまたこの夜のもの静かな風情、源氏につきまとうさすらいの身のわびしさなどなども加わって老爺の告白は厭味のないプレゼンテーションとなって源氏を……いや、読者を納得させてしまう。けだし紫式部の筆力だろう。

ともあれ源氏の心が動き（これもどう体裁よく誘いに乗ったらよいか、計っていた気配があるのだが）娘へ手紙を送ることとあいなる。以後はこの娘を明石の君と呼ぶ

こととしよう。

しかし明石の君もひとかどの知性・嗜《たしな》み・良識を持つ女性だから……まったくの話、田舎育ちではあるけれど、人がらにおいては都の貴婦人に劣らないものを身につけていたから、源氏の誘いを受けても「はい、はい、はい」なんて、そんなはしたない態度は採れない。

——私なんかでいいのかしら。遊ばれて、すぐに捨てられたら、みじめだわ——

そのほかいろいろとネガティブな思案が胸に去来する。どうしていいかわからない。返事を書かずにいると、入道が代って返歌を……。源氏はいささか鼻白んで〝代筆のラブレターなどいただいたことありません〟と書いて、重ねて悩める心を訴える歌を送った。ようやく明石の君が返して、

思ふらん　心のほどや　やよいかに
まだ見ぬ人の　聞きかなやまむ

つまり、あなたはどれほど深い心なのでしょうか、私を見てないのに噂を聞いただけでお悩みになるなんて、である。当然のことながらこの女《ひと》は懐疑的だ。父親の途方もない夢を信じて自分の人生を賭《か》けるなんて、いくら源氏がすてきな男性でも、ためらいが大きい。

そしてこの先は、疑い悩む明石の君、行け行けどんどんの明石入道、都に残して来た紫の上を思いながらも新しい恋ににじり寄って行く源氏、この三つ巴《どもえ》のやりとりが悩ましく続いていく。都の紫の上にも女の直感か、風の便りか、新しい不安が加わる。

だが都ではもう一つ、朱雀帝の悩みがただごとではない。源氏が桐壺院の夢を須磨で見たのと同じころ、院が朱雀帝の夢にも現われて源氏の処遇について叱咤《しった》を発したらしい。院は形相すさまじく帝を睨《にら》みつけ、帝は目を合わせたとたんに目を患《わずら》い、これが現実に悪化して痛む。右大臣が（権力を握り太政《だいじょう》大臣になっていたが）没し、源氏の宿敵・弘徽殿大后だけは、なおも、

「源氏は許せません。三年もたたないうちに呼び戻すなんて、とんでもない」

と強硬な態度を崩さなかったが、この人も体調をわるくし、もののけがつくやら、不思議なお告げを受けるやら身心ともに衰勢に傾く。こうした情況の中で、ついに帝より源氏を都へ呼び戻す評定が下った。

明石では、読者諸賢もとうに予測したことであろうが、源氏は琴の音を聞くことを口実に明石の君のもとに入り込み、

——わるくない——

ゆるり、ゆるりと親しさを募らせ、ついには一夜も欠かさずに通うほど……。歌を

交わして心を通わせ……もちろんそれだけではない、明石の君は懐妊して、早くもつわりの苦しみ。このタイミングで源氏が京へ呼び戻されることとなった。ああ、なんと間がわるいのか。明石の君を連れて帰るわけにはいかない。

ここでまた別れの涙、涙、涙。明石の君の涙はこのうえなく切ない。明石入道は娘が源氏の子を身籠《みごも》ったのは本懐だが、それを喜んでいいものかどうか。入道の妻、つまり明石の君の母親は娘の苦しみを見るにつけ、

「ほら、ろくなことがないわ。私、言ったでしょ」

と悔みが深い。源氏の周辺ではみんなが帰京を喜んでいるのに……。源氏自身もうれしいけれど、

——ここの姫君がなあ——

またもや板挟みの涙を流さなくてはいけない。明石地方は、ところにより激しい涙雨なのです。別れのくさぐさは、いくつもの歌や心のゆらめきがあったりして文学的ではあるけれど、それは本文で味わうこと、ここでは省略して……それとはべつに、ちょっと驚いたのは、

〝明後日《あさて》ばかりになりて、例のやうにいたくもふかさで渡りたまへり。さやかにもまだ見たまはぬ容貌《かたち》など、いとよしよしう気《け》高きさまして、めざましうもありけるか

など、見棄てがたく口惜しうおぼさる。さるべきさまにして迎へむと思しなりぬ〃

訳せば、源氏たちの出発が明後日になったとき、いつもほどには遅くない時間に明石の君のところへ源氏は渡って行った。きちんと見たことのなかった容姿が実にすてきで、高貴で、

――いい女なんだなあ――

と別れるのが惜しくなる。なんとかして都へ迎えようと考えた、なのである。毎夜通って懐妊までであって、

「それでこれなんですか」

いくら夜が暗かったとしても……当時の男女関係はこういうことだったんでしょうね。

源氏は未練を海辺の里に残しながら家臣どもども都へ帰る。帰ってみれば、こはいかに、大歓迎の嵐、嵐。なかでも紫の上の歓喜はひとしお。ますます美麗になって、源氏は、

――こんなすてきな人に二年あまりも、よくもまあ会わずにいられたものだ――

と、われながら恨めしい。

人間誠実であることが大切と、紫の上に明石の君とのこともうちあけた。このショ

ッキングな告白に対して紫の上はさりげなく装い、ちょっと厭味を呟くくらい……。源氏は言いわけをするけれど、かえって見苦しい。トラブルの火種がちらつく。

が、やがて源氏は権大納言《ごんだいなごん》のポストを得て、完全復活、源氏とともに罷免《ひめん》された人たちも地位を回復した。めでたし、めでたし。

帝のもとへも参内して旧歓を温め、しかし帝の衰弱はかなりのもの、憂慮すべき状態だ。東宮は無事に成長して学問にも励んでいるみたい。とてもかわいらしい。藤壺の尼宮にも対面し、少し落ち着いたところで源氏は誠心誠意、故桐壺院の追善供養《くよう》の準備にかかったあたりで第十三帖〈明石〉が終わる。ほかの女性のことも少し触れてあるけど、いつものことです、まあ、いいでしょう。

6　大河の脇《わき》に溜池《ためいけ》がチラホラ

澪標　蓬生　関屋

前章は光源氏の衰勢と都落ちを綴《つづ》ったが、本章は早くも復活のストーリーである。京に戻って、まず桐壺院のために法華八講の供養《くよう》を主催する。

考えてみれば桐壺帝はなかなかの名君であった。源氏物語では更衣《こうい》・桐壺にメロメロになり晩年は藤壺をえて老いらくの恋を満喫した日々が目立つが、彼はまちがいなく政治的に優れていた。死んだあとだって源氏や朱雀帝《すざくてい》の夢に現われて実力を行使する。これはやっぱり生前によほど凄腕《すごうで》だったからだろう。

その子・朱雀帝は、人柄はいいけれど、気の弱い坊っちゃんタイプ、体も弱かったろう。夢の中で父親に一睨《にら》みされ、眼までわるくし、

——こりゃ源氏をないがしろにしたせいだ——

源氏を呼び戻し、父親が遺《のこ》した言葉の実現に努めた。性質がよいだけに、ひねくれた考えを持つことがなく、そのせいもあってか愚帝の烙印《らくいん》を押されずにすんだ。この人の母親は、すでにお馴染《なじ》み、源氏の敵役、弘徽殿大后《こきでんのおおきさき》であり、彼女にしてみれば、

「結局、源氏を退治できなかったじゃない」

おおいにくやしがったが、この人も病気がち、もう強くは反抗できなかった。

朱雀帝はまず譲位を考える。まだ三十代、早過ぎると思うけれど、

——帝王職なんて私の器じゃないな——

自分は上皇（朱雀院）となり、ここに冷泉帝《れいぜいてい》が誕生する。

この新しい帝が桐壺帝と藤壺の子……というのは表向きであり、実は源氏と藤壺の子である。まだ十一歳。源氏は特別に設けられた内大臣の位に就き、すでに引退していた元の左大臣（葵《あおい》の上《うえ》の父）は摂政兼太政大臣《だいじょう》、この二人が実権をもっぱらにすることとなった。

これとともに不遇をかこっていた親源氏グループは一気に日の目を見る。三位中将《さんみのちゅうじょう》（元の頭中将）は権中納言《ごんちゅうなごん》に、源氏と葵の上の子・夕霧《ゆうぎり》は八歳ながら童殿上《わらわてんじょう》、これは早くから宮中に務めて将来に備えるポストである。またすでに出家していた入道の宮（藤壺）は女院《にょういん》と呼ばれる立場となり、この処遇はそれぞれ大栄転と考えてよいだろう。

権力から遠ざかった朱雀院にも悩みがある。以前からのことだが尚侍《ないしのかみ》、すなわち朧月夜《おぼろづきよ》の君への思いがもやもやと胸に燻《くすぶ》っている。最高の立場なのに……強引なところがない。ここでちょっと復習をするならば、この尚侍は弘徽殿大后の妹で、ある夜、廊下の隅で源氏と会い、そのまま〝できちゃった〟若き美形である。いったんは源氏と相思相愛の仲となったが、朱雀帝のそば近くに身を置く立場だから、源氏との関係ははなはだよろしくない。密会の場を父なる右大臣に見つけられたりして、これが源氏の都落ちの一因ともなった、というわく因縁がある。でも朱雀帝は上皇になってもずっとこの女《ひと》を憎からず思っていた。源氏との仲を知りながら目をかけていたのである。相手はかたわらに仕える尚侍なのだから、

「さ、こっちに来なさい」

自由に扱ってよいはずなのに、このお坊っちゃまは、そういうビヘイビアは好みではない。だから辛《つら》いのだ。第十四帖《じょう》〈澪標《みおつくし》〉に入ってからは尚侍相手に、

「私の命はそう長くないような気がする。あなたは前々から私より源氏の君のほうへ心を傾けているけれど、私の愛はたぐいなく深いんだよ。この先、源氏の君に愛されることがあっても、それは私の愛よりずっと小さなもの、それを思うと辛くてたまらない」

と涙ながらに訴え、さらに、

「どうして私の子を生んでくれないのか。残念だなあ。あの人の子なら、すぐに身籠《みごも》るのだろうね。でも、そのときは、その子は帝《みかど》の血筋ではなく、家臣として育つんだよ」

口説いているのか泣きごとを言っているのか、気の弱さ、性格の優しさ、育ちのよさが滲《にじ》み出ている。尚侍は悩んでしまう。もともと自分の軽はずみな行動から大きな

トラブルが生じてしまい、とにかく身を慎んでいるより仕方のない情況なのだ。源氏はあいも変わらずこの女《ひと》に関心を抱いているのだが……ときどき声をかけてよこすのだが、さすがに朧月夜からの対応はしなやかではない。

源氏にも大きな気がかりが二つ三つわだかまっている。

一つは西のかなた明石の方面。明石の君の出産が近づいている。使者を送って問うと、

「姫君がすこやかに誕生されました」

源氏としては、

――女の子か――

ひとしお感慨が深い。それというのも以前に有力な星占いを受けて「子どもは三人。二人は帝と皇后になり、低い身分の方は太政大臣の位につくでしょう」と言われていたからだ。すでに藤壺とのあいだにもうけた子は冷泉帝になっている。葵の上との子は男子で、これが太政大臣の候補だろうか。女子は今度が初めてで、この姫が将来皇后になるのだろうか。だとすれば、この姫君をおろそかに育ててはなるまい。やがては都に呼ぶとしても、とりあえずのところは、

——りっぱな乳母《めのと》をつけよう——
適任者がいた。宮仕えの経験を持つ女で、身分・教養は申し分なく、本来は乳母などを務める立場ではないのだが、身寄りもなく、最近子を産んだばかりだとか。あえてこの女を、将来皇后となるかもしれない姫君の乳母になってもらおうと源氏みずからが説得にかかった。

そっと訪ねてみれば、その女は充分に若々しく、美しく、源氏自身が粉をかけたいくらい……。女も都で源氏に仕えたいけれど、そうはいくまい。源氏の説得は成功し、入念な配慮をほどこしてこの女を明石へ送った。いずれは〝明石の君母子を都へ迎えたい〟という歌を託して……。

明石のほうでは、まず明石の君の父親なる入道が、あらためて源氏の気持を知って、
——ああ、かたじけない——
都に向かって最敬礼。幼い姫君はかわいらしく、美しく、
——大切に育てなければなるまい——
滑稽《こっけい》なほどの張り切りようだ。

一方幼な子の母親なる明石の君は、なんとなく源氏にないがしろにされたまま出産をしたような気分でいたのだが、この厚い心遣いをまのあたりにして、

——忘れられてたわけじゃないわ——

それなりに心身をなごませた。百パーセント喜べないのは、現に置き去りにされ源氏とは会うこともむつかしいのだし、彼女には田舎育ちのコンプレックスがつきまとう。いずれ〝都へ迎えたい〟と言われても、それは、

——私も一緒に、ということかしら——

幼な子だけを連れていかれる事態は耐えられない。さりとて自分が故郷を離れて、きらびやかな都で暮らすのは……やっぱり自信が薄い。あれこれと悩んでしまうのである。源氏には〝ひたすらあなたを頼りにしております〟と御礼にそえて歌を返した。

源氏にとって明石の母子のことは喜ばしい気がかりだが、この件は……明石の君が女子を産んだことはまだ親愛なる紫の上に話していない。

——ほかからあの人の耳に入ったりしたら、まずいな——

と考え、みずから困惑の表情を作って紫の上に訴えた。

「この世の中、うまくいかんものですな。子どもを産んでほしい人には授からず、思いがけないところで生まれたりして……。明石のほうは、女の子らしいですよ。放っておくわけにもいかんから、いずれ呼び寄せましょう。憎まないでくださいね」

紫の上は、明石の君の存在はすでに知っていたし、懐妊についてもうすうす感づい

ていたのではあるまいか。

「憎むなんて。いつもそんなことおっしゃって、ひどいわ」

やんわりと恨む。

「ほら、また始まった。恨まないと言いながら、へんに気をまわして、すねるんだから」

「ごめんなさい」

と紫の上は本気で怒っているわけではないらしい。このあたりは現在の夫婦関係とおおいにちがいますね。

「明石のほうに気を使うのは、いろいろ事情があってのこと、いずれ話しますよ。あの姫君のことは、寂しい海辺で、ちょっと珍しかったのかな。私が真実思っているのは、あなただけ。どうしたらまごころが見せられるのかな。末長く一緒に睦《むつ》みあい、仲よく過ごしましょう。そのためにも人の恨みを買ってはいけませんよ」

源氏は箏《そう》の琴《こと》を引き寄せて楽の音で和して雰囲気をなごやかにしようと計ったが、紫の上は楽器に手を伸ばそうともしない。この女《ひと》はもともと気質はおおらか、仕ぐさはたおやか、だからやきもちをやくにも愛敬があって〝をかしう見どころありと思《おぼ》す〟……つまり趣があって一見の価値あり、なのだ。

このくだり、源氏は〝あなたが子を産んでくれないのが悪いのですよ〟と紫の上の弱点を突きながら懐柔を計り、さらに〝田舎暮らしの寂しさで、ついうっかり手を出しちゃったんですよ、あれは。私も辛い情況だったし〟と落魄《らくはく》の苦しさもあわせて匂《にお》わす作戦。紫の上にしてみれば、とても楽しめる事態ではないけれど、源氏の愛については自信がある。

――浮気はこの人の癖みたいなもの、あんまり深くはこだわらず、一人で留守居をしていたときの悲しさだけを切実に訴えておきましょ――

こんがりと妬《や》く態度を採った、という次第である。多少のぎくしゃくはありながらもこんな心理合戦が続いていく。

そうこうするうちに明石では幼な子の誕生から五十日の祝い日が来て、源氏は忘れずに使者を送った。たくさんの贈り物と〝明石へ行きたい、でもあなたこそ都へ来てください〟という歌とを託して。入道はまたまた大喜び、そしてうれし泣き。源氏が委《ゆだ》ねた乳母はさすがに特上で、源氏の意を汲《く》んで巧みにふるまっているようだ。幼な子の養育はもとより母なる姫君に対しても目下の情況を慰めるよい相談相手となり、また源氏への報告も抜かりない。そんな便りを見て源氏は、

――やっぱり田舎暮らしはかわいそうだなあ――

姫君の返し歌にも明石の暮らしのわびしさが滲んでいる。源氏がくり返して読み、フッとため息なんかつくものだから紫の上が目ざとく見咎《みとが》めて、

「浦より遠《おち》に漕《こ》ぐ舟の……」

と、よく知られた歌の上の句を独り呟《つぶや》く。下の句は〝われをばよそに隔てつるかな〟、つまり〝私のことなんかどうでもいいんでしょ〟である。源氏はまたあわてて取りなし、

「明石の風景を思い出してるだけのことですよ」

と、さりげなく明石からの手紙の表書きだけを見せる。その筆跡はなかなかのもの。紫の上としては、

――みごとね。だからこの人が好きになったのかしら――

心中は思いのほか複雑である。

まことにもって源氏の君の癖は治らない。

――花散里はどうしているかな――

都落ちの直前に訪ね、姉君ともどもまことに快いひとときを過ごすことができた。都に戻ってからは公務も忙しく、紫の上への配慮も大切だ。だが、ある五月雨《さみだれ》の夜にようようチャンスを見つけて訪ねてみれば屋敷は以前よりさらに荒れ果てている。こ

こに住む二人の女性については源氏が生活の面倒を見ているのだから、訪れがないからといって、そうそう不機嫌な態度を採るはずもなく、そういうビヘイビアはもともとこの二人にはふさわしくないのである。

まず姉君のほうと語り合い、それから夜更《よふ》けを待って西の一角へ移り、こちらが花散里の姫君ですね、その女《ひと》は心ばえ美しく、立居ふるまいが典雅である。荒れ果てた館《やかた》に月の光だけが射《さ》し込み、こんな情況の中でもかえって楚々《そそ》としてあでやかに映るのは人柄の美しさなのだろう。

花散里はちょっぴり恨みを込めた歌を詠《よ》み源氏もそれにほどよく答えて、どこからこんなうまいせりふが出て来るのかと思うほどみごとな言葉で姫君を慰め、ぬばたまの闇《やみ》に情事を溶かし込んでしまうのであった。

相手変わって五節《ごせち》の君は、これまでほとんどめぼしい登場を見なかったけれど、源氏が須磨にあったとき、父親なる大宰《だざい》の大弐《だいに》と帰京の道すがら、

──源氏の君がいらっしゃるの？　お会いしたいわ──

以前に親しんだ仲なのだから、と五節の君がチャンスを探ったが、源氏は謹慎の立場、歌を交換するだけに留めた。源氏は都に帰って、

──気がかりだな──

会いたいけれど、ままならない。むこうは親の言葉も聞かず、源氏を慕って嫁ごうともしないらしい。

——捨ててはおけないなあ——

このような女《ひと》を集めて後見をする館を二条院の東に造らせようと考え、急がせている。

朧月夜については、すでに触れたが、これは源氏のほうに執心があっても姫君のほうが、

——もうこりごり——

腰を引いているからどうにもならない。

もう一人、いや、二人でワン・セットと言うべきかもしれないが、六条御息所《ろくじょうのみやすどころ》と、その娘のこと、これも大いなる気がかりなのだが、それを語る前に、住吉詣《もう》でに筆を走らせておこう。源氏はみずからの苦境からの脱却について、いろいろな事情が関わっていたにせよ、

——まず第一は住吉の神様の御恵み——

と考えていた。住吉神社に願をかけ、それが叶《かな》ったわけだから、当然お礼詣でをせずにはいられない。

思いきり盛大な装備をこらし、お供の行列も上達部《かんだちめ》、殿上人《てんじょうびと》、こぞってものものしく華麗である。源氏を始め一同の衣裳《いしょう》の鮮かなこと、調和がとれていること、趣向が上品なこと、楽の音もつきづきしい。紫式部はここを先途とばかりに筆を揮《ふる》っているが、くわしくは本文をどうぞ。

ここで特筆したいのは、このとき海上よりあの明石の君も住吉詣でに船を進めていたのである。船を岸に近づけて眺めると、

――なにごとかしら。すごーい――

住吉のあたりは見たこともないような華やかさ、賑《にぎ》やかさ。それが源氏の一行と知り、

――ちっとも知らなかったわ――

驚きの下からわが身のみすぼらしさをまざまざと感じないわけにいかなかった。いっときの契《ちぎ》りがあったにせよ、身分ちがいがはなはだしい。明石の栄華など取るにも足りないものなのだ。行列の中には見知った顔もあり、それが海浜の里で見た姿とちがって、みんなわが世の春を迎えて歓喜でいっぱいだ。みんな美しい。若君（源氏と葵の上の子）も同行して、これがまた特上の扱いを受けているみたい。明石の君としては、

——わが子と比べて——

この先の運命が思いやられてしまう。結局、姫君は、

——こんなとき私が神様に捧《ささ》げ物をしたところで、神様はお目に止めてくださらないわ——

わかります。神の御心はつまびらかでないけれど、姫君の気持は理解できます。船を漕ぎ去って難波の浦でお祓《はら》いだけを願うことに方針を変えた。

源氏はなにも知らなかった。腹臣の惟光《これみつ》が気づいて耳に入れると、源氏は、

「それは気の毒なことをした」

源氏のスケジュールは住吉神社のみならず、ほかにも立ち寄るべきところがいくつかあって多忙だったが、寸暇を惜しんで惟光のさし出す筆を取り、懐紙に、

みをつくし　恋ふるしるしに　ここまでも
めぐり逢ひける　えには深しな

と綴って明石の君に届ける。姫君も涙ながらに返して、

数ならで　なにはのことも　かひなきに
などみをつくし　思ひそめけむ

この十四帖を〈澪標〉というのは、この二つの歌に因《ちな》んでのことだろう。

澪標とは〃水脈《みお》、つ、串《くし》〃であり、〃つ〃は〃の〃に等しく、水の流れを示す杭《くい》のことだが、言葉の響きがいかにも美しい。〃身を尽し〃と聞こえて、恋のせつなさが漂う。和歌文学ではたいていこの意味を水の流れにそえてほのめかしている。

源氏の歌は、身を尽して恋するしるしなのでしょうね、ここまで来て、あなたにめぐりあうとは、よくよく縁《えにし》が深いのでしょう、くらいだろう。答える明石の君のほうは、人の数にも入らない私は、なにごと（〃難波のこと〃にかけている）にも甲斐《かい》がないのに、どうして身を尽してあなたを思いこがれてしまったのでしょうか、と謙虚に訴えている。

源氏は明石の君に会いたくてたまらない。

——なかなかいい女だなあ——

今さらのように愛慕の思いが深くなり、周囲にはあでやかな気配が溢《あふ》れているけれど、

——心をそそられるのは、やっぱり人柄次第だな——

明石の君を思うと浮わついた恋の戯《たわむ》れがうとましい。都に帰ると早速明石に使者を送って〃近いうちに呼びますから〃と伝えた。明石のほうは姫君は心細いし、入道までもが、

届いた。

――娘をこのまま手放してよいものか――

いざとなると決心がつかない。〝心を決めかねてます〟と姫君からの返事が源氏に届いた。

さて、御息所とその娘のこと。娘は斎宮《さいぐう》として伊勢へ赴き、母君も同行していたのだが、帝が変われば斎宮の職も解ける。母娘ともども京へ帰って来た。

すでに読者諸賢もご存じの通り源氏と御息所の関係はややこしい。特上の恋人同士であってよいものを……そんな時期がないでもなかったが、おおむねはボタンのかけちがえ、恋しさと恨みがましさが入り混り、そのまま年月が過ぎ、双方とも年を取ってしまった。

――どうしたものかな――

なまじ声をかけると煩《わずら》わしいことが起きそうだし、いい加減につきあってよい相手ではない。が、源氏としては、

――斎宮がどう成長されたことか――

若いほうが気がかりだ。母親に似て充分美しいだろうし、御息所の娘なら嗜みのわるいはずがない。

そうこうするうちに御息所は重い病に陥り、さまざまな罪過を慮《おもんばか》って尼になってしまった。源氏はそれを聞いて、

――えっ、本当に――

すぐに訪ねた。

ひどく弱っている。御息所は涙ながらに、

「どうか娘のことをお願いします。ろくな後見もない立場ですから」

と願う。御息所はりっぱな出自ながら自分の心のまま潔《いさぎよ》く生きてきたから身を屈して娘を託しうる知己が、おいそれと見つからないのだ。源氏は、

「おっしゃられるまでもなくそのつもりでしたが、今、あらためて心に強く聞き留めました。心配はご無用です」

と、これは源氏の日ごろの習慣から考えて太鼓判と見てよいだろう。だが、お立ちあい、御息所がズバリはっきりと言う。

「あの娘には気苦労をさせたくありません。どうか〝あちらのほうを離れて〟ご後見くださいませね」

わかりますね。とてもすてきな娘なのだ。源氏はきっと〝あちらのほう〟、つまり好き心でバック・アップするだろう。それは純情な娘にとって辛いはず。みずからの

嫉妬《しっと》で苦しみ、周囲の嫉妬に悩まされることに直結する道だ。御息所は身に染《し》みてそのことを知っている。

源氏は鼻白みながらも、

「このごろは分別もつきました。好き心が残っているようにおっしゃられるのは心外です。まあ、これはいずれご納得いただけることでしょうが」

と答えるより仕方ない。

外はすでに暗くなり、几帳《きちょう》越しに見る御息所はやはり雅《みや》びやかであり、その奥のほうで身を崩して悲しげに頬杖《ほおづえ》をついている姫君は、その娘、前の斎宮であろう。ほんの少し見えるだけだが、これがまたこのうえなくきれいみたい。人柄も愛敬がありそうで、

——もっとよく見たいなあ——

しかし色めいた好奇心は控えねばなるまい。御息所は、

「ひどく苦しくなってきました。どうぞお引き取りくださいませ」

と横になり、息も絶え絶えの様子。

「今ほどのお言葉、しかと受け止めました。くれぐれもご心配なく。姫君のこと妹のつもりでお世話いたします。育てる子もなく寂しく思っているところでしたから」

「くれぐれもご自愛ください」

「どうぞ、よろしく」

うしろ髪を引かれる思いで辞去したが、御息所がみまかったのは、それから七、八日あとのことだった。源氏は滞りなく葬儀その他の後始末に励み、前の斎宮なる姫君の世話にも抜かりない。少しずつ手紙の交換などをするようになった。

――まったく、すてきな女《ひと》だなあ――

好き心をそそられるし、今は後見をして、どうかき口説いても許されるような立場ではあったが、

――それは、やっぱりよくない――

御息所の遺言は重い。世間はすぐにでも源氏と前の斎宮との仲をかんぐるだろうが、それにもあえて反発したい。悩みぬいたすえ、

――よし――

と、清らかな姫君のために源氏も清く正しい後見の役割を担《にな》おうと決意を固めた。

姫君に仕える女房たちには、

――勝手なふるまいは許さないぞ――

と釘《くぎ》をさし、これはほかの男たちを近づけさせないための心配りだ。姫君のまわり

では手紙の取り次ぎも憚《はばか》られてしまうありさま。そのうえで源氏の狙《ねら》いは、——冷泉帝のもとへ入内《じゅだい》させよう——

冷泉帝は自分の（秘められた）子である。こんなにすてきな姫君は……自分が駄目ならわが子に、と、そんな心理が働いたのだろう。冷泉帝の幸福につながる決断であり、源氏の立場を一層確かなものとするためにも役立つだろう。

が、困ったことに……実は、この姫君には朱雀院も前々から興味を傾けていた。源氏はそのことを知らないでもなかったが、ここは知らんぷりが上策。とはいえ源氏自身があまりあからさまにこの入内を進めると、朱雀院が気をわるくするだろうし、ほかにもいろいろと支障がありそうだ。

政略的に動いて藤壺の女院に相談を持ちかけた。こちらは冷泉帝の母親だ。

「なんとしても御息所のご遺志をまっとういたしたくて……。幼い帝のためにもよろしいかと存じます」

「よいことに気がつきましたね。きっとうまくいきますわ」

と女院も同意する。

このとき冷泉帝は十一歳、前の斎宮は二十歳、これより先に権中納言の娘十二歳が入内していたが、二十歳の女人の入内は後宮をほどよく整えるためにもよろしい。

「私は斎宮にだけお話しします」

と、これは冷泉帝への説得は女院のほうからどうぞ、の意である。

「わかりました」

源氏と女院の連携プレイ。これは強力だ。冷泉帝の立場は政事《まつりごと》などでは源氏の補佐にすがり、後宮では年上の女御《にょうご》（前の斎宮）のいつくしみが期待され、磐石《ばんじゃく》へと向かうだろう。

ただし女院にとっては、

――兄君も入内を画策しているというし――

兄君というのは実の兄・兵部卿宮《ひょうぶきょうのみや》のことである。紫の上の父でもある。いっときは源氏と少し親しくなったが、源氏が不遇に陥ったとき、この兄の態度は冷たかった。復権した源氏はそれまでの反対派に対してそう厳しくは貶《おとし》めなかったが、兵部卿宮とだけはしっくりとよりを戻していない。わだかまりがあるみたい。女院としては前の斎宮の入内を進めるにあたって兄も同じく娘の入内を狙っているのだから、

――兄と源氏と、二人の仲がどうなるかしら――

心を痛めてしまう。源氏はおかまいなし、前の斎宮を晴れて二条院に住まわせることを思案したり、着々と準備を進めた。結論を急げば、もちろんこの入内は成就《じょうじゅ》する。

源氏物語は大河小説の雄大な流れのかたわらに、ところどころ溜池《ためいけ》でも置くように短編小説風なエピソードをちりばめる趣向を採っている。溜池はもちろん本流と関わりがあるけれど、独立した作品として読むほうがふさわしい。よく読むとそう見えてくる。

こういう構造となっている理由は執筆の時期がバラバラであったらしいからとか、光源氏を主人公としながらも長編と短編とちがうアイデアで二系統、三系統の小説を創《つく》り、最後にまとめたからだとか、いくつかの研究や考察があって、確かに一編の大河小説としては構造的に違和感を覚えるところがないでもないが、それが変化を生み、

——かえっておもしろいんじゃないの——

結果として紫式部の凄い企《たくら》みとなったのかもしれない。

第十五帖〈蓬生《よもぎう》〉に移って、これは典型的な溜池型だ。第七帖〈紅葉賀《もみじのが》〉あたりから第十四帖〈澪標〉まで源氏の栄華、落魄、復活と続いてきた一連のストーリー展開が、ここで一休み、第十五帖だけでシナリオを創ったら、ほどよい一編のドラマができそうな趣きがある。

そのヒロインは末摘花《すえつむはな》の姫君。第六帖〈末摘花〉で、言っちゃあわるいが相当に醜

い姿を……象の鼻のように長く赤い鼻を源氏に見られてしまった、あの女《ひと》である。

氏育ちはわるくない。しかし父母を始め後見する者はあらかた絶え、そのうえ当人がシャイな性格で人づきあいを求めないから、すっかり孤立してしまって生活もままならない。たまたま源氏の訪れがあって、ほんのひととき木漏れ日のような恩恵を受けたが、源氏自身が不遇に陥り都落ちをしてしまうと、恩恵の細い糸も切れてしまう。源氏がふたたび栄光に浴しても象の鼻は思い出してももらえない。それでもこの姫君は操《みさお》正しく、素性の正しさを譲ることもなく、どんどん荒れていく古屋敷で健気《けなげ》に生きていたのである。

収入が一銭もなく、ただ、ただ古びていく家で不器用な姫君が一年、二年、三年……五年、十年と過ごしていたら、どうなるか、想像はたやすい。この帖のタイトル通り、蓬が生い繁り、庭は荒れ果て、通う道も囲う土塀も崩れ、家屋は住むにもままならない。実際、狐狸《こり》や野鳥のすみかと化している。身のまわりの世話をする女房は、もともと多くはなかったが、気のきいたのは早々と去り、どこにも行きようのない老女房が一人いるのか、二人残っているのか……おぼつかない。こんな暮らしぶりだから古い調度類など多少は金目となるものを、

「売りましょう」

という話がまれには起きないでもないが、姫君は、

「父上がお残しになったものです。それを下々《しもじも》の家の飾りにさらしてよいものでしょうか。私が死ぬときまで、このまま、このまま」

誇りは高く、頑《かたく》なであった。貧乏より矜持《きょうじ》こそが命なのだ。

この姫君の叔母に小賢《こざか》しく、卑《いや》しい女がいて、この叔母も本来は姫君と同じ貴い出自なのだが、早くから成り下って低い身分の男のところに嫁いでいた。姪《めい》の姫君が生活に苦しんでいるのを見て、

――うちの娘たちの侍女にすればいいんだわ――

うまく使えば役立つかもしれない。あれこれとそそのかす。よくない魂胆だが、姫君の窮状を見れば、これも一つの方便と言えなくもない。が、姫君は頑として応じない。そんな卑しいこと死んでもやりたくない。叔母としては、

「源氏の君を当てにしてるの？　ばーか。鏡見たらいいじゃん」

と言ったかどうか。でも現実を見れば、この言葉のほうがリアリズムだろう。源氏はまったく忘れていたのだから。

叔母の夫が筑紫《つくし》の大弐（大宰府の次官）となり、

「いっしょに行きましょ。今まではそばにいたから少しは面倒を見られたけど、今度は駄目。だからさ、いつまでもお姫様を気取っていないで」

と執拗《しつよう》に誘ったが、もとより末摘花はけんもほろろの対応、聞く耳さえ持たない。

「ふん。憎たらしい。のたれ死をしても知らないわよ」

と、さんざ悪態をついていた。

姫君には信ずべき侍従が一人いて、この女は乳母の娘で、つまり乳姉妹、姫君といっしょに育てられ、乳母からは「一生お姫様に忠実に仕えなさいよ」と命じられ、それを守るのが往時の身分社会の習いであったのだが、その通り彼女はほかの主人に仕えながらもずっと末摘花の世話を続けていたのである。ところが、その主人が死に、侍従自身が心細くなってしまう。例の叔母が当然のことながらこの侍従にも目をつけ、

「あなたもいっしょに大宰府へ行きましょうよ」

「ええ、でも……」

自分が去ってしまったら、末摘花がどうなることか、最悪の情況が目に見えている。だが叔母はしつこく口説くし、現実問題として背に腹は換えられない。いよいよ筑紫へ去っていくこととなり、その別れは末摘花にとって、

——この人まで行ってしまうのか。でも仕方ないわ——

ひときわ悲しいものであった。形見に贈る品とて見当たらず、自分の髪の落ちたのをまとめて（髪は滅法美しい人なのだ）かつらとしたのを由緒《ゆいしょ》ある香とともにりっぱな箱に入れて渡したのが精いっぱいの餞別《せんべつ》であった。別れの悲哀がしみじみと描かれて、つきづきしい。

末摘花には兄なる禅師がいて、

「兄さんがいるなら頼りになるでしょ」

と言いたいところだが、この兄さんは浮世離れがはなはだしく……それは坊さんなんだから仕方ないとしても、とにかく気働きがない。妹の窮状なんかどこ吹く風。源氏が桐壺院を悼《いた》んで催した法華八講の催しに僧侶《そうりょ》として参加したのだが、そのあと妹のところへ来て、

「いやあ、りっぱな法要だった。それにしても源氏の君の羽ぶりはすごい。あんな偉いかたはおらんわ」

とだけ言ってさっさと立ち去る無神経さ。末摘花は、

――所詮《しょせん》、私は忘れられ、だれにも相手にされない女なのね――

絶望をさらに深くするよりほかになかった。

末摘花の悲痛はこれでもかこれでもかとばかりに重なって、読者としては、

──おい、おい、おい、これってどうなるんだ──

サディスティックな興味を覚えてしまうほどなのだが、このエピソードがこれで終わるはずもなく、待っていました！　ぎりぎりのところで源氏の君が、ほかの女のところへ、すなわち花散里のところへ、ある夕月夜、寸暇を見つけて、

──行ってみるかな──

と車を走らせる途中……ということは、明石から帰って源氏がそう繁く花散里を訪ねたはずはないし、法華八講（末摘花の兄が参加した）のあとの訪れとなると、この第十五帖は時間的には〈澪標〉の冒頭あたりに入るべきエピソード、それがここに一帖として綴られているのは、大河小説のわきに介在する小さな溜池と見てよいだろう。

源氏は蒼然《そうぜん》たる古屋敷を目に止め、

「ここは、昔、常陸宮《ひたちのみや》の家であったところだな」

記憶をたどれば……ここは由緒ある家であった。末摘花の家でもあった。

「さようでございます」

お供の惟光が答える。

「あの人、どうしているかな。訪ねてやるべきなのだろうが……忘れていた。ちょっと様子を見て来てくれ」

「承知しました」

踏み込んでみれば、すごい荒れようである。人の住んでいる家とは思えない。引き返そうとすると、格子《こうし》を少しあげた中で簾《すだれ》の動く気配がある。

――人がいる――

月が見え隠れして……ほとんど怪談の世界である。惟光は怪しみながらも、

「侍従の君にお目にかかりたいのですが」

と、あの乳母の娘なる侍従のことを思い出して告げた。当時の風習としていきなり姫君を訪《おとの》うたりしてはいけないのだ。中から声が答えて、

「その人なら、もういません。でも、その役目の者なら、ここに」

と、これはすごい年寄りの女房。だが、その声にも惟光は記憶があった。

「姫君が昔と変わらぬお暮らしならば、私どもの主人が表に車を止めておりますが、いかがいたしましょう」

中で蠢《うごめ》く。それでも二、三人は老女房がいるらしい。

「姫君に心変わりがあるようなら、どうしてこんなあばらやに暮らして、お待ちしておりましょうか。ご推察のうえご主人様にお伝えくださいませ。姫君のお心は私どもさえ驚くほど一途《いちず》で、辛抱強いものでございます」

「さようでございましたか」

惟光の報告を聞いて源氏も、

「あわれであったな」

門は崩れ、一面に草深く、あるかなしかの道を踏み分けて、ほんの一カ所だけ人の住むらしいところを求めて向かった。末摘花は、おそらくあわてて精いっぱいの身だしなみ、格式はあっても古ぼけた衣裳をまとい、煤《すす》けた几帳の中で源氏を迎えた。

それでいいのだ、この場面は……。

源氏はすべてを察し、むしろ自分の薄情をわび、やさしく話しかける。姫君の返答はあい変らずシャイで、すっきりとしない。

それでいいのだ、この人は。

源氏ばかりが饒舌《じょうぜつ》で、歌を贈ると、珍しく末摘花も歌を返す。源氏としては、

——昔よりかえって、こんな風景の中で品のよさが目立つな——

少しく話あって辞去したが、このあとはみずからのつれない仕打ちを恥じ、姫君の健気な心ばえに報いようと特上のプレゼント作戦、屋敷の手入れを命じ生活のかてを与え、なべて木漏れ日の輝きを強くした。

散っていた女房や召使いも戻って来る。ささやかながら心がけのよい姫君のもとに

よき日が訪れる。さらに源氏は、二条院の近くに、なんと言えばよいのだろうか、過去の女性関係者を集めて住まわせるプランを立てており、

「あなたも、いずれそこへいらっしゃい」

と誘う。やがて末摘花はそこに住み、男女の仲はともかく行く末は安泰だろう。世間では、

「源氏の君って、ああいう趣味があったのか」

と驚いたが、もっと驚いたのが、姫君の叔母。噂《うわさ》を聞いて、

——そんな馬鹿な——

おおいにくやしがった。この叔母に従って大宰府へ下った乳母の娘の侍従は姫君の好運を喜んだものの、

——私としたことが、浅はかだったわ——

と、わが身を嘆いた。このへんの事情について紫式部は、

〝いますこし問はず語りもせまほしけれど、いと頭《かしら》いたう、うるさくものうければなむ、いままたもついであらむをりに、思ひ出でてなむ聞こゆべきとぞ〟

つまり〝もう少し問わず語りをしたいところだが、頭が痛いし、うっとうしいし、またべつな機会にでも思い出して話しましょう〟とあって、ときどきこんな省略をす

るのが、この作家の手法である。だから、この部分、シナリオに創りなおしてみたくなる。叔母ドノには泉ピン子さんあたりを想定して……。

第十六帖〈関屋《せきや》〉も大河小説の片隅にある溜池風、しかもとても小さい。

空蟬《うつせみ》を覚えておられるだろうか。

源氏が強引に親しみ、なおも慈しみを続けようとしたが、蟬のぬけがらのように衣裳だけを残して消え去り、その後も誘いに応じなかった、あの女《ひと》である。彼女は源氏を嫌っていたわけではない。この貴公子に口説かれて嫌うことのできる女《ひと》なんて、いないのだ。いないと考えてよろしい。だが、

――どうせ長くは愛されないわ――

愛する苦しさを味わうばかりだろう。だったら初めから深入りしないほうがいい。

加えて空蟬は人妻だった。夫の伊予介《いよのすけ》は老齢で、先妻の子・紀伊守《きのかみ》は壮年で空蟬より年長だろう。空蟬から見れば義理の息子のほうが自分より年上という関係である。そして空蟬の若い弟（小君《こぎみ》と呼ばれていた）もいっしょに暮らしていて、伊予介も紀伊守も小君も、ひとことで言えばみんな源氏の家臣のような立場だったのである。空蟬はこういう情況の中で源氏と（多分一度だけ）契ってしまい、その後はこの愛の虚《むな》し

さを見越して避け続け、操を守り抜いた、といういきさつだった。

それが十二年ほど前のこと。夫とともに伊予に下り源氏が不遇に陥っているあいだに夫が常陸介となって空蟬もその地に住み、都とは縁が薄かった。源氏の不遇を噂で知り、

――お気の毒に。どうされていらっしゃるのかしら――

と、いとおしく偲《しの》んではいたけれど、ことさらに手紙を書いたりはしなかった。源氏からも音沙汰《おとさた》がない。

ところが源氏がめでたく元へ戻り、常陸介も任期を終えて京へ上ることとなる。その道中、逢坂《おうさか》の関に入るころ、源氏が石山寺への参拝のため盛大な行列を組んでこっちへやって来るらしい、と聞く。

「こりゃ道が混むぞ」

「すごい行列だとさ」

常陸介は朝早くに出発したが、源氏の行列は女車を山ほど連ねてよろよろやって来るから、道の混乱がただごとではない。常陸介たちは逢坂の関の近くで足を止め、車を山中の杉林に移して源氏の一行をやり過ごすこととした。そのことは源氏の耳にも入っただろう。物語は行列のみごとさ、周辺の風景の美しさ、関屋（関所の館）から

溢れ出た一行の旅姿のあでやかさ、こまごまと紹介したあとで源氏はと言えば、小君（今は位があがって右衛門佐《えもんのすけ》になっているが）を召して、

「私が関所まで迎えに来たのだから、まさか知らん顔はないでしょうね」

皮肉っぽく言う。姉の空蟬にそう伝えるようほのめかしているのだ。とはいえ、これは偶然の出会いであり、源氏が下々を迎えるはずもない。空蟬のつれない仕打ちを軽くいなしてプレッシャーをかけている。空蟬も心安らかではいられない。

小君はいったん京へ帰ったが、源氏の石山寺からの帰り道に参上して、

「過日は石山寺までお供できず申しわけありません。本日はお迎えにあがりました」

「うむ」

こまかい世情を説明しておけば、この小君について源氏は初めのころずいぶんと目をかけてやったのに源氏が失墜するとさっさと身を引いて常陸へ逃げて行ってしまった。源氏としては釈然としないが、そのことは顔にも出さず、今はそこそこに近しい者として仕えさせている。紀伊守は河内守になり、その弟の右近将監《うこんのぞう》は須磨にもいっしょに下って、そのため中央から干されてしまった男、源氏の復活とともに特に目をかけられている。こんな源氏のやり方を見れば、

「キョロキョロわき見をするの、よくないんだよなあ」

世間は今さらのように知って、後悔するむきも少なくなかった。

が、それはともかく源氏は空蟬への手紙を小君に託す。歌をそえて……と言うよりこの種の手紙では歌のほうが主役というケースが多いのだが、

わくらばに　行きあふみちを　たのみしも
なほかひなしや　しほならぬ海

歌というものは、ややこしい情況に際しては本心をぼやかしたり皮肉なジャブを飛ばしたり、なかなか便利である。源氏の歌は、たまたま出会ったのが近江路《おうみじ》なので〝会う道〟かなと期待したけれど、やっぱり甲斐がないのでしょうね、行く先が〝貝のない塩なしの海〟だから……。

「琵琶湖にだって貝がいるでしょ」

なんて、理屈を言ってはいけない。地名をちりばめて技巧をこらした歌なのだ。歌とはべつに手紙の文章は〝こんなところでめぐりあうのはよくよくの縁だと思いますが、あなたに親しくかしずいている関守を見るとうらやましくなりますよ〟と、あい変わらず会いたがらない空蟬に訴えかけ、さらに〝ずっと会わないけれど心の中で思い続けていますよ。あなたは私のことを今でもただの色好みと考えて憎んでいるのですか〟と探っている。

小君は姉のところへ手紙を持って行き、

「返事をしなきゃまずいでしょ。私には以前同様やさしくしてくださるし、姉さんの気持もわかるけど、女だからついついほだされてって、返事をしてもだれもわるく言いませんよ」

と勧める。空蟬は、

――昔はあの君に値しないと思って気強く身を引いたのに、今は年を取り、いっそう恥ずかしいわ――

でも確かに貴い君の手紙に答えないわけにもいかない。

あふさかの　関《せき》やいかなる　関なれば

繁きなげきの　中をわくらん

逢坂の関は〝会う〟という名を負いながらどういう関なのでしょうか。何度も何度も嘆きの中を分けて行くのですから、である。〝なにもかも夢のようで〟とそえてある。源氏はこののちも手紙を送って空蟬の心をなごませようと努めた。そのうちに常陸介の老いが病を募らせる。老爺《ろうや》は息子たちに、

「私が死んでも妻には今まで通り尽すように」

と明け暮れにくり返して命じた。空蟬も、

——本当に取り残されたら途方にくれてしまうわ——

と不安に苛《さいな》まれてやりきれない。老爺は、

——わが子といえども本心はわからんからな——

と死ぬに死なれぬ思いを抱き続けていたが、命というものはままならない。間もなく死んでしまう。

息子たちもしばらくは父親の最期《さいご》の願いにそうていたが、

——うわべはともかく本心はどうなのかしら——

空蟬は負担を感じて、やっぱり辛い。河内守なる息子（前の紀伊守ですぞ）がとても親切なのだが、この親切、下心が見え見えで、

「父上がああ言い残したのですから、私を当てにされたらいいでしょう」

と優しく近づいて来ては義母を口説こうとする。

——ああ、なさけないわ——

空蟬は操正しく、潔い人柄なのだ。人知れず覚悟を決めて尼になってしまった。河内守は、

——俺のこと、嫌いだったのかな。まだ先が長いのにどうするつもりなんだ——

と、あきれている。わかっていないんだなあ、この男は。世間の評判も、

「あの男がわるいね。偉そうなこと言って」

と貶め、これにて第十六帖〈関屋〉を終えている。

7 今年ばかりは墨染に咲け

絵合　松風　薄雲

策略というものは、日常生活において成功すればそれでよいというものではないらしい。下手をすると近しい人にわだかまりを残してしまう。

源氏は、前の斎宮（六条御息所《ろくじょうのみやすどころ》の娘）を冷泉帝《れいぜいてい》のもとに入内《じゅだい》させようと願い、だが自分は表面に出ることなく藤壺の女院《にょういん》を動かしてみごと実現に漕《こ》ぎつけてしまった。

表面に出ることを避けたのは、この姫君に対して朱雀院《すざくいん》が以前から並々ならない関心を寄せていたから……。それを承知で自分の願いを敢行するのだから、

――私が目立っちゃまずいでしょう――

控えめな後見人として、さりげなく世話をするよう装《よそお》った。

朱雀院はくやしい。が、あからさまに不快を示すのはみっともない。知らんぷりをしていたが、いよいよ姫君の入内の日となると、衣裳や調度類など、贅《ぜい》を尽してみごとなものを贈って寄こす。源氏に対して当てつけたのかもしれない。源氏がふと櫛箱《くしばこ》に目を止めると、

わかれ路《じ》に　添へし小櫛《おぐし》を　かごとにて
　はるけきなかと　神やいさめし

と、そえてある。

かつてこの姫君が斎宮として伊勢へ赴いたとき、朱雀院は慈《いつく》しみを込めて別れの小

櫛を贈ったのだが、それが別れの印であるということを口実にして、神様があなたを遠ざけてしまったのでしょうか、である。ひとときの餞別《せんべつ》を永遠の餞別のように神様に曲解されたみたい……。もちろん企《たくら》みの主犯は神様ではない。

——ひどいこと、されちゃったなあ——

という嘆き節である。朱雀院の人柄を反映してビヘイビアは典雅ではあるけれど恨みは深そうだ。源氏としては、あらためて、

——昔からあの人は姫君への思いが深かったんだよなあ——

と思い返し、

——姫君が京へ戻って来て、さあ、チャンス到来、と思っただろうに——

それをないがしろにされちゃって、

——どんな気持だろう。さぞかし恨んでいるだろうなあ——

後悔が込み上げてくる。源氏は朱雀院を憎んでいるわけではない。都落ちを余儀なくされたときには、

——助けてくれないのか——

と少しうらめしく思ったが、この人の心根がやさしいことは重々知っているのだ。朱雀院の悲しみは源氏にとっても（自分が企らんだことではあるが、そうであればこ

そかえって）つらく、身につまされてしまうことだ。もう少し実情が知りたくて、

「歌のほかに主上からのお手紙は？　姫君はどうお返事をされるのかな」

と、仲立ちをする女官に尋ねたが、それは個人情報ですよね。漏洩《ろうえい》はいけません。

姫君としては、返事をしないわけにもいかず、昔のことを……伊勢へ発《た》ったときの院の悲しげな様子や、そのときの自分の気持、亡《な》き御息所のことなどを綴《つづ》って歌とともに返したようだ。源氏はそれも見たいけれど、それを求めるわけにもいかない。

考えてみれば、朱雀院とこの姫君こそが似合いのカップルであり、源氏はあえてそれに逆らったことを企てたわけだから、

「姫君も私のことをよくは思っていないかも」

源氏は胸を痛めたが、今さら取り返しのつくことではない。朱雀院を飛び越えて冷泉帝への入内がつつがなくおこなわれるよう充分な配慮と指図をほどこしながらも、

——私があんまりはっきりと親代りをやるのは、よくないな——

万事控えめにふるまって、仕度の現場に顔を出すときもまるでご機嫌うかがいに来たみたいに装う。

入内の折には、かつて御息所に仕えた優秀な女房たちも、しばらく里に籠《こも》っていたのだが、次々に集まって来て、まことににぎにぎしく、よい雰囲気だ。源氏としては、

──御息所がここにいたら、どんなに喜んで姫君のお世話をしたことだろう──

あらためて亡き女《ひと》を偲《しの》んで、

──本当に趣味のよい女《ひと》だったなあ──

と、くさぐさを思い出さずにはいられない。

内裏《だいり》のほうには藤壺の女院の姿もあって、まだ幼さを残す冷泉帝に、

「さあ、りっぱな方がお見えになるのですから、きちんとご対面なさいね」

と注意を促している。帝《みかど》は年齢より大人びているが、やっぱりずっと年上の女《ひと》を迎えるのは、心中安らかではいられない。

その姫君は夜更《よふ》けて参上したが、小柄で、美しく、帝は、

──すてきな女《ひと》だな、わるくない──

くらいの印象を抱いた。

ところで、このとき姫君（間もなく内裏の梅壺《うめつぼ》に入るので以後は梅壺と呼ぼう）は二十二歳、帝は十三歳、まともな結婚には少し年齢差が大きい。これより先に弘徽殿《こきでん》の女御《にょうご》（頭中将《とうのちゅうじょう》の娘、弘徽殿大后《おおきさき》の姪《めい》）が入内していて、こちらは十四歳。夜の宿直《とのい》は女性二人、同じように務めるが、帝とうちとけて遊ぶのは弘徽殿女御のほう。しかし梅壺女御もまことに典雅で后の座にふさわしそう。この先どちらが本筋となるのか

弘徽殿女御の父親（頭中将、今は権中納言《ごんちゅうなごん》）は気が気でない。

源氏は、うしろめたさもあって朱雀院のもとへ赴いて……だが、あからさまに「前の斎宮のこと、お好きだったんですか」と尋ねるわけにもいかないし、院のほうもこのあたりの心情をあからさまにはしない。しかし話しあううちに、

――院は本当に彼女のこと好きだったんだなあ――

源氏にはしみじみとわかってきて、ますますいたわしい。そこまで好きなのは、

――よほどすてきな女なのだろうな――

きちんと会って見定めたい気もするのだが（源氏は親代りに近い立場なのに、当時の習慣によりよく見てはいないのだ）それは叶《かな》うまい。ゆっくりと、ゆっくりと、これからはひたすら後見に努めねばなるまい。

かくて内裏の情況は……入内した二人の女御の背後に、頭中将（権中納言）と源氏がいて、こもごも競い合う、という、あの懐《なつか》しい対立が始まる。

子どもっぽい遊びができるという点では弘徽殿女御のほうが先んじていたが、冷泉帝は絵画に趣味があり、鑑賞も、みずから描くのも大好き。梅壺にも同じ趣味があって、絵筆をとっている姿が滅法美しいし、描く絵もみごと、みごと。そこに帝が目を

止め、寵愛《ちょうあい》が深くなっていく。

頭中将が、いや、権中納言がそれを知って、

「なに？　負けちゃおれん」

当代の名人上手を召して絵を描かせた。娘への応援だ。物語をテーマにした絵はストーリーの狙《ねら》いがよくわかって見応《みごた》えがある。月々の風物を描いた絵には言葉書きをそえて、これもおもしろい。帝の気を引くにはいいけれど、梅壺といっしょに鑑賞されては敵に塩を送るようなもの、困ってしまう。権中納言はみんなに秘密を守らせ、たやすくは秘蔵の絵を扱わせない。源氏が聞いて、

「あい変らずだな、あの男は」

と笑い、

「秘密にしておいて帝の気を引くなんて、あきれてしまう。私のところにもいい絵があるから」

と、こちらも梅壺への応援だ。新旧いろいろな絵を納めた厨子《ずし》を開いて紫の上とともども、

「これ、どうかな」

「いいんじゃないですか」

宮中での鑑賞にふさわしいものを選ぶ。

「不吉なものはやめておこう」

「それがよろしいわ。こんなときですから」

長恨歌《ちょうごんか》や王昭君《おうしょうくん》の故事など悲話をテーマにしたものは外した。

その中に源氏自身が綴った旅日記（須磨・明石の）が納められていて、

「これ、なにかしら」

「初めてだよな、見せるの」

日記には絵もそえてある。一見して上々のしろもの。源氏は文章はもとより絵も巧みなのだ。

貴人《きじん》落魄《らくはく》の旅日記は、事情を知らない人が見ても心を打たれる内容だが、源氏と紫の上、二人にとっては命を削るような苦しい時期のくさぐさ……。忘れようとて忘れられない。

「どうして今まで見せてくれなかったの？」

と紫の上が恨む。

「うーん」

「これを見たら、どんなに慰められていたか、わからないわ」

「そうだな」

二人の気分が高まった印として、ここで歌を詠《よ》みあったが、そのすぐあとに〝中宮ばかりには、見せたてまつるべきものなり〟と意味のわかりにくい一行が挿入されている。

——なんだろう——

これは源氏の落魄の旅の背後にはつねに藤壺（当時は中宮）との関わりが伏在しており、こういう旅日記はなにはともあれその人にお見せするべきものである、という源氏の心情をやや唐突に記したもの、だろう。この旅日記を紫の上にすぐに見せなかったのは一つにはこうしたうしろめたさのせいであり、さらに勘ぐれば、この時期には明石の君も絡《から》んでいて、これも紫の上にとって鬼門になりかねないテーマではないのか。

「これなんかいいね」

源氏は浦々の風景を描いたものの中から出来のよいのを一帖《じょう》ずつ選びながら、心中ではやっぱり、

——明石のほうは、どうしてるかな——

と思案せずにはいられない。忘れるときとてないのである。マダム・ムラサキ、ド

ウ・ユウ・アンダスタン？

が、それはともかく、権中納言は源氏の動向を知って、

——向こうも、やる気か——

と、さらに競争心を高め、今度は手もとにある絵画の装飾にも贅を尽す。

折しも三月十日のころとて気候もうららか、宮中ではこの時期、催し事が少なく、人々の心にもゆとりが多い。こんな争いにうつつを抜かしているのなら、

「もっともっと、帝の目を楽しませてあげましょうよ」

と源氏は本腰になる。もとより権中納言は本気である。

梅壺のほうは昔物語の名作を描いたものが多く、弘徽殿女御のほうは当世風のおもしろいものを絵師たちに描かせて、これは見た目が華やかで、みんなの評定がかまびすしい。

藤壺の女院も興味を示して日々の勤行《ごんぎょう》も怠ってしまうほど。

「よしあしがいろいろあるようだから右と左に分かれて論じあったらいいわ」

と対抗戦が提案され、この第十七帖が〈絵合《えあわせ》〉と命名されているのは、もちろんこのことによっている。

ディベートのメンバーは……左側、梅壺のほうには平典侍《へいないしのすけ》、侍従内侍《じじゅうのないし》、少将命婦《しょうしょうのみょうぶ》、

右側、弘徽殿のほうは大弐典侍《だいにのないしのすけ》、中将命婦《ちゅうじょうのみょうぶ》、兵衛命婦《ひょうえのみょうぶ》、いずれも才識豊かな女房たち。藤壺の女院が、

「おもしろいわねえ」

と評定に耳を傾ける。

因《ちな》みに言えば、こんな絵合せが実際におこなわれた史実はなく、これは紫式部の独創だ。雛型《ひながた》としては歌合せに倣《なら》っており、左右の女房の配置も当時よく知られた催しに準じているとか。

まず初めに竹取物語と宇津保《うつほ》物語をテーマにした絵の勝負。左側は「古めかしい物語で新しい趣向はありませんが、かぐや姫が俗世の濁りに染まらず天高く昇った宿縁は気高く、神代《かみよ》のことなので浅はかな判断の及ばないところです」と褒めそやす。右側は「確かに神代のことはわかりませんが、竹の中から生まれたのは下々の出来事でしょう。いくら光り輝いても后の位には上らず、五人の求婚者もみんなろくでもないありさま。とても高貴とは言えません」

絵は巨勢相覧《こせのおうみ》、筆は紀貫之《きのつらゆき》、どちらも少し前に実在した名人上手、紙と装飾は上等ながらありふれたものである。右側は続けて、みずからの出品について、

「宇津保物語の主人公俊蔭《としかげ》は嵐に襲われて異国に流れ着きましたが、当初の志をまっ

とうして帰り、内外に巧みな音楽を知らせました。絵も唐土《もろこし》と日本《ひのもと》を並べて、みごとです」

装飾も当世風で華やか、目を奪うところがあって、左側からの反論はない。

次は伊勢物語と正三位《じょうさんみ》の物語（散佚《さんいつ》して今は知られない作品）を出して、後者は近ごろの世相を描いてなかなかだが、さりとて前者を……在原業平《ありわらのなりひら》が主人公の名作を、

「貶《おと》めてよいものでしょうか」

応援の歌までが詠まれてディベートは騒がしい。絵画を品評しているのか、物語を論じているのか……決着がつかない。騒ぎの外でほかの女房たちが、

「どっちが勝つの？」

「どれが一番？」

様子をかいま見たいが、女院が瞥見《べっけん》さえ許さないのである。

源氏がやって来て、

「帝の前で決着をつけたらどうですか」

思うところがあって、あの須磨・明石の旅日記の中の二帖が梅壺のほうに納められた。

権中納言の所蔵の中には秘《ひそ》かに名人に描かせた逸品があるらしいし、朱雀院が「こ

んなこともあろうか」とこれまでに集めた年中行事の絵や斎宮の伊勢下向を巨勢公茂《こせのきんもち》に描かせて梅壺に贈った名品も含まれているとか。これには朱雀院の思いを込めた歌もそえられ、梅壺女御からの返歌もある。源氏の企みへの恨みが潜んでいるのでは、と気がかりだ。それとはべつに朱雀院の持ち絵は弘徽殿大后から弘徽殿女御に伝わっているだろうし、なんと尚侍《ないしのすけ》、つまり朧月夜《おぼろづきよ》も絵画には優れた趣味があり、たくさん集めているらしい。それらも絵合せの日を決めて品評されることとなった。

その絵合せの日は、にわかの試みであったが、なかなかの趣向を凝らし、まことに優雅な催しとなった。帝のための玉座を設け、たくさんの絵を運び込み、参加者は北と南に分かれて座した。殿上人《てんじょうびと》はその外側のすのこの席に、それぞれ肩入れしている側に控える。左右の席の設《しつら》えや手伝いの女童《めのわらわ》たちの衣裳など紫式部はつまびらかに綴っているが、これは省略、競い合う席がきらびやかに設営された、と想像していただきたい。

源氏と権中納言が召されて参上、そして源氏の弟の帥宮《そちのみや》も嗜《たしな》みが深く、絵画をよく好んでいるので、判者として呼ばれた。

「みごとですな」

「優劣つけがたい」

「四季の絵は昔の名人が鮮やかに描き分けて、すばらしいけれど、紙幅が小さいので山水の豊かさを表しきれない。筆先の巧みさに終わっていますな」

「当節の絵のほうが華やかで、おもしろ味がありますわ」

評定はさまざま。藤壺の女院は障子をあけてながめ、言葉を挟み、この方面の見識もなかなかのものである。源氏は、ところどころの判定が不充分なときに求められて言葉を加える。勝負のはっきりしないまま夜に入った。

最後に現われたのが源氏の手による須磨の旅の一帖、左側ではこれを止《とど》めと残しておいたのである。権中納言の心が騒ぐ。右側も特別に優れたものをさし出したが、源氏の腕前がそれを凌《しの》いでいる。静かな気配を漂わせて、まことにみごとな出来ばえ。しかもこの絵には、

「あのころのことを思うと……」

「本当においたわしい」

「さびしいお心のままに描かれた海や山が、ひとしお胸に響いて……」

「日記もすばらしい。歌も筆もみごと」

口々に漏らす声が、ほかの絵の評価を飛ばして感動の渦となった。これにて落着、

左側の勝ちとなった。

そのあとは源氏と帥宮が盃《さかずき》を傾けながらしみじみ語り合い、まず源氏が、

「幼いころから学問に心を向けてまいりましたが、亡き父帝に〝学才は世間で尊重されるが、この道を極めた人はなぜか寿命と幸福とを二つながら享受《きょうじゅ》するのがむつかしい。高い身分に生まれついたら、それだけで人に劣らない立場なのだから、あまり学問に深入りはしないように〟と諭されましてな。それでいろいろな芸道を習い、どれも特につたなくはないが、人に抜きん出るということもないありさま。ただ絵を描くことだけは大好きで、どうしたら満足できるように描けるか、かねがね考えておりました。思いもかけず田舎暮らしを余儀なくされ、浦々のすばらしさに心を打たれて充分に技を会得しました。とはいえ写す筆には限りがあって心で思うことを表現しきれません。そのままにしておいたのですが、このたびは帝を始め多くの人にお見せすることとなり、こんなもの好きをのちのちどう噂《うわさ》されることでしょうか」

と控えめながら述懐する。帥宮は、

「どの道であれ師匠がいて、学ぶ方法があり、深さ浅さはともかく、学べば学んだだけの結果はあるものです。ただ筆をとる道と囲碁だけは、どうも生まれながらの才能があるようで、たいして修業もしていない、つまらない者でも巧みだったりするもの

ですな。とはいえ、やはり名門の子弟にこそ、とび抜けた技を持つ人が多いようです。やんごとない身分の方はみんな技芸の修業をいたしますが、あなたは詩文の才能はもちろんのこと、琴《きん》の琴《こと》、横笛、琵琶、箏《そう》の琴《こと》、なんでも極めておられる。桐壺院もしみじみそのことを言っておられましたよ。絵のほうは、筆まかせのお遊びと思っておりましたのに、いやはや、これがまたすごい。昔の名人も逃げ出すほどで、こりゃ、もう、けしからん」

酔いながら言い、話が亡き桐壺院に及ぶと泣きだしてしまう。

このあと月の光の射《さ》す中、権中納言や、ほかの者も加わって夜の明けるまで楽の音を奏じあったが、これがみごとなパフォーマンス、ご褒美が藤壺の女院から下され、また帥宮には帝から特別に衣を賜わる仕儀となった。

しばらくはこの日の絵合せが話題となり、源氏は、

「海辺の絵は女院にさしあげてください」

それが本懐であったろう。一方、藤壺の女院は、

「ほかにも旅日記があるんでしょ。それも見たいわ」

「はい、いずれ次々に」

と、少しためらったのは、どういう心境だったのか。

帝も大満足。だが源氏が梅壺に肩入れするのをまのあたりにして権中納言は、

——うちの娘はどうなんだ——

弘徽殿女御がないがしろにされるのではないかと心配が尽きない。しかし帝は、なにしろ年齢が近いので弘徽殿女御ともよくなじんでいる様子。

——まあ、大丈夫——

かいま見て胸を撫《な》でおろしていた。

ともあれ、源氏には〝趣の深い催し事はこのころより始まった〟と後世に言われるよう新しいアイデアを公《おおやけ》の遊びに加えようと考えていたところがあり、その通りにぎやかな時代となった。

とはいえ源氏その人は、にぎわいのかたわらで世の無常を覚えることが多く、いずれ帝の成長を見て、

——出家したいな——

この思いに誘われてしまう。昔からの例を見ても、若くして高位に昇りつめた人は長く生きられない。省みて、

——私は、ちょっとした不遇に遭ったぶん命を長らえているのかもしれない。このままでは、この先は危いぞ——

静かに引き籠って、後の世のための勤行に励んだほうがいいみたい。実際、山里に御堂を造らせ、そのための準備を進めていた。ただ若い帝、あるいは幼い姫君などへの後見は逃がれられない。あい変らず迷いの多い日々が続いていた。

第十八帖〈松風《まつかぜ》〉に入って、源氏の拠点・二条院の周辺であらたに東の院の建造が進んでいた。これは桐壺院からの遺産として受けたものである。政所《まんどころ》を置き家司《けいし》を定め、担当の役職を任命した。西の対《たい》には花散里《はなちるさと》を住まわせる。その姉君もいっしょに優遇されたにちがいない。東の対には明石の君たちを呼ぼうと考えたが、これについては次に触れよう。おもしろいのは北の対、ここは源氏がほんのひとときでも情けをかけて行く末を約束した女たちを置くところ、例えば、そう、赤い象鼻の末摘花《すえつむはな》など……。北の対全体を広く造って、部屋の仕切りをきっかりと設け、プライバシィの確保を計る。いかにも源氏らしい。

当時の貴族の邸宅は寝殿造りがもっぱらであり、これは敷地の中心に南向きの寝殿(母屋《もや》)を置き、周囲に塗籠《ぬりごめ》という小部屋があり、細長い部屋や廊下を隔てて東の対、西の対、北の対があった。南は庭園である。

さて、この東の対に明石の君、そしてその幼い姫君を住まわせようと源氏は考え、

たびたび手紙を送って、

「早く都へ来るように」

と促したが、なかなからちがあかない。

明石の君は一大ジレンマに陥っていたのである。源氏のそば近くにいて慈《いつく》しみは受けたいけれど、都には煌《きらめ》く身分の女たちがひしめいているだろう、田舎者は馬鹿にされ、肩身の狭い思いをするばかり、それが幼い姫君にもわるい影響を与えるだろう。さりとて、このまま明石に籠っていては、自分はまだしも幼い姫君の将来はどうなることか。姫君は歴然たる源氏の娘なのであり、輝かしい未来を望んでもよい立場なのだ。ぐずぐずしていると幼い姫君だけでも源氏のもとで育てよう、ということにもなりかねない。嘆きはただ、ただ深くなる。父親なる入道も胸を痛め、思案のすえ、

――おお、そうか――

都から少し離れたところ、大堰川《おおいがわ》のほとりに母方の祖父にあたる人の所領があって、今は荒れ放題になっているはず。とりあえず、そのあたりに娘たちを住まわせ、都の気配を感じさせ、源氏の訪れを待つのはどうか。

早速、その土地を預けておいた男を呼んで相談した。その男はそれまで自由に使っていた土地を奪われるのではあるまいかと、あれこれ渋っていたが、

「その心配はない。田畑はそのまま使え。私の賄《まかな》いで住まいを一つ造るだけだ」

「そうですか」

承諾するよりほかにない。男がポツリと漏らした言葉に、

「騒々しいですよ。近くでちょっとした普請《ふしん》が始まっていて……。内大臣がりっぱな御堂を造るとか」

とあって内大臣と言えば源氏のことだ。源氏は大堰の里に静かに勤行に励むための御堂を造らせていたのである。

「うむ。内大臣ならば都合がよい。すぐに建造に取りかかってくれ」

すぐさま、そのための費用まで預けた。

因みに言えば、大堰川の流れる大堰の里とは現在の嵐山渡月橋《とげつきょう》の少し上流あたり、今では京都市内だろうが、往時は都から離れた山中であった。

この知らせは源氏にもたらされ、

「それはよい。さすがは入道どのだ」

確かにいきなり明石の君を二条の東院にというのはトラブルが多いだろう。腹心の惟光《これみつ》に命じて調べさせた。

「風情《ふぜい》があり、どことなく海辺の里に似た様子です」

「それは結構。手助けをしてやってくれ」

源氏の勤行の御堂は大覚寺の南にあって、明石の君の予定地にとても近い。大堰川のほとりは枝ぶりのよい松などもあって野趣に富んでいる。

やがて充分な設えがなって、源氏より明石へはっきりとした誘いが届く。明石の君としては、

――もう逃がれられないわ――

生まれ育った海浜には思い出が多く、捨てがたい。それよりもなによりも父なる入道を残しての出発だ。入道も今さら都へ帰ることもできず、みずから企てたことでありながら最愛の娘と別れねばならない悲しさ、つらさ、嘆きは並たいていのものではない。母なる尼君も、この人は娘といっしょに大堰へ赴くこととなったが、長年住み馴《な》れた海浜を離れ、夫を残して行くのである。今生の別れかもしれない。それに、これからの生活がどうなるのか、安閑としたものではあるまい。それぞれの悲しみが歌に、ビヘイビアに綴られているが、くわしくは触れまい。旅立ちは人目を避け、質素なものであったとか。

大堰の館《やかた》は源氏の配慮もあって優れたものであった。松風が吹きわたって故郷に似たところもあるが、山里のこととてひどくわびしい。得意の琴《きん》を弾いても、その巧み

さを、

——だれが聞き分けてくれるのかしら——

かえって寂しくなってしまう。

源氏はと言えば、落ち着かない。明石の君が近くに来たのはいいけれど、紫の上の目が光っている。

「桂へ行かなければならない用があって……。訪ねると約束した女《ひと》も、近くに住んでいるというし……。御堂の仏様の飾りつけもすんでいないんだ」

と弁解がましい。勤行のための御堂のほかに桂の院という館を建てているのは、なんのためなのか。紫の上は、

「斧《おの》の柄が朽ちるまで長くお留守になるのかしら。待ち遠しいことね」

と故事を引きあいにして拗《す》ねる。

「また気むつかしいことを言って。もう昔の浮気ぐせはなくなったって世間でも言ってますよ」

ご機嫌取りに心を配らなければならない。

本当にわるい癖がなくなったかどうか……。

たそがれどき源氏はこっそりと明石の君のもとへ。その直衣《のうし》姿が海辺のころとちがって、まことに美しい。

幼い姫君に対面して、

――まったく、美しい人は幼いときからきれいなんだ――

と、あらためて感じ入り、これは大々、大満足、明石の君へは、

「やっぱりここは遠いなあ。訪ねて来るのが大変だ。早く私のところへ来てほしいよ」

と願うが、明石の君は、

「もう少し様子を見て」

と煮えきらない。

源氏とて、その心情がわからないでもない。この夜はこもごも契《ちぎ》りあい、語り合って過ごした。明石の君の母なる尼君のたしなみのよさ、教養の深さなどにも筆がさかれているが、これは省略、けっしてわるい血筋ではないのだ。幼い姫君への源氏の執着がますます強まっていく。

かならずしもつまびらかに綴られてはいないのだが、大堰のあたりの地理的情況を推測しておけば、川近くに明石の君の住む館があり、そこから山道ながら一キロくら

いのところに源氏の御堂があり、それから少し離れて桂の院が造られた、ということだろう。

源氏は「桂の院へ行く」と言って出て来たのだが、その実、まず明石の君の館のほうへ行って一帯の管理・修復・造園などをそれぞれの立場の者に指示する。指示を受ける者たちは桂の院からこちらへ集まってくる。造園の計画では、おのずと明石の家の風景などが思い出されてつきづきしい。

それから御堂のほうへ行き、ここでは毎月の勤行の準備に励み、月の明るいうちにまた明石の君の館へ戻った。なかなか忙しい。二つの館の距離を一キロくらいと推測した理由である。

明石の君は思い出の琴《きん》をさし出し、源氏が奏《かな》でる。海浜の夜と同じ調べに託して源氏が変わらぬ心を歌で訴えれば明石の君は、松風の吹くなか琴《きん》の音を頼りに泣き声をそえて待っていました、と歌で答える。この帖を〈松風〉とするのはこの館に吹く松の風を明石の風色と通わせて命名したものだろう。

次の日、源氏は京へ帰るはずであったが、寝過ごしたうえに桂の院にいろんな人が訪ねて来ているみたい。むげにもできず、

「みっともないな。隠れ家をたやすく見つけられてしまって」

と館を出る前に乳母が抱く幼い姫君を見て頭を撫で、

「これからどうしたらいいものか」

姫君も手を源氏にさし出して、もう親しんでいる。

「母君はどうしているのかな。別れを惜しんでほしいのに」

明石の君の見送りを求めると、乳母が迎えに行く。そして、

「久しぶりにお目にかかって……思いが乱れ、うち伏して、すぐには動けないご様子」

と伝える。

「それは……」

ようよう現われると、几帳《きちょう》の中ながらこの女《ひと》は気品があり、内親王と呼んでもよいほどの器量……。送る者、送られる者、情緒纏綿《じょうしょてんめん》、みやびやかなものであった。

桂の院には重臣たちや鷹狩《たかがり》を終えた公達《きんだち》もやって来て、酒を酌《く》み、詩を創《つく》り、管絃を響かせ、やがて月まで輝いて華やかな宴となった。殿上人《てんじょうびと》が四、五人、帝からの使いとして現われ(これは源氏が宮中に参内しないのを訝《いぶか》ってのことであったが)この人たちも宴に加わり、やがてみやげものを受けて帰っていく。源氏もいつまでも酔いしれていられない。急ぎ都へと向かった。明石の君は、そんなざわめきを山越しに離

れて聞き、さびしさもひとしお。源氏はそこへは手紙も残さずに来てしまったと気にかかってならない。急いでいたし疲れてもいただろう。

二条院に帰り着き紫の上には、

「約束の日に帰れなくて申しわけない。風流好みの連中が引き止めるので……」

とだけ告げて休んでしまった。紫の上は不機嫌のままだ。

源氏は夕暮れ近くに起きて宮中へ。館を出る前にコソコソと手紙をしたためている。大堰のほうへ、ですね。心を込めて綴っている。書きあげて、そっと使いの者へ渡すのを女房たちが眉《まゆ》をひそめ、

——困ったものね——

紫の上の身方が多いのである。

その夜は宿直《とのい》のつもりであったが、紫の上のことが気にかかり、夜更けて二条院へ戻った。

すると、なんと！　さっきの手紙の返事が届いたところ。隠すに隠せず……さっと目を通すと、特にまずいことも書いてない。

「これ、破って捨ててください。こんなもの私にはもう不似合いなのに」

と、心は大堰の方へしみじみ傾けながらポンと紫の上に手紙を投げる。紫の上は見

ようともしない。

「見ないふりをすると、目尻がへんですよ」

と源氏が笑いかける。このあたりの仕ぐさが愛敬いっぱいでわるくない。畳みかけるように紫の上の近くに寄って、

「実はとてもかわいらしい娘をさずかったんです。前世の因縁でしょう。りっぱに育てたいけれど、トラブルも多いし思案にくれているんですよ。あなたの考えを聞きたい。ここで育てるわけにいきませんか。あなたが母代りになって」

紫の上の心中はどうであったか。あえて推測をするならば……紫の上には、さしたるうしろ楯《だて》もなく、源氏に育てられ源氏を頼るよりほかにないこの女《ひと》には、どう思案をめぐらしてみても選択肢は限られているのだ。一番すてきな女と思われ続けるには、どの道を選べばいいのか、子どもは産めそうもないし、子どもを育ててみたい願望も少しくあったようだ。源氏に答えて、

「邪推をしないでください。気づかないふりをしていてすむことではないでしょう。わかりました。どんなにかわいらしい姫君かしら。私、気に入られると思うわ」

と笑う。すでに覚悟していたのだろうか。もうすぐにでも抱きたいみたいな様子である。

この件については源氏はすでに大堰の館で、明石の君に、あるいはその母君にほのめかしていたことである。紫の上を説得して一気に決断、敢行すればよいのだろうが、あれこれ気にかけるたちだから、

──どうしたものかな。ここへ迎えるとしても──

と、ためらいがなきにしもあらず。

現実問題として大堰へ行くことさえままならないのだ。勤行に赴いて明石の君とは月に二度ほどの逢瀬《おうせ》である。七夕の夜の星たちよりは、

──少しましかな──

女の身にとっては充分につらい情況だろう。だが、お立ちあい、源氏にはもっと厳しい悩みが生じようとしていた。

第十九帖〈薄雲《うすぐも》〉には、四つの出来事が……この大河小説のポイントともなりそうな四つの事情が綴られている。

一つは大堰の里にて。すでに触れたように源氏は自分と明石の君のあいだに生まれた幼い姫君を引き取り、紫の上のもとで育てようと決心する。姫君は充分にかわいらしく、美しく、高貴で、よく育てれば輝やかしい将来が望めるだろう。明石の君のも

とで育てたのでは母親の家柄に問題があって特上のコースは望めない。それが当時の通念であった。だが、それが母なる明石の君にとって、どれほどつらいことか、彼女にしてみれば故郷を捨て、洛外《らくがい》に住んで娘とともに源氏の訪れを待つ、という立場を採ったはずなのに、それが根底から崩れようとしている。しかし幼い娘にとっては、それが栄光への道なのだ。それを愚かに捨ててよいものか。彼女の母親・明石の尼君も、「いっしょに暮らせないのはつらくて悲しいけれど、それが姫君のためになること」と苦しい決断へと傾く。源氏の配慮は入念だし、紫の上も充分に信頼できる人柄らしい。知恵ある人の考えも占いの結果も源氏の意向を勧めている。明石の君は結局苦しい決断を下す。

なにも知らない姫君と別れる愁嘆場《しゅうたんば》、姫君の去ったあとの寂しさ、源氏の優しい心使い、姫君は無邪気に二条院に溶け込むが、残された人たちのやるせなさは深い。それぞれの心情とビヘイビアが細やかに綴られている。でも、やっぱり……物事は力のある人の望む方向へと進んで行くのだ。

とはいえ、どんなに力のある人でも、どうしようもないのが人間の命……。二つめのポイントは、まず太政大臣《だいじょう》が他界する。源氏とともに政事《まつりごと》を担《にな》っていた有力者であり、源氏にとっては亡妻・葵《あおい》の上《うえ》の父に当たる。一貫して強い身方であった。これを失うのは公私ともに重い恨みであったが、それ以上に厳しいのは、藤壺の女院の健康が著しく衰え、やがて死を迎える。これは一大痛恨事ですね。もとより源氏は病衰の知らせを聞いて見舞に参上する。二人の胸中に去来する積年の思い……。顧みれば、さまざまなことがあった。憧《あこが》れ、恋、あやまち、命をかけて守らねばならない秘密、二人ながら、位、人臣を極めてもなおわだかまる人間の宿命、因縁……このストーリーの読者であれば推して知るべきことどもであろう。

源氏は几帳越しに、

「帝のご後見は心身を尽して務めます。しかし私もいつまで生きられることやら」

呟《つぶや》くうちに三十七歳の若さで女院は灯火《ともしび》の消えるように静かにみまかった。源氏の嘆きはたとえようもなく深い。多くの人々が女院の美徳を偲《しの》びながら喪に服し、周囲は薄墨色に染まる。

折しも春の夕暮れ。源氏は遠い日の宴で藤壺のまなざしを受けながら過ごしたひときを思い出しながら「今年ばかりは」と呟く。これは〝深草の野辺の桜し心あらば今年ばかりは墨染に咲け〟と古今集にある名歌をほのめかしたもの。貴人は悲しみも典雅である。続けて歌を詠み、

入日さす　みねにたなびく　薄雲は
　もの思ふ袖に　いろやまがへる

西の空に群がる薄雲が自分の喪服の袖と同じ色を映して悲しい、くらいの意味だが、これがこの第十九帖のタイトル〈薄雲〉の由来となっているのだが、次を急ごう。

三つめのポイントは……話は少し戻るが、この年は疫病が流行したり、不吉な前兆が現われたり、世間にいまわしい噂が流れていた。心ある人は、

――どこかがおかしいぞ――

と案じていたのである。

女院の四十九日の法要が過ぎたころ、一人の高僧が冷泉帝のもとに訪ねて来て夜通し語り合った。この僧侶《そうりょ》は齢七十くらい、亡き女院の信頼が厚く、祈禱《きとう》師としてずっと以前から仕えて宮中との関わりも深い。少し前まで山中に籠っていたのだが、女院の病気平癒の祈願のために下りて来たところを、引き続き参内して仕えるよう源氏から願われていたのだった。

帝は十四歳。年齢よりずっと大人びていて、政事にもつつがなく当たっていた。高僧はしわぶきを交えながらしばらく世間話を呟いていたが、周囲に控える者がいなく

なるのを見計らって……これが今夜の目的だったのだろう。

「申しあげてはかえって罪深いことかもしれませんが、主上が知らずにおられると天の怒りを受けるかもしれません。私が胸一つに収めたまま命を失ったら、どうしようもありません。そのことを申しあげたくて」

と、なにやら含みのある言い方をする。帝は鼻白んで、

「なにごとか。幼いころより分け隔てなく接してきたのに、なにか隠しごとがあると言うのか」

「これは、これは。仏が戒めている真言の奥義《おうぎ》でさえ主上には隠すことなくお伝えしております。わが心に含むことなどいささかもありません。ただこれはすでに亡くなられた桐壺の上皇、また藤壺の女院、さらに今をときめく大臣にも関わること、隠しておいてよいものかどうか、私の身はどうなってもかまいません。仏のお告げがあって、あえて申し述べようと決したことでございます」

ただごとではなさそうだ。昨今の世上の不吉な出来事は仏の怒りではあるまいか、と匂《にお》わす。

「申すがよい」

「かつて女院が深く嘆かれたことがございます。私めに祈禱を願われました。僧侶の

身にはくわしくはわかりませんが、今の大臣が都を離れたときも、ずいぶんと女院はおびえておられました」

「早く申せ」

「それと言うのは……」

と、高僧はくわしく述べ続けた。文中にはあからさまには綴られていないけれど、語られた内容は、あの事実……。すなわち藤壺が源氏と通じ御子《みこ》が生まれたこと、桐壺院はなにも知らずにみまかり、その御子は今、眼前にいる冷泉帝その人であること、などなどである。

冷泉帝はもとより初めて知ること、恐ろしいというか、悲しいというか、心の乱れがただごとではない。高僧は不興を買うのをおそれて恐縮、退出しようとするが、

「待て。気づかずにいたら来世にまで咎《とが》めを受けただろう。今まで黙していたとは……なんたる心がけ。だが、このこと、ほかに知って漏らす者は、いるか」

「私と王命婦《おうのみょうぶ》のほか知る者はおりません。それゆえに恐ろしいのです。主上が幼く、道理をわきまえないうちは、なにも起こりませんが、お年をめされて道理がわかるようになると天はきっと咎めを示されます」

ここで言う王命婦とは、藤壺に仕えた第一番の女房、古くは源氏に頼まれて藤壺と

の橋渡し、密会の手立てなどを講じた、あの女《ひと》である。

冷泉帝の悩みは激しい。まず自分の存在自体が桐壺院に対して申しわけない。源氏に対しては、

——私は父親を臣下にしているのか——

母なる藤壺に対しても、

——いろいろ心労のあったことだろう——

思い当たることが多い。それが死を早めた原因かもしれない。

思い悩んだすえ、源氏に譲位して静かに暮らそうとまで考える。帝のただならない様子を案じて源氏が参上。顔を合わせてみれば二人は本当によく似ているではないか。

源氏は帝の突然の願いを聞いて、

「譲位など、とんでもない」

と抑え止める。

冷泉帝の煩悶《はんもん》と譲位への願いは充分に強いものであったが、源氏は言葉を尽して思い止まらせた。だが、

——それにしても少し変だぞ。帝はなにか気づいたのではあるまいか——

あの秘密について……。源氏は王命婦に会って問いただしたが、

「いいえ、断じてほかの人の知ることではありません。ただ藤壺さまは、これは天の道義を損う営み、主上への裏切りもはなはだしく、断じて仏罰のあろうことを真実おそれておられました」

この言葉もまた源氏の心に強く染みるものであった。

——女院がどれほど苦しんだことか——

なにをすがって悔いればよいのだろうか。

四つめのポイントは梅壺のこと。六条御息所の娘であり、源氏はずいぶん昔からこの姫君に関心を抱いていた。そしてすでに述べたように朱雀院もこの姫君を好いていた。源氏はそれを知りながらあえて企んで冷泉帝のもとに入内させたのである。親代りのような立場でもある。だから女御が二条院に里帰り、つまり親代りの人の屋敷だから里帰りをしたわけだが、源氏はすばらしい衣裳で身を飾って迎え、几帳を隔てて草花のことなど話しあっていたが、

——やっぱりきれいな人だなあ。しっかりとお姿を見ることができないものか——

と、よからぬ考えを起こしてしまう。

「自分の来し方を省みて、いくつかの恋をしましたが、最後まで悔いを残した恋が二

つあります。一つはあなたの母君のこと。すてきな方と知りながらいろいろ事情があり、あきれるほど思い悩んだすえ、ぎくしゃくしたまま燃えた煙の晴れないままお別れしてしまいました」

と懐しそうに言う。だが、これに続くもう一つは、はっきりとは言わず、おもむろに、

「今は後見の喜びに浸っておりますが、色めいた心を抑えているつらさを、せめてあわれとおっしゃってくださいませ」

つまり「それはあなたへの思いです」なのだ。梅壺は返事もしない。源氏が、

「やっぱりそうですか。ああ、つらい」

と嘆いても梅壺はあきれているみたい。源氏はとりあえず話題を変え、勤行がどうのと述懐し、さらに春と秋とどっちがいいか、などと問いかけ、そのあとで「秋を好む私の寂しさをわかってほしい」と歌まで詠んで気を引くが、梅壺は少しずつ退き、引っ込んでしまう。

——きらわれちゃったなあ——

梅壺は潔癖を好む人柄であった。それに……六条御息所からは今生の願いとして「後見をよろしく。でも、あちらのほう（好き心）を離れて」と釘《くぎ》を刺されて承知し

た親代りなのだ。

読者諸賢とともに、

「やっぱり、源氏ってとことん女好きなんだなあ」

と叫びたいですね。紫の上には「もう昔の浮気ぐせはなくなった」と匂わせていたけれど……ちがうんだなあ。

四つのポイントのほかに第十九帖には細かい身辺の雑事も綴られているが、さほどのことではない。このあたりで筆をおこう。

8 朝顔に背かれ心は雨模様

朝顔　少女　玉鬘

昔、昔、筆者のガールフレンドの中に、

――私ってとてもチャーミングなの。男の人で、私のこと好きにならない人、いないわ――

と、すなおに信じている人がいた。

もちろん美しい。

こう書いてしまうと、厭味《いやみ》な女性を連想されそうだが、彼女はちがう。人柄はいいし、賢いし、確かな良識を備えている。ごく普通に判断すれば、特上はまちがいなし。よってもって彼女がみずからの良識で判断すれば、右のような自負を抱いて不思議がない。私はあまりのすばらしさにおそれ入ってしまい、あまり近寄らなかったけれど、まことに、まことにチャーミングな人であった。

さて、このケースを女性から男性に替えると、われらがアイドル、源氏の君その人となる。みずからのMMKじるしを……これは〝もてて、もてて、困る〟の頭文字だが、この事実をことさらに喧伝《けんでん》することはなかったけれど心中深く信じていただろうし、それはその通り当然な判断であった。そう思うにふさわしい条件を享受《きょうじゅ》していた。美形にして、たしなみは特上、教養は広く深く、人情にも通じていた。けっして厭味な人格ではなく、多くの人に、とりわけ女性にはくまなく好意を抱かれていた。ひと

たび、いずこからか源氏風のそよぐときは女性たちをして、

——まあ、すてき。この風にめいっぱい吹かれたいわ——

そう思わせるパーソナリティであった。この物語ではこの特質が初めから一貫して揺ぎないフィクションとして設定されているのである。

が、まれには例外もある。ここに朝顔の姫君なる佳人のありて、これまでにもチラリ、ホラリと登場していたのだが、あらためて復習しておけば、父は式部卿宮《しきぶきょうのみや》（桐壺帝の弟）で、まことにやんごとない。美女で、教養もたしなみも申し分なく、源氏は早くから朝顔の花といっしょに歌を贈り（これゆえに朝顔の姫君と呼ばれているが）ひたすら口説きにかかったが、彼女のほうは、

——うーん、すてきな殿方なんだけど——

ガードが堅い。

その後も歌を贈れば返歌もあり（ないときもあった）心の友としては一通りの親しさを示してくれるが、清らかに一線を画している。常勝将軍としてはプライドに疵《きず》がつくではないか。

第二十帖《ちょう》、その名も〈朝顔〉に入って……この姫君は少し前まで賀茂神社の斎院《さいいん》であったのだが、父の死にともない喪に服し、任を解かれて叔母なる女五《おんなご》の宮《みや》とともに

父の屋敷に暮らしていた。斎院は聖なる立場だから恋文などさしあげにくかったが、こうなればチャンス到来。早速源氏が動き始める。まずは女五の宮のもとへ兄なる式部卿宮の死を悼《いた》んで、お見舞いに行く。

女五の宮は、すっかり老いさらばえて、まことにみっともない。この老婦の姉（源氏の亡妻・葵の上の母で大宮と呼ばれているが、女三の宮であった）が矍鑠《かくしゃく》としているのに比べて情けない。老いのくりごとを並べたり源氏の美しさをあからさまに褒めたりして、いただけない。源氏の狙《ねら》いが、同じ屋敷に住む朝顔の姫君であることを知ってか知らずか、いや、それよりもなによりも朝顔の姫君の心情に頓着せず、勝手に、

——この人があの姫君の婿《むこ》になってくれれば、私も安泰——

と考えているらしい。これは、まあ、源氏にとっては好都合ですね。

源氏は庭越しの一角をながめ、そのあたりは植込みの枯れかかっている様子までもが風情《ふぜい》に富んで見える。

——朝顔の姫君はあそこで静かに過ごしているのだな——

と察して、

「では、あちらにもお見舞いを申しあげねばなりません」

と、すのこ伝いに行く。このルートなら近づきやすい。廂《ひさし》の間に通されたが、姫君

の女房の中で上席にある者が現われて、この人が取りつぎの係。これより中へは入れない。源氏は、

「御簾《みす》の外とは若返ったような気がします」

と若僧扱いされたことを皮肉ってから、

「昔のことはみんな夢のようですが、思えば姫君にはずいぶんと心を尽してまいりました。今はもう少し近しく……」

と訴えたが、姫君からは、ことづけがあって、

「夢からさめて、かえってはかない心地がいたします。夢か、うつつか、あなた様の心尽しも後でゆっくり考えさせていただきますわ」

と、これは鄭重《ていちょう》なる拒否ですね。

源氏はここで歌を詠《よ》み、その内容は〝あなたが神に仕えているあいだ、私はずっと待ってましたのに〟である。さらに自分が苦境にあったことなども語りたくて、と加えて同情を誘った。

姫君のほうは、とりあえず歌だけは返して、その内容は〝そんなお話を聞くだけでも神の咎《とが》めを受けるでしょう〟と、けんもほろろ。源氏が、

「ああ、つらい」

嘆いてみせても駄目。周辺に侍《はべ》る女房たちの同情をえても姫君は歳月を経て一層頑《かたく》なになってしまったらしい。あるいは賢くなったのかな。源氏は、
「命を長らえると恥多し。恋にやつれた姿をお目にかけたいが、それもむつかしいようで」
と退散する。女房たちは、
——本当にすてきな殿君なのに——
と絶賛しきりだが、姫君はあれこれ思い出すこともあって心情は複雑である。
釈然としない気持のまま館《やかた》に帰った源氏は寝ざめがちの夜を過ごし、朝早く格子《こうし》をあげさせ、立ち籠《こ》める霧を透かしてながめれば、枯れた草むらの中に……なんと！朝顔があるかなきかの花を散らしている。早速折らせて、かの姫君へ届けさせた。手紙には恨みごとを並べて、
見しをりの　つゆわすられぬ　朝顔の
花のさかりは　過ぎやしぬらん
つまり、むかし見た朝顔はけっして忘れられませんが、花盛りは過ぎたのでしょうか、であり、まだ充分にチャーミングなあなたにずっと思いを寄せている私の心をあ

われと思ってください、と訴えた。朝顔の姫君のほうは女房たちに勧められ、しぶしぶ筆を取って、

秋はてて　霧のまがきに　むすぼほれ
あるかなきかに　うつる朝顔

秋の終りの霧の中、ほそぼそと咲いている朝顔みたいに萎《しお》れた私なんですよ、だろう。

とくにおもしろい歌でもないのに源氏は下にも置かずながめ入っている。青くすんだ紙に濃く、薄く書かれた筆致はみごとだが、こうした贈答の歌などには言い過ぎや曖昧《あいまい》さがつきまとうものであり、まあ、ほどほどに記しておきましょう、と、これは紫式部の釈明である。と言うのは、源氏の歌は〝花の盛りは過ぎたかな〟と、少し非礼だし、返歌も〝その通りよ〟と、きわどいからだ。

源氏は、

――今さら若者みたいな手紙を届けたりして、みっともないか――

と思いながらも、

――でも、この姫はむかしから、その気があるような、ないような感じで、そのせいでこんなヘンテコな状態が続いているんだよな――

あきらめきれずに若返って、また挑戦……。

朝顔の姫君に仕える女房を呼んで相談してみれば……源氏の評判は女房たちのあいだでこそ大絶賛だが、姫君は若いころでさえ身を引いていたのだから、年を取ってしまっては色恋沙汰《ざた》から一層遠くなり、今さら軽々しいつきあいをして世間に悪い噂《うわさ》を立てられたらつまらない、そう考えているらしい。

——珍しい人なんだなあ——

と源氏はいまいましく思うばかりである。

ところが世間のほうは、

「源氏の君は朝顔の姫君に大層ご執心で、それは叔母君も喜んでおられます。お似合いのお二人ですからね」

先にも触れたように女五の宮は乗り気なのだ。これが紫の上の耳に入り、初めのうちは深くは気にかけなかったが、少し注意して探ってみると、源氏のそぶりがいつになくフワフワして尋常ではない。

——本心はどうなのかしら——

あれこれ思い悩んで不機嫌になってしまう。

説明を加えるならば、紫の上は充分に高い出自であり、源氏の庇護《ひご》を受けて妻の立場を保持しているが、朝顔の姫君はちょっと手強《てごわ》い。ほかの女たちとちがって身分は充分に高く世評もわるくない。源氏が上の空になったり、やたら宿直《とのい》が多くなったりして……これまでとは様子が少しちがう。

——油断がならないわ——

胸騒ぎを覚えてしまうのである。

ある夕方、源氏はつれづれなるままに女五の宮を訪ねようとする。入念に衣裳《いしょう》を整え、

「ご不快のようなのでお見舞いに」

と紫の上に告げたが、紫の上は見向きもしない。

「このごろはご機嫌ななめですなあ。あまり馴《な》れ親しんでいると、かえって興ざめになることもあります。どうしてそんなに疑うのですか」

「馴れきってしまうのは、つらいことですね」

身を伏して嘆くので、このまま外出するのがためらわれたが、すでに女五の宮に訪問を伝えてしまっているので、やめるわけにいかない。

「本当に女五の宮が頼りなくしていらっしゃるので慰めに行くだけですよ」

と出立した。

女五の宮はボケ半分だから話し合って楽しいはずがない。あくびなんかしている。もとより源氏はここが目的ではないから立ち去ろうとすると、変な老尼《ろうに》が現われて、あれれ！　源典侍《げんのないしのすけ》ではないか。あの老いたる色好み。尼になっても変わらない。家柄はよいのである。源氏にうとまれているのに、そんなこと、おかまいなし。いろいろと仕かけてくる。すでに〈紅葉賀《もみじのが》〉や〈葵《あおい》〉でおなじみだ。なぜこの女がここにいるのか、源氏が朝顔の姫君に拒絶されているときに出現して……絶妙な喜劇的タイミング。

親しげに寄って来て、昔を語り、ひどく懐《なつか》しんで歌まで詠む。年を取ったことを嘆きながらも、妙に若やいで、なまめかしくふるまうから、源氏としては、

――今、急に年を取ったわけじゃないでしょ。来世で待っててくださいな――

適当な歌を返して逃げ出す。

思う人には思われず、思わぬ人がしつこくて……と、その通り朝顔の姫君はあい変わらず心を許さない。源氏が、

「せめてひとこと、心に適《かな》わないと、ご自身で言ってくだされば、それであきらめますから」

と願っても姿を見せない。それでいながら完全に拒否するわけでもないらしく、源氏は苛立《いらだ》ってしまう。恨みがましい歌を贈れば姫君は一応返してくれる。しかし、その中身は、〝ほかの女にあなたが示した浮気ごころを私自身あえて体験しようとは思いません〟と充分に手厳しい。源氏は仕方なく女房たちに、

「世間のもの笑いになるから、言わないでくださいね」

上手に口止めして立ち去る。女房たちはみんな源氏にいかれちゃっているから、

「もったいないわ。なんで姫君はあんなにつれなくなさるのかしら」

と不満がいっぱい。なんぞ知らん、姫君の心境は乱れていた。源氏をすばらしい人だとは思っているけれど今さら親しくしてみても世間は毎度おなじみのパターンと見るだけのこと、失礼のないよう対処して今は仏への勤行《ごんぎょう》に心を向けよう、と、けなげなのだ。

源氏も困惑している。負け戦さのまま引きさがるのは口惜しい。さりとて年甲斐《としがい》もなくたしなみを欠くようなことはしたくない。

――私としたことが――

今までにあまり体験したことのない情況なので気分が落ちつかず二条院にも帰らない夜が続いた。紫の上の不安は募る。思わず涙のこぼれることもあり、久しぶりに帰

った源氏が、

「どうしたのかな、顔色がよくないけど」

と髪をかきなでたりして、これは〝絵に描《か》かまほしき御あはひ（夫婦の姿）〟と紫式部は書いているけれど、まさしく絵柄だけであり、源氏はこういうパフォーマンスはいつもみごとなのだ。さらに優しく釈明して、

「女院《にょういん》が亡《な》くなられてから主上がとても寂しそうで、慰めてさしあげなければなりません。政務もなかなか厄介で、留守がちになってしまいます。わかってくださいよ」

でも紫の上はそっぽを向いたまま。源氏としては、

「朝顔の姫君のことを、なにか気にかけているのかもしれませんが、あれは……」

一日中、ご機嫌を取り結ぶよりほかにない。まあ、振られているんだから大過はあるまいと思うけれど、女ごころは微妙なのである。

折しも一面の雪に月の冴《さ》えわたる夕べ、源氏は美しく装《よそお》って眺め入り、

「すばらしい。この世の外の世界にまで思いが到《いた》り、むかしの人がこれを興ざめと言ったのはなさけない」

と呟《つぶや》き、女童《めのわらわ》たちに雪遊びをさせて楽しむ。かたわらにある紫の上に話しかけ、

「いつだったか藤壺の中宮とこんな風景をながめたことがあって、あの方のすばらし

さが思い出されてなりません。あなたは、あの方の血筋を受けていて、よく似ていますね。ただ、ちょっと気むずかしくて……つらいね」

とジャブを入れてから、すぐに続けて、

「朝顔の姫君は少しちがった気性で、ふんわりとしているから、べつに用がなくともお話をしたくなるんですよ。気を使わずに接することができるのは、もう、あの方くらいかな」

危険水域に入りそうな話題だが、これは心理のさぐりあいなのか。紫の上はさりげなく、

「尚侍《ないしのかみ》こそ才気煥発《かんぱつ》、趣味もよく、すてきな方じゃありませんか。軽々しい気性じゃないのに不思議なことがありましたわね」

と、こちらも別件を持ち出してジャブを返す。尚侍すなわち朧月夜《おぼろづきよ》の君は源氏が忘れられない女のはず。都落ちの一因を作った相手である。

「そうだね。あの人もすてきな女《ひと》として挙げなければいかんね。あの方には気の毒なことをしてしまった。色好みは年を取って後悔することが多いものだとか。私なんか自分では慎しんでいるつもりでも、やっぱり……」

と尚侍のことを思って涙を流す。さらに話を続けて、

「山里に暮らすあの女《ひと》は身分のわりにはよくできた人で、ものの道理をわきまえていますが、気位の高いところが困りもの。でも、ほかの人と同じく扱うわけにはまいりません」

と、これは明石の君のこと。その女に少し触れたところで（紫の上に言い出される前に、である）

「私は身分の低い女《ひと》とはつきあったことがありません。優れた人柄の女《ひと》は滅多にいませんが、今、東の院に静かに暮らしている方は、むかしも今もいじらしい。出過ぎることがなく、よい仲と言ってよいでしょう」

と、これは花散里《はなちるさと》のことである。

言ってみれば、紫の上が懸念《けねん》する女性を次々に挙げて軽く評し〝心配ご無用ですよ〟と先制する作戦……。夜が更《ふ》けたところで典雅な風景をいとおしむ歌を詠んで、つきづきしい。紫の上をほれぼれと見つめているが、それで佳人の心は晴れるのだろうか。

寝所に入っても、わけもなく藤壺への思いが源氏の心に忍び込んでくる。夢かうつつか、如実《にょじつ》に亡き女《ひと》の姿が映って、

「だれにも洩《も》らさないと誓ったのに浮名が世間に流れてしまって、私は苦しい。恨ん

でおります」

と痛々しい。もちろん〝浮名が世間に流れて〟は事実ではないが、その不安が源氏の深層心理を苛《いじ》めるのだ。源氏は胸苦しく答えることもできない。紫の上が驚いて、

「どうなさったの？」

その声でようやく正気に返った。涙ながらに横たわり、短い夢を惜しむ歌を詠んだ。

そして翌朝は早く起きて、

──あの女《ひと》は苦しんでいる。さぞかし私を恨んでいるだろう──

亡き藤壺への悔恨……。あの秘密一つで成仏《じょうぶつ》もむずかしいのかもしれない。しかし、ここで亡き藤壺のために特別な法要を催しては、かえって世間の疑念を招くだろう。それは帝《みかど》の苦悩にもつながるかもしれない。独り源氏が供養《くよう》に尽すべきなのだろうか。

なき人を　したふ心に　まかせても
かげ見ぬみつの　瀬にやまどはむ

〝みつの瀬〟は三途《さんず》の川だ。亡き人をひたすら慕って追いかけて行っても、その姿を見ることもなく三途の川で迷うことだろう、と第二十帖〈朝顔〉は終わっている。

第二十一帖〈少女《おとめ》〉では、このタイトルがほのめかすように世代交替が少しずつあ

らわになっていくのだが、その前に源氏は、

「もう藤壺の女院の喪も明けたことですし」

と、またまた朝顔の姫君に手紙と歌とを贈るが、姫君もまたまたそっけない返歌を寄こすだけ。朝顔の姫君としては、

「迷惑です」

これが返事なのだが、女房たちが、

「礼儀を失っては……」

と気をまわすし、なによりもいっしょに暮らしている叔母の女五の宮が、

「あんなすばらしい方なのだから」

亡き父親の言葉を引き出して源氏の本妻になることまで言い出す。朝顔の姫君は、

「父も私の強情を知っていました。今さらそれを捨てては父に申し訳ないわ」

と、おもしろいロジックを持ち出し、まったく肯《がえ》んじない。彼女はなんだか四面楚《そ》歌《か》みたいな情況に追い込まれ、源氏もあまり無理強いをするわけにはいかない。しばらくは様子を見るよりほかにない。

さて、源氏は長男・夕霧《ゆうぎり》の元服を急いでいた。亡き正妻・葵の上の形見であり、祖母の大宮がことさらにかわいがって育てた美少年である。元服の儀式は大宮の願望も

あってそちらの屋敷で催されることとなったが、大勢の有力者の参加が見込まれ、源氏の指揮のもと用意が抜かりなく、華麗に整えられていく。

が、この若君の位をどうするか。世間の相場は、なにしろ由緒《ゆいしょ》ある出自だから、

――四位《しい》でしょう――

と思われていたが、源氏が六位《ろくい》とした。六位は浅黄色の衣裳しか着ることができない。本人はがっくり。なによりも祖母なる大宮が、

――そんな馬鹿な――

とばかり源氏に詰め寄ると、

「しばらくは学問をさせます。身分の高い家に生まれた子は官位も思いのままにえて、その立場にどうしてもおごり高ぶることになってしまいます。みんなにおだてられ、いい気になっているうちに時代が変り、後見もいなくなってしまうと、もうペシャンコ、ひどい末路をたどりがちです。本当に国に役立つ人物となるために、ここでしっかりと学問を身につけておくことが肝要、私は自分自身を省みて、あえてこの道を採らせることにしました」

と、正論ですね。大宮は、

「わかります……けど、あの子が六位の衣裳では、かわいそうで」

「学問をすれば、そんなこと、恨みにもなりません」

住まいを源氏の二条院に移し、大学寮で厳しく鍛えられることとなった。

大学寮では、入学に際して二字の字《あざな》をつけるのがルールであった。その儀式の様子が鮮やかに描かれていて興味深い。かいつまんで言えば……これまで源氏の周辺で催された祭事は関係者の身分の高さ、趣味のよさを反映して華麗そのもの、物語はそのみごとさをしばしば詳述してきたが、学問所の催しごととなると、少し趣《おもむき》が異なる。野暮ったいのである。学者先生はやっぱり貧しいし、典雅な儀式に馴れていないのである。

しかし威厳は示さなければならない。今をときめく貴人たちが連座する中で、借り物の衣裳で、ぎこちない作法。源氏は、

「従来通り、遠慮なくとりおこなうように」

〝郷に入っては郷に従う〟を旨《むね》とするよう示唆《しさ》して、みずからは表に出ないようふるまったが、博士たちの中にはどこかちぐはぐな様子の人もいて、若い公達《きんだち》の失笑を買ったりするありさま。それを学者先生が厳しく叱《しか》ったり……。往時の儒学者が少しからかわれている。式を終えて、源氏主催の漢詩の会が催され、ここには優れた人が選

ばれ、みずから創《つく》って朗詠する。源氏もすごい詩才を示し、なべて本家の中国に披露したいほどりっぱなものであったが、紫式部は〝女のえ知らぬことまねぶは、憎きことをと、うたてあれば漏らしつ〟、つまり〝女がよく知らないことを書き並べるのは憎たらしいことだから省略〟である。ときどき作者本人が顔を出すのも、この物語のおもしろいところである。

若い夕霧は低い位にすえられるし、猛勉強をさせられるし、釈然としなかったが、根がまじめな人なので、ひたすら耐え忍んで、四〜五カ月で史記を読み終えるほど、おおいに成果をあげた。大学寮の試験も合格、源氏を始め、みんなが涙を流して大喜び。源氏は教育に当たった学者たちの労をねぎらい、もって世人に学問への関心を深めるようにも仕向けた。物語はつまびらかに記していないけれど（女性関係の記述ばかりが目立つけれど）源氏は学問にも充分関心の深い人であったのだ。

お話変わって内裏《だいり》では、中宮を定める時期が迫っていた。候補はいち早く入内した弘徽殿女御《こきでんのにょうご》、藤壺の女院と源氏の肩入れで入内した梅壺女御《うめつぼのにょうご》、紫の上の異母妹も入内して、有力者の推薦もかまびすしく、甲論乙駁《こうろんおつばく》、結局、梅壺が立后、やがて秋好中宮《あきこのむちゅうぐう》と呼ばれる立場となる。この女《ひと》は少し前まで前の斎宮、そして梅壺、秋好中宮と呼び名が変わり、ややこしいけれど、まあ、上昇気流に乗ったみたい、母なる六条御息《ろくじょうのみやす》所《どころ》は不遇であったが、神様は案外公平なのかもしれない。

源氏は太政大臣《だいじょう》に、そして、ずっと昔に頭中将と呼ばれていたあの人も位の上昇にともないしばしば呼び名が変わったが、このたびはめでたく内大臣に昇格、女性関係では源氏に負けることが多かったが、天下の政務を執っては知識も分別も実行力も優れている。そのうえ子沢山で、それぞれが男も女もよい立場を占め一族こぞって有力だ。が、細かいことは省略、ただ内大臣の愛娘《まなむすめ》に雲居雁《くもいのかり》がいて、琴《きん》などを巧みに奏し、美しく育っている、これは要注意だ。父も祖母（葵の上の母・大宮）もいずれこの姫にはおおいなる立身出世を、と大望を抱いている。幼なじみに源氏の息子・夕霧がいて（二人とも大宮のもとで育った）姫の弾く琴のかたわらで夕霧が笛を吹いているぶんにはなんの問題もないけれど、いつしか双方に恋情の芽生えて、このとき夕霧十二歳、雲居雁十四歳、怪しい仲となっても不思議はあるまい。女房たちのひそひそ話から内大臣の知るところとなり、内大臣は、

――本当か。許せない――

あれやこれや思案をめぐらす。

二人とも大宮がかわいがっていて、目に入れても痛くないほど。夕霧もりっぱな若者だから、まったく不釣合いということもないのだが、内大臣はさらに高いところを

狙っていた。それに、自分の知らないところで勝手にくっついて……気に入らない。

——母君はなにをしてんだ——

二人を目にかけている大宮は、知っていながら許していたにちがいない。内大臣はまず母なる大宮のところへ赴いて苦情を言う。

「従姉弟《いとこ》同士というのがよくない」

だが大宮は、

「えっ、私はなにも知りませんよ。女房たちのつまらない噂話でしょう」

「とんでもない。事実ですよ」

と、今度は姫君の部屋近くへ行って女房や乳母たちを責める。女たちは自己防衛に走り、

「なにしろあのお二人、朝晩ご一緒の仲でしたし」

「大宮様がご存じないことを、どうして私どもが……」

と弁明をする。内大臣はとりあえず、

「よし。しばらくはだれにも漏らすな。二人を近づけちゃ駄目だぞ」

と厳しく命じた。

姫君のほうは父親が遠まわしに諭しても、かわいらしくふるまっているばかりで効

きめがあるのかどうか。

内大臣の去ったあと、大宮も悩んでしまう。

――夕霧はすてきな子だし、そんなに悪い組合せじゃないわ――

応援したい気持さえあるのだ。

そんな大宮のもとへ夕霧が顔を出した。大宮はいつもは大歓迎なのだが、さすがに厳しい面持ちで、

「内大臣に叱られましたわ、あなたのことで。私も困ってます。とんでもないことを思いつかれて……」

夕霧はぴんと来て顔を赤らめたが、

「なんのことでしょう。学問所に閉じ込もっておりますので、ことさらにお叱りを受けることもないと思いますが」

「まあ、気をつけてくださいね」

雲行きがよくない。密《ひそ》かに通わせてきた思いも、これからはむつかしくなりそうだ。人が寝静まったころ姫君の部屋へ近づいてみたが、障子には錠がかかって開けられないし、女房たちの気配もない。すると……姫君が、

「空を飛ぶ雁も私のように悲しいのかしら」

小さく呟くのが聞こえるだけ……。夕霧は親しい女房を呼んだが、答える者はいない。仕方なく雁に因《ちな》んだ歌を詠み、大宮のほうへ戻って休んだ。吐息を漏らし、寝返りばかり打って、

――つらい――

眠られずに夜を明かした。

姫君のほうもつらく、悲しく、恥ずかしい。もちろんこの姫君を雲居雁と呼ぶのは、この日のやりとりに因んでいる。

内大臣は事態を勘案して、

――姫を大宮のもとに置くのは、まずいな――

と手もとに引き寄せることにする。

折しも、内大臣が無理をおっしゃり、娘の弘徽殿女御を里下りさせているので大宮に対してよい口実になるだろう。大宮のほうは雲居雁を手元から奪われたら寂しくてたまらない。引き止めにかかるが、内大臣は、

「いや、女御が来ているので、話相手がほしいのです」

この女御は入内《じゅだい》しながら后になれず、少し腐っている。よい慰めを必要とする心境であった。雲居雁はこの人の異母妹だから、ほどがよい。大宮は、

「生まれたときから姫を預って、それが私の心の支えでしたのに」

と訴えても、

「これまでのご恩は忘れません」

と、内大臣はいったん決めたことは変えない気性なのだ。大宮が、

「こちらよりお手元が安心ということもないでしょうに」

泣いても嘆いても雲居雁は父の屋敷に移ることとなる。

大宮の家を去る直前に、気のきく乳母が巧みに計らい、若い二人をそっと会わせてくれた。

「別れても、きっとあなたのことばかり思ってます」

「私も同じよ」

若い二人の愁嘆場は悲しくも清らかで、ほほえましいところさえ漂うのだが、心ない者が、二人の仲を不釣合い、と見て、

「六位が相手の運命なのかしらねえー」

夕霧の位の低いことをあげつらう。その声が屏風《びょうぶ》のむこうから聞こえる。夕霧は、

「聞こえますか？　あんなこと言われちゃって」

と恥入りながらも、

くれなゐの　涙にふかき　袖《そで》の色を
あさみどりにや　いひしほるべき

と詠む。血の色深く染まる袖の色を六位の浅緑とおとしめて言うのでしょうか、である。雲居雁も歌で答えたが、内大臣がやって来ておちおちしていられない。後に残された夕霧の悲しみは深い。食事もろくに取らず、読書も遠のきがちで、気を紛らすために屋敷の中をふらふらと歩きまわる。姿が美しいから女房たちは胸をときめかせてながめている。

新嘗祭《にいなめさい》が近づいて、これには五節《ごせち》の舞姫が奉仕する。去年は服喪のため見送られたが今年はそのぶんだけ華やかになりそうだ。公卿《くぎょう》などの家に選出の割り当てがあり、源氏は、

——だれがいいかな——

ほかと競っても負けない美形を選びたい。今は摂津守《せっつのかみ》を務める惟光《これみつ》の娘がとても美しいと聞いて、これを召した。惟光は渋っていたが、断るのもむつかしい。舞姫に仕える童女《わらわめ》も当然美しくなくてはさまにならない。紫の上や花散里に仕える者から選び出した。舞の稽古《けいこ》や衣裳の用意など入念に命じて、すばらしい一団となった。

夕霧は六位の衣裳が気に染まず、参内《さんだい》をためらっていたが、五節にはべつな衣裳も

許されている。華やかに装って宮中へ向かった。

五節の舞姫たちは、どれもみな美麗である。惟光の娘は他を圧倒してナンバー・ワンのようだ。夕霧もかいま見て、

――すてきな女《ひと》だな――

なんとなく、

――あの女《ひと》に似ている――

と雲居雁を思い出して、もっとよく知りたくなってしまう。

源氏は五節の儀式に立ち会い、舞姫をながめるうちに、

――あの人、どうしているかな――

若いころ、同じ五節で見て、契《ちぎ》り合った舞姫を思い浮かべた。大宰大弐《だざいのだいに》の娘で、第十二帖の〈須磨〉や第十三帖の〈明石〉などでチョッピリ登場した女《ひと》である。思い出して昔日《せきじつ》を思う歌をその女《ひと》と交換……いつもの軽い女性関係だからこれ以上は触れずにおこう。

舞姫は節会の後、宮仕えすることになっていたが、いったんは家へ帰る。これを知った夕霧は、たまたま惟光の娘……つまり、あの美しい舞姫の弟を知っていたので、

「あなたがいつも見ているのがうらやましい。私にも会わせてくれよ」

と願った。雲居雁に似ているし、今はだれか心を満たしてくれる女《ひと》に会いたい。

「駄目だよ。弟の私だって男は近づけないんだから」

「じゃあ手紙だけでも」

と、上質の紙に上品な筆使い、歌を書いて頼み込んだ。

弟が見て、姉が見て、戸惑っていると、いきなり父の惟光が来て、

「なんだ？」

弟が逃げ出そうとするのを呼び止め、

「だれからだ？」

「あの、夕霧が渡してくれって……頼まれて」

「うん？　夕霧か」

怒りが笑いに変わって、

「あはは、若君のいたずらか。わるくない」

惟光はすばやく思案して呟く。

「殿は見染めた女《ひと》を忘れない。私も明石入道のようになろうか」

源氏が愛人を忘れないように、その子・夕霧も同じ性格かもしれない。となると、娘の縁で惟光自身も明石入道と同じ好運を掴《つか》むかもしれない、ということ。妻にも手

紙を見せたが、みんな宮仕えの仕度に忙しい。

夕霧は美しい舞姫に引かれたが、心中深く思い抱いているのは、もう一人の姫君、雲居雁のほう。かいま見ることもままならず、鬱々《うつうつ》と日を送るよりほかにない。父・源氏への恨みも……自分を六位にしか据えなかったことへの屈託も少しわだかまっている。それを慰めてくれるのは祖母なる大宮……。大宮は若君の衣裳を仕立てさせたりしている。たまに訪ねて行けばとても喜んでくれるが、大宮自身も雲居雁を内大臣に連れ去られてしまうし、夕霧についても、

――夫が生きていたら今と違っていたでしょうに――

つまり大宮の夫は太政大臣まで極めた人、孫の官位について源氏とはべつな配慮があったろう。

夕霧は二条の東の院に住んでいるのだが、ここでは花散里の世話になることが多い。

――父はこの女《ひと》のこと好きなのかな――

心ばえの優れた人だが、器量は年齢のせいもあってよいとは言えない。几帳《きちよう》を隔てて、あからさまには見ないようにしているが、

――よくわからんなあ――

煩悶《はんもん》が多いのである。

冷泉帝《れいぜいてい》の朱雀院《すざくいん》への行幸があり、その豪華優美な様子や人間関係が記されているが、ここでは催し事の最中に夕霧が卓越した詩才を示して進士《しんじ》となり、従五位下《じゅごいのげ》に昇進、侍従となり、いささか愁眉《しゅうび》を開いたことだけを述べておこう。

そして次なるトピックスは太政大臣となった源氏が六条京極に大きな屋敷を造って移り住んだことだ。六条院である。四町、すなわち六万平米の敷地、充分に広い。造営の趣向は……贅《ぜい》を尽して隅々まで抜かりないが、要点は……爾後《じご》のことも含めて整理しておけば、未申《ひつじさる》（南西）に秋の町、これは秋好中宮の里下りのため、辰巳《たつみ》（南東）は春の町、源氏と紫の上が住む、丑寅《うしとら》（北東）は夏の町で夕霧、花散里に当てられ、戌亥《いぬい》（北西）は冬の町で、明石の君のためである。源氏の一大ハーレム構想のようなもの。折々の風情が歌などに詠まれているが、先を急ごう。

第二十二帖〈玉鬘《たまかずら》〉へ移って、これは第六章で述べた溜池《ためいけ》の一つ、大河小説の流れにそいながらも違ったエピソードを綴《つづ》ったもの、源氏物語のところどころに介在する構造だ。

まず右近《うこん》という侍女……。ご記憶がおありだろうか。第四帖で夕顔のそば近くに仕えていた。夕顔が源氏とともに里のあばらやへ忍び込み、もののけに襲われ、夕顔が急死したとき、かたわらにいた女である。その後始末にも立ち合っている。夕顔は頭中将の恋人で一女までなしていたが、本妻のほうとのトラブルがあって幼い娘を他所《よそ》に預けて身を隠していた、そこで源氏に出会った、という経緯である。

右近は夕顔の死後、源氏の屋敷へ引き取られて紫の上の侍女となったが、しきりに幼い姫君の行方を探していたのだった。

いっさいが口止めされていたので関係者たちも部分的な事情しか知らないのである。夕顔の乳母がこの幼い姫君を預っていて（右近はくわしくは知らなかったろう）夫が大宰少弐《しょうに》として任地に赴くのにともない姫君を連れて下った。当時四歳であった姫君も、星移り年変わり二十歳くらいのはず。傅育《ふいく》に当たった乳母の心労は深かったろう。やんごとない血筋の姫君なのだ。早くからとても美しく育っている。このまま日のめを見ずに過ごさせてはなるまい。が、少弐が没し、三人の息子に、

「この姫君によく仕えてくれ。いずれ京へお連れしてくれ」

と遺言が残されたが、遠国の片田舎にいてどういう手立てがあるものか。姫の美しさを聞いて肥後国の有力者が、

「私の妻に」

と熱心に、強引に申し込んでくる。乳母たちが言を左右にして断ってもあきらめない。土地の有力者に逆らうのはむつかしい。三人の兄弟たちの間でも対応が分かれる。さいわい長兄の豊後介《ぶんごのすけ》が身方となり乳母ともども、ある者は親族を捨ててほんの少人数で船に乗った。必死の逃避行だった。摂津を経て京に入り、むかしの知人を頼って住まいを定めたものの、この先どうしたらいいものか。こんなときには、

「大和の初瀬寺に参拝されるのがよろしいでしょう。御恵みがあらたかです」

苦しい旅のすえ四日もかけて途中の宿に入ると、相客を頼まれる。そして、そこに泊まりあわせたのが、右近であった、という偶然。このあたり入念な筆致で綴られているが、昔話や民話によくある逆境脱出のストーリーとそっくりのところ、なきにしもあらず。仏縁あって会いたい相手にバッタリ会って運が開けていくのである。

「もしやあなたは？」

「これは……懐しい」

右近が乳母たちに気づき、乳母たちが右近を認めるまでに小説的な手続きが……つまりリアリティのある説明がほどこされているが、それはともかく、これこそがもっとも望ましいめぐりあい。乳母たちは、

「内大臣様に」

と姫君の実の父親への連絡を願うが、右近は、事情を勘案して、

「いいえ」

と源氏のほうを勧める。

ここでもこの途方もないめぐりあいをしなやかに進めるための小説的手続きがほどこされているが、ポイントは……源氏はその姫が田舎育ちということだから血筋はよくても、

——末摘花の二の舞いじゃあるまいな——

と心配し、紫の上は源氏の過去に夕顔という女のあったことを知って、

——どんな人だったのかしら——

と懸念し、

「明石の君くらい、お愛しになったんですか」

源氏の心をさぐったり、さざ波くらいは立ったことを記すに留めよう。

源氏はまず姫君に歌を送る。姫君は当然の作法として歌を返す。毎度のことながら、このたびはこれがことさらに大切だ。見知らぬ姫がどのくらいのたしなみの持ち主か、教養、趣味、美意識など資質はまずこれで確かめるのだから……。

源氏の歌は、

知らずとも　尋ねてしらむ　三島江に
　生ふる三稜《みくり》の　すぢは絶えじを

三島江は高槻《たかつき》にある歌枕《うたまくら》。そこに生える三稜は茎や根を筋状に多く群がらせている。過去のいきさつについてあなたはくわしいことを知らないでしょうが、いずれ尋ねてわかるでしょう、三島江に生える三稜のように込み入ったつながりが絶えていないのだから、と、解釈に多少のむつかしさがともなう。源氏はあえてテストをしたにちがいない。

返歌は、よい香の匂《にお》う唐の紙に薄く書かれて、字は弱々しいが気品があって見苦しくはない。歌も、

数ならぬ　みくりや　なにのすぢなれば
　うきにしもかく　根をとどめけむ

と、まあ、源氏の歌を踏まえて、ほどほどである。どういう筋で三稜が根を下ろすようにこの憂《う》き世に私は命をとどめているのでしょうか、くらいだろう。合格であった。

夏の町に住む花散里に後見を委《ゆだ》ね、折を見て会いに行けば、なかなかの美しさ、目もとは夕顔に似ている。恥ずかしがっている姫君に、

「親子でありながら、こんなに長く会わない例はほかにないだろう」

と親子であることにしてしまう。息子の夕霧にも伝えて、

「こういう女《ひと》を探し出したから気をつけてつきあいなさい」

である。夕霧はこの女《ひと》に大まじめに、

「よろしく」

と姉弟の挨拶《あいさつ》。事情を知っている人は、ちょっとくすぐったい。

遠国から姫を守ってきた豊後介は源氏の家司《けいし》に任じられ、乳母を始め他の者もそれなりの処遇を受けたにちがいない。

紫の上にも、

「いい娘だよ。いろんな男が懸想《けそう》してやってくるぞ」

姫の美しさに満足して、上機嫌で紹介するものだから、

「へんな父親ですね。そんなことをまっ先に考えるなんて」

と笑う。ここで源氏は硯《すずり》を取り、

恋ひわたる　身はそれなれど　玉かづら
いかなるすぢを　尋ね来つらむ

と詠む。玉かずらはいくつもの宝石が乱れる髪飾りであり、美しい蔓草《つるくさ》の髪飾りの

意もある。ずっと夕顔を恋してきた自分は昔のままだが、あの娘は乱れる筋をどうたどってここへ来たのだろう、である。この歌ゆえにこの姫君は玉鬘と呼ばれ、この帖のタイトルとなった。

ところで……このあたり紫の上はどういう心境で日々を過ごしていたのだろうか。現在の感覚では確かには捕らえにくい。〝いつの時代だって人の心は同じ〟かもしれないし、また〝時代が変われば心も変わる〟とも言えそうだ。もちろんここでは源氏の女性関係について正妻の立場にある紫の上がどう考えたか、というテーマである。嫉妬《しっと》を抑えながらも、

――この人、どの女《ひと》に、どんな関心を抱いているのかしら――

愛情の濃さ薄さ、それぞれの器量や人柄について、源氏の好みや評価など、知りたいことがたくさんあったにちがいない。源氏の言葉だけではわかりにくいし、自分で調べるのもむつかしい。

年の暮れになって源氏はこうした女性たちにくまなく晴れ着を贈った。豪華な衣裳が山ほど用意され、

「恨みっこなしにしなければ」

分配について紫の上に相談する。

「どれもすてきだけど、お召しになる方に合わせて選ばなくちゃ」

さりげなく言うが、源氏は、

「そしらぬ顔で器量をさぐろうとしてますね」

と軽くいなす。だれにどれを与えるか……そこからその女について、見えてくるものがあるだろう。

贈られる衣裳の文様や色合いなど、物語は典雅なファッション情報を並べながら、ここでは源氏と紫の上の心理合戦が綴られていて、なかなかおもしろい。

贈られた人からは、御礼の手紙や歌が送られてきて、これも当然、相手のレベルをさぐるのに役立つ。おおむね無難な内容であったが、あの象赤鼻の末摘花《すえつむはな》は陸奥国紙《みちのくにがみ》に香をたきしめたのはいいが、おしなべて野暮ったい。歌も、

きてみれば　うらみられけり　唐衣《からころも》

かへしやりてん　袖をぬらして

着てみたけれど、プレゼントばかりで訪れのないのが恨めしく、袖を涙で濡《ぬ》らしてお返ししたい、である。

筆使いも古風で、歌も古風。源氏はどこがどう古風か、歌論を開陳しているが、これは微妙にむつかしい。紫の上が、

「私も歌の勉強が足りなくて」

と言えば、

「女は、一つだけ得意のものがあるというのはよくない。なべて一通りを心得て、表面はさりげなくふるまっているのがいいのです」

と女性観をのぞかせる。そして末摘花への返歌は、

かへさむと　いふにつけても　かたしきの
夜《よる》の衣《ころも》を　思ひこそやれ

せっかくのプレゼントを返すということですが、その片袖を敷いて独り寝をしているあなたに同情します、と、こんな歌を贈られた女はうれしいかどうか、末摘花は鈍感なところがありそうだから案外平気かもしれない。ま、いずれにせよ、この女については紫の上も嫉妬する必要がない。そして、この帖の最後にひとこと。これからはしばらく（第三十一帖〈真木柱《まきばしら》〉までの十帖は）玉鬘を重要なヒロインとしてストーリーが展開していく。大河小説は源氏の君を中幹に滔々《とうとう》と流れていくのだが、ところどころに溜池風の短編小説が介在し、その一つ、第二十二帖の〈玉鬘〉なる溜池から流れ出した水流は〈玉鬘十帖《じゅうじょう》〉と呼ばれたりしている。本流の一部に別名がついているわけだ。のちのち、ずっと下流のほうには〈宇治十帖〉もある。この大河小説の

構造の複雑さは作者がなにから書き始めて、どうつけ加えたか、物語の成立に関わるテーマなのだが、ここでは、

「いろいろ学説があるんですよ」

くわしくは触れずにおこう。

9 夕顔のあとにくすしき玉鬘《たまかずら》

初音　胡蝶　蛍　常夏

遠い時代、数ある行事の中で新年はことさらに典雅で、美しい。第二十三帖《じょう》〈初音《はつね》〉に入って、源氏の君はこのとき三十六歳、新築間もない六条院は極楽浄土さながらに美しく、にぎわっていた。梅の香も吹き乱れて、つきづきしい。

まず南東の方、春の町では源氏が紫の上にご挨拶《あいさつ》、明石の姫君もここにあって、取り囲む女房たちも、みんな優れ者ばかり。姫君には若い女を選び、紫の上のほうには年かさが残り、歯固めを祝っている。年齢の〝齢〟の字に歯が含まれているように歯は年を表わし、まったくの話、口を開いて歯の様子をながめれば、おのずと年齢がわかるのも私たちの常識だ。歯固めは食物を嚙《か》んで食し、年齢を固める儀式である。次いで鏡餅《かがみもち》なんかが出て来て、女房たちが騒いでいるのを源氏が瞥見《べっけん》、ちょっとからかったりして、いやさか、いやさか、年の始めにふさわしい。

日が傾いて、源氏がガールフレンドへの訪れのため装《よそお》いを凝らすと、これはいつものことながら、見飽きることのないほどのみごとさ。紫の上と歌を交わし長寿を願いあって夫婦の仲もつつがない。今年は元日と子《ね》の日が重なって、ことさらにめでたいのだ。

明石の姫君のところでは、めでたい日に因《ちな》んで庭の築山《つきやま》の小松を引いて楽しんでいる。みんなが浮き立っているのだ。姫君の実母である明石の君よりいろいろな贈り物

があり、五葉の松には作りものの鶯《うぐいす》がとまっている。歌もそえてあって、

年月を　まつにひかれて　経《ふ》る人に

けふうぐひすの　初音《はつね》きかせよ

と、この松のように長い年月を待つ覚悟で、あなたを見守っている人に鶯の初音のような便りを聞かせてくださいね、である。これはやっぱり実の娘を手もとで育てられない女の悲しみを訴えているのだから源氏は思わず知らず涙をこぼしそう。だが、それは年の始めに不吉というもの、姫に声をかけ、

「お返事は自分でなさい」

と促す。明石の姫君はとてもかわいらしい。八歳ながら鶯に託した歌を詠《よ》んで、

ひきわかれ　年は経れども　鶯の

巣だちし松の　根をわすれめや

引き別れていても、生まれ育った松の根は忘れませんよ、と、なかなかのでき。ほかにも幼な心の赴くまま、実母のもとへいろいろ書き送ったらしい。第二十三帖のタイトルが、このあたりのやりとりに由来していることは言うまでもない。

さて……源氏は忙しい。夏の町はどうかと訪ねれば、こちらは花散里、品よく暮らしているが、ご当人は髪の毛は艶《つや》を失って薄くなり、ちょっと興ざめの様子、でも男

女の契《ちぎ》りなどなくとも、それなりに睦《むつま》じく、こういう女《ひと》にまできちんと世話をやいて、いつくしむのが源氏の情愛なのだ。

この一角には玉鬘《たまかずら》もいて、まだ引越して間もないので調度類に不足はあるものの女房たちも数多くそろって活気がある。玉鬘その人は、これはもう衣裳の美しいのは当然として、器量はどこがわるいと言うのもむつかしいほど。実に清楚《せいそ》で、あでやか。源氏としてはこの女《ひと》のこれまでの不遇を偲《しの》んで、

──私が引き取らなかったら田舎住まいでどうなっていたことか──

宝の損失のなかったことをよしとしたものの、その実、二人のあいだにはまだしっくりしない感情が残っている。玉鬘にしてみれば急に「この人がお父さんですよ」と言われたって困ってしまうし、源氏のほうも父の立場を採りながら、

──いい女だなあ──

と気をそそられているのだ。これはここ数帖にまたがる大きなトラブルの原因です。

とりあえず源氏は、

「長いあいだ会えなかったけれど、ようやく望みが叶《かな》いましたね。遠慮はいりませんよ。紫の上のところにも顔を出しなさい。幼い明石の姫君が琴を習い始めてますから、いっしょに、どうかな」

と勧めて人間関係の融和を願った。

夕方になると冬の町、今度は明石の君のところへ行く。典雅な香りが吹き漂ってくるが、御簾《みす》のうちに明石の君の姿はなく、硯《すずり》の周辺がにぎやかで草子《そうし》なども散っている。りっぱな座布団《ざぶとん》の上には琴が置かれ、たたずまいの美しさが偲ばれてならない。源氏は散っている古歌などをながめ、ここにある女のたしなみのよさに微笑を浮かべるのだが、これがまた滅法によい男ぶりなのだ。筆を濡《ぬ》らして戯《たわむ》れ書きをしていると、女君の気配がして……この女《ひと》はやっぱりただ者ではない。ここでも、

――いい女だなあ――

新年早々、紫の上の思惑が気がかりだが、こちらに泊まってしまった。

そうであればこそ朝早く辞したが、明石の君は、

――どうしてこんなに早くに――

と、せつなくてたまらない。

が、紫の上のほうも眠らずに待っていて、当然機嫌がよろしくはない。源氏が、

「いやあ、ついむこうでうたた寝をしてしまい、起こしてくれないものだから」

と言いわけをしても返事がない。源氏は寝たふりをして、そのまま寝入り、起きたのは日が高くなってからだった。

こうなると、今日は来客の日、騒ぎに紛れて紫の上をまともに見なくてすむ。いや、いや、まったく、自分の撒《ま》いた種ながら気苦労の多いことですなあ。

このあと数ページ、源氏の権勢のもとに馳《は》せ参じた客たちへのもてなし、客たちの様子が記されているが、それぞれ身分が高く、教養も見てくれも一通りではあるけれど、源氏にはとてもかなわない。みんなが気を使っている。おもしろいのは若い客人たち。玉鬘の噂《うわさ》がすばらしいので、どいつもこいつも狙《ねら》いがあってのことなのか、そわそわして、いつもの年とは少し異なっている。夕風が吹くころには梅のほころびが映り、管絃《かんげん》の音が響く。源氏も加わっておもしろめでたく催馬楽《さいばら》などを歌い合った。

このにぎやかさをよそに、少し離れた二条東院のほうはどうであろうか。ここには末摘花《すえつむはな》と空蟬《うつせみ》が暮らしているのだが、華やかとは言いにくい。源氏はそれを慮《おもんばか》り、新年のにぎわいの治まるころに訪ねた。

案の定、末摘花はひどい。源氏はこの女《ひと》の身分を考えてそれなりの配慮を……つまり生活の面倒をみているのだが、かつては豊かであった髪も薄くなり、横顔は色もくすみ、象赤鼻だけが健在である。衣裳《いしょう》もさやさやと音が聞こえるほどの薄衣で、これは寒い。この女《ひと》には兄なる僧がいて、

「兄の世話で着物を縫うこともできません。私の皮衣《かわぎぬ》まで取られてしまって、寒くて

たまりません」

声が震えている。こうあからさまに言われては源氏も鼻白んでしまった。それでも、

「重ね着をされたらいいでしょう。ご入用のものがあったら言ってください。私も忙しくて気がまわりませんので」

と、二条院の倉を開いて絹や綾を取らせた。

ここはかつて源氏が住んでいたところ。今は見る人も少ないが、庭は静かに繁《しげ》って風情《ふぜい》がある。紅梅の匂《にお》い始めるのを見て、

ふるさとの　春の梢《こずえ》に　たづね来て

世のつねならぬ　はなを見るかな

これは独り言。わかりやすい歌だが、下の句の〝はな〟は花と鼻とをかけている。末摘花の鼻はまことに〝世のつねならぬ〟しろものなのだから源氏のユーモアはきつい。

同じ二条院にある空蟬のところへも顔を出せば、こちらは出家した身で、静かに、つつがなく暮らしている。部屋の様子も仏具のたぐいも、それぞれ趣があって、この女《ひと》の人柄が偲ばれる。姿こそ青鈍色《あおにびいろ》の几帳《きちょう》の奥に隠しているが、衣裳の袖口《そでぐち》の色合いも調和がとれ、たしなみが深い。

「尼さんになったあなたにお会いするなんて……」

少し残念。思えば縁の薄い男女の仲であった。そのことを思って、

「でも、このくらいの親しさのほうが末長く続くものかもしれません」

と言えば尼君の答えて、

「こんな姿になってまでお世話に与《あずか》るのも、きっと浅くはないご縁なのでしょうか」

「あのころ私を悩ませた罪を仏に懺悔《ざんげ》していらっしゃるのですね。お気の毒に思います。男というものは、みんな私のようにすなおとは限りませんし……悔いることもおありでしょうね」

と、後段は空蟬が義理の息子に言い寄られたことをほのめかしているのだから、尼君としては辛《つら》く、悲しむよりほかになかった。

女たちが苦しむのは……もとはと言えばみんな源氏のせいのような気もするけれど、ほかの男は源氏のように気働きがあるとは限らない。最後まで面倒を見るのが源氏の甲斐性《かいしょう》であり、年の始めにはほかの女性のところへも赴いて、

「会わずにいても心の中では忘れていませんよ」

と、優しく告げる。それを頼りに月日を送っている女も多い。このあたりは世のプレイボーイ諸氏もおおいに見習うべきことだろう。

お話変わって、この年には男踏歌《おとこどうか》が催された。踏歌とは足で地を踏み、拍子をとって歌う集団舞踏で、男は一月十四日に、女は十六日に、というケースが一般であったらしい。この夜は内裏《だいり》から朱雀院、やがて六条院へと道を踏み鳴らして進む。明け方には雪が降りだして寒いことは寒いのだが、歌が入り、笛の音などもにぎやかに鳴って、なかなかの見物である。女たちも館《やかた》のあちこちに出てながめる。その様子が手際《てぎわ》よく綴《つづ》られ、このくだりの描写自体が、

「男踏歌とは、こんなものですよ」

とばかりに解説書などに引用されている。だから……くわしくは本文をどうぞ。源氏の息子・夕霧や内大臣の息子たちも参加し、男たちは見物の女たちに、

――恰好《かっこう》のいいとこ、見せてやれ――

と張り切る。源氏も見物して、

「夕霧の声はなかなかいいな。学問一筋に育てようと思ったが、少しは遊び心を持つことも必要かな。うわべだけ真面目《まじめ》というのは生きにくい」

感想を漏らし、

「今度は女楽《おんながく》を催そうか」

と、楽器などを用意させて余念がない。

物語は第二十三帖〈初音〉から二十四帖〈胡蝶《こちょう》〉に移り、季節は春の盛り、六条院は花咲き乱れ、若緑が輝やくほどに映って、鳥も鳴き、ただごととは思えない麗《うる》わしさ。

とはいえ往時の女たちは気楽に物見遊山《ゆさん》に出かけるわけにはいかない。主に仕える女房たちは、さらにむつかしい。

「いい景色みたいね」

「本当に」

住んでいながら館の周辺の美しさを鑑賞することがままならない。源氏はこういうことにかけては気働きが深いから、

「六条院の池に船を浮かべよう」

かねてより造らせておいた唐船を急いで装備させ、楽人を招いて大勢を楽しませる。源氏が里親となっている秋好中宮《あきこのむちゅうぐう》（六条御息所の娘、前の斎宮、梅壺）は里下りをしており、紫の上はかつてこの中宮から、

「あなたは春がお好きなんでしょ。私は秋が好き。私の庭の紅葉をお見せしたいわ」

という歌をいただいているから、今度は、

「私の庭の春を見てください」

まあ、女同士の戯れもあって、この催しを恰好の趣向と考えたが、中宮はたとえ六条院のうちとはいえ軽々しく外に顔を出す立場ではない。紫の上ももちろんそれを承知していただろう。そこでそれぞれの女房たちを、若くて美しくて華やかに装った女たちを……中宮のほうは船に乗せ、紫の上のほうは釣殿《つりどの》に侍《はべ》らせ、まあ言ってみれば女房たちの代理鑑賞会のようなもの。女房たちが楽しんで語りあえば、それが女主人の喜びであり、楽しい体験となるのだった。

二隻の船は竜頭《りょうとう》に鷁《げき》という空想上の水鳥の首を備えて豪華、風景も女たちの装いも楽の調べも、文字通りこの世の極楽、女房たちは歌を創《つく》り、夜になってもにぎわいはかがり火を受けて続き、朝になっても止《や》もうとしない。

秋好中宮は築山を隔てて遠くから聞き、

「うらやましいわ」

春のすばらしさを納得したみたい。

だが、それはともかく六条院には玉鬘なる美姫《びき》が住んでいるから、われこそと思う男たちは宴に参加しながら気がもめて仕方がない。

たとえば内大臣（昔の頭中将だ）の息子の柏木《かしわぎ》……。玉鬘の本当の父親は内大臣であり、二人は姉弟なのだが、事情が隠されているから、ひたすら思慕を深くしているのだ。

一方、管絃の音に合わせて源氏の弟・兵部卿宮《ひょうぶきょうのみや》（紫の上の父親とは別人）が歌い、源氏も歌声をそえ……まことに楽しそうであったが、この兵部卿宮は奥方を亡《な》くし、三年このかたとても寂しい暮らし。玉鬘の噂を聞いてこの人も狙いをつけている。酔いに乗じて、さりげなく源氏に心のありかを伝えたりしているが、これはこのあとのストーリーに関わりのあること、ご記憶あれ。

翌日は秋好中宮の御読経《みどきよう》の初日であり、宴に興じた男たちの中には、そのまま衣裳だけを整えて参加するものも多い。

こちらは打って変って荘厳《そうごん》な法会《ほうえ》であり、鳥と蝶とに衣裳を分けて着た女童《めのわらわ》八人が、紫の上から仏の前に供せられた。鳥には銀の花瓶に桜をさして持たせ、蝶には金の花瓶に山吹をさして持たせ、とても美しい。これを船に乗せて中宮の館の下へ。天気は晴朗に澄み、風も少し吹いて花を散らす。紫の上からは、

花ぞのの　こてふをさへや　下草に
　秋まつむしは　うとく見るらむ

〝こてふ〟は胡蝶である。胡はひげであり、正しくは蜜《みつ》を吸う吻《ふん》のこと、ひげのよう

に見えるので、この字がくっついているのだろうが、どの蝶にも吻があるのだから胡蝶は特別な蝶ではなく、蝶一般と考えてもよいだろう。文学的に用いられ、まあ、特に美しい吻のある蝶の意かもしれない。

〝てふ〟は歴史的仮名遣いの中で、とりわけ、

「困るんだよなあ」

と苦情の多いケース。二つ重ねて〝てふてふ〟と書けば〝ちょうちょう〟と読む。

歌の意味は……春を好む紫の上から、その名も秋を好む中宮のもとへ、秋の虫は春の花園に舞う美しい蝶さえうとましく見えるのですか、である。前に中宮から贈られた歌に答えつつ問いかけているわけだ。

中宮はニッコリ。周囲の女房たちは昨日の宴で春のすばらしさをたっぷり味わい、その話でもちきりだったにちがいない。宴に奉仕した女童や楽師たちにもすてきな品々が中宮から与えられ、さらに紫の上には、

「昨日はうかがうこともできず、残念で泣いておりました」

と、まあ、リップ・サービスでしょうね。そして返し歌は、

こてふにも　さそはれなまし　心ありて
八重山吹《やえやまぶき》を　へだてざりせば

群がる山吹の花が隔てていなかったら、胡蝶に誘われて、そちらへ行きたいと思いましたわ、である。

長年、歌の勉強をしているわりには特に褒めるほどのできではない、と、これは紫式部の批評であり、作者が自分で創った歌なのに、読者の批評を先取りしたみたい。さらに紫の上からも中宮の女房たちにプレゼントがあったのだが、それをいちいち書くのはうるさいから省略する、と、これも紫式部の言である。

——小説なんて、それを言っちゃあ、おしまいなんだがなあ——

とは思うけれど、なにはともあれ大切なのは源氏の君のこと……。紫の上と秋好中宮と、この二人が睦じく春と秋との優劣を歌っているのは、まことに結構毛だらけ猫灰だらけ、あっ、ずいぶん卑俗に陥ってしまったけれど、六条院は典雅な遊びに明け暮れて源氏は満足至極であった。

夏の町の西に住む玉鬘は紫の上とも文を交わす仲となり、親しみやすい人柄なので、みんなに好かれている。心を寄せる男も大勢いるのだが、源氏は軽々に相手を決めるわけにいかない。自分の娘ということにしてあるが、その実、本当の父親、内大臣に、

——真相を伝えるべきかどうか——

迷っている。それに……源氏自身が、

――いい女だなあ――

父親とはちがう感情を抱き始めているから……先にも触れたように、これが厄介のたねなんですね。

源氏の息子の夕霧は、玉鬘を実の姉だと思っているから近しく接し、だが玉鬘のほうは事実を知っているので、

――弟じゃないんだから――

と恥入ってしまう。夕霧は真面目ちゃんだから、どの道トラブルは起こるまいが、内大臣の息子たちの執心ははなはだしく、玉鬘を思っては気もそぞろになるばかり。玉鬘としては、

――本当は実の姉弟なのだから――

恋心がどうこうという話ではない。むしろ、

――早く本当の父に実情を知ってほしいわ――

でも、自ら言いだすわけにもいかない。母なる夕顔にどことなく似通っていて、母以上に才気があり、とてもすてきな女《ひと》なのだ。

季節も活気を帯び、男たちも温気《うんき》にそそのかされるのか玉鬘のもとにはラブレターがどんどん寄せられてくる。源氏は、

——あはは、予想通りだ、おもしろいぞ——

ラブレターを一つ一つ見ては返事をしてよいものと、いけないものとを指示するから姫君のほうは……従いながらも釈然としない。

すでに触れたことだが、源氏の弟なる兵部卿宮はことさらに玉鬘への慕情が深い。この弟君は帥宮《そちのみや》として第十七帖〈絵合《えあわせ》〉で判者を務めたりして、なかなかの教養人だ。兵部卿宮から玉鬘へのラブレターは、早くもじれて、じれて、恨み節になっている。

源氏はうれしそうに笑って、

「昔から仲よくしてきた弟だが、女性関係は隠しているので知らなかった。若くもないのにひたむきだなあ。りっぱな男ですよ。お返事をあげなさい」

と勧める。

さらに堅物で知られる右大将が……承香殿女御《しょうきょうでんのにょうご》の兄で三十代の実力者、鬚黒《ひげくろ》大将と呼ばれる男が、なんと、〝恋の山には孔子《くじ》も倒れる〟という諺《ことわざ》さながらに玉鬘を口説いている。つまり、どんな聖人君子でも恋には勝てない。

——うふふふ——

源氏はうれしくてたまらない。ながめるうちに趣味のよい手紙の、細く結んだまままだ開いてない一通があって源氏が開くと、

思ふとも　君は知らじな　わきかへり
　岩漏る水に　色し見えねば

と、書きぶりは今風で、しゃれている。私の思いはこんこんと湧《わ》いて、しみ出ているが、色がないので、あなたは知らないでしょうね、という恋歌だ。

「だれからだ？」

と尋ねても玉鬘は答えない。源氏は侍女の右近を呼んで、

「こういう今風の手紙をよこす人には、よく吟味して答えるようにな。軽薄な男も多いから」

釘《くぎ》を刺し、それから男の見定め方について、あれやこれやと卓見を開陳する。すぐそばに仕える侍女に言い含めておけば女主人はたいしたことはできない。玉鬘はうしろを向いているが、その容姿の美しいこと、衣裳の着こなしも物腰も非の打ちどころもない。右近は、

「お手紙など姫君に取りついだりいたしません。非礼にならないよう受け取ることは三つ四つありますが……。殿がお勧めになるときだけです、姫君にお目にかけるのは」

「この結んだままのは、だれからかな」

「使いの者がしつこくて……。内大臣のご長男様から」

すなわち実の弟である。柏木と呼ばれる人である。

「あの男はわるくない。なかなかの人物だ。まあ、そのうちに思い当たることもあろうから、うまくごまかして返事をしておいてくれ」

そのうちに相手も事情を察するだろう、と匂わせているのだ。源氏は直接玉鬘に対して、この問題についてどう対処したらよいか、男たちの名を挙げながら忠告を垂れる。そして、

「もう分別もおつきだろうが、私を親と思って……」

と言えば姫君は、

「幼いころから親はないものと考えて育ってまいりましたから、どう思案したらよいものか」

「私の並々ならない思いをよく知ってくださいね」

源氏は歌などを贈って微妙な心をほのめかすが玉鬘はいまいちぴんと来ない。

玉鬘が会うたびに愛らしく、すてきになっていくので源氏は紫の上に、

「あの女《ひと》は賢くて、物事をよく理解している。危なっかしいところが少しもなくて」

と褒める。紫の上はさすがに感ずるところがあって、

「あら。賢くて、物事をよく理解している方が、どうしてあなたを頼りきっているのかしら」

と皮肉がきつい。わかります。不肖私もマダム・ムラサキと同じことを言いたくなる今日このごろです。

「私は頼りにならんかな。頼りになるだろ」

「私も初めは親のようにお頼りしておりましたが、途中から思いがけないことになってしまいました。あのころの悩みが思い出されて」

と笑いながら言う。苦笑でしょうね。余人はいざ知らず紫の上にはこれを言う権利があるだろう。なにもわからない幼女のときに源氏の娘として引き取られ、いつしか愛人に、そして妻になったのだから。

「またそんなふうに邪推して。私がそんな変な気持なら、あの人が気づきますよ」

面倒なことにならないうちに切りあげ、

――どうしたものかな――

反省をしたものの、その後もしばしば玉鬘のところへ行って、

「初めて会ったときは、さほどとも思わなかったけれど、あなたは母君によく似ていて、思い出されてなりませんよ」

母君とはデートの最中にあばらやで急死した夕顔のことですぞ。そして涙ぐみながら、

「母君のことが忘れられず、夢うつつであなたをお世話しているのです。嫌わないでくださいね」

と、にじり寄り、手を取って訴える。玉鬘はどうしてよいかわからず困惑し、震えてしまうが、源氏は委細かまわず、

「どうしてそんなに厭《いや》がるのですか。上手に隠して、だれにも気づかれないようにしますから。あなたもね。親子の愛にもう一つの愛が加わるのですから、こんなに深い愛はありません。ほかの男にあなたを委《ゆだ》ねるわけにはいかないのです」

猛烈な口説きよう。姫君のかたわらに衣を脱いで横たわってしまうのだから……容易ではない。姫君が拒否すれば、

「こんなに嫌われると悲しくてなりません。これ以上無理なことはしませんから。耐えきれない心を慰めているだけです」

源氏も途中から昔の夕顔とのことなどを思い出し、これ以上の無理強いは我慢して、

「だれにも覚られないように」

と退散する。

翌朝はきぬぎぬの文が届いて、歌は〝親子のそい寝じゃないですか、なんでそんなに大げさに〟という主旨。玉鬘は嫌悪《けんお》を覚えてしまうが、放っておくのは周囲の女房たちにあれこれ推測されそうだ。〝気分がすぐれませんので、お返事しません〟とだけしたためて返した。こんな事情も知らず玉鬘を思うほかの男たちは熱心にラブレターを寄せたり、住まいの外をさまよったりしている。

第二十五帖〈蛍《ほたる》〉では源氏は太政大臣《だいじょう》として、社会的な立場はますますきらびやかになったが、はて、心は少し病んでいるのではあるまいか。男女の仲に関心を持つのはいいけれど、趣向が少しヘンテコではあるまいか。

実際に病んでしまいたいのは玉鬘のほう。親であるはずの人に口説かれるなんて……世間はまさかと思っているようだが、それだけに独り密《ひそ》かに悩み、苦しまなければいけない。なにもかも、

――母のない立場の悲しさ――

と身の不運を嘆いてしまう。源氏も巧みに本心を周囲に隠しているが、まさかそのための方便ではあるまいが、弟の兵部卿宮が玉鬘に強く言い寄ってくるのを許容している。兵部卿宮はラブレターの返事を強く求めるやら、

「もう少しおそばに寄って、私の思うところを申しあげたい」

と、ひしひし訴えるやら……それに対して玉鬘に、

「お返事を書きなさい」

と源氏は促す。玉鬘は苦慮するばかり。たいていは源氏の選んだ女房が返事を書いていたのだが、そんなやりくちをうとましく思った玉鬘が、兵部卿宮からの熱い手紙に、ついつい気を引かれて読み、気を紛らわしたくなって少しは色よい返事をしたのだろう。兵部卿宮は大喜びでやって来る。源氏は、それと知って万事抜かりないよう雅《みや》びな気配を姫君の周囲に用意させ、女房たちにも、

「ぐずぐずするなよ」

袖を引いたり、つねったりして気合いを入れて迎えさせようとする。そして姫君には、

「子どもみたいに恥ずかしがらず、もっと近くに寄って……。直接声まで聞かせなくてもいいけど」

と宮への対応を示唆《しさ》して、そのうえ当人もそのへんに隠れているみたい……。なんの濁りもない本当の親心なら娘の恋人を迎える配慮として、あってよいことかもしれないが、源氏の本心を考えると少し異常ではあるまいか。

まさにその通り。兵部卿宮が几帳の近くに忍び寄って来ると、源氏は几帳の一部をさっと開いて中へなにか包んだものをさし入れる。包みの中には蛍の群、パッと散って几帳の中をうっすらと照らした。源氏としては、

――玉鬘を私の娘だと思って言い寄って来るのだろうが、思いっきりすてきなところを見せて、悩ましてやれ――

なのだから、たちがわるい。源氏はそのままそっと逃がれたが、残された兵部卿宮はこの趣向と姫の美しさにうっとり。女房たちが蛍の光を隠してしまったので、すぐに暗くなってしまったが、演出の効果は満点……。

　なく声も　きこえぬ虫の　思ひだに
　　人の消《け》つには　きゆるものかは

と宮が詠み、姫が返して、

　こゑはせで　身をのみこがす　蛍こそ
　　いふよりまさる　思ひなるらめ

つまり兵部卿宮は〝声のない蛍の火が消せないように人の心の火は消すに消せない〟と訴えたのに対して玉鬘は〝声を出さない蛍こそ身を焦《こ》がして思うものです〟であり、そのあとすぐに引っ込んでしまった。態度はよそよそしい。返歌の真意は〝声

を出すあなたの思いはさほどのものじゃないわ〟とも取れる。兵部卿宮は恨みごとを呟《つぶや》き、釈然としない心のまま立ち去って行った。ともあれこの件により兵部卿宮は蛍《ほたる》宮《のみや》と呼ばれるようになる。

源氏はなんのつもりだったのか。自分の愛《いと》しい人の美しさを弟にかいま見せて、うらやましがらせて……そういうビヘイビアはわからないでもないが、少し手が込んでいる。玉鬘はますます苦しむ。その煩悶《はんもん》を見て源氏は少しは反省し、

――この姫を日陰の立場にしてはなるまいし――

とも考えたが、持ち前の癖はなかなか治しにくい。

たとえばもう一人、秋好中宮についても、なにしろ六条院に里下りしていることが多いから、気配をさぐっては今だに諦《あきら》めきれずにいるのだ。ただしこちらは人柄が厳しいし立場も重い。軽々には近づけない。その点、玉鬘は親しみやすい気質なので源氏がいつ不埒《ふらち》なふるまいを示すかわからない。表面的にはほどのよい関係を装っているけれど……。

五月五日には恒例の競射《きょうしゃ》が催され、六条院のにぎわう中、源氏は玉鬘を訪ねて、

「このあいだはどうでした？　蛍宮は夜更《よふ》けまでいましたか。あまり近しくはしないほうがいいかな。いいところもある人だが」

褒めたり、けなしたり……それを言う源氏はまことに美麗で、玉鬘は、
——この人をすなおにお慕いできたら、どんなにうれしいか——
悩みながらも心引かれるものがないでもない。
もちろん蛍宮からは五月のラブレターが寄せられ、
今日さへや　ひく人もなき　水隠《みがく》れに
生《お》ふるあやめの　ねのみなかれん
と、端午の節句だというのに引く人もなく隠れて生きているあやめの根が水に流れるように私は寂しく泣いてます、と訴える。しかし姫のほうからは一応返歌はあったけれど、
あらはれて　いとど浅くも　見ゆるかな
あやめもわかず　なかれけるねの
と、これは普段ははっきりと姿を見せないあやめの根が水面に浮かんで流れたりすると、浅く（安っぽく）見えるものですよ、とつれない。にぎわいの日でありながら玉鬘の心は晴れることもなく、
——どなたを傷つけることもなく、うまくことが治まらないかしら——
と考えるばかりだ。

源氏は花散里を訪ねて、

「夕霧が競射の用意のついでに男友だちを連れて、明るいうちにこっちへやって来るそうですよ。迎えてやってください」

花散里は夕霧の面倒を見るよう委ねられている。ここからは馬場のにぎわいがよく見えるから、

「女房たちも見物できるし」

集まる男たちにもりっぱな人が多い。にぎわいの様子が……女房、女童、そして集まった男たちの様子が細かく記されているが、それは省略して源氏は花散里に、

「蛍宮はどう映るかね？ ほかの人より優れているが、いまいちかな」

「弟君なのに、あなたより老《ふ》けて見えます。りっぱな方ですが……」

花散里は人を見る目が確かで、こんな相談にはよい。源氏は心を許して親しむことができる。花散里は男女の仲を離れて源氏から庇護《ひご》を受けていることにすなおに感謝している。この夜も几帳を隔ててここで休むこととなった。

長雨の季節が来て六条院ではみんなが物語のたぐいを取り出して読んだり語りあったりしている。明石の君はこの方面にたしなみが深く、明石の姫君へ絵物語をプレゼ

ント。

また玉鬘のところでは、この方面に詳しい若女房が多くいて珍しい物語を楽しむのによい。だが玉鬘は、〈住吉物語〉などを読んでも、

――私みたいな境遇の人はいないわ――

来し方に思いを馳せずにはいられない。源氏は、

「ああ、わからない。物語には本当のことなんかほんの少ししか書いてないのに女の人は真に受けて読んだり書き写したりして」

と笑い、さらに続けて、

「まあ、うさ晴らしにはなるでしょうがね。さぞかしうそのうまい人がこういう物語を創るのでしょうよ」

玉鬘が答えて、

「うそをつき慣れている人は、そういうふうに考えるのでしょうね。私なんかまっ正直なので、みんな本当の出来事みたいに思ってしまいます」

すなおに言っているのだろうが源氏には厳しく聞こえただろう。源氏は一転、物語論を展開し、フィクションの中に人間の真実を描くことを評価し、

「仏の教えにも方便はありますし」

フィクションのありがたい効能に触れ、最後は、

「こういう昔物語の中に私のような律義な愚か者を描いたものがありますかな。冷たい人を一生懸命口説いたりして……。あなたのような人は珍しい。二人のことを世にも珍しい物語にして伝えましょうか」

と口説きにかかる。

「わざわざ物語にしなくとも今に噂になりますわ。珍しいことですもの」

「珍しいですか。いや、本当に……。たぐいまれな心であなたを思ってますよ。親に背くのは仏も戒めていることですよ」

こんな理屈を呟きながら寄りそわれては玉鬘は身を固くするばかり、顔もあげられない。源氏は優しく髪をなで……この先はどうなることか。

紫の上は明石の姫君に絵物語などを見せている。姫君の昼寝のおりに源氏がのぞいて、ペラペラとめくり、

「少しませているな。あんまり色めいた物語はやめておいたほうがいい」

紫の上が答えて、

「女らしさのないのもよくないわ。いくらりっぱな女の人のお話でも」

「実際の世の中もその通りだよ。親のしつけが肝腎だ。継母がいつも悪人というのは

困ったものだし」

　これは六条院の現実と関わりかねないテーマでもある。

　このあとストーリーは夕霧の女性関係、雲居雁《くもいのかり》のこと、ひいてはその父なる内大臣のことに触れ、とりわけ内大臣が、昔、失った娘、すなわち夕顔の娘、今日の玉鬘を今さらのように探していることに触れて、第二十五帖〈蛍〉は終わる。

　第二十六帖〈常夏《とこなつ》〉の舞台は夏である。暑い。とても暑い。六条院の釣殿《つりどの》で寛《くつろ》ぐ源氏のかたわらに息子の夕霧がいて、そこへ内大臣の息子たちが来てたむろしていた。

「こう暑くては管絃の遊びもきつい。世間で評判の話を聞かせてくれ」

　源氏は体を横たえて尋ねたが、みんなかしこまっている。そこで、

「内大臣は外で生ませた娘を見つけ出して大切に育てているということだが、本当かな」

　と弁少将《べんのしょうしょう》（内大臣の次男）に尋ねた。その実、これが一番聞きたかったことにちがいない。

「たいしたことじゃありません。この春、父が夢占いで〝そんな娘がいる〟と言われ、

その噂が流れたとたん、女が現われ、兄が確かめたわけです。くわしいことはわかりません。父も私たちも困惑しております」

どことなく玉鬘の実情を思わせるところもあるが、それとはちがうようだ。源氏は、

「内大臣のところにはすでに子どもが大勢いるのに、もっと探し出そうとするのかな。私のほうは子が少ないから、ゆかりのある者を見つけ出したいところだが、名乗り出る甲斐もないと思われたか、とんとそんな噂はない。まあ、内大臣は若いころ、いろいろと忍び歩きをしていたから、落胤《らくいん》くらいありうることだな」

と微笑《ほほえ》んでいるが、これを聞く夕霧の反応はどうだろう。そしらぬ顔でいるよりほかにない。内大臣の子たちは狼狽《ろうばい》気味だ。さらに夕霧に向かって、

「内大臣の娘はどうかな。しっかりやれよ」

と、からかうように言う。これは夕霧と雲居雁との親しさを内大臣によって裂かれたのを皮肉っているのだが、ここで、内大臣の息子たちのいるところで呟くのは……ややこしい。息子たちにリークして内大臣に源氏自身の不満を伝えさせよう、ということか。源氏の心中にも微妙なわだかまりがあって……それはまず玉鬘のこと。あのすばらしい玉鬘を「あなたの娘ですよ」と内大臣に引き合わせたら、どうなるか。怒るか、喜ぶか。いずれにせよ慎重に対処しなければなるまい。

「まあ、ゆっくり涼んでいってくれ」

若い者たちに見送られて去った。

そのあと夕暮のほの暗さの中、玉鬘のところへ行って、

「少しは出ていらっしゃい。若者たちが大勢来てますよ。みんな走ってでもここへ来たいのに……夕霧は生まじめで気がきかない。よい若者もいるようだから、あまり恥をかかせてはいけませんよ」

遠くに群がっている男たちを見まわすと、夕霧がひときわ優れて見える。

「あれを厭《いと》うなんて内大臣の気が知れない」

と不満を漏らす。玉鬘は源氏と内大臣の不仲を察し、

——晴れて父親の前で真相を明らかにするのはむつかしいみたい——

と嘆きを深くする。

源氏はかたわらにある和琴《わごん》を見て弾き、

「内大臣は和琴の名手ですよ」

「いつか聞かせていただけますか」

「さあ、この館で弾くことがあるかどうか。まあ、いつか、ね」

曖昧《あいまい》な答のあと源氏が奏《かな》でる。姫君はその音色に感銘しながらも、

――父が弾いたらもっと美しいのかしら――

と父への思いを密《ひそ》かにするが、源氏は見抜いて、

「耳が敏《さと》いのに、どうして私の心が聞こえないのかな」

こう言われては玉鬘の心は曇ったままだ。源氏も考える。

――こんなに気にかかるなら自分の思うままに玉鬘を扱おうか――

しかし、それではわるい噂が流れて、あまりにも気の毒だ。どの道、紫の上以上には扱えない。

――いっそのこと蛍宮か鬚黒大将にでも許してやれば玉鬘は幸福かもしれない――

しかし姫君の姿を見ると未練が断ちきれない。

――このまま手もとに置いて婿《むこ》を取らせ、そっと忍び会うのはどうかな――

トンデモナイことまで考えてしまう。こんな中途半端な情況のまま二人の関係が続いていく。

一方、内大臣のほうでは、引き取った雲居雁のことで思い悩んでいる。内大臣は源氏へのライバル意識が強いから、この娘が玉鬘ほど世間で騒がれないのが気に入らない。夕霧との仲も源氏のほうから願って来るのなら許してもいいのだが……それもなく宙ぶらりんの状態のままだ。その娘がどうしているかと、のぞいてみると、しどけ

ない姿で昼寝をしている。

「女はつねに身だしなみに気をつけていなくちゃいかん」

と、ここでは入念な説教をして慈《いつく》しみを示したが、もう一つ、厄介なのはつい先日引き取った落胤、近江《おうみ》の君と呼ばれる姫のほうだ。つまり、ずっと昔に消えてしまった夕顔とはべつに、内大臣には前に親しんで忘れていた女がいて、その女の娘が近江の君というわけ。これが「父は内大臣です」と名のり出て、確かめてみると、どうも事実らしい。手をさしのべたが、あまり上等な女ではない。そこで、弘徽殿女御《こきでんのにょうご》（内大臣のよき娘であり、近江の君の異母姉に当たる）に預けて、しつけてもらおうと考えたが、これがそう簡単ではないみたい。近江の君の器量は……かわいいところもあり髪はみごとだが、額が狭すぎて、みっともない。なによりも早口で、慎みのない言葉使いがひどい。しかし、印象は内大臣その人に似ていて、血縁であることは疑えない。早口を諫《いさ》めても、トンチンカンの答が返ってくるばかりで内大臣は苦笑するよりほかになかった。とにかくこの姫君は品位を欠いているのだ。弘徽殿女御に仕えさせようとほのめかすと大喜びをして挨拶の歌を女御に贈った。それがまたトンチンカン、女御に仕える女房たちの顰蹙《ひんしゅく》を買うが、これは大河小説の中の喜劇的な溜池《ためいけ》、なにが下品で、なにが嘲笑《ちょうしょう》されるか、往時の貴族社会のならわしを具体的に示すエピソードとして貴重かもしれない。このあたりで第二十六帖〈常夏〉は閉じている。因みに言えば、常夏はなでしこの異名、源氏の詠んだ歌がこの帖の命名に絡《から》んでいるらしい。

10　姫君はいずれ桜か山吹か藤

篝火　野分　行幸　藤袴

第二十七帖《じょう》〈篝火《かがりび》〉に入り、内大臣は近江《おうみ》の君を自分の娘と認知して引き取ってはみたものの、ビヘイビアのひどい姫君なので、とかく人々の噂《うわさ》にのぼり、内大臣もあえてそれをもみ消そうともしない。源氏は、

「人目につかずにいたのを、ものものしく迎えて、それで気に入らないとなると、今度は邪険な扱いに転じて……もう少し穏やかなやり方があるだろうに」

と、むしろ近江の君をかわいそうに思っている。

このありさまを見て玉鬘《たまかずら》は、

「私はよかったわ。実の父といっても気心を知らないまま引き取られたら、つらい思いをしたかもしれないもの」

と察し、近くに仕える右近も、

「そうですとも」

と源氏の計らいを褒めそやす。源氏の慈《いつく》しみにはヘンテコな愛情も含まれているのだが、だからと言って玉鬘に対して無理強いをすることもなく、あい変わらず優しいので、玉鬘も少しずつ心をゆるめる今日このごろなのです。

時は秋。風情《ふぜい》たっぷりの夜の気配の中で玉鬘はとりわけ美しい。源氏は渡って来ては髪などを撫《な》で、いとおしさのあまり帰りにくい。

「庭にあかりを絶やさぬように。暗いのは気味がわるい」

と命じ、姫君とかがり火に因《ちな》んだ歌を交換、これがこの帖のタイトルだ。玉鬘は源氏の情熱に圧倒され、

「人がへんに思いますよ」

と、たしなめる。源氏が帰ろうとすると、東の対《たい》のほうで笛に合わせる箏《そう》の調べ。夕霧のところへ仲間たちが来ているらしい。

「おお、あれは柏木《かしわぎ》の笛だね。格別な音色だ。秋風にふさわしい。さあ、みんなこっちへいらっしゃい」

夕霧が内大臣の息子二人を……すなわち柏木と弁少将《べんのしょうしょう》を連れて現われ、源氏は琴を弾く。弁少将が歌い、これもなかなかの美声だ。柏木が琴を弾くと、これは父親の内大臣に劣らないみごとさ。

「御簾《みす》のうちに耳のよい人がいるから」

と玉鬘をほのめかし、

「今夜は盃《さかずき》もほどほどにしておこう。私のような年輩者は酔い泣きのあげく、つまらんことをほざくかもしれんからな」

姫君は楽の音をしみじみと聞いていたが、内大臣の息子たちは御簾の奥が気になっ

て仕方がない。本当は姉弟だというのに……。とりわけ柏木は、

——いいチャンスなのになあ——

気もそぞろになってしまう。気楽に楽器を奏するわけにはいかなかった……と、短く終わって次の帖へと移っていく。


第二十八帖〈野分《のわき》〉では、秋風がすさまじく吹いて人々の心もざわめく。秋好中宮《あきこのむちゅうぐう》は六条院に里下りしているが、その館の庭はひときわ秋の草花の美しいところ、朝夕の露の光までが宝玉のように輝いて趣を深くしている。

——春も美しいけど秋はやっぱりひときわみごとだわ——

と思う人も多く、こうした人の心の移り変わりは俗世のありさまに似ているかも。

そこへいつにも増して猛々《たけだけ》しい野分が襲って来て、

「あら、困ったわ」

と嘆く。館《やかた》がみんな格子《こうし》を下ろしているので、源氏としては、

——花はどうかな——

と案じ、その実、

——女たちはどうかな——

こちらの心配が本筋だ。

確かに……。花のほうはみずから外に踏み出してみれば様子がわかるけれど、やんごとない女性たちは引き籠《こも》ってしまうから困るのだ。

紫の上は……庭先を手入れしたばかりなのに野分に荒されて小枝も折れ、露の留まる様子もない。館の端に出て、

「どうしたものかしら」

と女房たちともども眉《まゆ》を寄せている。源氏は幼い明石の姫君のところへ行って、ここには姿がない。夕霧が様子うかがいに現われ、

――あっ――

と息を飲んだ。紫の上をかいま見てしまったのだ。その美しいこと、気高いこと、原文では〝春の曙《あけぼの》の霞《かすみ》の間《ま》より、おもしろき樺桜《かばざくら》の咲き乱れたるを見る心地す。あぢきなく、見たてまつるわが顔にも移り来るやうに、愛敬《あいぎょう》はにほひ散りて、またなくめづらしき人の御さまなり〟なのだ。霞に乱れる桜花のように艶《あで》やか、その美しさが周囲に散って、見つめている自分の顔にまで映って、

――もう、厭《いや》っ――

と言いたくなるほど、すばらしい姿なのだ。おまけに女房がなにか失敗でもやった

のか、にっこり笑うのが、またわるくない。夕霧はすっかり魅入られてしまう。

——なるほどね——

父なる源氏が、この人のそばに夕霧が近づくのを許さない理由がわかった。

念のため触れておけば、夕霧は源氏の亡妻・葵《あおい》の上《うえ》の子、紫の上は後妻の立場である。先妻の子が後妻に会えないのは、当時の習慣としてないことではなかったろうが、
源氏の留守に夕霧は初めてその人を瞥見《べっけん》してしまい、茫然《ぼうぜん》自失のてい。立去ろうとするところへ源氏が戻って来たらしい。

「ひどい風だね。なんだ、外からまる見えだぞ。格子を下ろしなさい」

と、うながす。夕霧が少し離れてかいま見れば、源氏の姿の若々しいこと、美しいこと。

——この人、私の父親なんだよなあ——

わけもなく恐ろしくなってしまう。

「向こうから見通しじゃないか」

と源氏が叫んで閉めきらせるのを聞きながら、夕霧は、

「えへん」

一つ咳《せき》ばらいをして、たったいま来たように現われた。夕霧の感想は〝年ごろかか

る事のつゆなかりつるを。風こそげに巌も吹き上げつべきものなりけれ。さばかりの御心どもを騒がして、めづらしくうれしき目を見つるかな〟と分析する。風は巌をさ
え吹き上げるって言うけど、まったく、こんなこと、ずーっとなかったもんなあ、風
が用心深い人たちを騒がせて、珍しく、うれしいめを見ちゃったよ、なのだ。
　源氏は夕霧を見て、
「どこから来た？」
「はい。大宮の館から。こちらはどうかと案じて参上しましたが、あちらでは大宮が
心細くされてますので戻ります。まるで子どもみたいに風を怖がって」
「それがいい。早く行け」
　大宮というのは葵の上の母親。夕霧の祖母であり、夕霧はこの女のもとで雲居雁《くもいのかり》と
ともに育てられた。
　夕霧は生真面目《きまじめ》な性格だから毎日欠かすことなく源氏の住む六条院を、それから大
宮の住む三条院をのぞいている。大宮は、
「こんなひどい野分に遭ったこと、ありませんよ。本当に来てくれてありがとう」
　と怖がりながらも大喜び。昔の権勢はどこへやら、今はひっそりと暮らし、ひたす
ら夕霧を頼みにしている。もう一人の孫、雲居雁は内大臣のところに引き取られ、内

大臣も大宮の実の子なのに、どことなく母に対する扱いが疎略《そりやく》なのだ。

夕霧は一夜中、荒々しい風の音を聞きながらもの思いに耽《ふけ》った。脳裏に紫の上の姿がチラホラして、

——なんとチャーミングな女《ひと》なのだろう——

文字通り空前絶後、今までにも、これから先もあんなに美しい人はいるまい。チラリと見た面影を心に映しては、だいそれた思いに（父の妻なのだ）おののいてしまう。

——ああ、それなのに、どうして花散里が東の対にあって奥方同然の扱いを受けているのだろうか——

俗っぽく言えば「奥さんがあんなにきれいなのに、どうしてあんなつまらない女をほかに囲うのか」と現代でもよくある疑問を夕霧は抱いたのだ。源氏は本当によく花散里やほかの女たちの面倒を見ている。

——父はそういう深い配慮のある人なんだな——

それにしても、

——あんなすてきな女《ひと》と朝夕をともにすれば寿命も延びるよ。私は雲居雁ひとりにさえ思いを遂げられないのに——

まんじりともせず過ごすうちに風も弱まり朝となり、夕霧は忙しい。あちこちに見

舞に行かねばなるまい。まず花散里を慰め、人を呼んで館の手入れを指示する。南の館は格子も上げてなかったが、中では源氏と紫の上が親しく語り合っているみたい。源氏がヒョイと顔を出し、

「大宮は、どうかな」

「はい。このごろ涙もろくなって」

「うむ。長いお命ではない。心を尽して仕えてくれ。内大臣のことを嘆いておられるようだな。内大臣は情が薄いように見られがちだが、本当は思慮分別のある人だ。長い目で見ることが大切だ」

「はい」

「ところで秋好中宮のほうは、この嵐でどうだったろう。消息を申し上げてくれ。私はあいにく持病で、すぐにはうかがうことができず……」

と少し嘘《うそ》を混ぜて夕霧に使いを命じた。

夕霧が中宮の館を訪ねてみれば、これまた特上のすばらしさ、中に住む人の雅《みや》びやかさを映し出している。風の匂《にお》いまでが奥ゆかしい。女房たちの居並ぶ中、夕霧は進み出て、源氏からの見舞の言葉を伝えた。中宮が入内《じゅだい》される前、夕霧はまだ子どもで、この女《ひと》の御簾のうちに立ち入っていたから、お顔を見ることはできなくとも、さほど

よそよそしくは扱われない。夕霧は無事に役目を果して源氏のもとへ戻り、中宮の返事を伝えた。嵐《あらし》のせいでやんごとない女たちの気配を身近に感じ、若者はどこか陶然とした様子……。

源氏は紫の上を相手に、

「夕霧もわるくないな。りっぱな若者だ」

「はい」

「それにしても、昨夜、あなたをかいま見たんじゃないのかな。戸が開いてたから」

「まさか……」

夕霧のそわそわした様子から源氏は、

——紫の上を見たにちがいない——

感づいたのは、さすがである。

このあと源氏は夕霧を連れて秋好中宮のところへちょっと立ち寄り、さらに明石の君の様子をうかがう。明石の君は箏の琴を鳴らしていたが、先払いの声を聞き、みごとに衣裳《いしょう》を整えて源氏を迎えた。束《つか》の間《ま》の訪問に対してもこの女のたしなみのよさが見える。

西の対の玉鬘は昨夜の嵐の恐ろしさで一睡もできなかった。今朝は朝寝坊、やっと鏡の前に坐《ざ》しているところだった。

「怖かったわ。いっそのこと嵐に吹き飛ばされて、どこかへ行ってしまいたいくらい」

「どこへ行くんですか、だんだん私から離れたくなったのとちがいますか」

と皮肉るので玉鬘は困惑気味。でもどこか馴《な》れ合っている。そんな二人の様子が夕霧にも見えて、

――親子と言いながら、この奇妙な親しさはなんなのか――

と訝《いぶか》ってしまう。

読者諸賢はすでにご存じですね。源氏と玉鬘は本当の親娘ではない。源氏は玉鬘を娘として養いながら恋情を抱いているのだ。夕霧は事情を知らず、玉鬘を姉と思っているから、

――紫の上にはかなわないけど、この女《ひと》もかなりいいんだよなあ――

と、そう思う自分を（肉親によからぬ思いをかけて）恥じているのだ。源氏と玉鬘が恋をほのめかすような歌を呟《つぶや》き合うのを聞いて、

――聞きちがいかなあ――

と不審を抱いている。

さらに男二人が連れだって花散里を訪ねると、ここでは冬を前にして衣裳の備えに余念がない。源氏や夕霧のために鮮やかに染めあげて、こういう技には滅法巧みな女なのだ。

夕霧はきらびやかな女たちを次々に訪ねて、ひどく気疲れしてしまい、幼い明石の姫君のところへ足を向けたが、姫君は紫の上のところへ行っているらしい。女房たちに頼んで硯《すずり》と筆とを借り、

風さわぎむら雲まがふ　夕べにも
わするる間《ま》なく　忘られぬ君

と心を込めて幼なじみのいとしい女《ひと》、雲居雁への手紙をしたためた。こんな嵐の夕べにもあなたを思い、忘れられません、ということだが、この若者、漢学には深いが、歌はいまいち。そこへ姫君が帰って来る。無理にのぞいて……とてもかわいらしい。

――このまま成長したら、どんなに美しくなることか――

かくて夕霧は、紫の上は桜、玉鬘は山吹、この姫君は藤、と花々にたとえて、

――こんな女《ひと》たちを毎日ながめていたいなあ――

いずれも近しい縁者なのに、なぜか父なる源氏が厳しく隔てるのが、うらめしい。

夕霧は独り大宮のところへ赴く。老尼《ろうに》は勤行《ごんぎょう》の最中であったが、やがて内大臣も訪

ねて来る。内大臣が、

「いかがですか」

と尋ねれば、

「姫君に会いたくて」

と、これは内大臣のところにいる雲居雁のこと、大宮は孫の顔を見たくて泣き出す始末。内大臣はあわてて、

「そのうちに参上させます」

夕霧がかたわらにいるので、このテーマは話しにくい。内大臣は話を変え、

「女の子は厄介ですな」

と、あの困りものの近江の君へと移った。

昨今の源氏の悩みは（すでに何度も述べたように）玉鬘に対するみずからの恋情、表向きは親娘なのだから、ややこしい。そして、もう一つ、内大臣に対して「玉鬘はあなたの娘なんですよ」と真実を明かしたとき内大臣がどう出るか、トンデモナイことが起きるかもしれない。玉鬘につらい思いはさせたくないし……。第二十九帖〈行幸《みゆき》〉はこのトラブルをめぐる一帖、と言えなくもない。

折から冷泉帝《れいぜいてい》の大原野への行幸があった。三千院や寂光院で名高い大原とはべつなところ、むしろ正反対の西の丘陵地で、古くから貴人の訪ねる神社があった。このたびはとりわけ大がかりで親王や上達部《かんだちめ》も特別に装束を凝らして馬を並べる。左大臣、右大臣、内大臣、大・中・少納言《しょうなごん》はもとより下々《しもじも》までが装《よそお》い従った。女たちはただめずらしくおもしろく車を連ねて見物へと向かう。

玉鬘も出かけた。男たちをながめるに……本当の父なる内大臣はすばらしいけれど身分には限りがある。御輿《みこし》の中の帝《みかど》にはかなわない。若い女房たちが死ぬほど憧《あこが》れている中将、少将、殿上人《てんじょうびと》なども帝を見てしまっては、ものの数にも入らない。源氏の君でさえ、帝とよく似ているけれど、玉鬘には帝のほうがおごそかで、神々《こうごう》しく見えた。ラブレターを寄せる蛍宮《ほたるのみや》もいまいち、鬚黒《ひげくろ》大将も猛々しく装っているが、

——色は黒いし、顔じゅう鬚ばっかりじゃないの——

と、いただけない。玉鬘は帝の風格にすっかり心を奪われ、かねてより噂にあったことに思いをめぐらした。

——御寵愛《ごちょうあい》を受けるかどうかはともかく、近くに仕えるのは、いいかも——

心が少しなごんだ。源氏はもの忌《い》みのためここには参上せず、そのことを帝にどう伝えたか、帝がどう応じたか、歌の贈答があったらしいが、紫式部も〝さやうのをり

の事まねぶにわづらはしくなむ〟と、つまり〝こんなときのことを伝えるのは煩《わずら》わしい〟と書いているから、こっちも省略しよう。

行幸のあった翌日、源氏は、

「帝を拝して、どうだったかな。宮仕えに気持が向きましたか」

玉鬘に手紙で問いかけた。玉鬘としては、

――よくまあ人の気持を見通す人ね――

笑いながらも源氏の問いかけに困惑する。返事は歌を交えて〝なにもかもはっきりしませんので〟と、さりげない。

源氏は紫の上を相手に、

「秋好中宮も私の娘として入内しているし、今度も私の娘ではまずいかな。さりとて真相をあかして内大臣の娘というのも、あちらの娘も女御として仕えているから厄介が起きるかもしれん。帝を拝してしまったら、たいていの娘が宮仕えに心が動くだろうけど」

「いやね。いくら帝がすてきでも自分から立候補なんかできませんわ」

「でも帝を拝したらあんただって夢中になるんじゃないのか。まあ、とにかく……」

と玉鬘に宮仕えを勧める手紙を書いた。

が、なにはともあれ玉鬘のために裳着《もぎ》の儀式を急がなければなるまい。すなわち女子の成人式であり、玉鬘は二十歳を過ぎているのに、いろいろ事情があってこれをまだやってなかった。ついては神様の前で娘ではない娘の成人報告をするわけにはいかないだろう。源氏としては、

――真実をあきらかにしなくてはならんな――

儀式では、しかるべき立場の人が腰紐《こしひも》を結ぶ大切なプロセスがあり、これを玉鬘の父なる内大臣に願おうとしたが、

「大宮が昨年来病気がちなので、その役目を引き受けられません」

という返事。そういうことなら、源氏はまず大宮のところへ見舞に赴かねばなるまい。豪勢にしつらえて訪ねると、その見事さに大宮は気分もよくなったのか、起きて脇息《きょうそく》に寄りかかりながら話に興ずる。なにかと言えば涙を浮かべ、声も震えて、少し呆《ほう》けているが、それも仕方あるまい。源氏が、

「内大臣は欠かさずにお見えになるのでしょうか。お会いしたらお話したいことがあって……」

「そう繁《しげ》くはまいりませんが、どんなことでしょうか。若い二人のことなら、今さら引き離そうとしたところで愚かなことですよ。ただ、あれは一度言い出したらあとに

は引かない性分なので」

夕霧と雲居雁が心を通わせているのに、内大臣が引き離していることを大宮はしきりに案じているのだ。しかし本日、源氏のテーマはこれではなかった。

「実は……内大臣が世話すべき姫君を、思いちがいがあって私が引き取って育てております。私のほうには子どもが少ないので深い事情も考えずにおりましたところ帝が尚侍《ないしのかみ》として仕える者がほしいと、この娘が候補にあがったわけです。調べてみると内大臣が捜している姫君であり、そういうことなら事情をはっきりさせなければなりません。内大臣に腰紐を結ぶお役目を願い、その機会にお話ししたいと考えましたが、こちらのご病気を理由にお役目を断られてしまいました。よしなにお計らいいただけないでしょうか」

もう少しくどくどと韜晦《とうかい》の言葉が交じっているのだが、おおむねこのように訴え、取りなしを大宮に願った。

「あの人のところでは、いろいろそのように名乗り出る娘が多いと聞いておりますが、その姫君はどうまちがえてあなたを親と考えて、おすがりしたのでしょうねえ」

と、出来事のポイントを問いただし、そんなにぼけてはいないみたい。

「それにはわけがありまして、詳しいことは内大臣の耳にも入るでしょう。身分の低い者たちの色恋によくあるようなつまらない出来事なので、だれにも漏らすことなく、ここでお願いする次第です。夕霧にも話しておりません」

詳しい事情を説明することなく極秘であることを強調し、橋渡しだけをしてくれるよう巧みに大宮に頼み込んだ。

企ては大成功。大宮から呼び出しの手紙が届くと、

——なにごとだろう——

内大臣も雲居雁と夕霧のことであろうと考え、源氏に頼まれれば断りきれないし、先々の短い大宮の願いにも逆らえない。意地も張りたいが、

——もう潮時かな——

という思案もある。いずれにせよ母親のもとに参上せねばなるまい。装束を正し、公達《きんだち》を引き連れ源氏の待つ大宮のもとへと向かった。内大臣の息子たちも同行したからものものしい。酒席が催される。そういう手はずだったのだろう。みんなが酔って大宮の多幸を語り合ううちに内大臣と源氏が顔を寄せ合い、内大臣が、

「ご無沙汰《ぶさた》いたしております」

と言えば、源氏が、

「いや、いや、こちらこそ失礼ばかりで」

もともと親しい仲なのだ。会えばおのずと昔のくさぐさが胸をよぎって懐《なつか》しい。儀礼めいた挨拶《あいさつ》や懐旧談のあと源氏がさりげなく玉鬘のことを告げる。なにを、どう告げたのか。原文では〝そのついでにほのめかし出《い》でたまひてけり〟なのだ。すると内大臣が〝いとあはれに、めづらかなる事にもはべるかな〟と涙まで流し、探している娘のことを言い出す。つまり源氏が〝ほのめかした〟のは……やっぱり（想像するに）まず夕顔のこと、夕顔が他界し、娘が残され、その娘が源氏のところで美しく育っていること……。いくらほのめかしでも、ある程度筋を追わなければ内大臣に事情が通じるはずがない。それを聞いて涙を流したところを見ると、充分に通じたのだろう。なのに、ここで源氏のほのめかしをきちんと綴《つづ》らないのは、

「紫式部さん、ずるい！」

と不肖同業者として叫びたいところだが、これも小説作法の一テクニックと言って言えなくもない。

かたわらで大宮が、年寄によくあることだが、あれこれ思い出して泣いているし、内大臣と源氏は、その胸中にそれぞれ屈託があるから、この件については、

「日を改めて、うかがいましょう」

「ぜひとも」

と、この夜はここまで、機嫌よく別れた。

そして内大臣は思案する。あの夕顔の娘がどんなふうに育ったか、早く会いたいけれど、そう軽々しく親のようにふるまうわけにもいくまい。源氏のことだから、

――手をつけただろうなあ――

しかし、ほかの女とは別格に、丁寧に扱ってくれているらしい。これから本当の親として、なにを、どう果してやるべきか。宮仕えをさせるとしても、すでに入内している娘、弘徽殿女御《こきでんのにょうご》の思惑にも配慮せねばなるまい。

――源氏の考えに従うよりほかにないかな――

若干のいまいましさが残らないでもない。

源氏も思案をめぐらして行動に出る。大宮の病状のよいうちに玉鬘の裳着を実行せねばなるまい。玉鬘には、

「内大臣に本当のところを打ち明けたよ」

と伝え、さらに裳着について、その他の心得も含めて丁寧親切に説いて教えた。本当の親でもできないほどに……。玉鬘としては、

――いよいよ父上と晴れてお会いできるのだわ――

と期待に胸がふくらむ。源氏は夕霧にもあらためて真相を伝えた。それを聞いて夕

霧は、

――へえー、びっくりしたなあ、もう――

が、そうならば納得のいくことも多い。とりわけ、あの野分の朝の父と玉鬘の睦《むつ》みあい、親娘にしては少しヘンテコだと感じたけれど、それとは異なるものが伏在していたからだろう。となると……これまではあの美しい玉鬘を姉だとばかり思っていたけれど、

――すてきなんだよなあ――

たたずまいが脳裏に浮かび、そのイメージが捨てきれない。雲居雁との仲はギクシャクしたままなのだから、

――玉鬘にこそ思いを打ちあければよかったなあ――

すぐに反省して、

――いや、いや、雲居雁との約束は固い――

と、どこまでも実直な人柄なのである。

いよいよ裳着の当日となり大宮よりひっそりと手紙が届けられた。プレゼントとして櫛箱《くしばこ》など、急なことなのにほどよく整えられている。手紙には〝尼の身なので控え

ておりますが、どうか私の長生にあやかってほしいと願っております。いろいろ事情があったようですが、すべてあなたのお心のままに〟と綴ったうえで、

ふた方に　いひもてゆけば　玉くしげ
わが身はなれぬ　かけごなりけり

古めかしく、震える手でしたためてある。源氏はつくづくと見て、

「昔は達筆だったのに、字まで老い込んでしまって、痛々しいね。しかし、よくもまあ言葉を選び、玉くしげに因んで詠《よ》んでいる。りっぱだね」

と評した。歌の解釈は……先に単語の意味を述べれば、〝ふた方〟は〝二人〟、〝いひもてゆく〟は〝煎《せん》じ詰める〟、〝玉くしげ〟は〝櫛箱〟のことであり、もちろん玉鬘にかけている。〝かけご〟は〝二重構造の箱〟であり、これは孫をほのめかしている。かくて全体としては、玉鬘の名に因んで玉櫛箱《たまくしげばこ》を贈りますが、お二人（源氏と内大臣）のどちらの縁から言っても煎じ詰めれば、私から離れることのない孫なのですよね、あなたは、である。〝ふた方〟は〝蓋〟に、〝わが身〟は箱の〝中身〟に、それぞれ細かくかけているのだ。よい歌かどうかはともかく技巧を駆使し、この日裳着を迎える玉鬘にはつきづきしい。

秋好中宮からは白い裳、唐衣《からぎぬ》、装束、髪上げの道具などなど二つとないすてきなプ

レゼントが、かぐわしく匂う香壺《こうご》とともに届けられた。六条院のかたがたからも姫君に、またおつきの女房たちにも競いあって趣の深い品々が寄せられる。二条院のほうは、お祝いを贈るような立場ではないと考えて控えたようだが、独り常陸宮の御方は……と、これはわざと重々しく言ったのであり、その実、常陸宮の娘、すなわち象赤鼻の末摘花であり、この女は妙に律義なところがあるから殊勝にもものものしく包んだプレゼントを手紙とともに寄こした。たいしたしろものではない。源氏は、

「引っ込んでいたほうがいいんだが。私も気恥ずかしいよ」

と顔を赤らめる。玉鬘には、

「返事だけはあげなさい。恥ずかしい思いをさせてはいけないから」

プレゼントにそえられた歌は、

　わが身こそ　うらみられけれ　唐ころも
　　君がたもとに　なれずと思へば

と凡手である。意味はあなたの袂《たもと》になれない唐衣《からぎぬ》（私）はうらめしい、だ。源氏は、

「また唐衣か。忙しいけど、これには私が歌を返そう」

と言って〝おかしな心遣いはなさらないように〟とあからさまに記してから歌は、

　唐ころも　またからころも　からころも

かへすがへすも　からころもなる

である。

「あの人は唐衣が特に好きだから」

と言って玉鬘に見せれば、

「ひどいわ。からかってるみたい」

笑いながらも当惑顔。そして、この二人の会話について〝ようなしごと、いと多かりや（つまらない話が多くなってしまったわね）〟と、これは紫式部の感想である。

これまでにも何度か触れたことだが、源氏物語のストーリーの中に、時折、作者の、つまり紫式部のツイートが入ることがある。これは草子地《そうしじ》と呼ばれ、耳慣れない用語だが、詳細をもって鳴る〈日本国語大辞典〉では〝物語・草紙などの中で、説明のために作者の意見などが、なまのままで述べられている部分〟とあって、まさに、たった今、綴った〝ようなしごと、いと多かりや〟がそれである。小説なんてもの、ゆっくり考えてみれば、到《いた》るところに作者の感想が散っているものではあろうけれど、ひとめ見てそれとわかるのが草子地である。近現代の小説にも散見され、一定の味わいを創《つく》り出している技巧が遠い時代にすでに駆使されていたことは（遠い時代だからこそ、かもしれないが）興味深い。

話をもとに戻して……内大臣は裳着の日の腰結《こしゆい》の役目を、いったんは拒否したが、事情がわかってしまえば断る筋ではあるまい。むしろ娘との対面が待ち遠しく、当日は少し早めに六条院へ向かった。

六条院のほうは通例を越えてみごとに、新趣向もそえて準備万端、間然するところがない。内大臣としては、

――ありがたいけど、やり過ぎじゃないのかな――

源氏の心中に計りきれないものがある。大殿油《おおとのあぶら》の灯もつねより明るく燃えて、これは親娘対面への配慮だろう。御簾のうちに入って内大臣は姫君をよく見ようとするが、

――あまりあせるのも、みっともないか――

裳着の腰結の役目にもこらえきれない様子である。源氏がそれを見て、

「今宵は昔のことはなにも申しませんから、どなたも事情がわかりますまい。世間の普通のやり方でどうぞ」

これは〝親の立場ではなく〟ということだろう。

「わかりました。このうえないご親切、感謝いたします。ただ今まで隠しておかれたことについては恨みを少し申しそえたいので」

と歌に託して、

うらめしや　おきつ玉もを　かづくまで
磯《いそ》がくれける　あまの心よ

すなわち、裳を着る日まで磯に隠れていた海人《あま》の心がうらめしいです、と裳と藻をかけて詠んだ。玉鬘は二人の貴人の立ち会いに、すっかり気おくれを覚えてしまい、どう答えてよいかわからない。源氏が替わって、

よるべなみ　かかる渚《なぎさ》に　うち寄せて
海人《あま》もたづねぬ　もくづとぞ見し

よるべもなく、このような渚にうち寄せられ、海人も探してくれない藻くずのようなものなんです、私は、でも仕方なかったわ、くらいだろう。

儀式を終えて源氏と内大臣が御簾の外に出ると、親王を始め、男たちが大勢集まっていて、

「やけに長かったたな。なにをしていたのか」

玉鬘を狙《ねら》っている男たちも多いから気が気でない。柏木と、その弟の弁少将はうすうす事情を知らされていて、実の姉に思いを寄せたことは面映ゆいが、

——よかったな——

と喜んでもいる。弁少将は、

「私としたことが、口説かなくて、よかった」

「源氏の君はおかしな好みを持っているからな。秋好中宮のように育てるつもりだったのかな」

と、これは柏木のささやきか。源氏が小耳に挟んで、

「しばらくはこの姫君について、とやかく噂が流れないよう気をつけてくださいな。世間には口さがない連中が多いから」

と内大臣に訴えれば、

「わかりました。これまでのこと、御礼申しあげます」

と、御礼は父親の立場からの発言であろう。

源氏より内大臣ほか参列者への引出物などは充分にほどこされたが、大宮のご不調を慮《おもんばか》り管絃《かんげん》の遊びは省略された。

蛍宮は勇んで、

「裳着もすんだことですから、どうでしょう」

と玉鬘を所望したいと訴える。

「帝から尚侍へというご内意をいただいておりますので、とりあえずはご遠慮をして、あらためて考えさせていただきます」

源氏はやんわりと断った。

内大臣はと言えば、もう少し玉鬘をよく見ようと願ったが、ままならない。

——源氏がここまで心を配ったんだから、特上にちがいない——

と、源氏のやりくちをよく知っているのだ。

——いつかの夢占いは的中したなあ——

思いがけなくよい娘が現われると言われ、近江の君がそれかと思ってしまった。そして今度のことについては、もっとも信頼のおける娘、弘徽殿女御にはきちんと伝えた。

おかしな噂が流れないよう配慮したにもかかわらず、世間の口はうるさい。近江の君が聞いたらしく、弘徽殿女御のもとに柏木や弁少将等が集まっているときに現われて、

「殿は新しく娘ができたそうですね。二人の大臣に大事にされて、どういうお姫様なのでしょうねえ。卑《いや》しい生まれということなのに」

柏木が、

「大事にされるだけのわけがあるのでしょうよ。あなた、突然変なこと言い出して、だれから聞いたんですか」

「私、みーんな知ってますよ。その女《ひと》、尚侍になるんだとか。それって私のはずでしょ。こちらへ急いで参上して女房もやらない仕事を進んでせっせとやって……てっきり尚侍に勧めていただけると思ってましたのに。女御様も冷たいわ」

と恨み顔になる。まわりの男たちが笑って、

「尚侍にあきができたら私が希望しようと思ってたのに。あなたがご自分で立候補ですか」

尚侍に男がなれるはずがないのだから、これはジョーク、ジョーク、愚弄《ぐろう》である。

「りっぱなご兄弟の中に私なんかが仲間入りして……まちがってましたわ。柏木さんがわるいのよ。頼みもしないのに私を迎えて、それで軽蔑《けいべつ》して、意地わるをするんだから。いやだ、いやだ。ここは、普通の人の来るところじゃないわ。恐ろしいったら、ありゃしない」

うしろへ退いて睨《にら》みつけている。柏木は心中困惑しながらもすまし顔。弁少将が、

「よく働いているから女御もきっと考慮してくれますよ」

「まったく。女御さまの温いお気持だけが頼りなんですから。どうぞ私を尚侍にしてください」

と弘徽殿女御に訴えるので、女御は聞いてただあきれはてるよりほかにない。

内大臣がこの話を聞いて大笑い。女御を訪ねた折に近江の君を呼び、

「よく働くね。役人ならいいんだが、尚侍はなあ……。希望があるならどうして先に私に言ってくれなかったんだ？」

まじめな顔で言うので近江の君は、

「女御様がおっしゃってくださると思って。そのつもりでいましたのに、ほかに候補者がいるなんて……あだ夢を見たみたい」

「そうか、そうか。早く言ってくれればよかったのに。今からでも遅くない。申し文を書きなさい。漢文できちんとな」

と、からかって、たちがわるい。

「和歌ならなんとか作れますけど漢文となると……殿からおっしゃってくださいませ。どうぞ、どうぞ」

と手をすり合わせて拝む。几帳《きちょう》のかげで聞いてる女房たちはおかしくて笑いをこらえるのがつらくてたまらない。弘徽殿女御は笑うに笑えず鼻白んでいる。内大臣は日ごろから、

「気分がムシャクシャするときは近江の君を見るとスーッとする」

と笑っているが、本当は、

「あれは照れ隠しよ」
と世間の目は鋭い。自分の失敗を隠しているのだ。

それぞれの性格により人のビヘイビアは異なる。それを書き分けるのが小説の技《こつ》であり、紫式部はこの点においても、まことに抜かりがない。末摘花や近江の君など滑稽《けい》なビヘイビアの記述もあったが、第三十帖〈藤袴《ふじばかま》〉は登場人物の性格、心理、ビヘイビアが微妙に絡《から》みあう出色の十数ページである。

まず玉鬘。人柄もよく、姫君のわりには苦労をしているだけに他人への配慮が深い。目下のところ尚侍として仕えるコースが示されているが、どうしたらよいものか。尚侍という立場は〝帝のそば近くに仕える女官〟の上位者であり、寵愛を受けるかどうかは帝の思召《おぼしめ》し次第、この点、妻妾《さいしょう》の立場にある女御や更衣《こうい》とは少しちがっていた。一種のモラトリアム状態だ。そして玉鬘の場合はとても美しいから、この役目は複雑で、悩ましい。まず秋好中宮や弘徽殿女御の思惑が心配だ。玉鬘はこの二人とも関わりが深い。また実の父は内大臣、養い親は源氏の君、どちらも滅法偉いけれど、いまいち頼りきれないところがある。しかも源氏のほうは恋情をほのめかしているのだ。いや、ほのめかすどころか烈々と燃えている気配さえある。玉鬘には心から信じて相談する相手もなく、なのに四方八方から粉をかけられ、思いは千々に乱れてしまう。そこへ夕霧が源氏の命を受けて訪ねてくる。このときすでに大宮が没して数ヵ月。夕霧も玉鬘も喪に服する立場だが、これが父方の親族なら五カ月間、母方なら三カ月間。玉鬘は、

――私、どっちにすればいいの――

源氏の娘なら母方、内大臣の娘なら父方、着る衣裳により人前で血筋が見えてしまい、それがつらい。

しかし、こんな微妙な悩みを夕霧は知ってか知らずか、彼にしてみれば、このあいだまで姉だった人が、今度は従姉《いとこ》となり、恋情を訴えてもよい相手に変わっているのだ。扱いが他人行儀なのを詰《なじ》ったり、あらたに胸に募る恋情をほのめかしたり、誠実な男が女ごころを慮りながら訴えるところが小説としておもしろい。夕霧は藤袴の花を贈りながら玉鬘の袖《そで》を引き、

おなじ野の露にやつるる　藤袴《ふじばかま》
あはれはかけよ　かごとばかりも

と綴った。同じ大宮の孫として悲しむ立場ではありませんか、少しだけでも情けをかけてください、である。玉鬘が返して、

たづぬるに　はるけき野辺の　露ならば
　うす紫や　かごとならまし

藤袴はうす紫に咲いていたのだろうか。探したずねて、遠い野原の露とわかったような縁でしょ、うす紫の色はさほどのものではありませんわ、やんわりと拒否をした。

このあたり二人の心情が細かく綴られているのだが、先を急ごう。

玉鬘から色よい返事をえられず夕霧は、

――うち明けないほうがよかったな――

恋ごころはともかく、源氏のもとへ戻って玉鬘の様子を報告すると、

「玉鬘は宮仕えに気が進まないのかな。蛍宮が熱心に口説くのでひかれているのかもしれんが、それはどうかな。たとえかすかでも帝のお姿を見れば宮仕えをしたくなると、そう思って私は取りはからってみたんだが……」

と、あれこれ呟《つぶや》くのに対して夕霧は、

「いったいあの姫の人柄で、どういう処遇が一番ふさわしいのか、よく考えましょうよ。宮仕えをしても秋好中宮もおられるし、弘徽殿女御もおられる。むつかしいですよ。蛍宮は執心が深いから、いろいろ策をめぐらしたあとで宮仕えに変えたとなると、気をわるくしますよ。そんなことをしたらこれまでの親しさがそこなわれるかもしれ

ません」

このとき夕霧は十六歳、大人びた発言だが正論だ。玉鬘のことを本気で心配している。源氏としては、

「私の一存では決められない。鬚黒大将は熱心過ぎて今は私を恨んでいるらしい。私は玉鬘の母親の遺言があったから玉鬘を引き取って大切に世話をしたんだよ。大切に養ったからこそ内大臣も重く考えてくれている。まったくむつかしい。蛍宮の奥方になるのがふさわしいかもしれんが、玉鬘なら宮仕えをりっぱにこなして帝にも気に入られるぞ」

「内大臣のところで変な噂があるみたいですよ。表向きは玉鬘を内大臣の娘として譲り、尚侍にして実は源氏の君の手がいつまでも及ぶようにするつもりだろうって」

「ひどいな。そういう言い方は」

しかし噂は源氏の本心を突いている。尚侍なら手が出せないこともない。

――見抜かれたかな――

内大臣の眼力がうす気味わるい。

玉鬘が尚侍として仕えるコースが現実味を帯びるにつれ（もの忌みなどで延びていたのだが）この姫君に思いを寄せる男たちは〝その前に〟とばかり強く訴えてくる。

強力なコネクションを用いる人もいて、柏木は父なる内大臣の使いとして鬚黒大将を勧めるためにやってくる。柏木はついこのあいだまで玉鬘に思いを寄せていたのだが、今は姉弟の関係となり、これは夕霧とは逆の立場への変転である。柏木のビヘイビアもおもしろいのだが、紙数も乏しいので省略。蛍宮は言うまでもなく熱愛のプレッシャーをかけるし、ここにあらたに紫の上の異母兄（弟かも）の左兵衛督《さひようえのかみ》も加わって、玉鬘はＭＭＫ（もてて、もてて、困る）じるしで、もう大変。気働きのある女なので悩みが増幅する。みんなの恨み言を聞きながら蛍宮にのみ軽く返歌を送り、このあたり、さばきのほどのよさについて内大臣も源氏も「姫君の手本だね、玉鬘は」と感心したところで第三十帖は閉じている。玉鬘の運命や、いかに。

11

こじれた恋には藤の宴

真木柱　梅枝　藤裏葉

私がもし紫式部づきの編集者で、大河小説の連載に関わっていたとすれば、「先生、ここのところ、もう少し書きたしていただけませんか」と訴えたのではあるまいか。第三十帖《じょう》〈藤袴《ふじばかま》〉から第三十一帖〈真木柱《まきばしら》〉にかけて、とても大切な欠落がある。

「ノー、ノー、文芸には、わざと大切なことを書かない技法もあるのよ」

という意見もあろうけれど、私は釈然としない。確かに芝居などでは大切なことが幕と幕とのあいだにあって、あとの幕でその出来事をほのめかし、観客をして、

――そうであったか――

と納得させる手法がよく用いられるが、小説にとっては、これはあまりよい技法ではあるまい。作者がそれを書くのをうっかり忘れてしまったケースもあったりして……悩ましい。

それというのは、第三十帖の最後では玉鬘《たまかずら》はだれの真心を受けるべきか、おおいに悩んでいたはず。源氏も微妙な愛を傾けていたし、蛍宮《ほたるのみや》、左兵衛督《さひょうえのかみ》、鬚黒《ひげくろ》大将、さらに冷泉帝《れいぜいてい》の思召《おぼしめ》しさえありそうな気配だった。

なのに第三十一帖では、玉鬘は突然、鬚黒大将の妻になっているらしいのである。加えて、この妻の座がわかりにくい。現代では、妻と言えば妻、内縁の妻などという

ややこしい立場もあるけれど、いずれにせよ周囲が結婚と認めうる情況があってのうえでの妻である。

だが玉鬘は六条院に身を置いている。これは源氏の支配下である。そしてそのまま尚侍《ないしのかみ》として帝《みかど》のもとに仕えようとし、事実、仕えるのだ。玉鬘の実父なる内大臣は鬚黒大将を候補として強く押していたけれど、決定的なけじめをつけたわけではない。察するに鬚黒大将が強引に玉鬘の御簾《みす》のうちに入り込み、多分、姫君の意志を無視して関係を結んでしまったのだ。そのうえで、

「俺ちゃんのものだもんねぇー」

と、ふるまってしまったのだろう。事実婚とでも言えばよいのだろうか。いや、それもちがうか。みんなが混乱し、その混乱のさまが第三十一帖の中身なのだが、そうであればこそ鬚黒大将がどういう行動を採ったのか、

――綴っておいてほしかった――

そう思うのは私だけではあるまい。

が、それはともかく、源氏としては、

「こんなことが帝に聞こえたら大変だ。しばらくは世間に知られないように」

と示唆《しさ》したが、鬚黒大将はうれしくて、うれしくて、隠し通せない。しかし、いつ

までたっても玉鬘のほうは少しもうち解けず、

——ああ、ひどいことになってしまって——

と身の不運を嘆いて沈み込んでいる。

鬚黒大将は、それを不本意と思いながらも、

——こうなったのは、よくよくの宿縁——

と考え、さらに玉鬘の並々ならない美しさを知って、

——もしほかの男に取られていたら——

胸がつぶれるほど苦しかったろう。このたびの好運については石山寺の御仏を拝みたいのはもちろんのこと、手引きをしてくれた玉鬘の女房（これが陰のトラブル・メーカーですね）にも手を合わせて感謝したいのだが、玉鬘の不機嫌ははなはだしく、この女房も出仕できずにいる。つまり鬚黒大将の身方が玉鬘のそば近くにはもういないのだ。喜んでばかりはいられない。

それにしても、これまでいろいろな殿方がこの姫君に思いをあらわにしてきたのに、その結果、当人が好きでもない人と結ばれたのは観世音のいかなる霊験《れいげん》のせいなのだろうか、源氏はおもしろくない。けれど、今さらどうしようもないし、世間が二人の仲を許しているようだし、実の父の内大臣も納得している。自分独りが逆らっては大

将に気まずいし、

――仕方ないか――

心ならずも婚礼の儀式を華やかに取りおこなってしまった。

そして、これにて一件落着と思いきや、ことはそうスムーズには運ばない。鬚黒大将は一日も早く玉鬘を自分の屋敷に移したく用意万端整えているが、まずこれがままならない。みずからの足もとに、北の方が……つまり本妻アンド・アザーズがいるのである。それを思えば、源氏は、玉鬘に、

「急がないほうがいいでしょう。非難や恨みを買わないようにね」

もともと手放したくないのだ。実父の内大臣は鬚黒大将をよしとしているので、

「これでいいんじゃないの。なまじ帝のもとに仕えたりすると、苦労が多いし、私としてもすでに娘が女御《にょうご》として仕えているから、どう玉鬘を引き立ててよいか、むつかしいよ」

と、現状肯定の考えをほのめかしている。

帝はといえば、噂《うわさ》を聞いて、

「尚侍なら、よいではないか」

玉鬘への関心を捨てているわけではない。先にも触れたことだが、尚侍は人妻であ

っても許されるモラトリアム状態の宮仕えなのである。そして、その通り玉鬘は尚侍の任命を受けることとなる。

トラブルの要因は、やはり玉鬘が鬚黒大将を好まないことにあるのだろうが、その気配がわかれば周囲は穏やかではいられない。かねてより玉鬘を狙《ねら》っていた蛍宮は残念無念、また同じく左兵衛督は、なにしろ鬚黒大将の北の方は、この人の妹なので、ますます釈然としない。恨んでもなお未練が残る。

そんな周囲の思惑にはかまわず律義者の鬚黒は（これまでは真面目《まじめ》一筋だったのに）今は夢中でひたすら玉鬘のもとに通って来るありさま、女房たちの笑いを誘うほどの入れ込みようだ。

一方、玉鬘は日ごろの陽気さはどこへやら、すっかりふさぎ込み、思いを寄せてくれた殿方への心残りなどもあって表情も冴《さ》えない。

源氏は鬚黒大将が不在の昼ごろを狙って玉鬘のもとへ渡って来て話しかける。玉鬘は几帳《きちょう》のかげに身を隠しながらも、

——やっぱり、この方はすてきだわ——

と感嘆し、思いがけない男の手に落ちてしまった自分があらためて嘆かわしい。源氏も几帳の中を覗《のぞ》いて、

　――惜しいことをしたな――
　今でも未練たらたらなのだ。歌などを交換したあとで、
「尚侍なのですから宮中に参上したほうがよろしいでしょう。大将のところへ行って
しまっては宮仕えもむつかしそうですから」
と鬚黒と玉鬘の結婚を許容しながら、帝のもとへ送ってモラトリアム状態を保って
おこう、という妙案。宮中でのたしなみを説いては、泣き濡《ぬ》れている玉鬘を慰めてい
る。
　鬚黒大将のほうは玉鬘の宮仕えには与《くみ》したくないけれど、源氏の手もとにあるより
は、手を伸ばすチャンスがあるだろう、と、これを許し、自分の屋敷の修理に念を入
れ、女君を迎える用意に励む。これを見て北の方はもとより、子どもたちも心中穏や
かではいられない。この北の方は式部卿宮《しきぶきょうのみや》（もとの兵部卿宮）の娘で、父親はまこと
にやんごとない。すなわち藤壺の兄にして紫の上の父、源氏とはこれまでにもさまざ
まな関係を持った仲である。北の方はこの父親のもとで大切に育てられ、充分に美し
い女《ひと》であったが、どうしたことかもののけに取りつかれ、病気に陥り、このところ夫
婦の仲もかんばしくなかった。父親は娘婿《むすめむこ》の移り気を聞いて、北の方を、
「こっちへ引き取ったらいいじゃないか」

そう勧めたが、北の方はそうやすやすと実家へ戻るわけにもいかない。妻としてのプライドがある。平素は上品で、もの静かな女なのだが、もののけにつかれるようになってからは、突然の奇行があって人々に疎《うと》まれていた。

鬚黒大将は、そんな北の方をあわれにも思い、

「あなたの持病がひどいので言いにくいけれど、私は我慢しますよ。子どもたちもいるのだから私を信じてください。父君は、すぐにも引き取ろうなんて軽々しくおっしゃって……」

笑いを作りながらいたわるが、北の方は正気のときはただ泣くばかり。涙を拭《ぬぐ》って、

「私は呆《ぼ》けていて仕方ありませんが、父のことまで軽々しいなんて……ひどいわ。こんな娘を持ったばかりにわるく言われて」

と顔をそむける。昔の美しさはどこへやら痛々しいほど容色は衰えて、見るのもつらい。大将がいくら慰めてみても北の方には簡単には許せない事情が迫っているのだから、らちのあくはずがない。筋の通った解決などあろうはずもない。それでも北の方は、あきらめか、プライドを保持するためか、穏やかなことを呟《つぶや》くので、大将は一瞬、

――おお、わかってくれたか――

安堵《あんど》するが、油断は禁物、日がな一日、ああだこうだと話し合っていた。

だが、夜が来て、あいにく雪が降っていたが、鬚黒大将は気もそぞろ、玉鬘のもとへ行きたくてたまらない。こんな夜に出かけるのは憚《はばか》るべきことだが、どうにも心を抑えきれないのだ。北の方が恨みごとでも言い出したら、売り言葉に買い言葉、怒って飛び出す方便もあるが、北の方は、

「ひどい雪で、道が大変ですね。夜も更《ふ》けますし」

ひどく同情的なので、かえって拍子抜けをしてしまう。

「いや、いや、足繁《しげ》く通うのは今のうちだけですよ。太政大臣《だいじょう》や内大臣がいろいろ心配されているので、それなりの心配りが必要なんですよ。あなたは黙って見ててほしいな。いとおしく思ってますから」

と、ためらう素ぶりを示せば、

「お出かけにならなくとも心はよそに行ってるんでしょ。かえって辛《つら》いわ。外にいらしても私を思っていてくださるのなら私の悩みも解けますわ」

ひどくしおらしい。そして火取りを引き寄せて大将の着物に香をたきしめている。火取りとは大きな香炉のこと。弱々しく目を泣きはらしながら奉仕する様子はひどくあわれで、大将も、

——私もむごいな——

反省の気持も込み上げてくるが、眼前の見すぼらしさと玉鬘の美しさ、大将は比べてしまい、どうにも我慢ができないのだ。

「雪がやみました」

家臣の声がして咳払《せきばら》いが一つ、いよいよ出発を決心した。北の方は脇息《きょうそく》にもたれてじっと悲しみをこらえているふうであったが、急に立ち上り、火取りを手にしたかと思うと大将の背後に寄ってサッと中の灰を頭から浴びせかけた。

「なにをする！」

大将はびっくり仰天。細かい灰が目をつぶし、鼻に入り込み、途方にくれるばかり。着物も灰だらけ、仕度が台なしになってしまった。

これこそもののけの仕わざ……。それにしても今までにこれほどまでのふるまいはなかった。大将は出発するわけにもいかず、あわてて僧を呼び、加持祈禱《かじきとう》にからせる。大将としては、

——あまり騒ぎたてては、かえってまずいことになるな——

しかし、最前、北の方をあわれと思った気持はどこかにすっ飛んでしまった。

——もう許せん——

一晩中、北の方は祈禱の僧に打たれたりして泣き騒いだあと明け方になってようやくウトウト、そのすきに鬚黒大将は玉鬘に手紙を書いて送った。漢学の才には優れているが、歌などはあまりうまくない。しかし、玉鬘のほうはどの道、見もしないのだから筆運びのみごとさも役立たずである。大将は一日中いたずらに返事を待ち続け、夜を待って通って行く。

――やっぱり、この女《ひと》はすばらしい――

それに引きかえ北の方はなんとしたものか。大将はつくづく厭《いや》になってしまった。家に帰っても北の方を見ようともしない。

北の方の父なる式部卿宮は、これを聞いて、

「このままではもの笑いのたねとなる。あんな男につき従っていることはない。引き取ろう」

と迎えをさし向け、北の方もいくらか正気に戻って父の意向に従う決心を固めた。子どもが三人あって上から順に女、男、男。母は子たちに、

「私はもうこの世になんの望みもないけれど、あなたたちのことはとても心配です。男の子はやっぱり父の世話を受けるのでしょうが、それもどうなることやら」

行く末がおぼつかない。娘はずっと母といっしょに暮らすことになるだろう。

やがて日も暮れて今にも雪が降りだしそう。迎えの者たちが、

「さ、ぼつぼつ」

と促しても北の方は涙を拭ってぼんやりと空を見上げている。姫君は、このとき十二、三歳、日ごろより父なる大将にかわいがられていたから、この情況はつらい。せめて父にひとこと別れを告げてから、とたじろぐのを母は、

「お祖父《じい》さまのとこ、厭なの？　困った子ね」

と詰《なじ》る。いくら待ってもこんな時刻に父が帰って来るはずがないのだ。姫君はいつも自分が寄りかかっていた東おもての柱が、この先だれのものになるのか、悲しくてたまらない。檜皮《ひわだ》色の紙に一筆書いて、柱の割れ目に笄《こうがい》でさし込んだ。すなわち、
今はとて　宿離《か》れぬとも　馴《な》れきつる
真木《まき》の柱は　われを忘るな
真木は杉や檜《ひのき》の古名である。今はもうこの家を去って行きますが、馴れ親しんだ杉の柱よ、私を忘れないでね、である。

母はこれを見て、

「ぐずぐずしてちゃ駄目」

と言いながら自分もまた、

馴れきとは　思ひいづとも　何により
　立ちとまるべき　真木の柱ぞ

　こちらの意味は、馴れ親しんだことを思い出してみたところで、なにを理由に、この杉柱の家に留まることができましょうか、だろう。

　女房たちもここに残るもの、北の方に同行するもの、あるいは里へ帰るものなど、みんなただ泣き崩れている。北の方は三人の子を引き連れ、いつまでも屋敷の木々の梢《こずえ》をかえりみていた。

　悲哀こもごも、涙を誘うシーンだが、これゆえに第三十一帖が〈真木柱〉と呼ばれている。そしてこの姫君が真木柱さん、今後に登場するので、ご記憶あれ。

　北の方を迎えた式部卿宮のところでは、まずその妻なる大・北の方が荒れ模様。源氏について、

「あんな人、ろくな縁じゃないわ。前世からうちとは、わるい因縁があったのとちがうかしら。須磨のころのことをいまだに恨んでるんじゃないの？　紫の上の縁者をみんな贔屓《ひいき》にしてたかと思ったら、今度はいい年をして素性のはっきりしない娘の世話をして、自分が手をつけたあげく、生真面目な大将に押しつけたんでしょ」

　半分は当たっているが、半分は言いがかりめいたものを並べて口ぎたなく罵《ののし》る。夫

の式部卿宮が、

「やめなさい。聞き苦しい。世間に評判のいい大臣のことだ。なにかお考えがあるのだろう。睨《にら》まれたのがわが家の不運。いつぞやは私の五十の賀を祝ってくれたじゃないか。あれをよしとしよう」

と宥《なだ》めるが、大・北の方は簡単には収りそうもない。もともとこの女は六条院方面が好きになれないのだ。権勢を極める源氏が妬《ねた》ましいし、紫の上も気に入らない。思い出してもみよう。紫の上は式部卿宮が他所《よそ》に作った娘なのだ。その母親は紫の上が生まれてすぐに亡《な》くなり、母方の祖母は、この北の方を恐れて身を隠し、山寺の近くで娘を育てた、それを源氏が見つけて密《ひそ》かに養女とし、やがて妻とした……第五帖でつまびらかに記されている。その後、源氏と夫とのあいだで一応の和解はあったものの源氏が須磨、明石に逃れたときには、この一家はなんの身方もせず、源氏はそのことを憎んでいる、と勝手に考え、おもしろくないのである。今度のトラブルも、わるいのは鬚黒大将なのだが、

「紫の上と大臣とが企《たくら》んだことなのよ」

もののけにつかれた娘の情況がただごとではないから母はもうシッチャカメッチャカ、恨まずにはいられないのである。

さて、鬚黒大将は北の方が実家へ退出したと聞いて、

「私はずっと妻の奇態に耐えて来たのに、その心も知らず、すぐに迎えを寄こして子どもたちといっしょに連れ去るとは……浅慮ではないのか」

すぐに式部卿宮のもとに赴いたが、北の方にも娘にも会わせてもらえない。男の子二人を連れて帰るのが精いっぱい、破局は決定的であった。

このニュースは六条院にも届き、紫の上は、

「私まで恨まれてるみたい。つらいわ」

嘆くのを源氏が慰めて、

「厄介なことだな。蛍宮も私を恨んでいるみたいだし……。だが蛍宮は賢い方だから、いずれ納得されるでしょう。こちらには気にかけるほどのとがはないのだから」

と、ここには自分自身への説得も含まれているようだ。

このごたごたの最中、玉鬘は尚侍として宮中に参内《さんだい》した。鬚黒も、

――仕方ないか――

公職にある女を妻としている例はないでもない。

折しも、この冬、男踏歌《おとことうか》が催され、物語はこれに因《ちな》んで宮中の様子を紹介する。参

内した玉鬘は承香殿《しょうきょうでん》の東面に局《つぼね》をいただき、これはなかなかのよいポジションである。馬道《めどう》を一つ隔てて式部卿宮の娘なる女御の局があり、この二つ、わずかな距《へだた》りではあるが、現下の事情を考えれば、心を通わせにくい。だが、この時期の後宮にはややこしい女がいろいろ仕えているわけではなく、二人のほかには秋好中宮、弘徽殿女御、左大臣の女御、あとは二人の更衣が主なメンバー、みんなが美しく競いあい、華やぎ寛《くつろ》いで仕えていた。

踏歌は夜を徹して各所をめぐり歩く。男たちの姿が冴え、その声も美しく響く。童たちの姿もかわいらしい。

鬚黒大将は玉鬘の宮仕えを認めたものの心はまったく落ち着かない。

——このまま宮中に腰をすえられたら、どうしよう——

再三使いを立て、退出を促すが、玉鬘からは返事さえない始末。あまりの激しい催促に、ようよう玉鬘に仕える女房から、

「ときたまの参内なのだから帝がご満足のいくまで留るように、と言われております」

との返事。源氏からの指示があるらしい。大将は、

——まいったなあ——

煩悶《はんもん》がはなはだしい。

蛍宮はそんな情況を案じて玉鬘のもとに手紙を寄せ〝ご夫婦仲のむつまじいのが妬ましいです〟との歌。少しそっぽうだが、玉鬘としては、

――こう言われて、どう返事をしたらよいのかしら――

と、さらに思い悩むところへ今度は帝が親しく渡って見えて、これは源氏にそっくり、若く、典雅で、まばゆいほどの姿である。やさしく声をかけ、

「なんで宮仕えより先に大将と……」

と結婚を恨んでいる。玉鬘が黙っていると、

「なんで黙っているのですか。私の気持はわかっていると思っていたのに……万事、知らんぷりをするのが、あなたの癖ですか」

と、これは厳しい。歌を賜わり、これもちょっぴり恨みを含んでいる。玉鬘は歌を返したが、特別な位までいただいて……本当に困ってしまう。

「少しずつ慣れてほしいな」

あくまでも帝は優しく、いたわり深い。

鬚黒大将は帝が見えたことを聞くと、

――こうしちゃいられない――

さらに、さらに執拗《しつよう》に退出を願い出る。玉鬘自身もこのまま宮中にいて、思いがけないまちがいでも起こしたら、ますますやとこしくなる。退出の口実をもうけ、内大臣もうまく取りつくろい、帝も、

「よかろう。このまま二度と参内しないと言われては困るから」

と、しぶしぶながら許した。帝には充分に思召《おぼしめ》しがあったのである。だから……実際に玉鬘が宮中を出るまでには歌のやりとりなどがあって、帝は未練たっぷり。玉鬘は人妻としてどう答えたらよいものか、態度を曖昧《あいまい》にするよりほかにない。大将はすかさず玉鬘を自分の家に連れ去った。源氏はあい変らずおもしろくないけれど、あい変らずどうしようもない。大将独りが大喜び……。しかし玉鬘は帝にも心の籠《こも》った返事ができなかったし、帝を嫉妬《しっと》する大将がひどく賤《いや》しく見えるし、みずからの立場がひどく呪《のろ》わしく思われてしまう。

源氏はそんな心境を察し、いたたまれず手紙を送る。〝昔の人をどう思ってますか〟と歌で問いかける。帝からも懐《なつか》しさを訴える手紙が届く。

まったくの話、玉鬘は若い人妻の立場なのだから、こういう優しさにどう答えていいかわからない。源氏からの手紙に答えられずにいると大将が代って答えたりして……これには源氏も苦笑するよりほかにない。

式部卿宮のもとに引き取られた姫君・真木柱は父が恋しくてたまらないけれど、会わせてもらえない。二人の男の子は玉鬘にかわいがられて楽しく暮らしているようだ。玉鬘は苦労して育っただけに配慮が深く、そしてなによりも本来の性格のよさも手伝って、だれにでもよく思われるタイプなのだが、そうであればこそ、もてて、もてて（器量のよさも手伝って）身に余る心痛を背負ってしまうのだ。そして尚侍の仕事もよくこなすうちに……なんと数カ月後に男子の出産となる。鬚黒大将に抜かりはなかったんですね。かくて第三十一帖は、あの品のない近江の君が夕霧を見て、すっかり惚《ほ》れ込み、ヘンテコな歌を交わすことを綴《つづ》って終わる。第二十二帖〈玉鬘〉からこまでの十帖を〈玉鬘十帖〉と呼ぶことはすでに述べた。まさにMMKに悩む女性を中心にすえた物語群であった。

第三十二帖〈梅枝《うめがえ》〉では、春浅く、梅花のほのかに匂《にお》う中、源氏は明石の姫君の裳《も》着《ぎ》の準備に余念がない。たった一人の、本当の娘である。二条院の倉を開けて、

「錦《にしき》や綾など、昔のもののほうが好ましい。こまやかに作られている」

調度品を整えるかたわら、

「香合わせをやってみるかな」

今昔の香を女君たち……すなわち紫の上、花散里、明石の君、朝顔の姫君たちに配って、

「二種類ずつ合わせてくださいな」

と願った。もとより源氏自身も一人籠って調合に苦心する。紫の上にも示唆《しさ》して、

「匂いの深い、浅いが勝負のポイントだな」

競いあう心は若い人みたいで、ほほえましい。

蛍宮が訪ねて来て、

「お忙しいことでしょう」

ねぎらって談笑しているところへ朝顔の姫君から梅の枝に結んだ手紙が届く。蛍宮は源氏がかねてからこの姫君に関心を抱いていることを知っているから興味津々《しんしん》。

「なんの便りですか」

「いや、いや、早速、香を整えてくださったのでしょう」

二つの香壺《こうご》がそえてあり、それぞれ趣向を凝らしたみごとな品。歌は、

花の香は　散りにし枝に　とまらねど
うつらむ袖《そで》に　あさくしまめや

とあって、蛍宮が読みあげた。花の香は枝には残らないが、それを取り移した袖に

は染《し》みて薫るでしょう、である。朝顔の姫君は自分を古い枝にたとえ若い姫君をことほいでいるのだ。源氏は〝あなたは花のあとの古い枝ではありませんよ〟と返す。使いの者が去ったあとで、

「実は中宮に腰結《こしゆい》の役をお願いしようと思って」

「結構ですな」

「それから、香合わせをやろうと思うのですが、判者になってください」

「いや、私にできるかどうか」

「ぜひ、ぜひ」

二人はとても親しい仲なのだ。

やがて女君たちからそれぞれが調合した香が集まって来て、だれそれの何が奥ゆかしいの、なまめかしいの、とあるが、このくだりは筆者無調法ゆえに省略しよう。

月の射《さ》すころとなって、蔵人所《くろうどどころ》のほうでは、若い人たちが集まって管絃《かんげん》の稽古《けいこ》をしている。内大臣家の柏木、弁少将《べんのしようしよう》の姿が見えると、源氏は呼び止めて自分も蛍宮とともに加わる。弁少将が謡《うた》う催馬楽《さいばら》の〈梅が枝〉がまことにこの夜にふさわしく、これがこの帖のタイトルとなった。夕霧もいて、次々に趣の深い歌を詠みあったが、それが六条院の明るいにぎわいであったことをのみ伝えて詳説は省こう。

裳着の儀式を催す宵、この機会に秋好中宮と紫の上は初めての対面となった。大勢の女房が見守るなか、大殿油《おおとのあぶら》のほのかな光を受けて登場した若い姫君はまことに美しい。源氏が、

「お見限りになるまいことを念じて娘の失礼な姿をお目にかけました。お役目、よろしくお願いいたします」

と言えば、中宮が答えて、

「なにげなくお引き受けしましたのに、重々しく考えていただいて、かえって大変ですわ」

と、あくまでもさりげなく、この夜につきづきしい。

まことに結構な儀式となったが、源氏としては、

——明石の君にも見せたかったたな——

若い姫君の実の母のことが脳裏をかすめたが、わるい評判のたつのをおそれて、それは控えた。なべて、この儀式は、繁雑で詳説がむつかしい。委細は省略しよう、と、これは紫式部が言っていることとである。

次いで話は東宮の元服に移る。これも儀式の詳細はおくとして、関心はそれにとも

なって取り沙汰される女たちの入内のこと……。東宮の元服と将来の妃選びは、関係者のあいだでは連動していることなのだ。この東宮は朱雀院《すざくいん》と承香殿女御の御子《みこ》で、人柄が優しい。娘を持つ貴人たちがこぞって入内を狙っている。源氏の娘、つまり裳着を終えたばかりの明石の姫君が有力なので、左大臣家では、

「つまらない争いはやめたほうがいい」

　という考えらしい。それを聞いて源氏が、

「いや、それはちがう。宮仕えというものは、わずかな優劣を競ってこそ、よい結果を生む。優れた姫君が家に引き籠もられてしまっては、ろくなことがない」

と、明石の姫君をとりあえず控えさせた。そこでまず左大臣家の姫君が入内して麗《れい》景殿《けいでん》と呼ばれることになった。

　明石の姫君は少し遅れ、改修した淑景舎《しげいさ》に入内する予定。これは桐壺とも呼ばれるところ。そう、源氏にはひときわ思い入れの深い一画である。東宮はその入内が待ち遠しくてたまらない。源氏は調度品を吟味し、草子箱には手本にするにふさわしい名筆で綴ったものを選んで納めた。紫の上を相手に、

「たいていのものが今より昔が勝っているが、仮名書きだけは今のほうがいいね。昔の筆は決まった書法を守っているけど、ゆったりしたところがない。六条御息所《ろくじょうのみやすどころ》の走

り書なんか本当に凄《すご》かった。御息所は私との仲にご無念があったようだが、私はけっしてあの女《ひと》に不実ではなかったんだ。娘君が中宮となり、あの女《ひと》もあの世で私の後見をよしとしてくれてるでしょうね。でも中宮の筆は、母君ほど冴えてはいない、巧みではあるけれど」

書道について言ってるのか、なにか言いわけをしているのか……。これが源氏式の話術です。が、それはともかく、さらに続けて、

「藤壺の宮の筆はお気持のままに上品でしたが、ちょっと弱い。朧月夜《おぼろづきよ》こそ当代第一の上手でしょうが、少ししゃれ過ぎて癖がある。とはいえ朧月夜と朝顔の姫君とあなたが女の名手であることはまちがいない」

と認める。

「三人の一人に入れていただいて、痛み入ります」

「痛み入ることはない。柔らかな筆使いは格別ですよ。漢字がうまくなると、仮名に乱れが生ずるものだけど……」

呟きながら草子を作り変えて綴《と》じ、

「蛍宮にも一筆お願いしますよ。私も書きましょう。ひけはとりませんよ」

と当代の名人に負けるつもりはない。実際、こうした方々に依頼すると、中には断

る人もいるが、源氏は重ねて願う熱心さ。

「若い人たちにも……試してみるかな」

と風流好みの若手たちにも話を持ちかければ、みんなが競いあった。

みずからの言葉通り源氏は独り静かに籠って筆をふるった。女房に墨をすらせ、さまざまな仮名文字を鮮やかに綴る。筆の尻《しり》をくわえて思案する姿がまたさまになっていて美しい。

この日もまた蛍宮が訪ねて来た。

「ちょうど退屈をしておりました」

「草子をお持ちしましたよ」

源氏が頼んでおいたものらしい。早速ながめると、草子に記された文字はものすごくうまいわけではないが、すっきりとして感じがいい。書かれている古歌も、ユニークで漢字をほとんど使わずに一首を三行に分けて形がよろしい。

「これほどお上手とは。顔負けです」

「いえ、いえ。あなたのように巧みな方を前にして書くのですから、私もいい度胸です」

しばらくは寄せられた書について、また取り出した秘蔵の書について、書風や紙の

よしあし、装丁などを語り合い、

「みごとなものですな。このごろの人はまねをしているばかりです」

「娘がいたとしても、見る目がないものには残す気がありません」

と蛍宮はいく冊かを贈り物として残し置いた。

書に関して源氏の見識は大変なもので、とりわけ仮名の吟味は世評に高い。日ごろより能書家に書かせたものを集めているが、明石の姫君へのプレゼントとして特に優れた品を選び草子箱に納めた。

——須磨の日記も——

と自筆の名品のことも思い浮かべたが、これは姫君がもう少し成長してからがよいだろう。

この第三十二帖は、香合わせのこと、調度品のこと、草子のこと、古今の書についてなど、往時の貴人たちの典雅な生活と見識を伝える部分が多く、ストーリーの進展は滞りがちだが、一転、内大臣が、

——うちの娘をなんとしよう——

源氏の姫君の噂を聞くにつけ、雲居雁《くもいのかり》のことが気がかりでならない。読者諸賢はご記憶もあろう。雲居雁と源氏の子・夕霧は幼なじみであり、相思相愛の時期もあった

のだが、内大臣と源氏のあいだのぎくしゃくした関係も絡《から》んで、うまく行ってない。夕霧は堅い態度を取り続けているし、この人にしてみれば、かつて内大臣家の者に位の低さを侮《あなど》られたことなど、すなおにはなれないところもある。源氏は夕霧に対して、

「いつまでも独りというのはよくない。外聞もわるいし、身をあやまることもある。よく分別するように」

　と、自分の体験をまじえて、あれこれ説いて聞かせ、

「雲居雁をあきらめたのなら、ほかに縁もあるが」

具体的な例として中務宮家《なかつかさのみやけ》との縁組を挙げたりする。その噂が内大臣や雲居雁の耳に入って、これは一大不安です。その実、夕霧の真心に変わりはないのだが、この青年は熱い思いを抱えながらも次の行動に出るのが慎重と言うか……鈍いのである。雲居雁へ手紙を送って、

　　つれなさは　うき世のつねに　なりゆくを
　　　忘れぬ人や　人にことなる

　これは……わかりにくいところもあるけれど、あなたは世間なみにつれなくなっていくけれど、あなたを忘れない私は世間の人とちがうのでしょうか、であり、変わらない愛の告白のようだが、はっきりした行動を示されなくては女は困ってしまう。そ

こで雲居雁は、

かぎりとて　忘れがたきを　忘るるも

こや世になびく　心なるらむ

忘れられないものを、これを限りと忘れてしまうあなたこそ世間なみなのでしょうね、と、やんわり詰《なじ》って返した。まったくの話、やりとりのまずさのまま別れてしまう男女も世間には多い。二人の運命やいかに？　とばかりに第三十二帖は終わっている。

第三十三帖〈藤裏葉《ふじのうらば》〉に入り、それぞれの悩みは深い。まず夕霧は、

――われながら執念が深いな――

雲居雁への思いは深い。しかし、うまい手立てもなく、ひたすら待ちの姿勢に出よう、内大臣の心も弱りがちらしいではないか。

雲居雁のほうは、夕霧が他所と縁組む噂なども聞こえてくるし、

――もう駄目なのかしら――

でも恋しい気持は変わらない。

内大臣は、もし噂が本当なら娘のためにべつな縁を捜さねばなるまい。とはいえ、

かつて雲居雁と夕霧がただならない仲であったことは知る人もいる、新しい相手にどう取りつくろえばよいのか、やはり、この二人を組み合わせるのが一番いいのだが……。

——よい機会がないものか——

ちょうど故・大宮の……二人を育てた内大臣の母君の命日が来て、この法要で夕霧と顔を合わせることとなった。

夕霧は法事を取り仕切ってまことに堂々たる様子。夕方になり参列者はあらかた帰って行ったが、折からの雨模様、内大臣は散り乱れる桜を映しながら夕霧の袖をそっと引いて、

「そんなに咎《とが》めないでほしいな。大宮のことを偲《しの》び、私の失敗を許してくださいよ」

と呟く。大宮は夕霧と雲居雁の仲を望んでいたのに内大臣が邪険に引き裂いたのだ。

夕霧はいたく恐縮して、

「大宮のご意向にもかかわらず、お頼りすることが許されないものと遠慮しておりました」

正直なところを告白した。夕霧としては内大臣がかたくなである以上、どうにも行動に出られなかったのである。

この日はこれで終ったが、内大臣は屋敷の庭に藤が美しく咲くのをチャンスとして夕霧を招く。息子の柏木が藤の枝に手紙をつけて使者に立ったが、夕霧はすぐには応じない。まず父なる源氏に相談。源氏もまた、この件については内大臣に対して不満がある。それに源氏と内大臣のあいだには微妙なライバル意識があって、しばしばすなおになれないことがあるのだ。

「内大臣がそう言って来たのなら、大宮への私の不孝も解けそうだな」

憎らしいほど満悦のてい。大宮は源氏の妻・葵《あおい》の上《うえ》の母君である。源氏はこの義母に対して孝を尽したとは言えない。内大臣が折れ、夕霧と雲居雁の仲がしなやかに進めば、いくらか亡き大宮の願いにそうことになって、わるくない。夕霧が、

「深い心があってのことかどうか」

「いや、充分に用意をして出かけなさい」

源氏は特別な衣裳を息子に与え、心してこの招きに応ずるよう示唆した。

夕霧は夕方、むこうが気をもんでいるころになって、内大臣家を訪ねた。威儀を正して、すてき！　まことの美丈夫《びじょうふ》である。内大臣は奥方や女房たちに、

「ほら、見てごらん。年ごとにすばらしくなる。勝っているかも。父君は優美にくだけているが、こちらは男らしい」

と、べた褒めである。花見の宴に移り、やがて月の光の下、おぼろな花の気配に臨みながら盃を交わし、管絃に戯《たわむ》れ、内大臣は胸のうちを明かして夕霧は静かに答える。内大臣が〃藤の裏葉のうらとけて君し思はば我も頼まむ〃と古歌を誦《ず》し、これは〃藤の花の下であなたが思ってくだされば私も頼りにしましょう〃と結婚の許諾をほのめかす。この帖のタイトルである。これを追って長男の柏木が藤の枝を折って盃にそえて夕霧へ渡した。内大臣は、さらに、

紫に　かごとはかけむ　藤のはな
　まつよりすぎて　うれたけれども

と、紫の藤の花に言いわけを託しましょう、待ち過ぎたのは嘆かわしいけれど、である。

いくかへり　露けき春を　すぐしきて
　花のひもとく　をりにあふらん

夕霧の返し歌は、いくたびもの涙の春を過ごしてきて、ようやく花開くときを迎えました、である。このあと内大臣家の男たちを交えて宴は盛り上がり、また乱れ、夕霧が、

「酔いました。宿をお貸しくださいませんか」

内大臣の命を受けた柏木が夕霧を妹・雲居雁のところに案内して……めでたし、めでたし。このあと夕霧は朝寝をし、帰ってきぬぎぬの文、源氏の訓戒などもあるが、めでたさを祝って省略しよう。

次いで話は四月に移り、源氏と紫の上は葵祭《あおいまつり》の勅使の行列をながめながら、

「昔、六条御息所の車がこのあたりでひどいめにあってね」

源氏が紫の上に語りかけ、目を今に転じて、

「あのときくやしい思いをした御息所の娘御が今は中宮です。夕霧は廷臣として出世していくでしょう。行く末の知れない世の中だが私の亡きあとあなたがどうなるか」

紫の上を案じたのは、どういう思いだったのか。次いでストーリーは明石の姫君の入内《じゅだい》へと移り、これは父なる源氏の栄耀《えいよう》栄華のしめしどころ、さほど大袈裟《おおげさ》ではないが、ほどよく整えられて好ましい。紫の上は、明石の姫君のつきそいとして参内し、三日後に退出、紫の上にとっても母替りとなって大切に育てた姫君の晴れの入内であった。源氏ともども感慨は深い。

それとはべつに、明石の君を、すなわち姫君の本当の母親を入内のあとの世話役としたのは、紫の上の提案であり、源氏の出色の計らいであった。母娘にとって、どれ

ほどの喜びであったろう。この折に紫の上と明石の君との対面があったが、どちらも相手のすばらしさを確認し、源氏の目の高さを納得しあう。入内した姫君は、まことに愛らしく、賢く、評判も上々、東宮もすっかりお気に召したらしい。源氏としては、

——やるべきことはやったな——

来春には四十歳の賀が待ちかまえている。出家の思いもちらほら。これらについては、物語はあまり深くは、むしろ……ほとんど触れていない。源氏は准太上天皇《じゅんだいじょう》という最高位を賜り、また内大臣が太政大臣に、夕霧は中納言《ちゅうなごん》となった。出世した夕霧が昔、彼の位の低さを蔑《さげす》んだ雲居雁の女房にジャブを飛ばし、女房が言いわけなんかしているが、こういう下世話は通り過ぎ、次は秋の十月二十日過ぎ、六条院に帝の行幸があり、朱雀院も同じく御幸をなされた。これは世上に珍しい、まことの誉れである。その日の用意万端がことこまかく綴られているが、

——きっとすごいんだろうなあ——

くわしくは本文をどうぞ。とにかく絢爛《けんらん》豪華、趣向に溢《あふ》れている。舞いが始まると源氏は、二十年余り昔に朱雀院で紅葉の賀が催され、

——青海波《せいがいは》を舞ったなあ——

今の太政大臣といっしょだった。懐しくてたまらない。太政大臣へ、

色まさる　まがきの菊も　をりをりに
袖うちかけし　秋を恋ふらし

と贈った。一段と美しい垣根の菊も、昔、おりおりに袖をかけて私たちが舞った秋を思い出すでしょうね、であり、権勢を極めたあなたも昔を懐しむでしょうね、という主旨である。太政大臣の答えて、

むらさきの　雲にまがへる　菊の花
にごりなき世の　星かとぞ見る

紫雲のように尊い菊の花そのもののあなたこそすばらしい御代の星でしょう、であり、

——この人には、かなわん——

という思いが胸いっぱいに溢れてくる。

帝と源氏の瓜《うり》二つの美しい容姿が語られ（なにしろ親子なんだから）華やかな慶祝のうちに第三十三帖は終わる。

そしてこれをもって第一帖〈桐壺〉から続いた大河小説の第一部の了とするのが通例である。代って第二部は華麗なるヒーローの晩年をどう語るのだろうか。

12

因果はめぐる小車の

若菜（上・下）

源氏と朱雀院《すざくいん》の関わりは、充分に長く、充分にややこしい。ともに桐壺帝の皇子であり、幼いころはどちらが東宮となるかライバル視されたこともあった。桐壺帝が占い師などと相談して源氏を家臣に落とし、政事《まつりごと》を賢く後見するよう委《ゆだ》ねたのだった。おおむねこの役割は実行されたと言ってよいだろう。そして今、源氏は准太上天皇《じゅんだいじょうてんのう》という例のない高い位に上っている。

朱雀院は優しく、帝《みかど》であったときから強引なところのない穏やかな人柄で、源氏を敬愛し、源氏も深くこの人を敬慕して、二人の仲はおおむねわるくない。

ここへ来て、少し年長の朱雀院は健康を害し、

──私の命も長くないな──

弱気になってひたすら出家を願うようになった。気がかりなことが一つあって、それは母を早くに亡《な》くした女三の宮のこと……。十三、四歳になっている。院の娘は一の宮、二の宮、三の宮、四の宮と四人あるのだが、この女三の宮は身寄りも少なく、父院の寵愛《ちょうあい》がことさらに深い。

──あの娘の行く末だけは、なんとかしておかなくては──

朱雀院は思案をもっぱらにしている。

しかし、なにしろやんごとない姫君のことなので簡単ではない。内親王は結婚しな

いケースも多いのだが、確かな後見となると、やっぱり夫を持つほうが望ましい。候補者がないでもないが、帯に短し、たすきに長し、朱雀院にも強い思惑がある。蛍宮は軽々しいところがあるし、柏木は位が低いし、夕霧はわるくないけれど雲居雁と仲よく暮らしているし……ああでもない、こうでもない、しばらくはいろいろな考えや、さまざまな方策が語られ、綴《つづ》られている。

が、詰まるところ朱雀院は、

――源氏にお願いするのが一番いいのだが――

という思案に傾く。女三の宮を源氏に嫁がせよう、というのだ。

えっ、それってずいぶん年齢のちがう話じゃない、と思うけれど……まったくの話、親子さながらに年齢差があるのだが、朱雀院の希望はどんどんこの方向を目ざして強くなる。しかるべき人を介して源氏の意向をうかがい、実現を迫るが、源氏としては、

――困ったなあ――

家庭の事情もあるし、軽々に対処してよい相手ではない。このあたりのくさぐさが第三十四帖《じょう》〈若菜《わかな》〉上の冒頭二十数ページを満たしているのだが、略筆、略筆。先を急げば朱雀院は女三の宮の裳着《もぎ》の祝いを華やかに催したかと思うと、三日後に一念発起、早々と剃髪《ていはつ》してしまう。上皇の出家となると、比叡山《ひえいざん》の座主《ざす》など僧職が大勢集ま

ってものものしく、仕える女御《にようご》、更衣《こうい》、女房たちも、この先どうしたらよいものか、あわただしい。源氏も院の体調のよいときを計って様子うかがいに参上したが、なにはともあれ院の弱々しい様子に心を動かされずにはいられない。このタイミングでそれとなく女三の宮の後見をほのめかされ、院の心中を推し計れば、源氏としては、

——私の寿命だって、そう長くはあるまいが……これは断れないな——

縁組を承諾することとなった。

貴族社会のしきたりや思惑が蠢《うごめ》く中、内親王の降嫁《こうか》にはややこしいことがたくさんあって、それゆえに物語は多くのページをさいているのだが、要は朱雀院の弱った心身を慮《おもんばか》って源氏がその愛娘《まなむすめ》・女三の宮を結婚という形で引き受けたこと、これがあらすじである。

源氏の正妻・紫の上は、

——びっくりしたわあ、もう——

である。これまでにも源氏の女性関係にはいろいろ悩まされたけれど、今度は少しケースが異なる。相手の身分が滅法高く、鄭重《ていちょう》に遇しなければなるまい。しかし、まだ若過ぎて、子どもと言っていいくらい……。

源氏は朱雀院に女三の宮の後見を約束したその夜は戸惑いが多く、紫の上になにも

言わなかったが、翌日、なにげない会話に交えて、

「実は昨日、朱雀院のところへお見舞に行ったんだが……」

「はい？」

「すっかり弱っていらして」

「ええ」

「そこで女三の宮のことを頼まれてね」

「頼まれるって……どういうこと？」

「そこなんだよ。私自身はまったく気が進まないんだが、院が心底心配されて、とてもお断りするわけにいかない。院が寺に移られるころには、姫君をこちらにお引き受けすることになるだろうな。あなたへの気持はこれまでと少しも変わるはずもないのだから、どうか気にかけず、おおらかに考えてください。お願いします」

紫の上がどう反応するか、源氏は少なからず心配していたが、思いのほかサラリと、

「それはおいたわしいことですね。気にかけませんよ。あの姫君のお母様は私の父の妹ですから、仲むつまじくなれれば、うれしいくらい」

「あんまりすなおに出られると気味がわるいなあ。とかく世間は口うるさいけど、嫉《しっ》妬《と》なんかしないで、ねっ」

「はい、はい」

賢い女《ひと》はよくわかっているのだ。自分がどうあがいてみても、これが拒否できることではないと……。しかし内親王の降嫁となれば、その女《ひと》は紫の上より立場は上……つまり正妻の座を譲ることではないのか。源氏の心を信じても、わだかまりを抱かずにはいられない。この不安はこの先ずっとくすぶり続けることとなるのだが……お話変わって、源氏は折しも四十歳、儀式ばったことは好まない性格だが、まず玉鬘《たまかずら》が義理の父への祝賀として若菜を贈った。もちろん菜っ葉だけを持参するわけではなく、華やかな宴が催され、源氏はさりげなく応じたが、とても四十歳には見えない美しさ。玉鬘も優美に着飾って、二人は久しぶりの対面を楽しむ。髭黒《ひげくろ》大将とのあいだには早くも二人の子が生まれ、これを連れて来た。とってもかわいらしい。玉鬘は源氏に歌を贈って、

若葉《わかば》さす　野べの小松を　ひきつれて
　もとの岩根を　いのるけふかな

若葉の小松を、つまり子どもを連れて、育ての親なる岩根を訪ねてお祝いを申しあげます、である。源氏が応《こた》えて、

小松原　末《すえ》のよはひに　引かれてや

　　野べの若菜も　年をつむべき

小さな松たちの齢《よわい》の長さにあやかって私も野べの若菜となって年齢を積んでいきましょう、であり、これがこの三十四帖のタイトル〈若菜〉の由来である。朱雀院の病を慮って、ことさらに専門の楽人《がくじん》を呼ぶことはなかったが、太政《だいじょう》大臣（ずっと昔の頭《とうの》中将《ちゅうじょう》、内大臣を経て、今は源氏に次いで偉いのだ）の配慮などもあって、晴れやかな楽の音が響き、一同と和して、催馬楽《さいばら》などもにぎにぎしい。この宴のかげには、源氏と玉鬘の微妙な親しさ、懐《なつ》しさが潜んでいることを読者諸賢は感じおくべきだろう。

　これが一月末の行事で、二月に入れば、いよいよ女三の宮が六条院へ輿入《こしい》れ、となる。こちらも当然のことながら華やかな宴をともなうのだが、その詳細は措くとして、紫の上は心中穏やかではいられない。ただの嫉妬とはちがう。名状しがたい困惑……。周囲の目も気がかりだ。毅然《きぜん》とした態度を採ったが、源氏はやや単純に、

　――さすがだな、この人は――

と惚《ほ》れなおす。

　紫の上の思いをよそに女三の宮のほうは、本当に幼い。年齢も若いが、とりわけ子どもっぽい人柄なのだ。ひたすらかわいいばかり……。それでも源氏は毎夜欠かさず

に通わないわけにはいかない。ないがしろにしては、この姫君に対して、いや、むしろ朱雀院に対して礼を失する。紫の上には、

「仕方ないんだよ。身から出た錆《さび》かもしれんが、厭《いや》になってしまう。どうしよう」

まあ、本心だろう。

「ご自分でもよくわからないこと、私がわかるわけないでしょ」

紫の上はやっぱり安らかではいられない。それを隠して、さりげなくふるまっていると、膝《ひざ》もとの女房から、

「思いやりが過ぎますよ」

と批判が起きる。あれこれ思い悩んで夜更《よふ》けまで起きていると周囲の女房などが心配するので、気を遣って床に入る。なかなか眠れない。独り寝をしていると、

——須磨に行かれたとき——

と辛《つら》い思いが甦《よみがえ》る。そのまま眠れずにいると、夜詰めの女房が気にかけるだろう。息を殺して身動きもしない。そのうちにけたたましく鶏が鳴いたりして……まことにいらだたしい。

そんな思いが女三の宮のところにいる源氏に通じてか、夢の中に紫の上が現われる。胸騒ぎを覚え朝早く立ち去る。姫君は無邪気にしているが、仕える女房たちは複雑な

まなざしで見送っている。

紫の上のほうでは、おつきの女房たちがちょっと意地悪をしてか、源氏が帰って来てもすぐには応じない。おかげで、

「寒いッ」

紫の上の夜着を取ってまとえば、単衣《ひとえ》は涙に濡《ぬ》れている。いとおしいし、美しいし、女三の宮とは比較にならない。そのままこの日は紫の上のもとに居ついて、女三の宮には、

「寒さで気分をわるくしまして」

と口上を送った。

——やっぱり非礼かな——

しばらくはあれこれ取りつくろわねばなるまいし、紫の上は紫の上で源氏が渋っているのは、

——私がしつこく引き止めているから、と思われないかしら——

と、これも辛い。二人のあいだに微妙なさざ波が立ち、不吉なものさえ感じてしまう今日このごろなのだ。

朱雀院は寺に居を移し、源氏のところへ手紙が届く。〝私に遠慮せず、どうか娘を

よろしく導いてください〟とあるが、女三の宮があまりに幼く、わきまえの乏しいことを思えば困惑もするし不憫《ふびん》でもある。

院からは紫の上にも歌をそえた手紙があって、これは〝まだ幼い娘がなんの考えもないままそちらへまいりましたが、よろしくお世話をお願いします。出家の身ですが、この件だけは気がかりです〟と……そう言われても困ってしまうわ。源氏が、

「やっぱりお返事をしないとな」

と促すので、紫の上はさりげなく、

背《そむ》く世の　うしろめたくは　さりがたき
ほだしをしひて　かけな離れそ

ちょっとわかりにくいが、捨てた世が気がかりでしたら、絆《ほだし》を強いて切って離れることもありますまい、だろう。情況に即した無難な返歌である。

女三の宮の件は、正直なところ源氏にとって迷惑な出来事だが、プレイボーイの好き心はあい変わらず健在で……読者諸賢はご記憶がおありだろうが、あの朧月夜《おぼろづきよ》なる女君のこと……。突然出会って相思相愛、だがこの恋が原因で源氏は須磨・明石に引き籠《こ》もることとなり、朧月夜は尚侍《ないしのかみ》として帝に仕えて身を慎んでいたが、朱雀院の出

家にともない、実家筋ともいうべき二条宮に帰って独り暮らしていた。

そうと知れば源氏の胸が騒ぐ。朧月夜自身は心静かに仏の道に入ることを切望していたのだが、源氏は朧月夜つきの女房（中納言《ちゅうなごん》の君と呼ばれている）の兄なる人、前《さき》の和泉守《いずみのかみ》を呼んで、

「あの女《ひと》にぜひ、ぜひ会ってお話ししたい。こっそりと……忍び会いだな。御簾《みす》越しでいいから、なんとかしてくれ」

と頼み込んだ。

朧月夜は前の和泉守を通して、

「もうこりごりです。朱雀院の出家を悲しんでいるときに、どんな昔話をするのですか。人に知られなくとも自分の心に尋ねて恥ずかしいでしょ」

頑《かたく》なに拒否する。でも源氏は我慢できない。強引に訪ねることとしたが、そのそわそわした様子が紫の上の目に止まる。

――なんだか変――

紫の上は源氏の嘘《うそ》を見破ったが……知人の病気見舞と言って出かけるのを嘘と見抜いたが、ここは知らんぷりを決め込んだ。源氏は女三の宮のほうへも手紙ばかりの弥《び》縫策《ほうさく》。思い立ったらもう止められない。前の和泉守の案内でこっそり訪ねて行くと朧

月夜は前の和泉守に、

「どんな返事をしてくれたんですか」

と、ご機嫌がわるい。

「しかし、このままお帰ししては失礼でしょう」

源氏は無理に近づいて、

「声だけでも聞かせてください。以前のようにけしからんことはしませんから」

朧月夜が障子を固く閉じていると、

「まいったなあ。まるで若僧みたいに扱うんですね。ずっとあなたを忘れることなく慕い続けている私の心をわかってくださいよ」

と泣き落としに出る。

このあたり、攻める源氏、拒否する朧月夜、典雅な歌などで問答して……朧月夜にしてみれば、もともときらいではない相手だから心がゆるみそうになってしまう。決定的な逢瀬《おうせ》には到《いた》らなかったようだが、とにかく朝まで二人で語り合っていたのは、そこにサムシングが漂っていたからだろう。

乱れて朝帰りをすると紫の上は、つんとすまし顔。あからさまな嫉妬より気味がわるい。見破られたと知って、

「ちょっと会って来ただけですよ。心残りがあるので、もう一度会えないものかなあ」

「ずいぶんと若返ったのね。昔の女《ひと》まで、あらたに加わって、私はどうしたらいいのかしら」

紫の上にしてみれば、女三の宮のことで悩んでいるのに、さらに昔の女《ひと》までが加わって、たまったもんじゃない。あきれて笑い、それが涙に変わる。

「こんなに機嫌のわるいあなたを見たことがない。もっと信じてほしいよ。恨みごとがあるなら、はっきり言って」

と、あれこれなだめすかす。毎度のことながら、女性関係を包み隠さず告白するのが男の誠意である、という考えが源氏にはあるから今暁《こんぎょう》の朧月夜とのやり取りもきっと紫の上に伝えたにちがいない。ああ、まったく困ってしまいます。

が、女三の宮のほうは源氏が現われなくとも〝べつに〟とばかり気にもかけない。かたわらで乳母たちが気をもんでいるけれど、この無邪気さも、やっぱり困ってしまう。

明石の姫君がようやく東宮の許しをえて里帰り。懐妊であった。明石の君（実母である）は嬉々《きき》として世話をやいている。明石の姫君は館《やかた》の東面に入り、そのすぐ近く西面は女三の宮の住むところである。紫の上は、

「この機会にご挨拶《あいさつ》をさせてください」

つまり紫の上は明石の姫君の育ての母であり、東面には当然顔を出すのだから、これをよい機会として西面に暮らす女三の宮と親しく対面したい、という願いである。

源氏は、

「それこそ私の本懐。みんな仲よくしてほしいな」

と勧めれば、女三の宮は、

「なにをお話ししたらいいのかしら」

「気楽にね。他人行儀を避けて」

こまごまと教えた。

六条院に暮らす高貴な女たちは、それぞれにおいて美しいが、あらためて紫の上に目を止めれば、美しさも品格も他を抜いてすばらしい。源氏は、

――やっぱり、この女《ひと》はすごい――

と感嘆するが、紫の上は昨今、源氏を信じきれない暗愁を抱えていた。そのことをいたずら書きみたいに歌に詠《よ》めば、源氏は〝私を信じなさい〟と歌で返す。そのすぐ

あとに、

——今夜はチャンスだぞ——

朧月夜のところへ忍んで行こうというのだから始末におえない。紫の上の暗愁はごもっとも。賢い女《ひと》は明石の姫君、女三の宮、どちらともほどよく折りあい、無難な日々を過ごしているが、思慮の深いぶんだけ人の世の悲しみが感じられ、自分は身寄りもなく源氏に拾われ、こよなく愛されているとは思うけれど、その源氏を、

——どこまで信じてよいのか——

平穏のさなかにも不安を覚えないでもなかった。

ストーリーはこの先しばらくのあいだ、紫の上、秋好中宮、夕霧が、それぞれ源氏の四十の賀を祝う宴を催し、源氏は、

「これまでの例を見ると、四十の賀を祝うとその後の命が短いケースも多い。五十、六十を待ってください」

という考えだから遠慮がち、しかし、それなりに華やかにおこなわれ、その趣向、役割、行事と贈り物など入念に記されているが、ここでは、

「みんなりっぱでした」

と総括するに止《とど》めておこう。

日時が流れて明石の姫君の出産が近づく。幼い体だから心配も多い。源氏は、なにしろ妻の葵《あおい》の上《うえ》を産褥《さんじょく》で失っているから不安が激しい。僧たちを集めて祈りを続けさせた。明石の君はここを先途とばかり奉仕に余念がない。

さらにこの女《ひと》の母親、明石尼君も呆《ぼ》けてもおかしくない年齢ながら健在で、孫姫の世話に加わり、あれこれと明石のころのことを涙ながらに語っている。姫君にとっては初めて知ることも多い。自分がどういう出自であったか、紫の上からどれほどの慈《いつく》しみを受けたか、その背後に強く伏在している源氏の心配りなどをつぶさに聞くこととなった。

やがて男子を安産。さして苦しむこともなく一同が安堵《あんど》の胸をなでおろす。祝賀が催され、知らせは明石へ……あの明石入道のところへも届く。尼君の夫であり、娘が高位の男に嫁いで子を生むことを願った張本人である。

念願成就《じょうじゅ》、欣快《きんかい》至極、だが、この入道は仏に帰依《きえ》することを強く願い、

「今こそ浮世を捨て、いっさいを仏道に捧《ささ》げるとき」

と明石を離れて深山に引き籠もる決意を実行に移した。これまでも身を潜めて都の尼君などに短い消息を寄せるだけであったが、これからはいよいよ都とは縁の薄い関

係となるだろう。

「この世で会うことはあるまい」

と綴り、あわせて長い年月にわたって住吉神社に当てた願文《がんもん》を納めた文箱《ふばこ》なども届けて寄こした。

尼君は悲しむ。が、源氏は入道の志の深さをあらためて知って感銘する。

「私が明石に籠ったことも明石の姫君をもうけて今日の御子《みこ》へとつながる宿命だったのか」

と思いを深くし、姫君をりっぱに育ててあげた紫の上にあらためて感謝し、その人柄のすばらしさをあらためて認識する。このあたりの事情についても明石の姫君に親しく語って伝えた。

源氏の息子・夕霧は帝の覚えめでたく大将に出世していたが、女三の宮に対しては複雑な考えをめぐらしていた。いっときは〝夕霧のもとに降嫁〟という気配がないでもなかった。源氏には幼なすぎて頼りない妻だが、若い貴族たちには超高級のブランド、目が眩《くら》むような出自の女であり、育ちにふさわしく優雅で、充分に美しいみたい……。この女が周辺に暮らしているのは、それだけで夕霧にとっては気がかりなのだ

が、

——父はなにを考えているのか——

これがまた悩ましい。表向きは大切にしているようだが、紫の上の立場を考えればトラブルの種になりかねない。姫君のほうも嗜《たしな》みなどに不足があって二重丸がつけにくいのだ。

ああ、それなのに親しい仲の柏木が……この人にもいっとき降嫁の噂《うわさ》があり、柏木はそれを機に独りこの姫君に恋いこがれてしまった。半端な恋情ではない。それが夕霧には心配だ。この先、源氏が出家するようなことがあったら、

——あの姫君を私のほうへ——

と考えているふしさえある。

——そのほうが女三の宮にとっても幸福かもしれない——

そういう判断もありうるだろう。

こんな折に六条院に蛍宮、柏木などが集まって来ると、

「今朝がた、夕霧の姿もあったようだが……」

と源氏も顔を出し、

「えっ、蹴《け》まりをやってるのか」

館の東面では夕霧の誘いに応えて若い人たちがにぎやかに遊んでいる。桜の花のはらはらと散る小広い庭で、うまい人、下手な人、男たちがまりを蹴あげて戯《たわむ》れている。柏木は際立《きわだ》ってうまい。夕霧がちょっと羽目を外していると源氏は蹴まりについて一家言、半畳を入れながらながめていた。

そのとき、視線を少し変えて見れば……近くの館の中に女たちの騒ぐ姿があった。小さな猫を大きな猫が追いかけ、猫につけてある紐《ひも》が御簾にひっかかって大きくめくれ上がって、中がまる見え……。原文で示せば〝几帳の際《きわ》すこし入りたるほどに、袿《うちき》姿《すがた》にて立ちたまへる人あり。階《はし》より西の二の間《ま》の東《ひむがし》のそばなれば、紛れどころもなくあらはに見入れらる〟と詳しく、さらにその人の美しさ、小柄で長い髪……、夕暮の中に映る女三の宮であった。

夕霧が気づき、柏木も気づいた。夕霧は、

――だれか、早く御簾を下げて――

あせったけれど自分で近づくのは礼を失する。咳払《せきばら》いをすると、その人の姿は奥へ消えた。柏木はと言えば、恋しい女をまのあたりに見て茫然《ぼうぜん》自失、あわてて猫を引き寄せ、匂《にお》いを、あの女の移り香をかいでいる。源氏が、

「そんなところにいて、いかんな」

と夕霧や柏木の席を替えさせ、一瞬の出来事は終わったが、これはやっぱりただごとではなかった。

現代人にはわかりにくいが、当時は高貴な女が男たちに姿を見せるなど、トンデモナイ。見るほうもはしたないが、見られるようなすきを作ってしまうことが軽率そのもので、大変よろしくない。おそらく蹴まりのおもしろさに引かれたのだろうが……加えて猫の不始末もあったのだろうが、いずれにせよこれが若い女三の宮の嗜みのなさであり、愚かさであり、懸念《けねん》される弱点なのだ。夕霧は、かねてより心配していたことなので、

——やっぱりそうか。困ったな——

しかし柏木はますます慕情を募らせる。蹴まりの話を向けられても気もそぞろ。館を辞去して夕霧と二人きり車に乗ってからも、なんとか女三の宮の噂を聞こうとする。話そうとする。

「やっぱり殿は紫の上のほうが大切なんでしょうね」

源氏の態度を探ろうとする。夕霧は不吉なものを感じながら、この話題を避けるよう努めた。

夕霧の不安は適中していた、と言うべきだろう。柏木にはもともと勘ちがいがあっ

たのだ。女三の宮が、

――私のところに降嫁される――

噂くらいないでもなかったが、この可能性にプックラと胸をふくらませてしまったのだ。それが源氏のところへ行ってしまい、案の定、あんまり大切にされていなくて、

――かわいそうに。私のところへ来てたら――

恋は思案のほかかけ舟、なまじ姿をかいま見てしまったために、見果てぬ夢に取りつかれ、狂ってしまった。

女三の宮つきの小侍従《こじじゅう》に、柏木はこの女と親しいものだからラブレターを託す。

　よそに見て　折らぬなげきは　しげれども
　なごり恋しき　花の夕かげ

かいま見ただけで手折ることのできない枝が茂って恋しい花を咲かせてますね、であり、〝見ましたよ〟と相手の弱味を指摘しているのだが、小侍従は瞥見《べつけん》の現場にいなかったので、ラブレターの底意が読みきれない。気軽に女主人に取りついでしまい、

「変な人ね」

と女三の宮はいなしたが、彼女も幼いなりに男の執拗《しつよう》さを感じ不安を覚えないでもなかった。

大河小説は第三十五帖〈若菜〉下に移って、柏木の慕情は一層激しさを増していくのだが、これについては、とりあえず女三の宮の近くにいる猫を借り受け、かぐわしい匂いを嗅《か》ぎ愛撫《あいぶ》して心を慰めていることを記して、しばらくは別件を語ろう。まず、そのほかの登場人物のこと……。週刊誌なら〝あの人は今〟と告げそうな、その後の様子が気がかりの男女がいる。

鬚黒大将に嫁いだ玉鬘はおおいに愛され、次々に男の子を生んで、まあ順調。この女《ひと》は人柄がよく、夕霧とも親しい。本当の姉弟である大臣家の息子たち（柏木や頭《とう》の弁《べん》）より、かつて姉弟のように親しんでいた夕霧のほうが心安いのである。鬚黒は火取りの灰を浴びせた北の方とはすっかり疎遠《そえん》となり、でも一人娘の真木柱《まきばしら》は引き取りたい。が、その北の方の父なる式部卿宮《しきぶきょうのみや》がそれを許そうはずもなく、

「この孫娘だけは人に後ろ指さされないよう、りっぱに育てたい」

と張り切っている。式部卿宮は帝の伯父であり、信望も厚く、いずれ世の重鎮となるだろう。孫娘の評判は高く、引く手も多い。柏木にその気があれば丸印なのだろうが、猫にかまけているようでは、どうしようもない。当の姫君は少し様子のおかしい実母より、父の妻、つまり玉鬘になじんでいて、ちょっと当世風の気性である。

蛍宮はと言えば、玉鬘も駄目、女三の宮も駄目、空振り続きで、あい変わらず独り身であったが、今度はこの真木柱に目をつけて通いだす。真木柱の祖父なる式部卿宮は、

「いいんじゃない、相手は親王だし。それにしても娘では苦労するな。いい加減懲《こ》りてもいいはずなのに、この孫娘は放っておけないよ。母はヘンテコだし、父は〝おれの言うことをきかない〟と手をこまねいているし、かわいそうでならんわ」

と好意的だが、実際に交際が始まってみると、蛍宮は亡くなった妻をいまだに恋い慕っていて、真木柱が（血筋から考えて）その妻に、

――似ているにちがいない――

勝手に思い込んでいたのに、これがちがうんだなあ。あまり熱心には通って来ない。

式部卿宮はおもしろくないし、実の父の鬚黒は、

「あの人は浮気っぽいんだ。初めから私は反対しただろ」

あまりいい縁ではないようだ。玉鬘は、真木柱と親しいので（義理の母娘なのだ）いろいろ様子を聞いて慰めながらも、

――でも蛍宮って、私にも目をつけていたのよね――

玉鬘にはその気がなかったけれど、

——今ごろ私のこと、どんなふうに言ってるのかしら——

蛍宮と真木柱のあいだで交わされる噂話が気にならないでもなかった。

ともあれ式部卿宮たちは不本意をかこつよりほかにない。この仲のよくない夫婦がどうなったかと言えば、蛍宮の死後、真木柱の復活があるゆえ、この名はどうぞご記憶あれ。

ストーリーには四年ほどの空白があり、冷泉帝《れいぜいてい》は即位してから十八年、二十八歳か。

「私には次の帝となる親王がいない。残念だが、東宮に譲位して、のんびりと余生を送りたい」

おい、おい、おい、早過ぎるんじゃない、と思われるが、往時はないことでもなかった。東宮というのは、朱雀院と承香殿女御《しょうきょうでんのにょうご》の御子であり、明石の姫君が嫁している。冷泉帝の譲位を受け即位して、これ以後は（必要があれば）今上帝《きんじょうてい》と呼ばれる。すでに男子が誕生していた。

太政大臣（柏木や雲居雁の父）も辞職し、鬚黒大将が右大臣となって広く政務を執ることとなった。新帝の母・承香殿は、鬚黒の妹だが、すでに亡く皇太后の位を贈られたものの一門の繁栄を見ることができないのは、人の世のままならないところであろう。夕霧も大納言に、とんとん拍子の出世であった。

源氏の思いは複雑だ。この物語の読者はすでによくよくご承知のように、冷泉帝は表向きこそ桐壺帝の御子だが、実際は源氏と藤壺のあいだに生まれた因縁の男子である。安寧のうちに帝位を退くこととなり、源氏としては、

――とにもかくにもおそれ多い立場にあるあいだには、秘密が世間に漏れることがなかった――

ひと安堵ではある。だが、そこには男子も女子も、まったく後継者が誕生せず、罪ある血筋には、

――長くは芽吹くことのない運命が課されていた、のかなあ――

と悲しまずにはいられない。秋好中宮は子をなさない立場でありながら源氏の配慮が深く、

――私は恵まれていたわ――

あらためて感謝を覚えていた。

新帝は女三の宮にも心を配り（母ちがいの兄妹なのだ）姫君はあい変らずやんごとない立場である。源氏の妻として、だれが上位か、むつかしいところもあって、紫の上は、

「もう静かに仏の道を望む年となりました。出家させてください」

強く願い出るが、源氏は、

「とんでもない。私こそ出家の願いを持ちながら、あなたを残してなんとしよう、気がかりで我慢しているのです。なさけないこと、言わないでほしいよ」

と取り合わない。

一方、明石の一族はつつがなく好運を享受《きょうじゅ》している。

――これも住吉の神の恵みか――

源氏は住吉神社へのお礼参りを実行に移した。明石の一族に加えて紫の上も同行する。そそこに華やか。だが特筆大書すべきは紫の上にとってはほとんど初めてと言ってよい遠出であり、充分に楽しみ、また源氏の逆境のころに思いを馳《は》せたことであろう。明石入道が残した文箱を開けて願文を確かめたり、また参詣《さんけい》のにぎわい、風景のみごとさ、歌の巧みさ、いろいろあるのだが、紫式部自身が書きながらところどころに〝うるさくてなむ〟とか〝言ひつづくるも、うるさくむつかしきことどもなれば〟と飽いているから、筆者もまた大幅に省略しよう。

些事《さじ》ながらおもしろいのは、明石尼君の好運を世人みんながうらやましがり、口に〝明石尼君〟と唱えれば良運に浴すことになったとか。あの近江の君が……ご記憶だ

ろうか、柏木が連れて来た母ちがいの卑《いや》しい妹、奇行の多い姫君が双六《すごろく》を打ちながら、

「明石尼君、明石尼君」

よい賽《さい》の目を願ってしきりに叫んでいたとか。これはおかしい。

仏道の修行に励む朱雀院は、

「命のあるうちに女三の宮に会いたいな」

強い希望が伝えられ、源氏は、

「五十の賀もお近いことだし」

音楽の好きな朱雀院のために優れた楽人を用意し、また女三の宮にもあらためて琴を教え込む。六条院の女たちもあわせてそれぞれの得意とする楽器の稽古《けいこ》に余念がない。女楽《おんながく》を奏《かな》でる宵には、明石の君（姫君の実母）は琵琶、紫の上は和琴《わごん》、明石の姫君は箏《そう》の琴《こと》、それぞれ名器を預けられて弾く。女三の宮は手慣れた琴《こ》で加わる。ほかに笙《しょう》や横笛なども入ってにぎにぎしい。夕霧も招かれて聞き入り、請われて琴を一節、源氏といっしょに歌まで歌うにぎやかさ。どの人も衣裳《いしょう》をきらびやかに装《よそお》い、六条院はまことに典雅優美のときを刻んで更けていく。今宵は花も月もことさらに美しい。

源氏は、

「女三の宮は春先の青柳のよう、姫君は藤の花、紫の上は満開の桜、明石の君は花《はな》橘《たちばな》みたい」

と評して悦に入っている。夕霧を相手に音楽について語り、だれがうまい、だれがみごとだと評して寛《くつろ》ぐ。

その翌日、源氏は日が高くなるまで休み、起きてしみじみと紫の上を相手に語りあった。初めは昨夜来の音楽が話題になったが、このとき紫の上は三十七歳か。

――藤壺中宮が亡くなられた年齢だな――

と源氏は感慨が深い。

「無理をしないように、ね。祈禱《きとう》も怠りなくさせて慎しんだほうがいい」

いたわるうちにみずからの半生を述懐して、

「いろいろなことがあったけど、あなたほどの女《ひと》はいません」

「なんだかこのごろは出家のことばかりを考えてしまって……。駄目かしら」

「とんでもない。あなたが尼になったら私はなにを生き甲斐《がい》にしたらいいのか」

このところ明石の姫君は勢いを増しているし、女三の宮は依然として上皇や帝からの愛顧が厚いし、紫の上は、みずからの立場に少し自信をなくしがちなのだ。源氏はそれを慮って、

「恵まれているように見える女《ひと》だって、みんな弱点がある。欠点がある。夕霧の母親はりっぱな女《ひと》だったけど、固苦しくて仲よくなれなかったね。今の中宮の母君、六条御息所は才色兼備、最高の女《ひと》だったけど、プライドが高くて、こっちが重くなってしまうんだね。恨まれて当然と思うことでも、いつまでもねちねち責められると、やりきれない。朝夕いっしょはつらいね。油断していると見くびられそうだし。身分の高い方なのに私風情《ふぜい》と噂を立てられ……罪滅ぼしのため姫君のため尽力したわけですよ」

明石の君についても触れ、要は〝あなた以外はみんなたいしたことないんです〟と、本心でもあるが、リップ・サービスを交えて慰めた。目の前の女を褒めるため他の女をけなすのは男がよくやることだが、たったいま六条御息所について評したことは……ちょっとまずかった。ご記憶あれ。

このあと源氏は女三の宮のところへ渡って行き、残された紫の上は女房に物語などを読ませて女の運命に思いを馳せていたが、夜更けて眠りにつく。が、明け方に胸が痛み、猛然たる苦しみ、そのまま病みついてしまう。身を二条院に移したが、病気はこのあとしばらく続いて各所からの見舞いが絶えない。

だが、そのことは少し措《お》いて……柏木は中納言に昇進し、宮中の信頼も厚い。あい

変わらず女三の宮に恋いこがれていたが、

——もう、仕方ない——

勧めもあって、その姉姫の女二の宮（落葉宮《おちばのみや》）を北の方にいただく仕儀となった。妹が駄目なら姉のほうを……。あまりよいことではない。姉妹だから似ているとは限らない。その通り、まるでちがった。だから女三の宮をあきらめることなんか、ますますできない。

——もう、どうにもならない——

源氏は紫の上の看病に忙しく、女三の宮のところは手薄になっている。柏木はおつきの小侍従を口説きに口説き、責めに責め、女三の宮の寝所に忍び込む。美しい姿を見て、一瞬うとうととして猫を抱いてる夢なんかを見て、ついには、一線を越えてしまった。典雅な物語は、そこにまで到るプロセスは綴っているけれど、一番肝腎なところは曖昧《あいまい》である。が、男女の営みがあったのは疑いなく、場ちがいな猫の夢が……そのうっとりとした描写が愛の恍惚《こうこつ》を伝えておおいに怪しい。

朝が来て退いた柏木は、なにしろ相手は内親王にして尊敬する源氏の妻なのだから、

——私としたことが、なんてことを——

と後悔しながらも、一方では行く手に地獄を見るような狂おしい恋慕を一層募らせ

ていく。

女三の宮は……こうなったこと自体この女の幼さ、愚かさのせいなのだが、もうなにがなんだか、ただ泣くばかり、どうしたらいいのか、わからない。嘆き悲しむあまり体調を崩してしまう。なにも知らない源氏は、自分が紫の上のところにばかり通っているせいかと疑い、しきりに女三の宮のもとに渡って慰めるが、そこへ突如、

「紫の上が……大変です」

危篤《きとく》の知らせ。いったんは〝死んだ〟とまで囁《ささや》かれたが、加持祈禱を激しくすると息を吹き返し、どうやらもののけにつかれているらしい。もののけは苦しそうに、

「殿お一人にお話ししましょう」

と人払いを求める。もののけを宿らせる憑坐《よりまし》を通して聞けば、その声は、なんと、とうに死んだ六条御息所ではないか。源氏に恨みがあるが、源氏には取りつくことができず、替りに紫の上に取りついたのだが、その恨みは、

「生きているときのことはともかく、あなた私のことを〝プライドが高い〟とか〝ねちねち責める〟とか悪口を言ったわね。死んでもまだ貶《おとし》めるのね。くやしいーッ」

なのだ。この件については少し前に述べましたね。

ありがたい祈禱を続けたおかげで紫の上のピンチは一応遠のいたが、しばらくは不

調が続く。源氏もげっそり。やがて快復した紫の上は、

「やっぱり出家をお許しください」

「それは駄目だ」

くり返すうちに以前の生活と親しさを取り戻した。

だが、源氏が女三の宮のほうへ行ってみると、

「ご懐妊のようです」

このごろの不快はそのせいであったのか。女房たちはそう言うけれど、源氏は、

——なにかのまちがいではないのかなぁ——

なんだか疑わしい。そんなこと、他の女にはずっとなかったではないか。

柏木は悔むやら嘆くやら恐れるやら、しかし恋情を止めがたく、小侍従に託してあつあつのラブレターを女三の宮に送った。何度か送ったのだろうが致命的なのは何カ月かたったある日のこと……。小侍従のさし出す手紙に女三の宮が、

「またなの、ひどい。余計気分がわるくなるわ」

うろたえているところへ源氏が渡って来て、

——あ、大変——

あわててしとねの下へ手紙を隠した。なんとか源氏に心のうちを気取られないよう

に努めるのが精いっぱい、平常心を失っている。そのまま眠り込んでしまい、朝早く帰ろうとした源氏が、

「さて、扇をどこへ置いたかな」

しとねの下を探すと、手紙のようなものがある。取り出して、そっと読んで懐《ふところ》に収めた。

――困った娘だな――

手紙の中身を吟味するのはこれからとしても、まずこういう不注意が気に入らない。愚かなうっかりが許せない。おつきの小侍従は気が気でない。源氏が去ったあと、

「あの手紙、どうしました？　きちんと始末したでしょうね」

「えっ、あのまま……忘れちゃって、そこにない？」

あるはずがない。秘密が源氏に知られてしまう……。

源氏はだれかの悪戯《いたずら》かと思ったが、確かめるうちに柏木の仕業と見抜く。

――懐妊もそのせいか――

許せない。しかし、あの貴い女三の宮を窮地に陥れてよいものか。知らないふりをするより仕方がないのか。さなきだに愚かと思う姫君にこの先も愛を注がねばならないのか。それができるだろうか。

──しかし、なあ──

顧みれば、因果はめぐる小車の……これは昔、源氏自身が犯したこととよく似ている。父帝の女御・藤壺と通じ、子をなしたのであった。

──父帝はすべてを知っていたのかもしれない──

不義の子は帝となり、今は出家して仏の道に尽している。藤壺中宮の苦悶《くもん》は並たいていのものではなかった。源氏の半生は……間もなく閉じようとしている生涯は、喜びも悲しみもみんなあのことと深く関わっている。

──今度は私が裏切られて──

源氏の思案は来し方行く末に及び千々に乱れてしまう。

こんなときに朧月夜の出家を聞き、懐しくてたまらないけれど、さすがに今は道ならない恋を考えるときではない。とりあえず筆を取り、

あまの世を　よそに聞かめや　須磨の浦に
　もしほたれしも　誰《たれ》ならなくに

尼になるという知らせをよそごととは聞けません、だれゆえに私は須磨の浦で涙に濡れたのでしょうか、である。朧月夜が返して、

あま舟に　いかがはおもひ　おくれけん

あかしの浦に　いさりせし君

どうして出家の舟に乗り遅れたのですか、明石の浦でわび住まいをしたあなたなのに、であるが、源氏が〝須磨の浦〟と言ったのに対し〝あかしの浦〟と返したのは、「あなた、明石の君と仲よくしたんでしょ」

と朧月夜の皮肉が交っているとか。深読みをしなくちゃいけません。

源氏は朧月夜のことを、例のごとく紫の上にしみじみうち明けたりしているが、ストーリーの中軸は、やっぱり柏木のほう。柏木は道ならない恋を源氏に知られたと察し、もういたたまれない。源氏にそのことをほのめかされ（ほのめかされたような気がして）生きた心地もしない。まったくの話、恐怖と絶望で生きるのがむつかしい。

さあ、どうなることか。

13

涙は教養の証《あか》しですか

柏木　横笛　鈴虫　夕霧

源氏物語の登場人物はよく泣く。女性だけではなく男性もやたら目がしらを押さえている。人の世の無常は往時の哲学であったし、それをことごとに感ずるのが教養の証しであった。転じて二十一世紀、昨今の世相はまったく泣きたくなるような情況を呈しているけれど源氏物語ほどには泣かないのは、

——まさか教養が足りなくなったせいではあるまいな——

われら同胞《はらから》の健気《けなげ》さを信じたい。

閑話休題、第三十六帖《じよう》〈柏木《かしわぎ》〉は（これに続く〈横笛《よこぶえ》〉〈鈴虫《すずむし》〉も含めて）とりわけ涙、涙、涙、落涙の目立つところなのだが、これは真実悲しくて現代人でもやっぱり涙する情況だろう。主人公はタイトルにある通り太政大臣《だいじよう》家の総領・柏木である。毛並がよく教養もあり、思慮も深い貴人なのだが、どこをどうまちがえたか恋には弱く、源氏に降嫁《こうか》した内親王・女三の宮に恋慕して密通、不義の子が生まれそう。その一方で柏木は女三の宮の姉なる女二の宮を妻にして、こちらはそんなに愛してはいない。この忌《い》まわしい事実が、敬慕する源氏に知られてしまったらしい。となれば、

——俺はどうしたら、いいのか——

苦悶《くもん》のあまり病いに陥り、容態がどんどんひどくなる。死も近いだろう。柏木自身、命のはかなさは覚悟のうえ、しかし父母に先立つ不孝はこのうえなくつらいし、源氏

にも顔向けができない。大変な罪を犯しているのだ。女三の宮にも申しわけがないし、スキャンダルが広まったら、なんとしよう。わが身の不甲斐《ふがい》なさを思えば、病弱のせいもあって涙を流すよりほかにない。最期《さいご》とわきまえて女三の宮に手紙を送っても、女三の宮は返事を渋っている。彼女にしてみれば、もともと柏木には、

――トンデモないこと、されちゃって――

と好感は持てないし、源氏の眼が恐ろしい。女房に促されて仕方なく柏木への返事を書いたものの不義の子を生む女として、こちらも、

――私、どうしたらいいの――

源氏の妻としてそう愛されているとは思えないし、この女《ひと》も涙、涙、出家を思うようになった。

柏木の父（太政大臣を辞していた）も、その北の方も、期待の息子がこの状態、なにしろ両親は柏木の苦悶の真因を知らないのだから、

――これはもののけのしわざかな――

と考え、加持祈禱《かじきとう》や占いを頼って大わらわ。しかし霊験《れいげん》はいっこうに現われない。病気はますますひどくなるばかり。柏木にしてみれば、自分の人生を省みて、

――私は〝あのこと〟よりほかに、なにもわるいことはしていない――

りっぱに身を処してきたはずなのに、たった一つ〝あのこと〟が、いろいろな災いを起こしているのだ。それを思えば、せつなくて身も世もない。因果な運命である。いよいよ最期も近いらしい。

女三の宮のほうは……懐妊は月ごとにあらわとなって、柏木が最期の歌をしたためているころに〝宮はこの暮つ方より、悩ましうしたまひける〟となって、若く、弱い体でいよいよ出産。源氏は、

――くやしいな。なんの屈託もなくわが子の誕生の世話をすることができたらいいのに――

と、これはわかりますね、源氏は生まれる子の父が柏木と見抜いているのだ。表面は実の父親らしく装《よそお》っても、しかし、すなおには喜べない。

そんな思惑をよそにめでたく男子が誕生。当然、華やかな儀式が催され、帝《みかど》を始め各位から贈り物が寄せられてくる。源氏は苦虫を嚙《か》む。柏木の親たちは、本当は血をつなぐ男子の誕生なのだが、なにも知らないから、ひたすら柏木の重態にかまけて祝いもそこそこである。喜んでいる人は苦しみ、苦しんでいる人には喜びの種が隠されている……という情況。

女三の宮も苦しい。無事に出産を終えたものの、こちらもすなおには喜べない。源

氏はさりげないが、眼は冷たい。冷たく見えて仕方がない。それが女三の宮には恐ろしい。

それもそのはず源氏としては、

――男の子か。柏木とそっくりだったら、どうしよう――

みずからの過去の罪障《ざいしょう》も……藤壺とのあやまちも重なって胸をしめつけられる。正直なところ、女三の宮にいい顔は見せにくい。生まれた子にも親しみが湧《わ》かない。

女三の宮は産後の衰弱の中で、

――これからはどんどんつらくなるわ――

もともと源氏にはそう深くは愛されていなかったのだ。ああ、それなのに不義の子を生んでしまって、この先のよかろうはずがない。生きているのがつらい。

「どうか出家をさせてください」

だが、ひたすら願っても源氏はここでそれを肯《がえ》んじるわけにはいかない。女三の宮の気持はわかるし、それも一策だろうけれど、軽挙は世間の疑いを招くし、心ない仕打ちにも映るだろう。

あわれな女三の宮の噂《うわさ》が、出家して山中に籠《こも》っている父、朱雀院《すざくいん》の耳に届き、

「えっ、無事に男の子を生んだと思ったら、衰弱がひどいのか」

と、なにしろ最愛の娘のことである。聞けば、女三の宮は、

「お父様が懐《なつか》しい。こんなに恋しいのは、もう会えずに死ぬのかも」

と泣いているとか。捨ててはおけない。ルールに反することではあるけれど、夜の闇《やみ》にまぎれて、そっと山から降りて女三の宮の見舞に駈《か》けつけた。源氏はびっくり仰天。鄭重《ていちょう》に迎えたが、うしろめたさがつきまとう。朱雀院から委《ゆだ》ねられた女三の宮が、理由はどうあれこんなに悲しんでいては面目が立たない。朱雀院も……娘を押しつけた手前、遠慮がち。二人の貴人のやりとりは礼儀正しく、微妙ではあるけれど、それとはべつに女三の宮が父院に泣きすがって、

「このまま生きていくのはつらいし、尼にしてください」

と願う。源氏は、

「もののけがついて、そんなことを言わせることもあるし」

「いや、いや、もののけのせいでも、わるいことなら止めさせますが、これはちがうみたい。とりあえず少しのあいだでも出家させてみたら、どうでしょう」

朱雀院は期間限定の出家を言いだす。

「はて、どうしたものか」

源氏という人は、関わりを持った女《ひと》に対してはいつまでも心を配る人柄である。深

く愛した女は言うまでもないし、空蟬《うつせみ》、花散里《はなちるさと》、軒端荻《のきばのおぎ》、末摘花《すえつむはな》ですら見捨てはしなかった。みずからが選んで愛した相手には情が深いのだが、それ以外は少しちがう。女三の宮は朱雀院に押しつけられた女である。高貴ではあるが、幼いし、教養に不足があるし、好みではない。まして不義の子を（女三の宮にも言いぶんはあるだろうけれど）生んだりして……先々のことを考えると好意は持ちにくい。朱雀院の顔を立てることだけが大切だった。だから、

――ここで出家させるのもいいかな――

朱雀院がそれを望んでいるのだ。チャンスと言えばチャンスである。それを利用する源氏は、そう、冷たいと言えば冷たい。その心を朱雀院は充分に見抜いたとは思えないが、女三の宮の必死の願いに応《こた》えたくて、

「せっかく私が来たのだから戒《かい》を授けて仏縁を結びましょう」

女三の宮の髪を切らせてしまった。若い女があわれな姿に変わるのを見て源氏は涙にくれてしまう。

「まずなにより元気になることが大切です。仏への務めにも体が弱くてはいけません」

いたわり、慰め……本心もあるが、ジェスチャーも少し入り混っていたかもしれな

い。朱雀院は明け方に山へ帰り、女三の宮は六条院に留ったまま勤行《ごんぎょう》につくす身となった。

戒を受けて、その効果があったのかどうか、もののけが女三の宮の体を離れ、加持をする源氏のところへ現われる。

「思い知ったか。あんた、この前は大切な女の命を取り戻したと思って喜んでいただろ。憎らしいから今度はこっちへ来て、取りついていたのよ。女宮も出家したから、おれは帰るぜ。いひひひ」

〃大切な女〃と言うのは、先ごろ死にそうになった紫の上のことだろう。すると、これは、

——六条御息所の死霊《しりょう》なのか——

そのしつこさに源氏は慄然《りつぜん》とする。

——なさけない。私も罪深いことだな——

女三の宮の不調は少しずつ快復し、まだ頼りない様子ながら源氏は怠りなく彼女の勤行の面倒をみるよう努めた。

忘れてはいけない。涙の流しどころはもう一つあって……それは女二の宮方面。女

三の宮の姉であり、柏木の妻である。女三の宮に愛されない柏木が窮余の策として姉姫の降嫁に従ったわけだが、やっぱり好きにはなれない。女二の宮は一条に住む母のもとに身を寄せ、柏木の来訪を待つスタイル、当時としては珍しいことではない。母は一条御息所《いちじょうのみやすどころ》で、女二の宮は落葉宮《おちばのみや》と呼ばれていた。柏木の愛は薄いし、彼は女三の宮に夢中になり、さらに健康を害し、死ぬか生きるかの状態らしい。この母娘もけっして幸福とはいえない情況で、柏木の重病は、

——この先どうなるのかしら——

涙なしでは消息の聞ける立場ではなかった。

病床の柏木は女三の宮の男子出産を知り（残念ながら楽しめることではない）さらに女三の宮の出家を知り、ますます落ち込んで病状をわるくする。みずからの死を覚悟するにつれ、愛さなかった妻への贖罪《しょくざい》の気持もあって、

「落葉宮のところへ、一度だけでも」

と訴えるが、看病に当たる両親がそんなこと許そうはずがない。柏木としては、

「あちらには本当に申しわけない。契《ちぎ》りをまっとうすることなく死んでいくなんて……どうか落葉宮をよろしく……」

頼まれて母君は、

「そんなこと言うんじゃありません。あなたに先立たれて、私たち、どうすればいいんですか」

と、ここも涙、涙である。柏木は仕方なく弟なる右大弁《うだいべん》の君に後事を託している。

宮中にも病気悪化の知らせが届いて、権大納言《ごんだいなごん》の位が与えられたが、この晴れがましさも、

――なんの役に立つのか――

むしろ悲しみのもととなりかねない。

夕霧が病人の昇進をことほぐため訪ねて来た。これまでにも足繁《しげ》く見舞に来ていたのだが、このたびは特別だ。病人の情況がただごとではない。柏木と夕霧はとても仲がいい。

「どうしてこんなになったんだ。出世の知らせで少しは気分をよくしてるかと思ったのに」

「ひどい姿だろ」

確かに……。雅《みや》びには映るが、この期に及んでは見るからに弱々しく、息も絶え絶えだ。

「いや、それほどでもない」

と、うち消してから、

「しかし原因はなんなんだ？」

心がひどく病んでいることは夕霧にもわかる。

「よくわからないけど、死が近いことだけはわかる」

「そんな馬鹿な」

二人きりでしみじみと語り合う。

「親には不孝、帝にもろくに仕えていない。省みて悔いることばかりよ」

「なんとかよくなって……」

「いや、それよりも今、迷っているんだ。口外してよいものかどうか」

なにか大切な秘密があるらしい。

「なんだ、話してくれ」

「あんた以外には話せることじゃないんだが……」

「うん？」

「六条院と少しまずいことがあって」

六条院といえば源氏のことである。

「うちの父と？」

「おわびしなければいけないのに、それが言いだせず、ずっと悩んでいたんだけど、一度、六条院にすごい目で睨《にら》まれてしまって、大ショックよ。体調まで崩しちまったんだ。お世話になったかたなのに……心残りが消えない。私が死んだあと、折を見て取りなしてくれよ。最後のお願いだ」

「なにがあったんだよ？　取り越し苦労じゃないのか。べつにうちの父は変わりないけど……あんたの病気をとても心配している」

問いただされても柏木は肝腎なポイントを話さない。話せない。柏木は涙ながらに、

「もっと元気なときに相談すべきだったな。あんた一人の胸の中に留めておいて、いつかよしなにお願いしますよ。あ、お願いといえば、もう一つ、一条に住む落葉宮のこともどうか末長く見舞ってあげてくれ。父院も心配されるだろうし」

と話を変える。夕霧としてはもう少し源氏とのトラブルについて事情を確かめたかったが病人の様子がひどい。両親や加持の僧侶《そうりょ》も集まってくる。夕霧は泣く泣く辞去するよりほかになかった。このあと間もなく柏木は落葉宮と会うこともなく若い命を亡《な》くしてしまう。もともとどこか蒲柳《ほりゅう》の質ではあったのだろうが、とりわけ心労には弱く、大変な煩悶《はんもん》を背負い、それが命取りになった、ということだろう。一族の嘆きは深い。

「優しい男だったな」

「教養も深くて」

あらためてよい人柄が偲《しの》ばれてしまう。

落葉宮のところでは、内親王の降嫁自体が珍しいことなのに、そのあげく、

「背の君に先立たれてしまって」

泣くに泣けないけれど、泣くよりほかにない。

同じく降嫁のあと出家した女三の宮は、柏木には恨みがあるけれど、他界したと聞けばあわれである。過日誕生した男子について、

——わが子と知っていたのかしら——

柏木が死んでホッとしたところもあるけれど、ここもやっぱり感情の起伏には耐えがたく、泣くよりほかになかった。


やがて春うららかとなり六条院では、若君が生まれて五十日、すくすくと育っている。やっぱりかわいい。源氏はとりあえず目を細くして後見に励んでいる。女三の宮もそば近くにいて、出家したとはいえ髪は長めに削《そ》いでいるので見苦しくない。かわいらしい童女のよう……。が、衣は墨染めで、源氏としては、

「なさけない。出家なんかして……胸が痛みますよ」

「尼の身ではなんとお答えしてよいものやら」

と、女三の宮は尼のまま俗なる情況に身を置いて、その中途半端な立場に困惑している。

「この子を残して世を捨てるのですか」

「……」

答えることもできずに顔を赤くしていると、さらに源氏が、
誰《た》が世にかたねはまきしと　人問はば
いかが岩根の　松はこたへん
と問いかける。いつ、だれが種をまいたのかと聞かれたら、どう答えましょうか、なのだから、これは充分にきつい。女三の宮は伏して泣くばかりだ。源氏はおおいに慈《いつく》しみこんなやりとりをよそに、若君は、ひたすらかわいらしい。源氏はおおいに慈しみながらも、

——やっぱり柏木に似てるな。へんな噂が立たなければいいが——

思いは柏木へと移り、

——あいつは、こんな悩みを抱くこともなく死んでしまって——

柏木の早世はあわれでもあり、憎くもある。源氏と充分に親しい柏木の両親が痛嘆するのを見ては……そしてその嘆きの中に一族の中の優れた息子が、

——子も残さずに死んでしまって——

この残念が含まれているのを見取っては、

——孫がいるんですよ、あなたがたの——

運命の皮肉を感じないわけにいかなかった。

お話変わって、夕霧は一条院を、すなわち落葉宮の住むところを訪ねる。柏木から死の枕辺《まくらべ》で頼まれたことであった。とはいえ落葉宮と直接会えるわけではなく、母なる一条御息所が礼を尽して対応する。

「どれほどのお悲しみかと拝察いたします」

型通りに悔みを述べれば、御息所も、

「定めない世の習いでございましょう。私にはもともと納得のいかない縁組みでしたし、亡きかたもこちらへはそう深くは思いをかけてくださいませんでした。でも、いまわには篤《あつ》い伝言を託されたとか。つらくはございますが、かたじけなく思います」

故人について話し合ううちに夕霧が歌を詠《よ》み、御息所も応えて歌う。夕霧はこれを機にこの館《やかた》をしばしば訪ねるようになる。ストーリーはこのあと柏木の実家なる大臣

家の様子を伝えて第三十六帖を閉じている。

次いで〈横笛〉に入ると、早くも柏木の一周忌を迎えていた。この一年間、柏木の死はいろいろな思いを、残された人たちの胸に運んでいた。源氏は追善供養《くよう》のため砂金百両を寄進し、隠された事情を知らない父・大臣家をおおいに感動させた。夕霧もまた篤い寄進はもとより法事の世話を取り仕切り、これもまた父・大臣たちをして、

——柏木はみんなに敬愛されていたんだなあ——

今さらのように無念の思いをあらたにさせている。

朱雀院にとっては、女二の宮（落葉宮）が夫を失い、女三の宮が若い身空で出家を余儀なくされ、心の晴れようはずもないのだが、みずからも出家の身として、

——俗世のことで悩んではなるまい——

勤行に励み苦しみをこらえている。女三の宮にはしきりに慰めの便りを送り、山寺の近くで採れた筍《たけのこ》や山いもにそえて、

世をわかれ　入りなむ道は　おくるとも
おなじところを　君もたづねよ

世を捨てて私に遅れて仏の道に入ることとなっても同じところを……同じ浄土を訪

ねてくださいね、と寄こす。この便りを見て女三の宮が涙ぐんでいると源氏がやって来て、

——かわいそうに——

一見して胸を打たれてしまう。加えて、

——朱雀院に申しわけがない——

これも痛恨の極みだ。女三の宮が返す手紙は文字も弱々しく、

うき世にはあらぬところのゆかしくて
そむく山路に思ひこそ入れ

俗世を離れたところがゆかしくて、これから行く修行の山路に思いを馳《は》せております、であろうが、まず〝そむく山路〟が源氏の心に背いて行く出家であることを匂《にお》わせ、これを朱雀院へ言われては源氏はつらい。ありていに言えば、源氏のところより、

——お父様のところへ行きたい——

なのだから。まあ、当然の娘ごころだろうけれど……。

女三の宮のかたわらで乳母に育てられている若君は、このとき満一歳と一カ月、よちよち這《は》い出して来て源氏にまとわりつく。かわいらしいばかりか、すでにして気品がある。柏木は飛び抜けて美しい男ではなかったし、母親には似ていない。

――むしろ私に似てるのかな――

血の継《つな》がりはないはずなのに、なにかしら不思議な縁があるのだろうか。因《ちな》みに言えば、この若君こそ大河小説の後半の主人公、薫《かおる》の大将である。これからは薫と呼ぶことにしよう。

源氏は薫を抱いて、

「なんだかこの子はほかとちがうね。姫たちの多いところで育って厄介が起きなければいいけど。まあ、私は、そのころ死んでいるがね」

幼な子が美丈夫《びじようふ》に育った将来を案じているのだ。

「そんな不吉なことを！」

と女房たちが諫《いさ》めるが、そのかたわらで薫は筍を握ってムシャムシャムシャ、よだれを流して食べている。源氏は「いとねぢけたる色ごのみかな」と呟《つぶや》き、まあ、ジョークのようなものなのだろうが、現代語訳では「風変りな色好みだね」などと訳されているケースが多く、ぴんと来ない。こんなときにはアーサー・ウェイリーの訳を尋ねてみると、

"Now he's really enjoying himself," said Genji. "What depraved tastes children do have!"

であり、“depraved”は〝堕落した〟だろう。サイデンステッカーの訳なら“What vile manners!”（なんとひどいマナーだ）と軽い。源氏が幼な子のしぐさを好まず、軽く咎《とが》めたのだろうが（食に関わるテーマなのに）色好みのよしあしで言うあたり、それが源氏なのかもしれない。遠い日のジョークは真意をつかみにくいし訳もむつかしい。

それはともかくしばらくはあわれな女三の宮と、みごとに育っていく薫に筆がさかれ、源氏は複雑な思いにさいなまれているが……一転ストーリーはべつな視点からこの情況に立ち入ることとなる。すなわち夕霧の登場である。

夕霧は柏木の最期に残した言葉が忘れられない。「六条院と少しまずいことがあって……おわびしなければいけないのに」と涙ながらに訴えていたではないか。あれはなんなのか。

うすうす思い当たることがないでもない。しかし釈然としないのだ。父なる源氏に問いただす機会をずっと探っていたのだが、その前に夕霧は（これも柏木に頼まれていたことであったが）一条院へ御息所と落葉宮をまた訪ねた。夕霧にしてみれば、女二の宮にして柏木の未亡人である女のほうが訪問の主目的だろうが、迎えて接するのは母君なる御息所である。落葉宮は御簾《みす》の奥で静かに気配を感じさせるくらい……。

館全体がまことに静謐《せいひつ》で、趣きが深い。柏木の思い出を語りながら夕霧は和琴《わごん》に触れ、

「あの人は和琴が巧みだった。その名残りを一つ」

と落葉宮の弾奏を願ったが、対応ははかばかしくない。夕霧は仕方なく自分で琵琶を取って想夫恋《そうふれん》の曲を少々、その名の通り夫を偲ぶ曲である。

「和琴をそえていただくとうれしいのですが」

と重ねて求めると、落葉宮は曲の終わりのほうを少し……。これだけでも貴い未亡人としては大変な譲歩であり、つらいサービスであった。夜も更《ふ》け、御息所は横笛を出して、

「これをどうぞ。由緒《ゆいしょ》あるもののようですが、この家に置いても仕方ありません」

と渡す。すばらしい品であることは疑いない。ただ横笛は男が吹くものであり、この館では埋もれてしまう。柏木の形見と考えてもよいだろう。

「しかし、私には不相応のようですが……」

「亡き方がとても大切にしておりました。自分にもうまく吹けないけど、と言いながら、ね。ちょっと吹いてくださいませんか」

「さて、うまく吹けるものか」

ほんの一節だけ今風に吹いて、

「琴のほうならともかく、これは無理ですね、私には」
「でも、どうぞ」
「とりあえずお預りいたします」
こんなときにはたいてい歌の交換があるもので、まず御息所が、
露しげき むぐらの宿に いにしへの
秋にかはらぬ 虫の声かな
この草深い宿で昔の秋と変わらない虫の声を聞き、懐しい笛の音まで聞くとは、であろう。この横笛が第三十七帖のタイトルの由来であることは触れるまでもあるまい。
夕霧が返して、
横笛の しらべはことに かはらぬを
むなしくなりし 音《ね》こそつきせね
横笛の調子そのものは変わらなくとも、私は駄目です、故人の音色が伝えられてほしいものですね、と懐しむ。わるい雰囲気ではない。落葉宮は奥で聞いているだけだったが、なにかしら通い合うものがあったのではないか。この日の気配が今後のストーリーに絡《から》んでいくこととなる。
夕霧の家では、妻なる雲居雁《くもいのかり》がたくさんの子を育てていて騒がしい。ムードは一条

院とまるでちがう。雲居雁は夫の怪しい様子にサムシングを感じてか、寝たふりをきめ込んで迎えにも現われない。夕霧はおもしろくない。

ついでに触れておけば雲居雁は庶民派タイプ、典雅であるより家事が大切、四男三女の母となるのだから、すごい。夕霧は真面目《まじめ》ちゃんだが、この妻のムードの足りなさは、いささかつらかったのだろう。美しい月の夜に一条院で趣き深い語り合いを過ごしたあとは、やっぱり腹のふくれるところがあった。ゴチャゴチャと夫婦の言い合いがあったあと夕霧が独りまどろめば夢の中に柏木が最期のときと同じ白装束で現われて横笛をじっと見つめている。横笛に執着があって成仏《じょうぶつ》できずにいるらしい。

——音色を聞きたいのかな——

それに答えるように柏木が、

笛竹に　吹きよる風の　ことならば
末の世ながき　音《ね》に伝へなむ

と歌を詠み、言葉をそえ、竹に吹きよせる風のように、この音色は末長く子孫に伝えてほしい、という意向みたい。

夕霧は子どもの泣く声で眠りを破られ、目ざめて夢を思い返し、

——さて、この笛をどうしたものか——

こういう品は故人の恨みを宿していることがある。寺へ預けるのもせっかくの贈り物を無にするようで気が進まない。思案のすえ六条院へ向かった。

源氏は明石の姫君のところにいた。まずは姫君の三男、三の宮（三歳ほど）が出て来て、

「あっちへ連れてって」

二の宮（五、六歳）や薫（二歳）の遊んでいるところへ。みんなが夕霧に遊んでもらおうとすがりつくのを見て源氏が、

「こら、こら。帝を守る大将を自分たちの家来にしてはいかんぞ。三の宮がよくない」

「二の宮は大人びていて、いつも弟に譲ってやるんです」

「さ、ここではなく紫の上のところへ」

と源氏が告げても子どもたちは肯じない。幼な子たちはなにかと競い合っている。

――差別はまずいか――

源氏がこう考えたのは、二の宮、三の宮は帝の御子である。いっしょに遊ぶ薫を軽く扱うと、女三の宮が、

――やっぱり、なさぬ子だから――

ひがむのを心配してのことだ。

夕霧が薫を見るのはほとんど初めてのこと、桜の枝を取って示すと、走り寄って来る。

——すてきな子だ。それに……柏木に似ている——

そのことを源氏も気づいているのではあるまいか。夕霧の思案はあちこちに広がる。まず柏木の父・大臣のこと。柏木が形見の子を残さずに亡くなったのを、

——大臣はあんなに嘆いていたが、もしこの若君が柏木の子だったら、知らせてやりたい——

しかし、それは不確かだし、事実ならトンデモナイ出来事だ。軽々にはほのめかすのも避けるべきだろう。源氏と二人で話し合うチャンスがきて、夕霧がまず一条院を訪ねて想夫恋を爪弾《つまび》き合ったことを言えば、

「それはまずかったかもしれんぞ。末長く見守ろうということなら、女性の気を引くような曲はいけない。よくよく身を慎んで、あやまちのないようにな」

源氏は早くも夕霧が落葉宮に引かれていることを探っているらしいが、夕霧としては、

——それをこの父に言われるかなあ——

周辺への教えは厳しいが、源氏はこれまでの素行から考えてこれを壮語する立場ではあるまい。息子はよく知っている。

「あやまちなんかしませんよ。ちょっと琴を鳴らし合っただけのこと。なり行きですよ。私が堅物なので気を許されたんでしょう」

と、ごま化したが、問答としては夕霧のほうに分がある。源氏は夕霧が預ってきた横笛のことに触れて、

「それは由緒ある品だ。陽成院《ようぜいいん》の愛された笛で、貴人の手に渡ったあと、柏木が巧みに吹くので与えられたのだ。末長く子孫に伝えるべきものだが、私が預ろう」

陽成院は実在の人物（八六八〜九四九）で、九歳で即位（第五十七代）したが、乱行が多かったとか。音楽に優れていたらしい。実在の人物を登場させるのは小説をまことしやかにするための常套《じょうとう》手段。だが、それとはべつに源氏が柏木の愛した横笛を（それを子孫に伝えるなら）預かろう、と、とっさに判断したのは意味深長である。読者諸賢は充分におわかりですね。柏木の子孫は源氏のすぐ近くにいるのである。

話を元に戻して夕霧はくすぶる懸念《けねん》を源氏に問いたださねばなるまい。夕霧の疑問は二段階になっていて、まずは柏木と女三の宮とのあいだに契りがあったのかどうか、次いで薫がその結果生まれた子であるかどうか、である。

「柏木は六条院にわびねばならないことがある、と言いましたが、なんでしょうか」

源氏は、

――夕霧はなにか感づいているな――

と察したが、それがたったいま述べた二段階のどのレベルまでか、源氏のほうも推定がむつかしい。いずれにせよ慎重に答えねばならないことだろう。

「私は人にわびてもらわねばならないこと、覚えがないなあ」

と煙にまく。

「しかし……」

「さっき夢の話をしていたけど、そのうちにゆっくり夢のことと考え合わせて話すとするかな。女房たちの言うところでは夜には夢の話をしないものだとか」

と、ひたすらはぐらかす。夕霧としては、

――聞いてまずかったのかな――

尋ねたこと自体に引けめを感じてしまった。

第三十八帖〈鈴虫〉に入り、夏のころ、蓮の盛りに女三の宮の持仏の開眼供養が催された。持仏というのは身辺においてことさらに敬う仏像のこと。女三の宮が出家して一年あまり、あい変わらず六条院に留まっていたが、源氏はかねてから念仏堂の建《こん》立《りゅう》を企てており、開眼供養を機にその仏堂が華やかに披露される、という事情である。この日のために源氏はかねてより諸事怠りなく準備していたし、女三の宮への配慮もあって、まことに絢爛《けんらん》豪華。仏堂の飾りから始まり、唐土伝来の香をたき、阿弥陀仏《あみだぶつ》も菩薩《ぼさつ》も白檀《びゃくだん》造り、経は六道に迷う衆生を救う六部をそろえ、女三の宮の持経や願文は源氏みずからがしたためたもの、紙も筆もみごとなら金の罫《けい》が引かれて、すばらしい。集まる僧侶も優れた者を選び、法衣《ほうえ》は紫の上の調製で、この趣味が滅法よろしい。いろいろ書いてあるけれど、まあ、とにかくすばらしい催しであることだけをご理解あれ。源氏は女三の宮へ、

はちす葉を　おなじ台《うてな》と　契りおきて
露のわかるる　けふぞ悲しき

来世は同じ台の上でと契ったけれど、今はあなただけが出家して別れてしまい、悲しいことです、と、この催し自体が源氏の複雑な心理を……若くして出家せざるをえなかった女《ひと》への憐《あわれ》みと、その一方で、

――なんで勝手に出家なんかしたんですか――

未練と朱雀院へのエクスキューズ、さらに柏木問題への屈託、いろいろな思いを抱

えながら、それを隠してさりげなく軽く詠んで贈ったのである。が、女三の宮からは、

へだてなく　はちすの宿《やど》を　契りても
君がこころや　すまじとすらむ

来世は同じ蓮の上と契りましたが、あなたの心は私と同じところに住んではいないでしょ、と扇に書いて示す。結構鋭い。源氏はこれを見て、

「私の気持をそのまま訴えたのに、ひどいことを返されちゃったなあ」

笑いながらも表情は冴《さ》えない。

朱雀院は、三条にほどよい館を譲り受けているので、女三の宮がそこに移って仏道に励むのがよいだろうと思う。

「いずれはそうなるのだし、世間ていもわるくない」

と勧めるが、源氏は、

「朝夕そばにいて、命のある限りお世話をしたい」

と女三の宮を六条院に置くことにこだわっている。その一方で三条院のほうも充分に整備しているのは、どういう心づもりなのだろうか。

そうこうするうちに秋が来て源氏は女三の宮の住む西の対の渡殿《わたどの》の外に野趣に富んだ庭を造らせ、虫を放つ。そして虫の声を聞く、という触れ込みで女三の宮のところ

へ親しく渡って来る。尼となった女三の宮に、なんとなく粉をかけるような気配もあって、

——それって、どういうことなの——

尼君は迷惑至極。それを嫌って出家したはずなのに……。

源氏はしれっとして、

——いいんでないの——

現実にはこの時代、尼になった女が子を生むこともあったらしい。

十五夜には源氏が松虫と鈴虫と、虫の声について見識を開陳するが、現代では松虫は〝チンチロチンチロ、チンチロリン〟、鈴虫は〝リンリンリンリン、リインリン〟と古い学校唱歌などもあって、わかりやすく擬音を示しているが、昔は今の松虫が鈴虫、今の鈴虫が松虫、そうわきまえて源氏の卓見を聞くべきだろう。

「松虫は〝待つ虫〟だから寿命が長いのかと思ったら、そうでもないらしい。人の来ない野原で鳴き続けて気ままな虫なんだね。鈴虫は今風の鳴き声でかわいらしい」

のだとか。これがこの帖のタイトルへ。女三の宮が虫の声をめでて歌を詠み、源氏がそれに返し、琴を取って弾くほどに夕霧や蛍宮がやって来てたちまちにぎやかな宴となった。その華やぎは省略して、そこへ冷泉院《れいぜいいん》から誘いの便りが来て源氏は一同を

連れて参上、夜を徹して詩歌を詠んで楽しむ。そのくさぐさも省こう。

むしろ大切なのは、源氏はこのあと秋好中宮を訪ねている。中宮は年を取っても、あい変わらず美しく、たしなみが深い。

「みなさんが出家なさって……。私も」

と訴えるのを源氏は、

「この世のありさまを見るにつけお気持はわかるけど、そんな人まねでもするみたいに出家を志すのは、よくない」

これは正論かもしれないが中宮の悩みはもっと深い。

「亡き母の妄執を思うと、つらいの。ただの噂かもしれませんが、本当のところはどうなのでしょう？　いずれにせよ母の罪障を拭《ぬぐ》い、冥福《めいふく》を祈るために……」

中宮の母は六条御息所である。生霊、死霊の噂は本当なのか、ちがうのか、源氏は知っているはずだ。しかし、やっぱり答えてくれない。

「髪をおろせば、それでよいというものではありますまい。私も母君のために祈ります。あなたも今のまま供養されるのが肝要かと思いますよ」

花の姿を無残に変えることを懸命に押し止めた。源氏はこの女の養い父なのだから中宮も無視するわけにはいかない。

ストーリーはさらに第三十九帖〈夕霧〉へと進んで、これは文字通り夕霧が主人公。この人がどういう性格かと言えば、真面目である。堅物である。幼なじみの雲居雁と恋しあい、結婚して子だくさん。しかし女性関係がほかになかったわけではなく、古くは源氏の側近、惟光《これみつ》の娘とねんごろで、その関わりはずっと続いて、ここにも五人の子がいるはず。妻以外の女性とも、つきあうときは真面目につきあってしまうのだ。果せるかな一条院に住む落葉宮への思いは深く、柏木への慕情を装いながら通うようになった。御息所も寂しい日々が慰められるから歓迎する。夕霧も色めかしいそぶりは見せないし、落葉宮も姿を現わさない。高貴な女は声を漏らしたり直接歌を返したり、はしたないことはしない。真面目ちゃんとしては、

――いつの日か、きっと――

思慕を深めるうちに、さあ、大変、母なる御息所がもののけに取りつかれ、娘ともども山へ籠ってしまう。こうなると夕霧はそう繁くは訪ねるわけにいかない。風向きが少しはよいほうに向いてると思っていたのに……。

このピンチをなんとしよう。ある日、夕霧は山に行く適当な口実を設け、つまり近くの山中の寺院にある懇意の律師を訪ねることにして、ついでを装ってさりげなく御

息所のところへ見舞いに赴く。その山荘は風流に造られているが、一条院とちがって小さい。加えて、御息所を襲ったもののけが落葉宮に取りつかないよう狭い宿に隔てを置いて暮らしている。わざわざ訪ねて来た夕霧を粗略に扱うこともできないから、山荘では落葉宮のほど近く、女房を介して御簾を隔てるだけで接することとなった。女宮の気配くらいは漏れてくる。夕霧は一通りの挨拶《あいさつ》を御息所に伝えてもらったあと、女房たちを相手に、

「お訪ねをして三年ほどになるのに、いつもよそよそしく、つらいことです。母君のお見舞いに参上しておりますが、私の心も少しはあわれと思ってください」

と落葉宮への恨み言を聞こえよがしに述べれば、女房たちはむしろ夕霧の身方で、落葉宮にそれなりの対応を促したらしい。すでにご承知のように、こういうときには(ほかの場合もそうだが、とりわけ)おつきの女房の考えがものを言う。深窓育ちの女宮は逆らいきれない。折しも山里には霧が立ち始めていた。夕霧が、

　山里の　あはれをそふる　夕霧に
　　たち出《い》でん空も　なき心地して

霧が深くなって、どの方角へ出て行けばいいのかわかりません、くらいだろう。

すると落葉宮からの声が漏れて、

山がつのまがきをこめて立つ霧も
　こころそらなる人はとどめず

山荘の垣根を包む霧は心のからっぽな人を留めません……心が深ければ留まってもいいわ、と取ることもできるが、かなり曖昧《あいまい》な歌意でもある。夕霧はプラス思考でとらえ、

「帰る道が見つかりません。追い払うおつもりですか。私はどうしたらいいのでしょう」

と言いながら居坐《いすわ》る。御簾の内だってどうしていいかわからない。返事をせずにいると夕霧は、

「そうか。今夜、くだんの律師にぜひとも相談したいことがあるのだが、今ごろは休んでおられるだろう。明朝早く訪ねることにしてそれまでここに留まらせていただこう」

と、これも聞こえよがしだろう。

そのあとすきを見て取りつぎの女房といっしょに強引に御簾の中へ入り込んでしまう。落葉宮はいざって逃げようとしたが、衣裳のすそが残るし、もともと錠をおろすような奥のスペースがあるわけではない。夕霧にすくい取られて、ただおののき震え

るばかり。夕霧は切々と慕う心を訴える。

「お許しがなければ、これ以上のことは断じていたしません。ただ私の心をわかってほしいのです」

言い寄る迫力はすさまじい。落葉宮にしてみれば、夕霧の慕情にまったく気づかないわけではなかったが、こんな行動は思ってもいなかった。内親王の身には起こりえない無礼なふるまい。これは恥ずかしい。柏木の父・大臣がどう思うか。父なる朱雀院はどう思われるか、不安と嫌悪《けんお》で身が凍りついてしまう。

「なんということを！」

叫んで障子一枚を守りとしても、

「それで隔てようとされる心がいとおしい」

真面目ちゃんはいざとなると、まっしぐらなのだ。

結局どういう一夜が過ごされたのか？　弱い防御ながら必死に拒む落葉宮、熱い思いを訴えながらも〝お許しがなければ、これ以上のことは断じていたしません〟とぎりぎりの節度を守る夕霧、その攻防、そのあげく男は朝になって草深い道を帰って行くのだが……真相はどうあれ、男女が一夜をそば近く過ごせば、それで契りがなったとする、それが往時の社会の通念であった。

14 夕霧は父とはちがう恋の道

夕霧　御法　幻

柏木は強引に女三の宮の御簾《みす》のうちに入った。夕霧もまた強引に女二の宮（落葉宮）の御簾のうち、奥深くに入った。情況や手続きに多少のちがいはあったけれど、これはやんごとない内親王のもとにみだりに侵入する、というルール違反の行動である。男女のあいだでは、こうした果敢な営みが結果として許されるケースがないでもないが、それはなによりも相手の許容があってのこと、女三の宮も、女二の宮も、トンデモナイ乱行と考え、ひたすら嘆くばかりであった。すでに述べたように、ここまで入り込んでしまえば、男女の契《ちぎ》りがあった、と見なされるのが往時の通例であった。

しかしこの二つのケース、よく似ているが、几帳《きちよう》の奥でなにがおこなわれたのか、肝腎なところに差異がないわけではない。まことに、まことに下世話な譬《たと》えで恐縮だが、現代では男女がホテルの一室に籠《こも》って一定の時間を過ごしたら、

──一線を越えたな──

そう判ずるのが世間の常識だろうが、当事者が、

「いいえ、清いひとときでした」

と主張することは皆無ではないし、実際、まれにはそういうケースもあるだろう。

柏木の場合は女三の宮は懐妊し、夕霧の場合は清い一夜で終ったらしい。遠い時代の物語では、このあたりの微妙なちがいを推測しながら読まなければなるまい。

夕霧は生真面目《きまじめ》な性格だから、清く、潔く佳人《いさぎよ》の籠る山荘を退散したが、それですむことではない。やりくちは無粋で押しつけがましく、脅迫じみていた。落葉宮にしてみれば、そんな非礼を受けたこと自体が耐えられない、許せない、恥ずかしい、なさけない、身も世もあらぬほど落ち込んでしまった。

朝まだき草露をわけて都へ戻った夕霧は、

——こんな姿で朝帰りはまずいな——

みずからの館には帰らず、六条院（言わば夕霧の実家である）に赴き、気を取り直してそこから落葉宮にきぬぎぬの文を送った。

が、落葉宮は見ようともしない。夕霧が憎らしい。

——こんなひどいこと、世間に知られたらどうしよう——

悩みはいろいろあるけれど、一番の心配は母親のこと……。少し復習を交えて説明すれば、この母親は朱雀院《すざくいん》に仕えた更衣であり、通称は一条御息所《いちじょうのみやすどころ》、落葉宮は朱雀院の女二の宮であり、この母娘の仲はとてもむつまじい。ともに暮らして、なんの隠しだてもなかった。御息所は二年ほど前から病気がち、さらにもののけに取りつかれ、高僧を招くにふさわしい比叡山麓《ひえいさんろく》の山荘に仮住まいして養生に尽している。落葉宮も同行して、同じ館《やかた》の別棟に暮らすという情況であった。

御息所の容態は、ひどく苦しむときもあれば小康を示すときもある。この日も加持のあと御息所の様子がよろしいのを喜んで僧侶《そうりょ》が話しかけ、

「夕霧の大将はいつからこちらへ通っておられるのですか」

さりげなく尋ねた。

「通っているなんて、とんでもない。大将どのは亡《な》くなった大納言《だいなごん》と親しくしていらした縁で、なにかと親切にしてくださって、私の見舞いに見えているのですよ」

つまり夕霧の来訪は、故・柏木の遺言を守るためであり、落葉宮に会うためではない……と、御息所自身、事情を知らず、そう信じていたのである。

「いや、いや、私にお隠しになることもありますまい。霧が深くて、はっきりとは見えませんでしたが、今朝がた、お帰りになるところに出会い、法師たちが〝大将がお泊まりになった〟と申しています。あたりによい匂《にお》いが漂って、まちがいありません」

「まさか、そんなこと……」

「いえいえ。夕霧の大将は人物、学識ともに優れたかたですが、この縁は感心しませんな。私はよく存じておりますが、ご本妻の実家が強い。しかも、お子たちが七、八人もおりまして、こちらの宮が、いかに内親王でも、よい立場に立ちにくい。本妻と

争うなど、とても罪深いことで、人の恨みや嫉妬《しっと》を買い、ろくなことはありませんぞ」

ずけずけ言う。御息所はびっくり仰天。

「昨夜は私が取り乱しておりましたので、お会いできず、少しお待ちになるということでしたが……とても生真面目なかたですから」

おろおろと弁明したが、言われてみれば心配が募る。落葉宮つきの女房を呼んで問いただしてみれば、女房は正直に説明した。すなわち夕霧の慕情が本当であること、女宮は拒否していたが、夕霧は直接に訴えたいと強引に近づき、だが、

「障子は固く鎖《と》ざしてありました」

最後の一線は守り通したことを強調したが、それでよかったのかどうか、病気を抱えた御息所には耐えられない。男がそば近くで一夜を過ごしたこと自体が恥辱なのだ。僧侶たちにも見られているではないか。事情を確かめるために落葉宮を呼ぶよう命じたが、落葉宮は朝の身づくろいの最中で、昨夜来のことを思えば、

――どうしたらいいのかしら――

真実困惑していた。とても母親のところへ顔を出す決心がつかない。

「気分がわるいので……」

と断わったが……実際、思いつめると全身に震えが走る体質なのだが、それですむはずもなく、夕方には御息所から、

「ぜひともお出《い》でください」

と催促が厳しい。会うより仕方ない。御息所は病中にもかかわらず娘を丁寧にもてなして（娘であっても内親王なのだ）

「なんだかずいぶんと長い年月がたったような気がしますわ」

しみじみと語りかけた。

つね日ごろ、信じあい、睦《むつ》みあってきた母娘である。御息所にしてみれば、隠しごとなど、あってはいけないはずなのに、ちょっと目を離していたら、この不始末。〝一線を越えたとか、越えないとか〟そんなことが問題にされること自体が忌《い》まわしい。すべてがペケなのだ。落葉宮もそれをよく知っている。そもそも柏木と結婚したこと自体が（べつに彼女が強く望んだことではなかったけれど）母の気持にそうものではなく、そのあげく未亡人になったかと思えば今度はこのトラブル。落葉宮としては自分も辛《つら》いが、母の心中を思えばますます辛くなる。二人で顔を合わせても、なにしろ高貴な二人なので会話がはかばかしく進展することもなく、落葉宮はただ泣くばかり。母は娘に〝食事でも〟と勧めるが、箸《はし》さえ取らない。

そこへなんとしたことか、

「大将殿からお手紙が届きました」

女房が受け取って取りつぐ。御息所が、

「どんな手紙かしら。返事をさしあげなければ、いけませんね」

娘に替って受け取って読む。中身は、

〝つれない仕打ちをうらめしく思いますが、私の思いは一層深くなるばかりです〟

と愛を訴えているけれど、夕霧は真面目ちゃんだから、こんなときに女心を優しく和ませる術《すべ》にたけていない。そえられた歌は、

せくからに　あささぞ見えん　山川の
　ながれての名を　つつみはてずは

冒頭の〝せく〟は〝せき止める〟であり、せき止めると川の浅さが見えるのと同様に私の心を拒否するのは浅慮でしょう、流れた浮名は包み隠せないものですから、なのだ。思い余まって脅迫の気配さえ感じられてしまう。御息所は途中で読むのをやめてしまった。

貴族社会のたしなみとしては、こんなときには手紙ではなく、昨夜に続いて渡って来て、ひたすらの慕情を訴えるのが、せめてものギャラントリィである。それを手紙

で間に合わせ、あまつさえその手紙が、こんな調子では……御息所はますます滅入ってしまう。少なくとも柏木は、気にそまない婿《むこ》であったけれど内親王のめんつを潰《つぶ》すことはなく、つねに鄭重《ていちょう》に扱ってくれていたのに……。

——この人は、なんたる無礼——

落葉宮は返事を書きそうもないし、御息所は身も心も深く傷つきながらも夕霧の心を確かめようと、替って返事をしたためた。文字は乱れて怪しい鳥の足あとみたい……。

女郎花《おみなえし》　しをるる野辺《のべ》を　いづことて
ひと夜《よ》ばかりの　宿《やど》をかりけむ

ほとんどこれだけを書いて、あとは臥《ふ》して苦しむ。歌は、女郎花のような女が泣いて萎《しお》れる野辺を、どこだと思って一夜の宿をとったのですか、内親王に対して、まことに無礼でしょう、やんわりではあるが、怒っている。

さて、これに夕霧がどう答えるか、トラブルが重なって事態はますます深刻に陥る。

夕霧は六条院で一休みし、そこで落葉宮への手紙を書いて送ったあと、みずからの妻子の住む三条殿へ帰った。

――どうしたものかな。あれでよかったのかな――

昨夜来の経緯を思い返し、

――今夜はどうしよう。あんな冷たい仕打ちを受けたあと、またすぐ訪ねるのは、いいのか、わるいのか――

悩んでいるところへ手紙が届いた。夕霧の妻なる雲居雁《くもいのかり》は、

――なんだか、怪しいわ――

うすうす気づいて、当然のことながら不愉快である。夕霧が灯に近づけて読もうとしているところを背後から這《は》い寄ってヒョイと手紙を奪い取ってしまった。

「あ、なにをする！　六条の東の上からの手紙だよ」

とっさの嘘《うそ》をつく。六条の東の上とは花散里、夕霧の養母のような立場だった。オロオロしながら、

「風邪気味と聞きながら、きちんとお見舞いもせずに帰って来たので、おうかがいを立てたら、その返事だよ。恋文とはちがうでしょ。このごろ、あなたは私を軽んじてずいぶん品のないことをするようになったね」

「みんなあなたのせいですよ」

「それなりの立場にありながら私みたいに女の噂《うわさ》のないのは珍しいぜ。みんなに馬鹿

にされ、これはあなたにとっても不名誉なことだね。大勢の女の中で際立《きわだ》ってこそ生き甲斐《がい》もあり、世間からもしたわれるものなのに」

言いながらなんとか手紙を取り戻そうとするが、雲居雁はけらけらと笑って、

「あなたはなにかパッと見栄でも張りたいのでしょうけど、私はすっかり古びてしまったわ。あなた一人が若返って、うきうきして……。辛いわ」

「そんなことはない。だれか変な告げ口をする者がいるのかな。昔から私を貶《おとし》めようとする人がいるんだ、あなたのまわりには」

と、これはずっと昔、夕霧の官位が低いので雲居雁にはふさわしくない、という噂が流れたことをほのめかして相手を牽制《けんせい》し、譲歩させようという狙《ねら》いですね。しかし夕霧の本心は、

——遠からず落葉宮とは睦みあうぞ——

そう決心しているから、ここで雲居雁の疑いを完全否定する気になれない。争いはほどほどにして、むしろ、

——手紙はどこへ隠したんだ——

それを早く取り戻したい。さりとて、その気持をあらわにすると相手は余計に疑って、手紙を見せようとしないだろう。さりげなくふるまいながら、その実、

――大切な手紙にちがいない。落葉宮はどんな気持でいるのか――

気ばかりはあせるが、簡単には見つからない。雲居雁のほうも夕霧の態度がさほど執拗《しつよう》には見えないので、

――本当にたいしたことのない手紙なのかもね――

そう思いながらも意地悪を続けている。夕霧はタイミングを計って、

「昨夜の手紙だけど……まずいよ、まるっきり返事をしないのは、今日は私も風邪気味で六条院へは行けないし」

軽く呟《つぶや》くと、

「山へ行って風邪を引き、困ってます、とでも書けばいいでしょ」

「みんなが私を堅物だと思って笑ってるんだろ。その通りたいした手紙じゃないから出しなさいよ」

それでも雲居雁は出そうとしない。夕霧は手紙を見ないことには返事も書けず、硯《すずり》に向かっても困惑するばかり……。

このあたり、現代のコメディにもなりそうな情況だ。ようやく夕霧が御座所の奥から手紙を見つけたのは夕暮れを過ぎるころだった。開けば御息所からの、乱れた字でしたためた女郎花の歌……。明らかに母君は詰《なじ》っている。

――しまった。ひどいことになるぞ――

一昨日の出来事が御息所に知れてしまい、その後どれほどのあいだ嘆き続けていることか。こんなときは即対応しなければいけない。それが社交のルールなのだ。ああ、それなのに、いたずらに時間を過ごしてしまって……。御息所の気質やビヘイビアを知っているから、これが並たいていの苦しみでないと、夕霧にはぴんと来る。しかも重い病気で、しばしばもののけに襲われる人なのだ。なのに、

――こちらからはなんの弁明の手紙もさしあげずにいて――

コメディにも見える事態が急に深刻さを帯びる。すぐにでも山荘へ赴こうとも思ったが、

――今日は坎日《かんにち》だ――

陰陽道で縁起のわるい日に当たり、訪ねるにはふさわしくない。急ぎ御息所に当てて手紙を書いた。

〝どうお聞きになったかわかりませんが、お咎めを受けるようなことをいたしてはおりません〟と弁明したうえで、

秋の野の　草のしげみは　分けしかど
かりねの枕《まくら》　むすびやはせし

草の繁《しげ》みには分け入ったが……御簾のうちには入ったが、枕を交わしたりはしていません、である。でもこの言いわけは御息所にとってはそっぽうだろう。御簾の中に入ったことだけで、もう〝けしからん〟なのだから。

山荘では事態が急変していた。御息所の様子がただごとではない。

御息所にしてみれば、最愛の娘・落葉宮がひたすら涙にくれているし、夕霧にはトンデモナイことをされてしまった。生き甲斐そのものを台なしにされてしまった。恨みを込めた手紙を送ったのに訪れもない。せめて釈明の、あるいは親愛を訴える手紙くらいすぐに寄せられるだろうと思っていたのに、それもない。

――これじゃあ、内親王は戯《たわむ》れにされただけじゃないの――

夕霧の日ごろの誠実さは、なんだったのか。

落葉宮は、本当のところ、無礼な仕打ちを受けたけれど、まあ、うっかり姿を見られただけのこと、気持の整理がつかないでもなかったが、むしろ母の苦悶《くもん》のほうが辛く、悲しい。御息所の言い分は、

「女は二夫にまみえるだけでも恥ずかしいのに、内親王の身で、こんな恥辱を受けるとは……私はあなたになにを教え、どう守ってきたのでしょうか。くやしい」

泣くやら、苦しむやら……。こういう弱りめは、もののけにとっては絶好のチャンス。たちまち取りついてしまい、御息所は、

「あ、あーッ」

気を失い、いかなる祈禱《きとう》も効きめがなく、騒ぎの最中に夕霧からの手紙が届けられたが、

「手紙だけ？　お渡りにはならないの？」

中身を見ることもなく、そのままあえなくみまかってしまった。昔の人は医療の不充分さもあって、わりと簡単に死んでしまうのである。

訃報《ふほう》はすばやく流れて次々に弔問が寄せられてくる。夕霧はあわてて駈《か》けつけたが、もう遅い。源氏からも、そして柏木の父なる元の太政大臣《だいじょう》からもお悔みがあったが、父なる朱雀院からの手紙が悲しみの女宮をひとしお強く慰め、ようやく涙の枕から頭を上げる、という情況であった。御息所はつねづね「死んだらすぐに葬《ほうむ》るように」と告げていたから、葬儀はすみやかに進められ、遺骸《いがい》を見た人は少ない。甥《おい》の大和守《やまとのかみ》が、この仕事に当たり、てきぱきと指図をしたらしい。

気もそぞろに山道を急いで到着した夕霧の立場は微妙であった。言ってみれば、このたびの惨事の重大関係者である。しかし、あくまでも客人である。弔問者である。

鄭重に迎えられ、夕霧も悲痛をあらわにしながらも堂々とふるまった。真面目ちゃんは、こういうときにはまことに頼もしい。たちまち大和守を助けて、いや、むしろ中心となって葬儀を取り仕切り、不足がなかった。

落葉宮は、すぐにでも山荘から一条院へ戻るほうがよかろうと、それを勧める人もあったが、当人が、

「せめて亡骸《なきがら》を煙にした山に留って母を偲《しの》びたいわ」

と、一生をここで過ごしたいみたい。とりあえずはこの願いが採択された。

夕霧はせっせと山荘へ通う。手紙を送って慰め、愛を訴える。落葉宮はただ、ただ人の世の無常を嘆くばかり。母を偲び、涙に濡《ぬ》れて供養《くよう》に尽し、夕霧の手紙など見ようともしない。

山荘の悲嘆と夕霧の慕情は少し措《お》くとして、夕霧の家では雲居雁が心を痛めていた。夫がしきりに手紙を書いているようだし外出も多い。でも事情がよくわからない。

──どうなっているのかしら──

夫はぼんやりと夕空をながめて亡き御息所を偲んでいるみたい……。ただならない様子である。

おわかりだろうか。現下の情況において、落葉宮の気を引くには御息所への敬愛を

訴えるのが肝要なのだ。ひたすら母親を偲んでいる娘に対しては「お母様はすばらしいかたでした」と言いながらスルリと懐《ふところ》に入り込むのが良策なのだ。御息所はりっぱな人柄で、事実、夕霧は敬愛していたから、この方策は採りやすい。敬愛の態度にリアリティがある。

そこを雲居雁がどう見たのか、この女《ひと》は手紙を奪ったりしたけれど、根はいい人で、恋の心理やかけ引きにはうといみたい……。生気を失っている夫を案じて、

あはれをも　いかに知りてか　なぐさめむ
あるや恋しき　亡《な》きやかなしき

と詠《よ》んで渡す。あなたの悲しみをどう知って、どう慰めたらいいのでしょうか、生きているかたが恋しいのですか、亡くなったかたが悲しいのですか、である。夕霧は笑って、

——見当ちがいだよな——

もちろん本命は生きているかた、落葉宮のほうなのだが、妻がこういう見当ちがいをしているぶんには抵抗は少ないだろう。ここは深くは拘泥《こうでい》せずに、

いづれとか　分きてながめん　消えかへる
露も草葉の　上と見ぬ世を

そういうことを区別してボンヤリながめているわけじゃありません、露だって草の上だけとは限らない無常の世の中ですから、だろう。世の無常にかこつけて、うまくごま化した。

しかし、もとより事態はこれで収るはずもない。夕霧の思いは、生きている人、すなわち落葉宮に向けて、まっすぐに、ひたすら突き進んでいく。足繁く山荘へ渡って、誠実に、丁寧に、執拗に思いを訴えて迫る。

ストーリーはつまびらかにしていないが、なべて女房たちは現実主義者である。下々《しもじも》にはこれが大切だ。落葉宮の置かれた情況は、

——やっぱり頼れる庇護者《ひごしゃ》がいたほうがいい——

目に見えている。いくら身分が高くとも、もともと母娘二人の絆《きずな》が固く、頼れる人は朱雀院を除けばほとんどいない。その朱雀院も出家し、夫の柏木も死んでしまった。落葉宮の立場は弱い。仕えている女房たちにしてみれば行く末が気がかりだ。そこへ夕霧のような美丈夫《びじょうふ》が現われたのだから、これはしっかりつかまえておくほうがいい。落葉宮の周辺のムードはおのずと夕霧を受け入れるほうへと傾いていただろう。

が、落葉宮本人にはなかなか夕霧の努力が通じない。美しくもわびしい秋の山里へ夕霧は凜々《りり》しい姿で通いつめて女房たちに訴える。女房たちの同情は深まるが、ご本

尊はあい変らず悲しみに浸って、そっけない。

とはいえ、夕霧が音無の滝に因《ちな》んで返事のないことを恨む歌を送ったところ、まれには見ることもあるらしく、仕える女房が、

「こんなすさび書きがありました」

と、千切れた紙を持ってくる。紙をつないで読むと、
朝夕になく音《ね》をたつる小野山《おのやま》は
絶えぬなみだや音《おと》なしの滝
山里で朝夕泣いている私の涙が音無の滝でしょうか、であり、筆跡はみごと。

——ここまで書いたのなら、ちゃんと返してくれればいいのに——

と恨めしく、はがゆいけれど、一歩前進かも。苛立《いらだ》つ心を鎮《しず》めるよりほかにあるまい。かたわらで雲居雁がつぶさに探っていることにも、ご用心、ご用心。

源氏のもとにも噂が届いて、

——はて、困ったものだな——

これまではわが子夕霧は真面目で思慮深く、評判に不足がなかったから、父はおおいに誇らしく思っていた。みずからの若いころと比べて面映ゆいくらい。それがここ

に来て落葉宮に夢中になっているなんて……。

——雲居雁はどう思っていることか——

雲居雁の実家とは源氏も深い、深い関わりがある。夕霧もそのあたりの事情をよく知っているはずだ。それにしても女はどの道、男を頼りに生きるより仕方のない身の上なのか。源氏は紫の上を相手に重い思案を訴え、

「こんな話を聞くと、私の死んだあと、あなたが心配だな」

紫の上は顔を赤くして、

「私をそんなに長く生き残らせるおつもりなの？」

と呟く。顔を赤く染めたのは、このときの源氏の心中は、自分の死後、

——夕霧が紫の上を口説くのではないか——

それを案じたから……と、ある注記に綴《つづ》られているけれど、そこまで行間を察して読むのはむつかしい。源氏の嫉妬はわからないでもないが、紫の上はどう思ったことか、微妙である。

紫の上としては、

「それにしても女はかわいそう。引き籠もってばかりいて、なにを楽しみに生きるのかしら。親がりっぱに育てても、才能を発揮することがむつかしく、黙って世を過ご

すだけ、つまらないわね」

と、これは明石の姫君が生んだ娘について……その今後についての思いを込めてのことだろう。

夕霧が六条院に姿を現わすと源氏は早速、

「御息所の喪は明けたのかな。まったくこの世ははかない。私も出家を思いながら、なかなか果せない」

ソロリと話題をさし向ける。

「まったく。だれにとってもこの世は捨てにくいものですね。四十九日の法要は大和守が一人で仕切って、健気《けなげ》でした。身寄りの乏しい人は、亡くなったあとが厄介です」

夕霧は、自分はそう深くは関わっていないとほのめかし、しかし、それでは残された女宮が気の毒、と、これもちょっぴりほのめかす。

「朱雀院からの弔問があるだろう。御息所はたしなみの深い人であったと聞くし、院はことさらに落葉宮をかわいがっていたようだから」

「はい、その通りでした」

と、夕霧は自分と落葉宮の関係については、知らんぷり。源氏は、

――今、意見をしても無駄だな――

こちらも目下のラブ・アフェアーについては聞かないふりをきめ込んだ。

実際には、御息所四十九日の法要は夕霧がことごとく取り仕切った。行き届いた差配であり、柏木の弟たちなど貴人も多く集まって申し分のないみごとさ。ただ「なんで夕霧が?」と鼻白む声もあったようだ。落葉宮はこのまま出家をしようと願ったが、朱雀院から、

「それはよくない。確かにいく人もの男と契りを結ぶのははしたないが、中途半端な気持で世を捨てると、あとでつまらない噂を流したりするものだ。日時を置き、心を澄まして考えなさい」

くり返して説かれた。朱雀院は夕霧との噂を聞き知っていただろう。それに嫌悪《けんお》を覚えて髪を切るのは浅慮である、と考えたにちがいない。夕霧との結婚については、必ずしも賛成ではないけれど、今それを落葉宮に告げてはかわいそう、それに出家の身で俗事に口を挟むのはためらわれた。

夕霧は行動派だ。女ごころを計ることには少しうといが、やることはどんどんやる。

まず落葉宮との契りは〝御息所がご承知のことであった〟と周辺にリークする。死人に口なし、ですね。さらに御息所の住まいであった一条院が荒れているのを見て、これを手入れして飾り立て、落葉宮をお迎えする日程まで定めてしまう。そして、その日には山荘へ車をさし向け、夕霧は準備の整った館で待ち受ける。落葉宮は頑《かたく》なであったが、女房たちは都へ帰りたいし、これまで世話をしてきた大和守も、

「私も任地へ赴かなければなりません。心を尽して世話をされるかたがおられるなら、それに従うのも一案かと思われます。殿方の支えがあってこそ道が開け、好運を握《つか》む例は世間にしばしばあること、そのあたりをちゃんとお話しておかない女房たちがよくない」

とまで言って説得する。もうすでに落葉宮が一条院に入るための衣裳《いしょう》まで用意されているのだ。周囲のムードはまっすぐに都へ向いている。落葉宮が山荘で泣きながら、

――ここで出家したい――

と願っても刃物はみんな隠されている。落葉宮は従うよりほかにない。

一条院は華やかに飾られて、なんと、そこには夕霧が主人顔で待ちかまえ、婚礼の支度まで整っている。

「これって、どういうことなの？」

疑う人もあったが、

「以前からこういう関係になっていたんでしょうね」

既成事実と考える人も多い。婚礼は普通のしきたりとはおおいに異なっていたが、もはや落葉宮の願いにそう人は少ない。ないに等しい。落葉宮は周囲を壁で囲った塗《ぬり》籠《ごめ》に夜は籠り、仕える女房たちの懐柔を聞きながらもなお夕霧の侵入を受け入れようとしない。夕霧は、

「まるで子どもだな。わけのわからない人だ。情けないよ」

と不満もひとしおだが、ここはゆっくり待つのがよろしい。落葉宮の譲歩ももはや時間の問題である。

六条院へ行ったおりには花散里のところへ立ち寄る。花散里はこの館でみんなの衣裳を整えたりして上品な便利屋のような役割を担《にな》っていたが、

「どういうことなの？」

と尋ねられ、

「いえ、いろいろ言われているけど御息所が願われたことなんです、遺言として」

と〝死人に口なし〟の弁明をくり出す。花散里のような女《ひと》にこれを告げておくのは、都合のよい噂を撒《ま》くのに有効だ。真面目ちゃんはなかなかの策士でもあるのだ。花散

里はおおむね説得され、六条院のムードも少し変わるだろう。

しかし簡単には収らないのが本宅の三条殿のほうだ。雲居雁がふてくされている。ろくに迎えにも出ずに臥せているので、うわかけをはぐと、

「ここをどこだと思ってるの！　よそでは私のことを鬼、鬼と言ってるようだけど、私は、その通り、死んで鬼になりました」

「かわいい鬼だね」

と愛想を言っても、

「いっしょに死にましょ。私一人で死ぬのは、残ったあなたが喜びそうだし」

しばらくはかまびすしい喧嘩《けんか》が続くが、これは省略。なにしろ夕霧は落葉宮と結婚までしているのだから妻なる雲居雁が許せるはずがない。子どもたちはかわいらしく、あわれでもあるけれど、ここは厳しい行動が必要なところだろう。

雲居雁は結局、実家へ、元の太政大臣のところへ帰ってしまう。夕霧が迎えに行っても会おうともしない。雲居雁の気がかりは、

——子どもたちも一条院に引き取られて行くのかしら——

夕霧はおおむね落葉宮のところにいるのだ。元の太政大臣の使いが一条院へ行って落葉宮にいろいろ訴えても、この難題はとても女宮には答えられない。ペンディング

のままとなった。

そして小さなエピソードながら、ここに藤典侍《とうのないしのすけ》なる人がいて（これまでにもかいま見えていたが、源氏の古い腹心・惟光《これみつ》の娘である）夕霧とよい仲で、五人の子をもうけている。その女が悲劇の渦中にある雲居雁に手紙を寄せ、雲居雁も手紙を返し、これはまあ、昔の敵は今日の友と言ったら言い過ぎだろうか、慰めには一定の効果があったらしい。原文を少々……。

〝（雲居雁の）御腹には、太郎君、三郎君、五郎君、六郎君、中の君、四の君、五の君とおはす。内侍《ないし》（藤典侍）は、大君、三の君、六の君、二郎君、四郎君とぞおはしける〟

都合十二人、優れた子が多いと明記されている。真面目ちゃん一族に幸あれ。

お話変わって、源氏物語の主人公は言わずと知れた光源氏その人である。論をまたない。が、第一のヒロインはだれか、大勢が絢爛《けんらん》豪華に登場するが、これはやっぱり紫の上、衆目の一致するところだろう。幼くして源氏に見出《みいだ》され、育てられ、愛人となり、妻となり、生涯をかけて源氏に尽した。

考えてみると、源氏には本当に親しい男友だちがいない。すべてに恵まれた人でありながら親友には欠けていた。頭中将《とうのちゅうじょう》であったときから睦じい元の太政大臣とは充分に親しいけれど、心を許しあい、わかりあう知己ではないだろう。

紫の上がこれを補っていた、と見ることもできる。源氏はこの佳人に対して母親であることさえ求めて……つまり甘え慕う役割を求めていたことは先にも触れたが、さらに親友でもあったろう。まことに、まことに源氏にとって、すべての人であった。

大河小説は〈夕霧〉から第四十帖〈御法《みのり》〉へと移って、これはこの第一のヒロインの終焉《しゅうえん》を綴る一帖である。御法というのは仏の道だ。

さて、紫の上は、四年前、女楽《おんながく》を奏《かな》でる宴に加わった直後に急病に倒れ、危篤《きとく》の噂さえ流れるほど。なんとか小康をえたものの以来ずっと不調が続いていた。全快の望みは薄い。紫の上自身は、充分に華やかな毎日を生きてきて、今は、

——子どももないことだし——

この世に思い残すことはない。強いて長く生きようとは思わないけれど、自分が死んだら源氏がどれほど嘆くことか、それが気がかりだ。後生を願って供養勤行《ごんぎょう》に励み、いっそのこと出家したいのだが、これはどう願っても源氏が許さない。源氏にしてみれば、むしろ自分が出家したいのだ。しかし、それでは紫の上がかわいそう。あの世では同じ蓮の上で過ごそうと誓い合っても、この世ではともに出家してしまっては会

うことさえままならない。

紫の上は、ずっと前から発願して法華経千部を書かせていたのだが、

――供養の法要を催しましょう――

と企てた。

準備万端整えて、まことにすばらしい。趣味のよさはもとより仏教の儀式にも深く通じていて源氏は舌を巻く。しつらえのみごとさ、楽人《がくにん》や舞人《まいびと》のにぎやかさ、貴人貴女の参加や華やかな供物など、いろいろと綴られているけれど、〝とにかくりっぱでした〟に止《とど》め、あとは省略しよう。紫の上は、気分のすぐれないまま集まった人々、一人一人に眼を注ぎ、思いをめぐらし、

――これが最後――

その様子があわれ深い。花散里とはことさらに歌を交わして親しみあった。

夏になり暑さが募ると、ますます体調が衰え、発作で気を失うことさえある。周囲の心配と悲嘆は一通りではない。

明石中宮《あかしのちゅうぐう》（古くは明石の姫君と呼び、入内《じゅだい》して女御となり、今はこのポスト。滅法偉い）が見舞いに来る。中宮ともなれば、これは行啓であり、ものものしい。源氏も顔を出し、中宮は紫の上がしゃんとしているのを見て、

――元気そうで、なにより――

と思ったが、これは中宮を迎えて無理をしていたのである。中宮の実母なる明石の君もやって来て、こもごも語り合う。紫の上の心中には〝私の亡きあと〟と、そのことばかりが渦巻いているのだが、そういう縁起のわるい言葉は口にせず、幼い親族たちの将来を思い、それを見定められないくやしさなどを語ってほのめかす。さらに、あの人のこと、この人のこと、〝よろしく〟と中宮に願うのは、やはり永遠の別離を考えてのことだろう。中宮は涙せずにはおられない。このあともしばらく中宮は二条院の東の対に留った。

紫の上は、中宮の三の宮を引き取って育てていたから、とりわけこの少年に思い入れが深い。これからは匂宮《におうのみや》と呼ぼう。紫の上が、

「私がいなくなっても思い出してくれる？」

と直截《ちょくせつ》に尋ねる。

「恋しくて泣いちゃうよ。だれよりもお祖母《ばあ》さまが好きなんだから」

「そう。じゃあ、大きくなったら、ここに住んでちょうだい。前庭の紅梅と桜、花が咲くときにはきっとながめて思い出してね」

紫の上が涙ながらに言えば匂宮も涙を隠して逃げて行く。やがて匂宮はこの二条院

をすみかとするのだが、それは後日のこと……。

一方、中宮は御所へ帰らねばならないところをあえて留っていて、

「いかがかしら」

見舞いに来ると、紫の上の痩《や》せようはただごとではない。だが滅法美しい。かつての濃艶《のうえん》とはちがう妙なる美しさ……。源氏も現われて、

「今日は気分がいいのかな」

やはり中宮の前だから頑張っているのだ。まず紫の上が、

　おくと見る　ほどぞはかなき　ともすれば

　　風にみだるる　萩《はぎ》のうは露

萩に宿る露がすぐさま風に乱れて消えてしまうように、はかない命です、と詠めば、

源氏が、

　ややもせば　消えをあらそふ　露の世に

　　おくれ先だつ　ほど経ずもがな

わけもなく消えていく露の世で、先立つとか遅れるとか、間をおかずに果てたいものです、と答える。中宮もまた、

　秋風に　しばしとまらぬ　つゆの世を

たれか草葉のうへとのみ見ん
秋風に吹かれて止まることのない露のようなこの世にあって、だれが草の上だけのことと思えましょうか、みんながはかない運命なのです、と詠んだ。

この後、紫の上は、

「どうぞお引き取りください。少し気分がわるくなりましたので」

と几帳を引いて横たわり、ひどく頼りない様子……。

大変だ！　僧侶が呼ばれ、読経《どきょう》の限りを尽してもののけを追い払ったが、その甲斐もなく……というより病気が悪化、源氏と中宮に見送られて死出の旅へと消えた。

夕霧が駈けつける。源氏は日ごろの紫の上を思って、ここで出家させようと剃髪《ていはつ》を考えるが、夕霧にさし止められる。夕霧は、いつか野分の折にかいま見た紫の上を、今、つくづく見つめて、

——なんと美しい人なのか——

あらためて感じ入り、目もくらむほど。その姿のまま荼毘《だび》に付された。

源氏の悲しみはただごとではない。かつて葵《あおい》の上《うえ》を失ったときも同じ秋であったが、そしてこの上ない悲しみと思ったが、今日の秋はそれどころではない。出家を思い立つが、世間から悲しみのあまり衝動的な発心と思われるのも辛い。しばらくは思い止

まる。

葬儀は夕霧が取り仕切った。弔問のくさぐさ、やんごとない筋からの慰めもあったが、涙、涙のやりとりは省略しよう。秋好中宮の便りは源氏をして、

——この人は秋を好み、紫は春を好んだっけ——

と遠い日々の楽しい争いを思い出させて懐《なつか》しい。

これに次ぐ第四十一帖〈幻《まぼろし》〉は、源氏の終焉への道のりである。紫の上を失った源氏は来る日も来る日も魂が抜けてしまったみたい。予測していたことであったが予測よりはるかにひどい。新しい春が来て年賀の客が訪ねて来ても、よほど懇意の人でなければ会おうともしない。古くから親しんだ女房たちを控えさせて気を紛らわす。語るともなく思い出話を語っては、

——ずいぶんと紫の上を苦しめたな——

今さらのように後悔が込みあげてくる。耐えていたけれど、紫の上はずいぶんと辛かったにちがいない。女三の宮のところに渡って帰った雪の朝まだき、妻戸が開かず、凍えて立っていたときのこと……。紫の上はつねとは変わらず優しく迎えてくれたが、袖《そで》はじっとりと涙で濡れていた。雪を見るたびに胸がつかえ、それもまた懐しい。

仕える女房たちを見るにつけ、

――私が出家したら、この人たちはどうなることか――

不憫《ふびん》でならない。勤行に励みながらも省みて、

「私は高貴に生まれ、なんの不足もない日々を送ったように見えるが、世の人とは異なる不幸を背負ってしまった。それも仏が定めた運命なのだろう。最愛の人に先立たれ、あらためて自分の至らなさを知って、これも仏の導きかもしれん。この世への心残りはまったく消え失《う》せ、かえって心が安らかになってくるよ」

悟りへの道は近い。

明石中宮が、源氏の寂しさを慮って匂宮をそばに残していってくれた。これはうれしい、気晴らしになる。二条院の庭の紅梅を世話して、

「お祖母さまに言われたから」

と紫の上の言葉を守っているのがいじらしい。花盛りもあれば蕾《つぼみ》の枝もあり、鶯《うぐいす》の初鳴きがつきづきしい。

この庭では、やがて山吹が咲き乱れ、一重桜、八重桜、樺桜《かばざくら》でにぎわい、藤が遅れて色づく。

――紫は花の名をよく知っていたな――

咲く花を見るたびにいとおしさが募る。匂宮は、

「桜が咲いたら、風が吹いてきても散らないように几帳をたくさん立てておけばいい」

と、あどけない。源氏は目を細めながらも、

「こうして話しあえるのも、あと少しだな。人には寿命というものがあるから」

と伝えれば、

「お祖母さまと同じこと言って。縁起わるいよ」

匂宮も涙ぐんでいる。この庭もやがては荒れ果てていくにちがいない。つれづれなるままに源氏が女三の宮を西面に訪ねると、匂宮もここにいて、薫といっしょに無邪気に戯れている。桜の花を惜しむ心はどこへやら、源氏の心がホッと和んだ。

源氏は仏前に供えられた花が夕あかりに美しく映えるのを見て、

「春が大好きだったあの人が亡くなり、花も興ざめだったが、仏の飾りにはふさわしい」

と女三の宮に話しかけ、さらに、

「庭の山吹はすごいね。みごとに咲いている。植えた人がいなくなったのも知らないで、いつもよりたわわに咲いて、匂って……」

すると、女三の宮は、

「谷には春も」

と呟く。源氏の顔が曇った。これは谷間に咲く花の寂しさを歌った古歌をほのめかし、教養のありかを示しているが、こんなときにはふさわしくない。しきりに紫の上を偲んでいる源氏の心に水をさすような気配が、なきにしもあらず。

――この人は、困るな――

がっくりして、そのまま明石の君を訪ねると、遠い日の恋人は突然の渡りに驚いたものの万事そつがない。源氏は須磨明石のころを語りながらみずから出家願望をほのめかす。明石の君は、

「たやすく世を捨ててよいものでしょうか。幼い孫たちもおられて、もう少し行く末をご覧になったら」

源氏の心を計りながら、しっとりと言う。心地よい語り合いが続き、

――この女《ひと》はわるくない――

しかし、やっぱり紫の上が恋しい。この夜はそのまま泊らずに帰ったが、明石の君は少し寂しかったろう。歌の交換には味わいが深い。

春から夏、夏から秋、夕霧の訪れはあるけれど、源氏は人と会うのを避けて季節の

移ろいをながめ、歌を詠み、来し方を思い、少しずつ諦観《ていかん》を深めていく。一年をかけて出家への心を確かに、ゆるぎないものへと昇華させていく。このくだりの筆致は、しっとりとして趣きが深い。

大空を　かよふまぼろし　夢にだに
見えこぬ魂《たま》の　行《ゆ》く方《へ》たづねよ

〝まぼろし〟は幻術士のこと。この帖のタイトルだ。歌意は、大空を飛びかう幻術士よ、夢にも現われない魂の行くえを尋ねてくれ、であろうか。ここには唐土の気配が……玄宗皇帝と楊貴妃《ようきひ》の故事がからんでいるらしい。素人《しろうと》にはわかりにくいが、これはこの大河小説の冒頭の、帝と桐壺、すなわち源氏の父母の気配と呼応しているのだとか。

秋が過ぎ、冬が来て、源氏は身辺の整理にかかる。多くの人と交わした手紙を焼き、とりわけ須磨明石にあったころ紫の上と交わした手紙は深い深い感慨の中で焼いた。

かきつめて　見るもかひなし　もしほ草
おなじ雲ゐの　煙《けぶり》とをなれ

かき集めてながめても、なんの甲斐もない藻塩草のような、はかない手紙よ、焼かれてあの人と同じ雲居の煙となってくれ、だろうか。

間もなく新しい年が来る。源氏は世俗の人として最後となる正月の仕度を……関係者へのプレゼントを整え、例年とは趣向を変えたしつらえに余念がない。

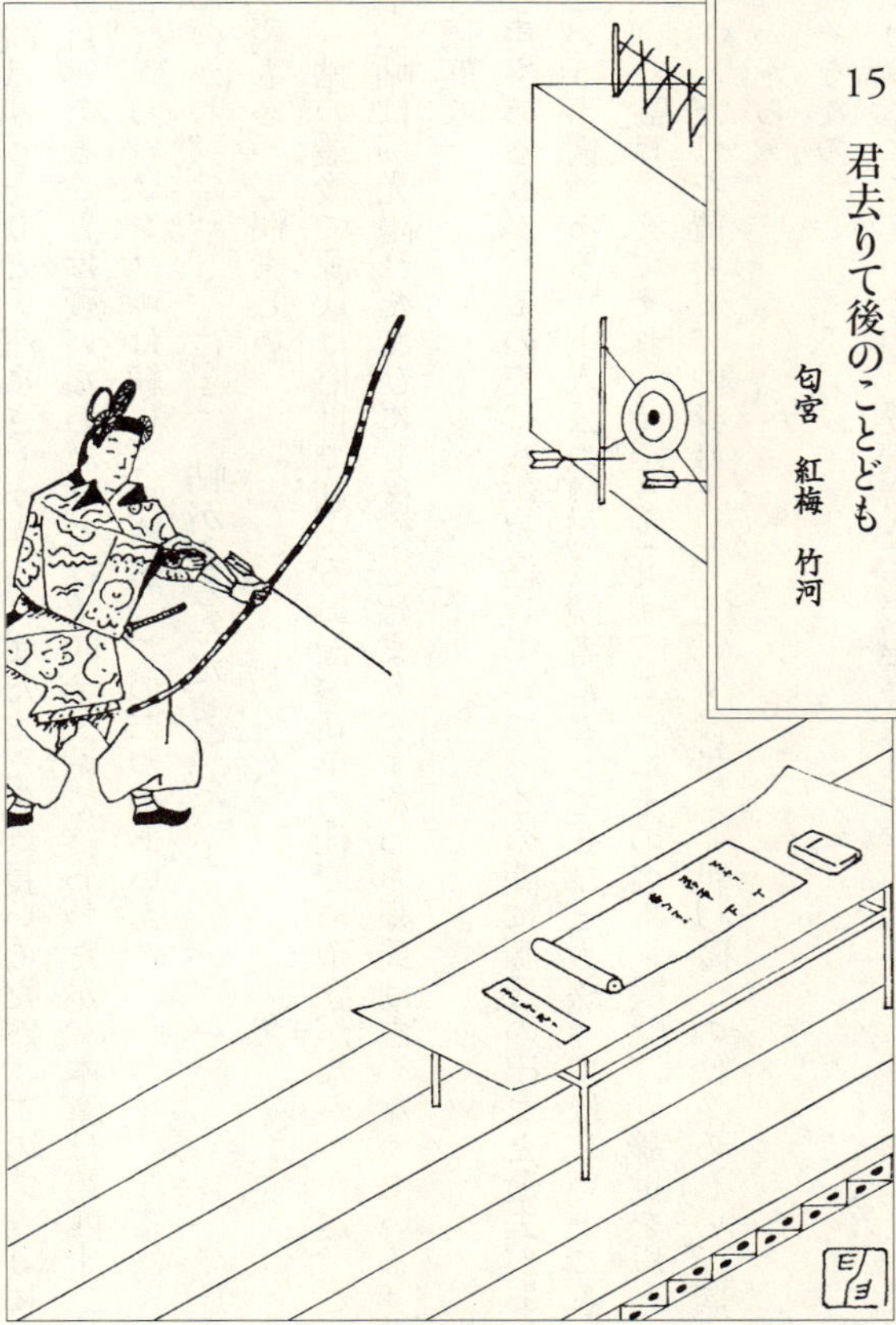

15

君去りて後のことども

匂宮　紅梅　竹河

大河小説はゆったりと下流にさしかかる。まだまだ先は長いのだが、このあたりに一つの節目があることは疑いない。前章は第四十一帖で終わったが、本章は第四十二帖〈匂宮《におうのみや》〉から。ノンブルは続いているが、この二つのあいだに、

「知らんのかね。〈雲隠《くもがくれ》〉という一帖《じょう》があるんだぜ」

という説もあって悩ましい。

第四十一帖の最後で源氏は俗世で迎える最後の新年の仕度に余念がなかったが、この第四十二帖は〝光隠れたまひにし後《のち》〟と始まり、すなわち源氏は亡《な》くなっている。

「そんな馬鹿な」

と恨む声もあろうが、その実、八年が経《た》っていて、この間に源氏の出家と逝去《せいきょ》があった、という事情である。主人公の終焉《しゅうえん》は読者にとってぜひとも綴《つづ》ってほしいところだが、大河小説はあえてそれを示そうとせず、ここにその名も〈雲隠〉と辞世を思わせるタイトルだけを置いて、中身はなし、それも後世（中世以降）の仕業らしい。紫式部が知ったら、

「あら、そうなの」

びっくりするにちがいない。愛読者たちの思い入れが、

――ここにタイトルだけを置いたのかな――

と文学史の知識として知っておけばそれでよいだろう。

大河小説の流れに帰って……源氏が死んでしまっては、さあ大変、しかも八年も経っているとなると、登場人物にも変化が生ずる。新しいヒーローは第四十二帖のタイトルともなった匂宮と薫の二人。匂宮は今上帝《きんじょうてい》と明石中宮（かつての明石の姫君）の子であり、明石中宮は源氏の娘なのだから、彼は源氏の孫に当たり、祖父《じい》さんは〝光る源氏〟だったが孫は〝匂う宮〟である。なぜ匂うかは後で説明するとして、もう一人は〝薫る人〟であり、出自は源氏と女三の宮（朱雀院《すざくいん》の娘）との子だが、本当の父は柏木であり、源氏の血ではない。どちらも若いころの源氏にこそ及ばないが、男ぶりは水準以上を充分にクリアーしている。帝《みかど》も中宮も匂宮をことさらにかわいがり、元服のあと匂宮は兵部卿《ひょうぶきょう》のポストを襲うこととなった。薫のほうは中将で、こちらは万人に愛され、評判がすこぶる高い。二人はほぼ同い年、厳密に言えば匂宮のほうが一歳足らず上である。

ほかの登場人物についても第四十二帖は若干の説明をほどこし、まず帝と中宮のあいだには一の宮、二の宮、三の宮、女一の宮などなどがあり（匂宮はこの三の宮）、一の宮は東宮を予定されて別格の扱い、二の宮は六条院南の町に休み所を持ち、御所では梅壺を宿直所《とのいどころ》としていた。匂宮は紫の上のゆかりが深い二条院になじんでおり、女一の宮は六条院の南の町の東の対《たい》が住まいである。

真面目《まじめ》ちゃんで子だくさんの夕霧は右大臣で、偉い。妻の雲居雁《くもいのかり》との仲もそこそこに回復して、一月のうち十五日をこちらで過ごし、落葉宮のところへも十五日通うシステム、やっぱり律儀である。大勢の子どもたちもそれぞれ成長して、一番目の姫君は東宮のもとへ入内《じゅだい》、二番目の姫君は帝の二の宮のところへ嫁《か》し、ほかの姫君も高貴な宮たちへと噂《うわさ》が絶えない。父なる夕霧としては、残った娘のうち、

——だれかが匂宮のところへ行ってくれればいいんだが——

と考えないでもないが、匂宮のほうは、

——その気になれんなあ——

偉い人の勧めではなく、自分の気持を大切にしていた。

ともあれ夕霧は娘たちを入念に育てており、とりわけ藤典侍《とうのないしのすけ》の生んだ姫君（母はちがっても父から見れば六番目の、すなわち六の君）の評判は高い。この女《ひと》は今後も登場するので、ご記憶あれ。

源氏のもとに身を寄せていた女たちは泣く泣くそれぞれのついの住みかへと帰って行ったが、花散里は二条院の東院を遺産として受けて住み、女三の宮は三条院をもっぱらにして勤行《ごんぎょう》に励んでいる。明石中宮は御所にばかりあって、こうなると六条院は

すっかり寂しくなってしまい、夕霧は、

――まずいなあ――

父なる源氏が栄華を極めたところが荒れ果てていくのは耐えられない。落葉宮をここに住まわせ、先にも触れたように月の半分をここに通って過ごしたが、昔のはなやぎを取り戻すのはむつかしい。もしここに（六条院であれ二条院であれ）紫の上が永らえて暮らしていたら、どうだったろう、さぞかしすてきな余生であったろうに……

夕霧の見果てぬ思慕は深い。だれしもが源氏を偲《しの》び、紫の上を懐《なつか》しみ、

――あれはうたかたの夢だったのね――

春の盛りを惜しむうちに季節は移り、時が流れていく。

「薫をよろしく」

死を目前にした源氏は冷泉院《れいぜいいん》に願ったにちがいない。この美丈夫《びじょうふ》への冷泉院の庇護《ひご》は厚く、秋好中宮《あきこのむちゅうぐう》も子どものないせいもあって薫の後見に尽している。元服するや侍従に、中将にとたちまち出世し、冷泉院のそば近くに仕えて、取りまく女房も院や中宮が選んだ絶品ばかり。

「やり過ぎじゃないの」

と言われるほどの肩入れであった。

母なる女三の宮も勤行にいそしみながらも薫を歓待し、今では逆に息子を親のように頼りにするありさま。よろず薫の人気は周囲に高く、あっちに呼ばれ、こっちで頼られ、体が二つあっても足りないくらい。

しかし薫はこんな情況に浮かれることもなく、むしろ、

――気がかりなんだよなあ――

心に深く思い悩むことがある。

それというのは、みずからの出生についての疑念……。読者諸賢はすでにご承知の通り薫はたてまえこそ源氏の子だが、本当は柏木の子なのだ。これについては母に質《ただ》すのが一番だろうが、あからさまに聞けることではない。心中を歌に託して、

おぼつかな　誰に問はまし　いかにして
はじめもはても　知らぬわが身ぞ

生まれた事情も行く末もおぼつかない私についてだれに尋ねたらいいのだろうか、と悩んでいる。それにしても、

――母はなんで若い身空で髪を切ってしまったのか――
勤行には熱心だが、強い信仰が、深い哲学があって出家したようには見えない。秘

密を抱いて悩み、それが出家の原因だったのではないのか。だったら、それはなにか。

──私と関わりのあることにちがいない──

薫は少しずつ真相に気づいていく。もし源氏の子でないとすれば、

──源氏にゆかりの深い人たちから過分な慈《いつく》しみを受けてよいのだろうか──

薫は思慮を深くし、その落ち着いた人柄が風格にまで昇華して〝仏の生まれ替わりではないのかしら〟と思われるほど、他に抜きん出ている。そして、もう一つ、薫には不思議な特徴があって、それをどう説明したらよいのか、生まれつき体がよい匂いを発するのだ。その匂いは周辺はもちろんのこと、風に乗って遠くまで漂い、

「これ、なんの匂い？」

「すばらしいわ」

人々を魅了してやまない。香を焚《た》き染《し》めるまでもなく絶妙の匂いを放つのだ。そして、さまざまな花の香りをさらによいものへと変える。梅であれ藤袴《ふじばかま》であれ、薫が手《た》折《お》って抱くと、さらによい匂いに染まるのだ。

この妙なる体質を匂宮が知って、

──負けちゃいられない──

と挑む。こちらは特上の香を集めて衣裳に焚き染め、人工の芳香を漂わせる。屋敷

の花々も匂いの濃いものを集め、よい香りに包まれ、よい香りを放つことを願う。世間では、

「マニアックね」

「軟弱よ」

必ずしもよい評判ばかりではなかった。源氏はなにごとであれ、一つことに執着し過ぎるのを好まず、それがたしなみのよさであると示唆《しさ》していたけれど……匂宮のビヘイビアは少しちがった。

まったくもって薫と匂宮は恰好《かっこう》のライバル同士、しかも仲がいい。楽器を奏しあったりして、その若々しい美しさに、世間は、

「匂う兵部卿！」

「薫る中将！」

聞きづらいほど繁《しげ》く呼び散らしていた。やんごとない筋は、

——うちの娘の婿《むこ》に——

と狙《ねら》っている。

匂宮の本命は、冷泉院の女一の宮、大変奥ゆかしく暮らしていて、たぐいまれな上品さ、噂も高く、

——あの人なら、最高なんだが——

日増しに慕情を募らせていた。

薫のほうは、どういうわけかもともと、

——この世の中、つまらないんだよなあ——

ペシミストで、女性にも関心がいまいち薄い。十九歳になって世間の信望も厚く、人に褒められるために生まれてきたような人柄なのに、当人はそれを喜びとすることができない。出生の秘密もうすうす察して、この事情も楽しめない。匂宮が狙っている冷泉院の女一の宮については、薫は冷泉院に目をかけられているから、どんな姫君か多少は感知することができて、

——いい女《ひと》らしいな——

妻に迎えれば恵みがあろうと思うけれど、冷泉院はこの姫君を薫にさえ近づけたがらないし、あえて近づこうとするのは厄介だ。はかばかしい発展は望めそうもない。むしろ娘たちの売込みに熱心な夕霧が、ひときわ評判の高い藤典侍との娘・六の君を、

——母親の立場が弱いのは気の毒だ——

配慮をめぐらして落葉宮のところへ養女として預けた。これならば身分に不足はな

い。そしてこの娘を、

「さりげなくあの二人にお目にかければ、いいことがあるんじゃないのか、滅法いい娘なんだから」

と匂宮や薫を狙っている。さて、この作戦は効を奏するかどうか。

お話変わって、賭弓《のりゆみ》のあとの饗宴《きょうえん》が六条院で催され、勝ち方も負け方も夕霧に招かれて大にぎわい。重だった親王や貴人はあらかた集まって、久しぶりの戯《たわむ》れとなった。素朴な東歌《あずまうた》に乗って踊りも披露され、宴は寛《くつろ》いで盛りあがる。闇《やみ》の中に薫の放つ芳香が散って、

「いい匂いだねえ、やっぱり」

「闇を貫いて飛んでくるわ」

ひときわ趣きが深い。こんなときにも薫はけっして酔って乱れたりしないのだが、夕霧に促されて俗謡を少し歌ったのは愛敬であった。

この第四十二帖は源氏のなきあとストーリーをどう展開したらよいものか、作者の戸惑いさえ感じられ、

——もしかしたら紫式部の作とちがうのではないか——

とも言われているらしい。その真偽はともかく八年の空白ののちの情況解説といった傾向が濃いのは本当である。

第四十三帖〈紅梅《こうばい》〉に移ると、ここに按察大納言《あぜちのだいなごん》が登場して、この人はもとの太政大臣《だいじょう》（ずっと昔の頭中将《とうのちゅうじょう》）の次男で、柏木の弟にあたる貴人だ。若いころから俊秀の誉れが高く、帝の信頼をえておおいに出世していたのである。

すでに没した先妻の娘が二人いて、大君《おおいきみ》と中の君、そして二度目の妻は真木柱《まきばしら》で、ご記憶がおありだろうか、この女《ひと》は第三十一帖のヒロインで蛍宮の妻となって女子を生み、夫の死後、大納言の妻となった、という事情である。大納言とのあいだに若君をもうけ……かくて大納言家には娘三人、すなわち大君、中の君、真木柱の連れ子・宮の御方、そして若君がいて、ややこしいトラブルがないでもないが、北の方なる真木柱が賢く、明るくふるまって、子どもたちはみんなりっぱに育っていた。とりわけ娘たちは美しい。大納言の思惑は深く、娘については、

——帝か、東宮か、とにかく貴い人に仕えさせたいな——

まず大君が東宮のもとに入り、次は中の君。

——匂宮あたりがいいな——

と狙っている。

ところが宮の御方の評判が高い。大納言にしてみれば、どの娘も公平にとふるまってきたが、やっぱり実の娘のほうを、つまり中の君を優先させたい。宮の御方の母なる真木柱は、みずからの来し方を考えて、

「高望みはいたしません。あの娘も持って生まれた運次第、静かに生き、いずれ出家でもしてくれれば、と思ってます」

と欲がない。でも世評は、それなりに美しい大納言の娘・中の君よりこちらのほうが高いようなので、大納言は、

——どんな娘なのかな——

宮の御方は慎しみ深い気質で（当時の風習もあって）義理の父親にも姿をよく見せていないのだ。

大納言は、宮の御方が弾く琴の音にかこつけて、

「いい音色ですね。さ、弾いて、聞かせてください」

褒めながら、なんとか近づこうとしている。

こんな情況の中でチョコマカ動いているのが末の若君。才気があって、チャーミングな若者だ。匂宮にもかわいがられている。

大納言が御簾《みす》を隔てて宮の御方に語りかけているところへ若君が現われると、

「これを匂宮へ届けてくれ」

折しも庭先に美しく咲いている梅の枝を折って与えた。

事情を説明すれば、この若君は殿上童《てんじょうわらわ》として宮中に仕えている。その出勤の前に、父なる大納言のところへ立ち寄ったのだが、大納言の妻・真木柱は、東宮のもとに入内した大君の後見として宮中へ行っているので、若君はしばしば伝令役を務めさせられていたのである。匂宮も宮中に参内《さんだい》しているだろうから梅の枝はそこへのプレゼントなのだ。大納言からの歌がそえられ、

心ありて　風のにほはす　園の梅に
　まづうぐひすの　とはずやあるべき

心を籠《こ》めて梅の花が香りを送っているのだから、きっと鶯《うぐいす》の訪れがあるでしょうね、である。美しい娘がいるからおいでください、と誘いかけているのだ。

若君は匂宮にかわいがられたいと思っているから、この使いはうれしい。案の定、匂宮に呼び止められ、

「東宮のところはどうかね。以前は四六時中呼ばれていたけど、あそこはこのごろ姫君への寵愛《ちょうあい》が激しいからな」

この若君は東宮にもかわいがられていたのだが、姉の大君が入内してからは、弟のほうは少し遠のけられていた。

「前はしょっちゅう呼ばれて、結構大変でした」

「姉君は私のことなんか一人前じゃないと思ってたんだろ。仕方ないか。しかし、宮の御方がいるんだろ。よろしく伝えてくれよ」

匂宮としてはジョーク混りの恨みごと、頼みごと……。大君は自分のことなど相手にしてくれなかったけれど、大納言のところには、まだほかの姫君がいるんだから、宮の御方のほうに話を通してくれよ、と姉への取り持ちを弟なる若君へほのめかしたわけである。

大納言は実の娘の中の君を匂宮へと考えているが、匂宮の心は宮の御方へと向いている。匂宮は梅の歌に返して、

花の香に　さそはれぬべき　身なりせば
風のたよりを　過ぐさましやは

花の香にすぐ誘われるようならば、風の便りをのがすことなく、すぐに参りますよ、であり、本意はすぐにはまいりません、なのだ。大納言の思い通りにはいきませんよ、と、やんわり断り、若君にのみ重ねて宮の御方へのほのめかしを頼んだ。若君にとっ

ては（宮の御方は母を同じくする姉なので、親しく）このほうがうれしい。大納言はこの返歌を見て、

「憎いこと、言うなあ。匂宮は色好みのくせに人前ではひどく真面目ぶっている。かえって変なんだよな」

と言いながら再度歌を贈って、

本《もと》つ香《か》の　にほへる君が　袖《そで》ふれば
　花もえならぬ　名をや散らさむ

もともと香りのよいあなたの袖が触れたら花もよい評判を散らすことでしょう、と、ここでいう花は姫君のこと、あなたが声をかけてくれれば私の娘は鼻が高いですよ、と、これは父親の本気をほのめかしている。匂宮はためらいながらもわるい気はしない。

花の香を　にほはす宿に　とめゆかば
　いろにめづとや　人のとがめん

花の香の匂う宿を探して行ったら色好みだと人が咎《とが》めるでしょうね、と、その気がありそうな、なさそうな曖昧《あいまい》さ。大納言は釈然としない。

奥方（真木柱）が宮中から退出して来たおりに、

「どうかね、このごろ？」

「このあいだ若君が見えたとき、とってもいい匂いだったから、みんなが感心したんだけど、東宮さまがはたと気づいて〝匂宮のところへ行ったな、道理でこのごろここへ来ないと思ってたら〟って……ほんと、東宮さまは鼻がよくきいて……笑いながら恨みごとをおっしゃって、おもしろかったわ。こちらから匂宮にお便りをなさったのですか」

「うん。紅梅がきれいに咲いて……匂宮が梅の花が好きなことを思い出してな。まったくあの人の移り香はすごい。はでに着飾っている女でもあれほど芳《かぐわ》しい香は焚き染めてはいない。薫の君は香ではなく生まれつきよい匂いを放つんだから、あれは珍しい。どういう前世の縁なのかな。同じ花でも梅は歴史の深さを感ずるな。匂宮が褒めるのももっともなことだ」

と、これは梅を引きあいに出して血筋のよさを言い、匂宮への思いをほのめかしている。

だが、その匂宮の関心は先にも触れたように宮の御方のほう。でもその宮の御方は分別の冴《さ》えた姫君で、

――私なんかだいそれた生活は無理よ――

と、あきらめている。

このあたり、よくわからないのだが、この姫君の祖母にして真木柱の母は、もののけに取りつかれ、夫の鬚黒《ひげくろ》大将に灰をかけて実家に引き取られた女《ひと》だ。父は源氏の弟・蛍宮だから身分に不足はないが、すでに没して彼女には有力なうしろ盾はいない。今は義理の姉妹に混って大納言の庇護を受けている立場である。こんな事情が、とびきりの美しさにもかかわらず宮の御方を控えめにさせていたのかもしれない。

母の真木柱は迷っている。匂宮から娘のところへ繁く手紙が寄せられているようだが、

——それは大納言の希望とはちがうし、いくら声をかけられても無理なのよね——

と思うかたわらで、

——でも匂宮が通って来るなら、それも〝あり〟かもね。前途有望な殿方なのだから——

とも思う。さらに、

——でも匂宮は好色で、いろんなところへ通っているみたい。それも困るわねえ——

シャイな娘に替って母はときどき返書をしたためたりしているのである。

この第四十三帖では随所に梅の花が香り、まさしく〈紅梅〉というタイトルにふさわしいのだが、ここに登場する大納言は、これに因《ちな》んで紅梅大納言《こうばいのだいなごん》と呼ばれることを付記しておこう。すてきな名前だが……名前とは関係ないけれど、その実、この人自身が義理の娘・宮の御方に関心があるらしく……さよう、やっぱり源氏なきあとも源氏物語の世界は乱れておるんじゃのう。

第四十四帖〈竹河《たけかわ》〉に移ると、その冒頭に（瀬戸内寂聴氏の現代語訳から引用して示せば）

〝このお話は、光源氏の御一族とは少し縁が離れていらっしゃった、鬚黒の太政大臣のお邸《やしき》に仕えていた口さがない女房たちが、今もまだ生き残っていて、問わず語りに話したことなのです。

紫の上に御奉公していた女房たちの話とはだいぶ違うようですけれど、その口さがない女房たちは、

「光源氏の御子孫について、間違ったことがいろいろまじって伝わっていますのは、わたしたちよりも年をとって呆《ぼ》けてしまった人の覚え違いなのでしょうかしら」

などと不審がっています。さて一体どちらの言い分がほんとうなのでしょう〟

と少し不思議な断り書きが綴られている。これまでの話とはちがうところもありますが、どっちが正しいのでしょうか、と、作中で（作者に）これを言われてしまっては読者は困ってしまう。ちがいますか。

そして、これに続いてストーリーは鬚黒大将の家族たちについて展開し、鬚黒はすでに物故しているが、その未亡人は玉鬘《たまかずら》、第二十二帖から第三十一帖にかけておおいに活躍した女《ひと》である。鬚黒とのあいだには男三人、女二人をもうけ、大将の死後は財産こそそこそこに残されたが、いっときの勢力は失われていた。鬚黒は荒っぽく、つきあいが下手だったし、玉鬘は源氏の後見を受け、尚侍《ないしのかみ》のポストにあったが、この女も控えめである。男の子はりっぱに元服して、左近中将《さこんのちゅうじょう》、右中弁《うちゅうべん》、藤侍従《とうのじじゅう》、みんなしかるべき位に就いている。だが姫君たち二人を、姉の大君と妹の中の君をどうするか。帝から入内の誘いがあるものの、母なる玉鬘は、

――すでに明石中宮が寵愛を受けていることだし、そこに割り込むのはつらいわ――

とはいえ、

――つまらない相手じゃ困るし――

野心もあって思い悩んでいる。そこへ冷泉院から〝私も年を取りましたが、昔のよ

しみで私をあなたの娘の親代りにさせてくださいな〟と、心の籠《こも》った誘いが入り、思い返せば玉鬘自身がこの君の誘いを反故《ほご》にして鬚黒の妻となった過去がある。もったいないことをしてしまった。

――あのときのお許しを受けるためにも――

娘を預けるべきなのかもしれない。つまり帝からも院からも出仕の誘いがもたらされている、というわけだ。

ところでこの二人の姫君、大君と中の君は、第四十三帖にも同じ呼び名の姫君が登場しているが、あちらは紅梅大納言の娘たち、こちらは鬚黒大将の娘たち、ややこしいのをお許しあれ。いずれあやめかかきつばた、ともに器量よしなので、やんごとない筋からだけではなく、ほかからの誘いも多い。特に蔵人少将《くろうどのしょうしょう》、この人は夕霧の子で、子だくさんの中でもひときわ優れている。玉鬘としては親同士の縁が深いので、この筋もないがしろにしにくい。蔵人少将は姫君に仕える女房たちとも親しいから、それをつてにして恋のプレッシャーをかける。玉鬘は、

――気の毒ね――

結論を言えば望みの薄い努力なのだ。が、蔵人少将の母、すなわち雲居雁からも手紙が入るし、父なる夕霧からも、

「まだ軽い身分だが、息子をよろしく」

と言伝《ことづ》てが入る。玉鬘の狙いはもっと高いところにあるから姫君を囲む女房たちに、

「みんな気をつけてね。万一まちがいでも起こしたら大変だから」

堅く命じて蔵人少将のアプローチを戒めている。女房たちも楽ではない。

薫は十四、五歳で（先の第四十三帖〈紅梅〉では二十四歳以降が綴られていて、このあたり設定の交錯が見られ、研究上の疑問がささやかれている。またこの帖では八年あまりの歳月がカバーされているから、どの人物も年齢の特定はむつかしい。が、とにかく）若君は幼さを残しながらも立居ふるまいは大人さながらに整っていて、将来は、

――どんなにすてきになるかしら――

みんなが目を見張っている。冷泉院の寵愛がことさらに厚く、そのせいもあってか出世も早い。玉鬘の屋敷にも出入りして息子たちとつきあっているから、

――この人はわるくないわねえ――

玉鬘から見て娘の婿にふさわしい。しきりに屋敷をうかがう蔵人少将もなかなかの美丈夫なのだが、薫に比べると見劣りがしてしまう。玉鬘としては、

――やっぱり六条院に似てらっしゃるのよねえ――

薫のすばらしさは源氏譲りであり、薫を見ていると今さらのように源氏への懐しさが募り、また薫への愛顧も深くなってくる。

しかし陰の声としては「薫は源氏の血じゃないんだよー」と言いたいところだが、それは知る人ぞ知る秘密なのだ。そして若い女房たちも薫にはおおいに憧《あこが》れているのだが、薫は、

——なんなんだ、これ——

みずからがMMK印であることに対して困惑するタイプなのである。

正月の初め、玉鬘の屋敷に大勢が訪ねて来た。紅梅大納言、藤中納言(鬚黒の長男)、夕霧とその六人の息子たち、みんな容姿も身分も不足のない貴人ばかり。そのくさぐさは措《お》くとして夕霧が玉鬘を相手に、

「年を取るにつれ宮中への参内を除くと外出が面倒になり、父のことなどいろいろ話を聞いていただきたいと思いながらも、ずるずるになっています。なにかの折には若い息子たちを召してご用をおっしゃってください。必ず心を籠めて尽すよう申しつけておりますから」

と息子たちを売り込む。この二人はかつて源氏のもとで姉弟として日々を過ごした

ことのある仲なのだ。

「私は世の中から忘れられ、古びていくばかりよ。六条院のことが偲ばれてなりませんわ」

と玉鬘は言いながら昨今の悩みをうち明けて、

「娘たちのことですが、しっかりした後見もないまま院のもとへ宮仕えをさせるのは見苦しいことかなと思ったりして」

「帝からも思召《おぼしめ》しがあったと聞きましたが、どちらに決めるんですか。院は男盛りこそ過ぎていましょうが、いつも若々しく、すてきですよ。ただ秋好中宮や弘徽殿女御《こきでんのにょうご》や、すばらしい方が仕えているから、そこに交ってとなると、なかなかよい女《ひと》がいませんね。女御は新しい女《ひと》の入内を承知してるんですか」

と、これは夕霧の深慮遠謀かも。彼は自分の息子たちのため玉鬘の娘たちの宮仕えを牽制《けんせい》したいのだ。だが玉鬘は、

「でも、その女御が〝退屈しているから院といっしょに若い女《ひと》の後見役でも務めようかしら〟って勧めてくださるの。困っちゃうわ」

やんわりと夕霧の意図を封鎖する。

このあと一同は三条に住む女三の宮の屋敷へ挨拶《あいさつ》に行き、夕方には一足遅れて薫が

玉鬘のところへ現われると、まさしく周囲は薫り立ち、他の連中を圧倒する美しさ、風格も備わって女房たちはため息をついて、

「こちらの姫君には、この方よ」

「お二人を並べてみたいわ」

勝手に評定をしてうるさいほどだ。薫は憎らしいほど落ちつきはらっている。女房の一人が庭に咲く梅に因んで、

折りて見ばいとどにほひもまさるやと
すこし色めけ梅のはつ花

手折ってみたらもっといい匂いがするのかしら、少しは色めいて咲いてくださいよ、と、そっけない薫をからかった。薫が返して、

よそにてはもぎ木なりとや　さだむらん
したに匂へる　梅のはつ花

もぎ木は枯木だ。よそでは私のことを枯木だと定めているらしいけど心の底では匂っているんですよ、と答えた。玉鬘が奥からいざり出て来て、

「困った女たちね。こんな堅い人をからかったりして」

と取りなしたが、薫は釈然としない。そのまま芳香を残して立ち去ったが、堅い人

とレッテルを張られたのはおもしろくない。それから十数日を経て、

――じゃあ好き者ぶってみようか――

薫が玉鬘の三男・藤侍従の部屋へ足を運ぶと、中門を入ったところに直衣《のうし》の人影……。だれかと思えば、いつもこのあたりをウロチョロ、ウロチョロ、姫君に恋い焦《こ》がれている蔵人少将ではないか。奥のほうから琵琶、箏《そう》の琴《こと》の音が聞こえ、少将はそれに気を取られていたらしい。

「案内をしてください」

三人連れだって梅の木のところまで来ると薫は催馬楽《さいばら》を歌って近づく。梅よりもなお強く薫の匂いが飛び散る。女房が歌に合わせて琴を弾く。

――うまいな――

くり返して歌うと、琵琶のさばきもわるくない。

――よい趣味を持つ家だな――

薫にしては珍しく寛いでいる。内から和琴《わごん》がさし出され、玉鬘の言葉が藤侍従を通して伝えられる。

「あなたの琴は亡き大臣に似ているとか。お聞かせください。鶯に誘われたみたいに……」

ここで言う大臣はもとの太政大臣、柏木や紅梅大納言の父のことだ。薫はちょっとだけかき鳴らしたが、それだけでもよい音色で余韻がある。玉鬘にとってその大臣は実の父親だ。深く親しんだわけではないが、やっぱり懐しい。が、さらによく見ると、

——この人、柏木にもよく似てるわ——

と思い出して泣いてしまう。年を取って涙もろくなったのだろうが、それとはべつに似ていて当然、柏木は薫の本当の父親なのだから……。

蔵人少将はよい声で歌ったが、藤侍従はホストの立場なのに酒ばかり飲んでいる。

「なにか祝いの歌でもひとつ」

と促されて催馬楽の〈竹河〉を歌った。薫たちもともに歌ったが、薫は、

「酔ってしまうと、ついあやまちを犯してしまうとか。私を酔わせてどうするんですか。ちょっとのつもりが、夜もすっかり更《ふ》けてしまって」

と退散する。あとに残された蔵人少将は、

——薫がときどき立ち寄ると、みんなが彼に好意を寄せちゃうからなあ。私は負け犬なのかよォ——

と、すっかりしょげ返ってしまう。

翌朝になって薫から「昨夜は失礼いたしました。みなさまはいかがですか」と姫君

たちも読めるように仮名を多く使った手紙が届いて、歌は、

　竹河の　はしうち出《い》でし　ひとふしに

　　深きこころの　そこは知りきや

〈竹河〉のほんのひとふしを歌いましたが、私の深い心はおわかりでしょうか、である。みんなが読み、玉鬘が、

「みごとな筆使いね。どうして若いうちからなにもかもそろっているのかしら。六条院は亡くなられ、母宮が特にしっかり育てたとは思えないのに、才能を約束された人なのね」

と感嘆しきり。息子たちの頼りない筆跡を叱《しか》った。返事は藤侍従が「どうして早く帰ったのですか」と問いかけて、

　竹河に　夜をふかさじと　いそぎしも

　　いかなるふしを　思ひおかまし

〈竹河〉を歌っただけで夜ふかしもせず急いで帰ったのは、どういう節まわしと考えたらいいのでしょう、と、母なる玉鬘の言う通りこの手紙はあまりうまい字ではない。第四十四帖のタイトルはもちろんこの〈竹河〉に因んでいる。〈竹河〉の一ふしを歌ったのをきっかけにして薫はこの屋敷に顔を出し、玉鬘に姫君への思いをほのめかす

ようになる。蔵人少将の心配をよそにして、この屋敷の者はみんな薫に心を寄せ、藤侍従も、男同士、

――仲よくしたいなあ――

ことさらに親しくなりたいと願っている。

三月、桜の咲くころとなり、玉鬘の屋敷では二人の姫君が十八、九歳、文字通り花の盛りで、ことさらに美しい。衣裳《いしよう》も美麗で、それぞれのこぼれるほどの愛らしさが細かく記されているが、これは省略。ただし、どちらかと言えば姉の大君のほうが気品に溢《あふ》れ、これはだれが見ても普通の人との縁組みは似つかわしくないみたい。あでやかな様子で二人は碁を打ち、勝ったほうが一本の桜を自分のものにすることができるとか。左近中将、右中弁、藤侍従、兄弟の見つめるかたわらで競っている。

蔵人少将はそれをかいま見て……大君を盗み見て、

――姿を見ただけで超ラッキー――

ますます恋心を募らせて、もう死にたいくらい。典雅な勝負の行方は省略して、ストーリーのポイントは大君の身のふりかた。冷泉院から「ぜひとも参上を」と毎日矢のような催促が来る。すでに入内している弘徽殿女御からも（この女は玉鬘の腹ちが

いの姉に当たるのだが）

「なんだか私が邪魔しているみたいに見られ、恨まれて困ります。娘さんを寄こしなさいよ。いいチャンスですよ」

と言ってくる。わかりやすく言えば、古手の妻が新しく入ろうとする女に「歓迎するからどうぞ」と言ってるようなものだ。母なる玉鬘の心は傾く。

それを知って蔵人少将は本当に焦がれ死にでもしそうな様子。母なる雲居雁に「なんとかしてよ」と泣いて責め立てるから雲居雁も手紙で玉鬘に訴える。

「なんとかうちの息子の心が安まるようご配慮ください」

かわいそうではあるけれど玉鬘は大君の相手として蔵人少将なんかもうまったく考えていないのだ。

「ここはご辛抱ください」

大君の縁談が一段落したところで、場合によっては

――中の君のほうを――

と思わないでもないが、それだってこの先どうなるかわからない。蔵人少将はジタバタして切なさのあまり友なる藤侍従の部屋へ行ってみれば、ここには薫からの手紙が……大君に伝えてほしい手紙が届いていて、

つれなくて　過ぐる月日を　かぞへつつ
　もの恨めしき　暮《くれ》の春かな

つれない仕打ちを受けているうちに月日を数え、恨めしい春の夕暮れを見ることとなりました、であり、薫も大君に心を傾けていたのだが、こちらはずっと冷静である。蔵人少将はそれがまた憎らしい。しばらくは失恋男の愁嘆場《しゅうたんば》が綴られるが、日時は流れて大君は華やかに冷泉院のもとへ参内する。薫は冷泉院にかわいがられているから朝夕近くに仕えていて厭《いや》でも院の大君への寵愛ぶりが見えてしまう。

——あの女《ひと》、私のことどう思ってるのかな——

それとなく探ったりしている。大君の弟なる藤侍従（この人は薫のファンであり、姉が薫のもとへ嫁いでくれればいいのに、と願っていた）と歌を交換して、まず薫が、

手にかくる　ものにしあらば　藤の花
　松よりまさる　色を見ましや

折しも松を背後に藤が美しく咲いていた。手にかけることができるならば松より優れて美しく咲いている藤の花をぼんやり見ているだけではすまさないのに……と、大君への未練を漏らしている。藤侍従が応《こた》えて、

むらさきの　色はかよへど　藤の花

　　　　心にえこそ　かからざりけれ

紫の藤の花と同じ色を通わせる姉弟のあいだがらですが、私の心のままにはならんのですよ、と謝まっている。

大君の兄の左近中将は帝のもとに仕えていて、帝は、

「なんであなたの妹は冷泉院のところへ出仕したのかね」

ご機嫌斜めである。帝も大君に強い思召しがあったのだ。帝の怒りは辛《つら》い。叱られて左近中将は玉鬘に、

「とんでもないことをしてくれましたね。迷惑ですよ。どう帝に説明したらいいんですか」

「だって院から〝ぜひとも〟って言われたのよ。今さらそんなこと言われたって……。前世からの宿縁でしょ」

「そんなこと言えませんよ」

「帝のところは中宮がいらして居心地がわるいかもよ」

「だれかが嫉妬《しっと》するからとか、いじめられるとか、そんな問題じゃないでしょ」

左近中将の弟なる弁の君（右中弁）も母を非難する。現役の宮仕えにとっては、引退した院より帝の意志のほうが大切なのだ。美人の肉親を持つ身は辛いのだ。

とはいえ冷泉院の大君への寵愛はいよいよ深く、七月には懐妊、睦《むつま》じい様子を見て薫の心は騒いでしまう。大君の弾く琴の音も安らかには聞いていられない。

年が改まり御所では男踏歌《おとことうか》が催された。薫は歌頭《かとう》を務め、蔵人少将らとともに〈竹河〉を歌う。冷泉院のもとへ赴くと薫の心を探る女房が「いつか〈竹河〉を歌った夜のこと、覚えてますか」と歌で問いかけ、薫は、

流れての　たのめむなしき　竹河に
　世はうきものと　思ひ知りにき

月日は流れ、私の望みもむなしくなり、世は無常と覚《さと》りました、と、薫自身、大君への思慕が思いのほか深かったと悔んでいるのだ。大君はどう思っているのだろうか。

四月には大君が女子を生む。冷泉院の喜びは大変なもの。祝いの儀式は華やかながらも帝位を退いていることを慮《おもんばか》って控えめであったが、院があまりにも幼子をかわいがるのでトラブルが起きてしまう。弘徽殿女御と大君のあいだではさすがに軽々しい争いなどはなかったが、女御に仕える女房たちがとげとげしい。大君はまことに、まことに居心地がわるい。加えて帝も折にふれ、

「なんで私をさしおいて院のところへ特上の姫君をさしあげたんだ」

と不快をあらわにし続けている。大君は院に愛されながらも喜びより苦しみが多い。長兄の左近中将が案じたことはまんざら杞憂《きゆう》ではなかったのだ。玉鬘は苦慮して、それまで務めた尚侍《ないしのかみ》の職を返上し、中の君をその役に願って帝に仕えさせようと考えた。この姫君は場合によっては蔵人少将へと匂わせてあったのだが、それはオジャン。次男の右中弁を夕霧のところへ赴かせて苦しい弁明を伝えた。夕霧は、

「それも仕方ないでしょう」

と高所に立って納得してくれた。

帝のほうは、

——姉のほうがすてきと聞いたのに妹か——

不満はあったが、中の君も上品で、才気に溢れ、立居ふるまいも美しく、わるくない。こちらは少しずつよい方角へと向かう。

玉鬘は心労のすえ出家を思い立つが、息子たちが、

「それは短慮というもの。参内した姉妹たちの面倒を見てやってくださいよ」

と遮る。確かに……。そこで中の君のほうへはこっそりと赴くが、トラブルがあるらしい大君のほうへはなかなか足が向かない。それというのはトラブルをあからさまに知るのが辛いからではなく（それも少しはあっただろうが）なんと！

——院はまだ私に思召しがあるらしい——

女の直感としてそれを心配するからだ。玉鬘は四十代後半くらいか、充分にチャーミングで、万に一つ、院とまちがいでも起こしたら……噂をされるだけでも恥ずかしい。しかし、この事情は娘の大君に話せることではなく、身を慎んでいると、大君は、

——母は昔から妹のほうをかわいがって、今もあっちにばかり行っているみたい——

と恨む。そればかりか院までもが、どこまで事情を見抜いてか、悩める母に対して、

——つれない人だね——

口にまで出して詰《なじ》っているのだとか。

ただ院と大君の仲はすこぶる睦じく、やがて男子が誕生。冷泉院は四十代のなかばくらいか。当時のつねとして年寄りぶっているが、充分に頑張れる年齢だろう。この男子にも院の寵愛が厚く、大君も愛され、こうなると弘徽殿女御の機嫌もわるくなる。玉鬘はそれを知ってますます苦慮するばかりである。

蔵人少将は位も上がり、左大臣の娘を妻としたが、あい変らず失った恋に思いを馳《は》せている。ほかの男たちもみんな出世したが、それはややこしいから略筆。中の君は朗らかに帝に仕えているらしいが、大君はしばしば実家へ帰るようになり、

――うまくいかないわね――

悩める玉鬘は薫が訪ねて来た折に、冷泉院のもとでの取りなしを泣いて願うが……薫は冷泉院のおぼえがめでたいので、溺《おぼ》れる者がわらにもすがるつもりで訴えたが（具体的には秋好中宮や女御への取りなしをほのめかしたのだが）薫は、

「よくあることです。男が口を出すことではありません」

と取りあおうとしない。安請け合いはしない性質なのだ。その一方で薫は玉鬘を観察して、

――この女《ひと》は若々しく、すてきだな。大君もきっとこんな感じで、しかももっと若いんだ――

さらにこの気配が、このとき宇治にある自分の恋しい姫君に似ているにちがいない、と思いめぐらしている。玉鬘のほうは、

――この人が大君の婿であったら――

帰らぬ過去に思いをめぐらしている。

このあと紅梅大納言が右大臣に就いた祝いの宴が賑《にぎ》やかに催されることが記され、大臣たちが薫や匂宮を娘の婿へと願っていることや、玉鬘の昔を偲ぶ恨み節が綴られているが、さほどのものではない。第四十四帖〈竹河〉はこのあたりで閉じ、大河小

説は掉尾《ちようび》を飾る〈宇治十帖《うじじゆうじよう》〉へと移っていくのだが、それにしても〈匂宮〉〈紅梅〉〈竹河〉の三帖は……どう言えばよいのだろうか、どことなく中途半端、あるいは未熟である。〈竹河〉は長い年月をカバーして〈匂宮〉と同じころを語り、〈紅梅〉はむしろ〈竹河〉以後の話を多く含んでいる。紫式部の筆ではなかった、という説は措くとしても、このあたり、大河小説の構成と設定に齟齬《そご》があったと評されても仕方ない。源氏が死んでしまうと作者までうろたえてしまうのだろうか。わからない。

16

ウジウジと薫は宇治へ眼は涙

橋姫　椎本　総角

悠揚たる大河小説の流れは第四十五帖〈橋姫《はしひめ》〉へと移り、いわゆる〈宇治十帖〉の始まりとなる。

宇治は京の都から四里ほどの距離、往時はわびしい山里であったが、なにしろ平城京と平安京のはざまを占め、大阪へ注ぐ宇治川の利もあって、川岸には古くから記録に残る小邑《しょうゆう》が散っていた。都人が別邸を設けたりするケースがないでもない。著名な平等院が建てられるのは紫式部より四、五十年あとのこと、それより前は知る人ぞ知る風雅の地であったらしい。

さて、ここに八の宮と呼ばれる貴人があって、この人は桐壺帝の皇子、源氏とは母ちがいの弟である。やんごとない出自であり、東宮へと推されたこともあったが、それは成らず、そのあとは不運の連続であった。

不遇の中にあっても北の方とは睦《むつ》みあい、

「子どもがほしいなあ」

「本当に」

長く恵まれなかったが、やがて長女（のちの大君《おおいきみ》）が誕生、続いてまた姫君（中の君）が生まれ、大喜びしたのも束《つか》の間《ま》、北の方が産後の病いで没してしまう。八の宮はもともと世事にはうといタイプだったろう。権力から遠ざかるにつれ日ごと月ごと

年ごとに人の出入りが途絶え、八の宮自身は、

――出家をしたいが――

と願ったものの娘二人をなんとしよう。見守ってくれる人がいない。そのうちに屋敷が焼失、都には住むところもなく宇治の山荘へと住まいを移した。出家をせぬまま勤行《ごんぎょう》に励み、その篤信《とくしん》の生活ぶりは入念で俗聖《ぞくひじり》と称されるほどであった。

二人の姫君は滅法美しい。姉は典雅であり、妹は怖いほどの美形である。八の宮は不充分ながら二人の娘に嗜《たしな》みを授け、大君は琵琶に長《た》け、中の君は箏《そう》の琴《こと》をたしなんでいた。

とはいえ八の宮は娘たちをりっぱに育ててよい縁を得たいと願っているわけではなく、そういう俗世のことは、

――わずらわしいのう――

むしろ控えめに生きることを娘たちにも望み、娘たちも父の志に従っていた。でも、それでこの先よいものかどうか、当然のことながら八の宮に迷いがなかったわけではない。

さいわいにも近くに高徳の阿闍梨《あじゃり》が住んでいて二人は肝胆照らしあう仲、八の宮はこの僧の手ほどきで一層深く仏の道を伝授されるのを喜びとしていた。

この阿闍梨は冷泉院の覚えがめでたく、ときどき伺候《しこう》しては、ここでも仏の道を説き、よもやま話しあっていた。

「宇治には八の宮がいらして、信仰心があつく、りっぱなお方です」

「八の宮とな」

冷泉院にとっては遠い兄宮にあたる。

「出家をお望みですが姫君が二人いて、ままなりません」

姫君たちの様子を語り、山里の静謐《せいひつ》な風趣を伝える。

冷泉院のところには薫中将が出入りしていたから、この話を聞いて興味を覚え、これがこれから始まるストーリーの発端だ。

ところで、この薫なる貴人、すでに先の帖に登場して語られているけれど、いまいち人物像がわかりにくい。すごくいい男、しかもとてもよい香りを発する体質、人に褒められるために生まれてきたみたいな人柄なのだが、人生についてなぜかネガティブな思考を抱いてウジウジ、ウジウジ迷ってしまう。ハムレット型かな。仏道に強く憧れ《あこが》、女性関係にはあまり関心がないみたい。冷泉院のもとで八の宮の噂《うわさ》を聞き、源氏の君なら、

――えっ、そんなすてきな姫君がいるの――

と触手を伸ばすところだが、薫は、

――えっ、そんなりっぱな方がいるの――

俗聖のほうに興味を覚えた。

「ぜひともお訪ねして教えを受けたい」

「願ってもないこと」

阿闍梨も八の宮の身の上に懸念《けねん》を抱いていたのである。

とはいえ貴族社会のつねとして、しかも相手は浮世を離れた立場なので、手続きには多少の手間ひまがかかったが、結局、薫は宇治へ足を運ぶようになる。このとき薫は二十歳と少し、八の宮は六十歳を越えていただろう。会って話し合ってみれば、まことに実りが多い。八の宮は高貴なバランス感覚を踏まえて仏の道を語ってくれるので薫にはとても好ましい。姫君たちは父宮と襖障子《ふすましょうじ》を一つ隔てただけの生活ぶりだから気配は漂ってくるが、薫としては、

――色めかしいことは避けよう――

目的はそこではない。知らんぷりを決め込んでいた。

こうして三年が過ぎ、ある秋の末、薫は、

――このところ無沙汰《ぶさた》続きだなあ――

急に八の宮に会いたくなり、有明の月がまだ夜空にあるころ、ほとんど供も連れずに宇治を目ざした。趣深い山里の風景は省略して……山荘に近づけば琵琶の響き、琴の調べ、姫君たちの技がとぎれとぎれに聞こえてくる。

――わるくない――

なまめかしく響いてくる。案内を乞《こ》うと八の宮は山寺に赴いて不在らしい。楽の音が止《や》んだ。そっとうかがうと二人の姫君がたわいない会話を交わしている。

薫が、

「折あしく父宮の留守にうかがってしまったが、夜霧に濡《ぬ》れてしまい、御簾《みす》の外では困惑してしまいます。やましい心はありません。もう少しうちとけて……」

と告げても二人は恥入って退いてしまい、重ね重ねて薫が訴えると、大君が、

「私などがなにを申しあげたらよいのでしょうか」

どこまでも礼儀正しく、替って老女が現われて対応する。これは心得のある女らしい。薫がただものでないことを見抜いて次第に話が深まっていく。老女は弁と呼ばれ、なんと！　あの柏木の乳母《めのと》であった女の娘なのだとか。流れ流れて今は八の宮のもとで姫君たちの世話を務めている。巫女《みこ》のような声で漏らすうちあけ話に薫は、

「もしや」

胸騒ぎを覚えた。しかし夜が明けるにつれ、いきなりの訪問はこのへんで切りあげねばなるまい。いずれゆっくりと語りあうことにして退散……。帰り道で山寺の鐘をかすかに聞きながら歌を贈り、大君が戸惑いながら儀礼もあって歌を返す。薫はさらに宇治川の網代《あじろ》で漁《あさ》る人たちを見て、

橋姫の　こころを汲《く》みて　高瀬さす
棹《さお》のしづくに　袖ぞ濡れぬる

と思い入れが深い。橋姫は宇治川の橋を守る女神のことであり、雅《みや》びな姫君をそれになぞらえたのだろう。第四十五帖のタイトルはこれであり、歌意は宇治川のほとりに寂しく暮らす姫君の心を思うと私の衣の袖《そで》は棹のしずくを受けたように濡れてしまいます、だろう。

大君はこれにもさりげない歌を返し、薫は再会を伝えて都へと向かった。

都へ帰っても薫は落ちつかない。姫君の姿がまぶたにちらつくが、これは仏の道を思って慎しむ。気がかりはむしろ、

――あの老女、なにか大切なことを知っている――

弁という女のほう……。まず重ねての訪問を訴える手紙を宇治へ送った。ラブレタ

ーと誤解されないようすこぶる生真面目《きまじめ》に綴った。それから宇治の生活ぶりを慮《おもんばか》ってたくさんのプレゼントを……失礼にならないよう使用人たちが潤《うるお》うようなものを贈った。八の宮からの礼状が来て薫と宇治方面の関わりはしなやかに進んでいく。

ところで、こんなとき、ストイックな男は思わぬまちがいを演じてしまうものだ。自分がまっすぐに女性に向かって行けないものだから親しい友人に勧めたりする。言ってみれば、代償行為のようなもの。厄介が生ずることも多い。薫は、匂宮がわびしい山里に思いがけない美姫《びき》が住んでいるのが「いいね」と言っていたのを思い出し、

「ちょっと気がかりなことがあってね」

匂宮を訪ねて告げた。

「なに？」

「宇治のあたりにすばらしい姫君がいて……父宮もまことに徳の高い人で、付近の静けさがただごとじゃないぞ」

少し誇張も混ぜておいしいことを並べたてたものだから匂宮はおおいに興味をそそられ、それにめぐりあった薫に嫉妬《しっと》さえ覚えてしまう。

「堅物のあんたが、いよいよかな」

と、さぐりを入れれば、

「いや、いや、俺はちがう」

薫はとりあえず老女の言葉のほうが聞きたかった。

何日かたって薫が宇治を訪ねると八の宮は阿闍梨まで招いて大歓迎。山里は風の声、川の響き、あわれ深さを越えて恐ろしいほどの風趣……。しかし、こういう気配がきらいな人たちではない。

「この前は楽の音を聞きました。とても趣きが深くて」

姫君たちの嗜みについて触れたが、

「いや、いや、私はもとより娘たちもさほどのものではありません」

この方面のパフォーマンスは実現されなかったが、老女とは話す機会が設けられた。下々とちがって高貴な人たちの会話は単刀直入には進んでいかないのだが、核心へと急げば、弁の老女は柏木の最期《さいご》を語ってすすり泣いたあげく、

「ご臨終のさいに遺言があって……」

「ほう？」

「二、三のものを除いて、だれも知りません。それも私のほかはみんなみまかってしまいました」

「知るものは少ない、となト」

「はい。私どもは初めから事情を心得ておりましたから、それで柏木様はこの手紙を私に預けたのでしょうね。届けてほしいって」

「だれに？　なんだろう」

それは柏木が女三の宮にあてたもの……。女三の宮と言えば、源氏の妻となり、今は尼となって三条に住む内親王のこと。弁の老女は頼まれたけれど届けるチャンスがなく、

「せめてあなた様のもとへと思って、仏に祈っていたんですよ。そしたら、ようよう願いが叶《かな》って……」

と弁は古い小袋を取り出す。かびくさい中には小さく巻いた反古紙《ほご》……。中身について薫は見当がつかないでもない。心を乱して受け取り、八の宮へは、

「また近々まいります」

あたふたと退散した。

そして館《やかた》に戻って確かめる。袋は唐織物で大切なものを収めるものだ。〝上〟という字が記され、これは内親王である女三の宮へ当てたことを示している。細い紐《ひも》で綴《と》じられ、柏木の名で封じてある。ほかにさまざまな色合いの紙に綴られた五、六通があって、これは女三の宮からの手紙だろうか。薫は気もそぞろに、

——柏木の筆かな——

と思うものを開く。書いたまま届けられなかった手紙だろう。〝私の命はもう永くはありません〟とか〝ほんの短い手紙もさしあげるのがむつかしくなりました〟とか、あるいは〝お姿も尼に変わられたんですね〟とか、苦しい心情が鳥の足跡のようにポツリポツリと散っている。歌が二つあって、

目の前にこの世をそむく　君よりも

よそにわかるる　魂《たま》ぞかなしき

この世に背いて尼になるあなたより会えずに別れていく私の魂こそ悲しいものだ、であろうか。続いて、幼な子について噂を聞いていることをほのめかしたうえで、

命あらば　それとも見まし　人しれぬ

岩根にとめし　松の生《お》ひすゑ

命があるならば、人知れず岩根に残した松の行く末を見守ることもできようが、本当に、はかない私の定めです、くらいだろう。

読者諸賢にはご記憶もあろう。柏木は恩義のある源氏の妻、女三の宮に恋して、強引に御簾のうちに入り込み、妊娠までさせてしまったのだ。罪の意識はとことん柏木を苦しめた。女三の宮は一貫して柏木につれなく、傷心のまま出家してしまった。柏

木の病も死もこの痛恨と深く関わっていただろう。こうして生まれた子が、薫その人であった。

——やっぱりそうか——

うすうす感じていたけれど、目の前にはっきりと証拠を示され、薫のショックは大きい。聞けば、事情を知る人はあらかた他界し、秘密はもう漏れそうもないけれど、出来事のゆゆしさがペシミストの心を苦しめてやまない。

——あ、そうか——

母宮は当然のことながら〝知る〟人であろう。が、三条に住むその女《ひと》は薫をかいまみても、まるでなんの屈託もないみたい、若々しい様子で読経《どきよう》に励んでいる。

——私は秘密を知ってしまいましたよ——

そう告げて問いただしたいこともあるけれど、とてもできることではない。自分一人の胸に収めて苦しむよりほかにないらしい。

小説はすべてミステリーなのだ。なにかしら謎《なぞ》が提示され、その謎が深まり、少しずつ解けて行き、やがて一定の結末が示されて大団円を迎える。なにも人殺しがなくたって、いろいろな出来事が謎として描かれるのが小説の特徴なのだ。恋愛もまた、

――この二人、どうなるのかな――

大きな謎である。

大河小説は全体として人生の大きな謎を語りながら、ところどころに小さな謎を仕かけたりする。柏木の恋は数帖にまたがる謎であった。弁の老女の登場により一応の正解が示されたけれど、その恋から生まれた薫がまた新しい謎を訴えている。宿命を背負った生涯……。二重丸じるしの貴人なのにペシミスティックで、仏の道に憧れ、女性関係には腰を引くところがある。よい香りを発する体質は、なんの謂《い》なのか。親しい友人にしてライバルとも言える匂宮は、これもみごとな美丈夫《びじょうふ》で、女性には関心が深い。宇治の山里にすてきな姫君が二人も暮らしていることを薫から聞かされ、ムラムラ、心が騒ぐ。読者としては、

――なんで薫はそんなこと、匂宮に話したのよ。黙っていればいいのに――

と、この先、思わないでもないけれど、この二人の貴人と二人の姫君はどうなっていくのか、〈宇治十帖〉はこの謎を発端にして第四十六帖〈椎本《しいがもと》〉へ入っていく。

匂宮はかねてから初瀬詣《はっせもう》でを、すなわち奈良の長谷寺《はせでら》への参詣《さんけい》を心にかけていたが、

――おお、そうか――

その道筋に宇治があるから、そこで中宿り、何日か途中泊をすれば好都合である。薫の話では宇治にはすばらしい目の保養があるらしく、そうと知れば捨ててはおけない。むしろそこへ立ち寄ることが目的であり、春二月、多くの貴人や家臣を同行して赴くこととなった。

その宿所には夕霧が源氏から譲り受けた別荘があてられ、これは八の宮の山荘とは宇治川を挟んで対岸にある。夕霧が迎えに出るはずであったが、もの忌《い》みがあって不参加、薫が来ることとなった。このほうが匂宮には心安い。夕霧の子どもたちもゾロリとついて来る。匂宮の立場は、やがて東宮にとの噂もあって、周囲の敬重《けいちょう》を集めていたのである。

宿所では昼は寛《くつろ》いで疲れを休め、夕刻よりにぎやかに琴などを奏《かな》でる。対岸へのデモンストレーションだ。案の定、八の宮は川風の運ぶ音色を聞いて昔日《せきじつ》の栄華に思いを馳《は》せ、典雅な宴を思い起こしては、

——うちの娘たちをどうしたものか——

美しく育っている二人に華やかな生涯を送らせたいが、もの欲しげなビヘイビアは、この人の胸中にはない。仏の道に尽し、娘たちにも愚かな望みを抱かぬよう教えているのだ。

匂宮は対岸を訪ねて様子をさぐりたいが、それはチト軽率、初瀬詣でのリーダーとしての立場がある。抜けがけの行動はそぐわない。薫もまたおおいに気がかりなのだ。そこへ折よく対岸の八の宮からの手紙が届く。誘いのような、挨拶《あいさつ》のような……。匂宮はすぐさま筆を取り、これは薫が届けることとなった。薫のほうは、ずっと気軽な立場だし、八の宮ともすでに親しい。八の宮のほうも用意を整え、山里ながらそれなりの趣向を凝らして、とてもよい雰囲気だ。琴の音もポロン、ポロン、と、はにかむように響いた。

匂宮はさらに歌を贈って、これは八の宮ではなく、姫君へ誘いかけている。山荘のほうでは、

「返事に手間取っては、かえって、よろしくない」

という意見もあって、とりあえず中の君が（おそらく八の宮に促されたのだろう）礼儀正しく、だが、やんわりと誘いを断る歌を返した。

これからしばらくのあいだ、歌のやりとりが頻繁となるが、往時の貴人たちのあいだでは、このあたりの呼応が悩ましく、そこには嗜みのよさや教養の深さが現われ、ジャブの応酬の中に本心を含ませたり、本心を読み取らせたりしなければならないのだ。男女の仲で言えば、ただの挨拶なのか、軽く粉をかけているのか、本気で愛そう

としているのか、いくつものレベルが伏在している。それを匂わせ、それを汲み取らなければいけない。

このたびの中宿りでは、匂宮は帝からのお召しが入り、中途半端のまま都へ帰ったが、それからは次々に手紙を送ってプレッシャーをかける。それを受けて八の宮の悩みは深い。

手早く解説をするならば、この人、生まれも育ちも特上、人柄も清く誠実なのだが、若いころに俗世の争いを見て失望し、人生に強い諦観《ていかん》を抱いてしまった。仏の道に従い、潔《いさぎよ》くこの世の命をまっとうすればよい、と心底から信じて、その通りの毎日を過ごしている。一般論としては、

「ごりっぱなことです。好き好きですから」

と言いたいところだが、娘二人はなんとしよう。姉は二十五、妹は二十三、父親と同じ考えを持てと言いきるのは酷だろうし、さりとて父親にはほかにうまい思案が浮かばない。つまらない男の世話になるくらいならこのまま清く、つましく過ごすほうがまし、と思っていたが、そこへ降って湧《わ》いたように特上の男の気配が吹き寄せてくる。

――しかし、なあ、飛びつくのははしたないし、娘たちはかえって苦労するかもし

れん——

自分の命の長さを考え、ただひたすら迷っている。りっぱな人だが、結局のところただ迷っているだけ、というケースは世間にはよくあるものだ。二人の娘たちも父親の心を慮り、これも迷うよりほかにない。

薫は中納言《ちゅうなごん》に出世して公務に忙しい。折をみつけて五カ月ぶりに宇治を訪ねてみると山里は秋の風趣を漂わせてつきづきしい。八の宮とは年齢の差はあるけれど、人生観や性格に似たところがあるから本当に快く語り合える。八の宮が、

「私が死んだあと娘たちがどうなることか」

「ご心配ありません。私とて限りある命ですが、その件は別して留意させていただきます。不充分でしょうが、私の志を知っていただきたい」

きっぱりと言う。言葉にはけっして偽りのない人柄だ。

確かに……。これは薫の誠意であり、色めいた願望とは関係なく、美しい姫君の後見をいたしましょう、と、ジェントルマンとしての堅い約束、すばらしいけれど、これは薫の行動を縛ることになりかねない。八の宮のほうは内心、

——この男なら娘を妻として預けてもさしつかえない——

と思っているのだが、貴人の嗜みがそれをあからさまに言わせないのだ。本当はこ

こで八の宮が明言しておけばよかったのだが……。それを言わずに、

「こうして語り合うのも今夜が最後かもしれませんな」

「とんでもない」

薫のほうも踏み込んで「二人の姫君を私にください。ともども妻として大切にいたします」と切実に願い出ればこのあとのトラブルは生じなかったろうが、なにしろ薫は「トゥー・ビー、オア、ノット・トゥー・ビー」ハムレットよろしくあれこれ悩んで躊躇《ちゅうちょ》し、事態をややこしくするタイプだから、スムースには運ばない。男女の仲は強く求めなければ、背後にどんな事情があっても、相手は、

――深くは愛されていないんだわ――

慎しみ深い人は身を引いてしまう。薫はそのあたりに抜かりがあったし、八の宮は娘たちの本当の幸福がなにか、思案がそっぽうで、独りよがりだった。まったくの話、この父親は娘たちに、

「軽々しい心を起こして、この山里を離れてはいかんぞ。一生ここで寂しく暮らしても、それも前世の因縁、覚悟を決めておくことだな」

せめて醜女《しこめ》に生まれてくれたら悩みもなかったろうに、と思っているのだから始末におえない。この教育のせいもあって娘たちは色めいた誘いにはなかなか心を傾けな

いのだが、かろうじて薫には（この人はほとんど色めいていないから）御簾越しに姿をかいま見せたり、ほんの少し言葉を漏らしたりしている。薫としては、

——匂宮がものすごく会いたがっているんだがなあ——

友のビヘイビアが気がかりで、できれば取りもってやりたい、と考えていた。さりとて二人の姫君を知るにつれ、

——本当にすばらしい。後見の件は八の宮との約束通りいささかもたがえるつもりはないけれど、私の役割はそれだけで、この姫君がだれかの妻になるのは耐えられないなあ——

これが次第に薫の本心になって来る。とりわけ姉の大君のほう……。どんどん引かれてしまう。

そうこうするうちに八の宮は勤行のため山深い寺に入り、そのままみまかってしまう。娘二人は臨終に立ち合うことさえできなかった。姉妹の悲しみは深い。予測のできないことではなかったが、絶望の極みである。薫は手厚い配慮をほどこしたが、姫君たちは茫然《ぼうぜん》自失、なにをどうしてよいか、ただ萎《しお》れて泣き崩れるばかりであった。

匂宮はしきりに慰めの手紙を送るが、ほとんど返事はない。プレイボーイはくやしい。

——薫には、こんな対応じゃあるまいに——

と、ますます恨めしい。それでもまれには儀礼としての返事の届けられることもあり、たいていは中の君が書いていたが、あるとき、それとはべつな筆跡を見て、

——どっちがどっちなのかな——

と案じて胸をときめかしたりしている。

因《ちな》みに言えば、この姉妹、ともに特上の美形だが、姉は気品に溢《あふ》れ、妹は華やかに美しい。性格も姉はことさらに慎み深く控えめで、人生への諦観も濃い。とりわけ父の死後は妹への配慮もあって、みずからはけっして目立ったことはしない。妹はおっとりとして姉よりはイージー、こだわりを捨てているところがある。

薫は忌みが明けるのを待って宇治を訪ね、新年を前に足を運ぶ。往時は遠い山里だった。少しずつ大君が相手をするようになったが、まったくもって奥ゆかしく、非の打ちどころがない。

「匂宮が恨んでます。いくら手紙をさしあげても返事がない。私が邪魔をしているのだろうって」

「……」

「匂宮については、世間ではいろいろ噂されていますが、根は誠実で、頼りにしてよい人柄です。私はよく知ってます。よいご縁と思われたら私が仲立ちをして……」

大君は妹の親代りとして聞いていたが……つまり自分のことではないと考えながら、

「さあ、どうご返事を申しあげたらよいやら」

と、ほほえんで、はぐらかす。薫は姉妹のどちらが（手紙などで）匂宮の相手をしているのか計りかね、

「今の話は、あなたのことではありません。匂宮については中の君の姉君としてお考えください。たびたび手紙が届いているようですが、返事はどちらがなさっているのですか」

大君が歌で答えて、

雪ふかき山のかけ橋君ならで
またふみかよふあとを見ぬかな

雪深い山のかけ橋には、あなた以外に踏み通う跡を見ません、つまり私はあなた以外に返事をさしあげたことはありません、であり、これは大君にとっては事実をその通り述べたのだが、もう少し深い意味が含まれているようにも響く。

「どういう意味でしょう。気がかりですね」

薫は、呟《つぶや》きながら、

つららとぢ駒ふみしだく山川を

しるべしがてら　まづやわたらむ

氷の張った山川を馬で踏み（匂宮の）手引をするけれど、まず先に私が渡ってあなたにお会いしたいのです、と、これはかなり明白なプロポーズだ。だが大君は直截《ちょくせつ》には答えず、その様子がまた心にくい。薫は大君が好きなのだ。でも色めかしい態度は採りたくないし、大君はもともと我欲の薄い女だし、父の戒めもある。しばらくは薫と大君の〝奥ゆかしさ〟ごっこが続いて、らちがあかない。薫が、

「この山里によく似た静かな住まいが都にあって、そこへお移りになったら、どんなにうれしいことでしょう」

と誘っても、女房たちは色めき立つが、大君は無言。中の君が小耳に挟んで、

――そんなの、厭《いや》らしいわ――

姉妹とも一筋縄ではいかないのだ。このあと匂宮がいらついたり恨んだり、あるいは薫が（ちょっとはしたないけれど）襖の穴から姉妹の姿を見て、ますます惚《ほ》れ込んだりするのだが、それは省略。あ、それからもう一つ、夕霧が自分の娘、女六の君を匂宮に嫁がせようとしているが、匂宮にはその気がない。これも後日のため少しだけ言っておこう。

さて、故・八の宮が勤行に励んでいた部屋に薫が立ち入り、故人を偲《しの》んで、

立ちよらむ　かげとたのみし　椎《しひ》が本《もと》
むなしき床《とこ》に　なりにけるかな
私が出家するときには、その木かげを頼りにしようと願っていた椎の木もむなしい床となってしまった、であり、八の宮を頼るべき椎の木にたとえている。第四十六帖のタイトルはこれに由来しており、男女のやりとりを繁《しげ》く綴ったが、本来は八の宮に対する薫の厚い思慕こそがこの帖の要なのかもしれない。

第四十七帖〈総角《あげまき》〉はタイトルそのものがむつかしい。読者としては、

「なんで〝あげまき〟って読むんだ」

中国の用語がそのまま漢字として用いられたからだろう。本来は髪の結い方であったが、ここでは紐の結び方だ。

八の宮の一周忌が来て、薫はその采配かたがた宇治の山荘を訪ねて、大君への敬慕を訴えた。姉妹二人で仏前に供える香の飾り紐を作っていたので、薫はそれに因んで、
あげまきに　長き契りを　むすびこめ
おなじ所に　よりもあはなむ
あげまきを結ぶように長い契《ちぎ》りを結んで同じところで親しみ合いたいものです、と

ラブコールである。

大君は、薫の熱い訴えをわずらわしいと思いながらも、

　ぬきもあへず　もろき涙の　たまのをに
　　長き契りを　いかがむすばん

糸で貫《ぬ》いてつなぐこともできない涙ばかりの命なのに、どうして長い契りなど結べましょうか、やんわりと拒否している。薫はこれ以上踏み込むことができず、話を変えて匂宮を取り持つ。

「あの男ならなんの心配もありません。あまりよそよそしくなさらないようお願いしますよ」

「それなりに心を配っておりますのに、そんなふうに言われて、困りますわ。こんな山里に暮らしておりますから、なにごとであれ分別が遅れ、世間なみにはまいりません。望みの薄い女なんです」

と嘆く様子はいとおしいけれど、話はいっこうに進まない。薫は仕方なく弁の老女を呼んで苦しい胸の内を訴える。一つは、

「私はこれまで女性に関心が薄かったのだが今度ばかりは心がときめいてならない。宿縁を感じてしまうんだ」

みずからの大君への思いを告白し、もう一つは、

「匂宮のお世話をしようとしても、こうまで頑《かたく》ななのは、ほかになにか考えがあるのかな」

匂宮と中の君を近づける件である。弁の老女の答は、

「大君は結婚なんか望んでいません。私ども〝この先どうするんですか〟と、それとなく申しあげているのですが聞く耳を持ちませんのよ。中の君のことだけは気がかりで、あなたが中の君をお望みならば、それはよしと思っていますね、きっと。匂宮様からの手紙も繁く寄せられてますが、信じていませんね、大君は」

チェンジング・パートナーを勧められても薫は、

「私はひたすら大君を思っているのです。ほかには考えられません。この年まで仲睦じく語り合う人もなく孤独に過ごしてきたけれど、大君を知って初めて快く語り合えたのです。今さら相手を変えるなんて……」

「困りましたねえ」

これより先、薫はなんとか大君の〝そば近くに〟入り込もうとする。御簾ひとつ隔てたところまではなんとか許されているのだが、そしてこれは大君にとっては大変な譲歩であり嗜みの限度いっぱいと考えているのだが、薫はもっと近しく接して語り合

いたい。けっして無体な要求を秘めているわけではなく、心を込めて通っているのだからそれ相応の対応があってもよいだろう、それがないのはやっぱり情愛の欠如にほかならないのでは？

——もう少し心意気を見せてほしい——

なのである。

紫式部はほとんど綴っていないけれど、ここには経済的問題も伏在している。八の宮が存命のときから、この館は窮乏を余儀なくされていただろうし、死後はさらにひどく、年金がおりるわけではなし、このままではじり貧しかないのである。それをさりげなく、姫君たちのプライドを傷つけないように配慮して支えているのは薫なのである。それは薫には充分に可能なことであり、故・八の宮との約束でもあった。姫君たちのことは「別して留意させていただきます」と、なんの野心もなく宣言したことなのだ。そして、それは大君への慕情とはべつのこと、薫には後見の約束をたがえるつもりはいささかもない。が、そのうえで、それとはべつに大君への激しい愛を感じ、それを大君の許せる範囲で叶えてほしい、という願いなのだ。そうであればこそ苦しい山道を何度も何度も通って来ているのである。

——少しはこっちの立場もわかってくださいよ——

しかし、やんごとない姫君はそのあたり、ぴんと来ない。自分の心情にひたすらである。この世への諦観が濃いのである。薫としては、

――こんな生活を続けていれば、いつか大君の心も和らいで、しっとりとした仲になる――

と考えていたが、大君の拒否は手厳しい。

こういう情況を踏まえて物語は進展していくが、看過できない存在は姫君を囲む女房たち……。すでに指摘したこともあったが、姫君のビヘイビアにはつきそう女房たちの思惑が大きく作用する。女房たちの手助けなしではほとんどなにもできない姫君たちなのだから……。宇治の山荘では女房たちは、

――このままじゃろくなことがないわ――

姫君が力強いスポンサーに寄りそってくれることを強く、強く願っているのだ。当然だろう。それが姫君の幸福への有力な道であり、なによりも自分たちがほどよく暮らしていくことに直結している。この願いに従って、陰に陽に小細工が施されることを読者は知っておかねばなるまい。

話を戻して……大君は薫が身近で夜を過ごすこと自体が恥ずかしく、許しにくい。執拗《しつよう》に迫って来る薫に抗《あらが》って、

「思いやりのないかたですね」

「あなたこそ水くさい」

女房たちは気をきかせて奥へ引っ込んでしまい、際《きわ》どい問答をくり返すうちに朝が来て、

「どうぞお帰りください」

「この朝露の中を、ですか。つれないことですね」

「今朝だけは、お願い」

「つらいなあ」

しぶしぶ立ち去って行ったが、大君はこのあと中の君のところへ赴いて休む。すると、中の君は、悩んでいる姉が自分のところへ寛ぎに来たことを喜んだが、

——えっ、これって——

と驚く。姉の衣裳から紛れもない薫の匂いが漂ってくる。

——一晩いっしょだったのね——

二人が深い仲であると信じてしまう。

次に薫が宇治の山荘を訪ねると、大君は、

「気分がすぐれません」

と会おうともしない。そのうえで、

——中の君の将来はなんとかしてあげなくては——

と思いめぐらし、

——あの娘を薫とめあわせれば、すべてがうまくいくわ——

と思う。薫は契りを結んでしまえば中の君をきっと大切にするだろう。誠実な人柄であることはわかっているのだ。さりげなくそのことを中の君に勧めると、中の君は、

「なんで私だけが？　父上はそれを望んでいたの？　二人でひっそりとこの山里に暮らすこと、それしかないでしょう」

中の君もそうたやすく自分一人の幸福を考えるタイプではなかった。まして姉の衣に薫の匂いをかいでしまった今は、姉の勧めをすなおには聞けない。

困惑した大君が弁の老女に相談する。

「私はこの世のことになんの未練もないの。ただ中の君だけはね。あの娘を薫の君のところへ……」

「私もそう勧めておりますが、あの方は〝思い直せるものじゃない。それに、そんなこと、匂宮に対しても申しわけない。中の君は匂宮に預けよう。そのつもりで努めてほしい〟とけっして譲りません」

「本当に困ってしまうわ」

宇治の山荘はそう広いところではない。どこに隠れていたって忍んで行ける。薫は夜を日に継いでそのまま滞在して、また夜が来ると、

「今宵だけでも大君の寝所へ」

と弁の老女に頼み込む。大君はそのことを予測し、うまい隠れ場所もないままに中の君と同じ部屋へ身を横たえていた。

案の定、薫が忍び込んで来る。大君は気づいて、そっと抜け出したが、中の君はぐっすり寝込んでいる。大君は逃げ出してはみたものの中の君をどうしよう。

――ひどいことになったら、大変――

胸もつぶれる思いで陰から見守っていた。薫のほうは胸をときめかせて寝入っている女に近づき、

――あ、これは――

と人ちがいに気づいたが、この姫君も充分に美しい。恐れおののいている姿がいじらしい。それにしても、

――大君はこうまでして私を避けるのか――

薫の心も乱れる。中の君を優しくいたわりながら一夜を明かした。そして、

「姉君のように情け知らずにならないでね」

言い残して別れた。大君には青と赤の葉をつけた枝を贈り、

おなじ枝《え》を　わきてそめける　山姫に
いづれか深き　色ととはばや

同じ枝の葉をべつべつに染めた山の女神に、どちらが深い色か問いたいものですね、つまり私が姉妹のどちらを愛しているか、おわかりでしょうに、である。大君が答えて、

山姫の　染むるこころは　分かねども
うつろふ方や　深きなるらん

山の女神の心はわかりませんが、あなたが一夜をともにして心を移した中の君のほうが深いのとちがいますか、と妹を勧めるのだった。

さて、匂宮については、そう足繁く宇治に通ったとは思えない。通っても邪険に扱われてしまうし、二人の姫君と実際に親しく接したとは考えにくい。しかし往時の好き者は直感的に、

——あそこにすてきな女《ひと》がいる——

わかったらしい。まちがうこともあったが、いろいろな情報ルートを駆使して見抜くのである。宇治の姫君は確かにすごい美形だし、中の君は真実この世のものとは思えない美しさだった。匂宮はせっせとラブレターを送った。情熱的な、相手がとろけるような文言でかき口説いた。中の君が（時折ではあったが）返事を綴り、匂宮としては、

——よし、狙《ねら》い目は妹のほう——

薫もこちらを勧めるし、周囲の情況もその方向に傾く。

「頼むよ」

「わかった」

薫が一計を案じ、中の君の御簾のうちに匂宮を送り込む手立てを工作した。これがだれにとってもよしと考えたからだ。そして薫自身は大君のもとへ行く。匂宮は弁の老女の案内で中の君のもとへ。薫はあいも変わらずつれない対応に遭い、恨みごとを浴せられてしまう。匂宮のほうは契りがなって、めでたいのか、めでたくないのか……。朝が来て中の君は、

「お姉様の指図だったんでしょ」

「とんでもない」

大君は、匂宮と妹の契りをあっても仕方ないことと思ってはいたが、こんなに急激に、中の君の気持をいたわることもなく事がなってしまったのは辛《つら》い、悲しい、妹があわれである。

ひとり匂宮だけは喜色満面、噂通りのすばらしい姫君と契りを結び、

——精いっぱい大切にするぞ——

この思いに嘘《うそ》はなかったが、必ずしも思い通りにはいかなかった。

話は少しそれるが、ここで質問。薫と匂宮と、どちらが偉いと思いますか？

「似たようなものでしょ。どちらもやんごとない貴人で」

そんな答が返ってきそうだが、それは×印。

薫は身分としては臣下に移された光源氏の子である。匂宮は今上帝《きんじょうてい》の御子《みこ》であり、東宮候補でもあり、場合によっては帝となるかもしれない立場なのだ。匂宮のほうが偉い。公務も多いし、外出のときにはお供がぞろぞろ。そう簡単には夜遊びに出られない。往時、京から宇治まで四時間くらいの道のりであったと推察されるが、薫のほうは当人の心がけ次第、ときどき通うことができたが、匂宮は結構むつかしいのである。中の君と新枕《にいまくら》を交わし、ぞっこん惚れ込んでしまったが、さりとて足繁く山荘へ渡って行くわけにいかない。加えて匂宮には母なる明石中宮の眼が鋭い。

「変な女とは駄目よ」

と睨《にら》んでいる。中の君は出自こそ申し分ないけれど、うしろ盾の薄い身だ。さらに有力者・夕霧が自分の娘を匂宮に強く勧めている。その噂が（少し後れてのことだが）宇治へ届く。これではどんなにすてきなラブレターが寄せられても女は、

——そんなに愛されていないんだわ——

当人は姿を見せず、言いわけばかりが届く。大君はこんな匂宮のやり口を見て後悔が激しい。

——あの娘《こ》、かわいそう。やっぱり父上が言った通り、私たちは男の誘いにのってはいけなかったんだわ——

折しも十月の紅葉狩りが催され、匂宮はチャンス到来とばかりに宇治に赴き、山荘の対岸に宿を定めたが、お供が多く、大げさな催しとなってしまった。船で川を上ったり下ったり、管絃《かんげん》の音がにぎやかに響きわたるが、山荘へ匂宮の訪れがない。催しの中心人物はどんなに行きたくとも忍んで行くのがむつかしい。結局、中の君は対岸のにぎわいをよそにないがしろにされてしまう。なんたる悲惨……。大君は匂宮についても、あの一夜の契りは、

——ただの遊び心だったのね——

ショックが高じて重い病に陥ってしまう。事情を知った薫が駈《か》けつけ、有力な僧侶《そうりょ》を呼んで祈禱《きとう》を命じたが、やっぱり医者のほうがいいんじゃないのかな。大君は薫に看取《みと》られ、中の君の将来を案じながらみまかってしまう。

薫の嘆きは激しい。どんなにつれなくされても、それは嗜みの深い人の奥ゆかしさであり、心根の冷たい女《ひと》ではなかった。人間としては配慮が深く、心あたたまるものを持っていた。思えば薫はそんな凜々《りり》しさが好きだったのだ。この世で心を通じ合えるただひとりの女《ひと》と知っていた。

おくれじと　空ゆく月を　したふかな
　つひにすむべき　この世ならねば

空を行く月を追い、あの女《ひと》を慕って私も行きたい、いつまでも住んでいられるこの世ではないのだから、は薫の本心だったろう。中の君の悲嘆はもとよりただごとではない。この女《ひと》もいっしょに死にたかったろう。

雪の山道に馬を走らせ匂宮がビショビショになって現われた。中の君を求めたが、

「今さらなんのつもりかしら。せめて姉君の生きているうちであったら」

と対応は冷たい。匂宮の後悔も深いが、まことに、まことに今さらどうなることか。

薫はやつれ果て、しばらくは宇治に留っていたが、冷泉院や母なる女三の宮からも帰

京の勧めが激しく、新年を前にして都へ戻った。さいわいにも中の君は現実に従う女《ひと》であった。大君ほど頑なではなかった。匂宮が、

「宇治に通うのはむつかしいから都へ来てください」

と誘い、なによりも明石中宮が、

「いろいろ因縁のある女《ひと》なのね」

大君に対する薫の深い思い入れなども聞いて、その妹への配慮を深め、匂宮の決断を許したのが大きい。中の君は都へ移って匂宮の訪れを待つことになるだろう。薫は匂宮のために、また中の君のために、そしてなによりも大君の残した悲嘆を慰めるために奔走したが、その一方で、

——大君の形見に中の君を私が引き受けるべきだったのかなあ——

わだかまりが胸を襲って悄然《しょうぜん》たる日々を過ごす。この悲嘆を癒《いや》す道はあるのだろうか。

17 行方も知らぬ浮舟の旅

早蕨　宿木　東屋　浮舟

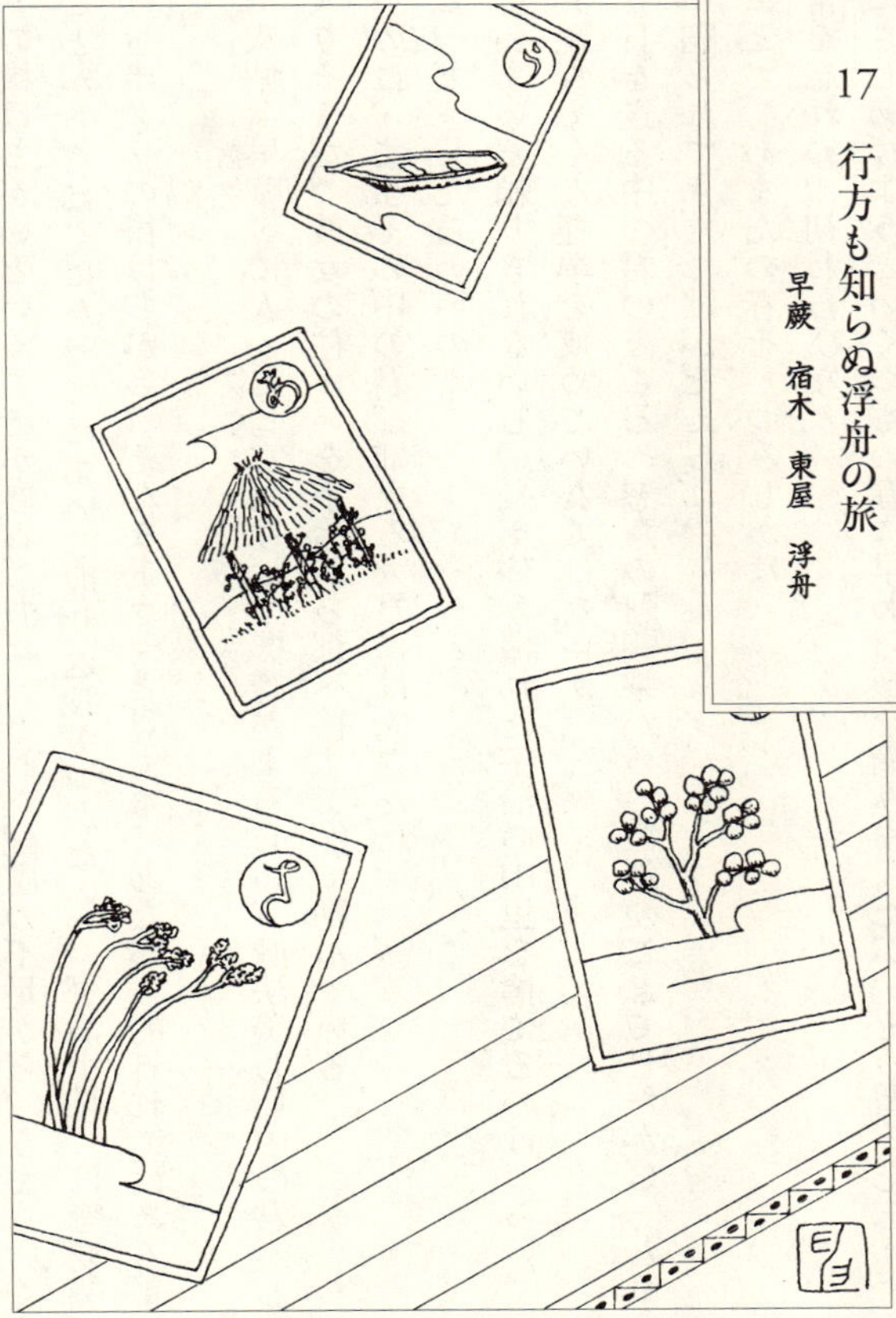

ボタンの掛けちがいということがある。ちょっとした配慮の不足から、うまくいくはずのことがちぐはぐになってしまい、取り返しがつかない。〈宇治十帖〉は恋愛関係におけるボタンの掛けちがい、そんなドラマと見ても、あながち的外れではあるまい。

第四十八帖〈早蕨《さわらび》〉に入って匂宮《におうのみや》だけはご機嫌がよろしい。滅法美しい中の君がわが手に入りそうだ。彼女の住まいを宇治から都へ移す工作に励んでいる。

悲しいのは、まずその中の君。姉なる大君には先立たれ、

——私、どうしたらいいの——

匂宮をいまいち頼りきれないし、長年住み慣れた宇治の山里を捨てるのはつらい。死んだ父親もそんな軽挙を戒めていたではないか。

悶々《もんもん》と日を送る中の君のところへ懇意の阿闍梨《あじゃり》から「毎年のことでしたから」と早わらびが贈られてきた。歌がそえられ、

　君にとて　あまたの春を　つみしかば
　　常を忘れぬ　初わらびなり

父君にさしあげようといくつもの春に早わらびを摘みましたが、その習いを忘れずに今年も初ものをお届けします、である。中の君が答えて、

この春は　たれにか見せむ　なき人の
　かたみにつめる　峰のさわらび

亡《な》き人の形見に摘んでくださった早わらびですから、だれに見せたらよいのでしょうか、と阿闍梨の好意さえ悲しい。もちろんこの二歌がこの帖のタイトルだ。

薫《かおる》も悲しい。大君を恋い慕って、亡くなったあとも宇治に通い、なにくれとなく面倒を見る。依然として彼は中の君に対して後見の立場を保っている。女房たちにしてみれば、

——なんで、この方が大君の亡きあと、中の君のほうに心を向けてくださらなかったのかしら——

まさしくボタンの掛けちがいを嘆くのである。

薫はつらくて、つらくてたまらないから親友の匂宮を訪ねた。故人について語りたくて仕方がない。話は当然中の君の昨今にも及んで、匂宮が、

「いよいよ中の君をこっちへ迎えることになってね」

「それは結構。よるべの少ない方だから、なにかお世話をしなくてはと思っていたけど……」

薫としては下手な言い方をすると匂宮に誤解されるおそれがある。とりわけ、あの

一夜のことが……つまり大君への思いを募らせて寝所にまで踏み入りながら結局中の君と清く過ごした一夜のことなど、とてもとても話せるものではない。が、あれこれ思い出すと、

――やっぱり私が中の君を迎えるべきだったかなあ――

口惜しさが込みあげてくる。そして、

――いや、いや、そんなことを考えていると、いつまちがいが起きるか、わからんぞ――

と心を戒めて、さりげなく中の君の住替えの手助けなどを考える薫の心情はおだやかではありえない。

そしていよいよ中の君が宇治の山荘を去る日に、薫は足を運んで……ここは大君への思い出が多いところ、中の君も去りがたく、二人ともただ、ただ悲しい。ほかの女房たちが浮き立つなか古参の弁の尼はここに残ることとなり、この老女も悲しい。

都へ向かう道すがら、その道中の険しさに中の君は、

――匂宮がなかなかお越しにならなかったのも……仕方なかったのかしら――

今さらのように思案したが、心の憂《う》さは晴れない。

ながむれば　山よりいでて　行く月も
世にすみわびて　山にこそ入れ

山から出た月もこの世に住みづらくてまた山へ入って行くのだろうか、私はここへ帰ってくるのだろうか、であり、このあたり、中の君、薫はもちろんのこと、弁の尼や女房たちなど、それぞれ微妙に異なる心境とビヘイビアが巧みに綴《つづ》られている。

二条院はみごとに飾られていた。匂宮は中の君を待ちかねて鄭重《ていちょう》入念な迎えよう。世間《から》も目を見張る。薫はと言えば、様子をうかがい安堵《あんど》はしたものの、中の君への未練が絡み、

――とうとう決まったか――

もう取り返しはつかない。

一方、夕霧の大臣は、自分の娘なる六の君について、

――薫を婿《むこ》に迎えたいんだがなあ――

宇治の大君を失って傷心の最中と聞き、チャンス到来とばかりに人を介してさぐってみたが、色よい返事はえられない。

まったくの話、薫の心はそこにはない。二条院を訪ねると匂宮は繁《しげ》く中の君のとこ

ろへ通っているらしく、それは結構なことだが、庭の桜を見るにつけても、

——宇治の山里は、中の君も去って、さぞかしさびれているだろうなあ——

と過ぎ去った日々のくさぐさがいとおしい。

匂宮が宮中へ参上するので供の者が集まって来ている。薫は騒がしさを避け、西の対《たい》、中の君のいるところへと行く。むしろこちらが本日の目的であったろう。御簾《みす》を隔てて挨拶《あいさつ》を述べ、

「すぐ近くに住んではおりますが、格別な用件もなくお訪ねするのは咎《とが》めもあろうかと控えておりました。この住まいはいかがですか。山里の様子が懐《なつ》しく思われますね」

声は沈痛でさえある。中の君の心は、

「姉が存命ならば、なんの気がねもなく行き来して、花の色、鳥の声、いっしょに見聞きすることもできたでしょうに」

中の君にしてみれば、確かに宇治の暮らしは心細かったけれど、不自由のない二条院はかえって虚《むな》しく、亡き姉や父が偲《しの》ばれてならない。周囲に仕える女房たちは、

「薫さまをないがしろにしてはなりません。とても志の深いお方ですから、もう少し近しく」

と勧めるが、中の君としてはそば近く会うのはためらわれてしまう。匂宮が現われ、そんな二人を見て、

「ずいぶん他人行儀だね。もっと近くで話したら、どう」

と、ゆとりを見せながらも、

「でも、あんまりうちとけるのも困るな。結構、油断のならない人だから」

と笑う。匂宮と薫は親しい友人にしてライバル。確かに薫は中の君を後見する立場だが、今、中の君は匂宮に抱えられている女なのだ。後見人と夫、この人間関係でのやりとりは悩ましい。中の君は薫の好意は充分に承知して、ありがたいけれど、それをどう伝えたらよいものか、匂宮の心情をも考えて、ほとほと困ってしまうのだ。

女性がどういう男性を配偶者とするか、そこに一生の幸と不幸が関わっている、と、これはつねに正しいテーゼだろう。現代でもそうだが、往時は、さらに決定的だったろう。正式な妻ではなく、二番手、三番手、四番手というケースも公然と実在していたから、これは容易ではない。娘を持つ父親は（もちろん母親も）
——うちの娘をどうしよう——
心配するのは当然だ。高貴であればこそかえって厄介なこともある。ほどよい相手

が限られているからだ。それに……いくら高貴であっても女が男の不実に悩まされることも多かった。宇治の八の宮が、すばらしい娘を二人持ちながら彼女等が山里に籠《こも》って、やがて仏道にでも入ることをほのめかしていたのも、一つの見識であったのかもしれない。

帝《みかど》だって大変だ。身分が滅法偉いので内親王にふさわしい相手なんかもともと少ないのである。どこで妥協をするか、これがむつかしい。悩ましい。

この事情は第四十九帖〈宿木《やどりぎ》〉に入って、今をときめく今上帝《きんじょうてい》においても変わりがない。ここでは明石中宮の繁殖力が旺盛で、男子には東宮、そしてご存じ匂宮、そして女子には女一の宮など、いろいろそろって勢いがある。が、藤壺に住む麗景殿女御《れいけいでんのにょうご》のところには女二の宮がひとりだけ。十四歳になって裳着《もぎ》の仕度をしているときに母の女御がもののけにつかれて他界してしまう。帝としては、

——この娘の行く末はとりわけ心配だな——

ろくな後見もいない。思案のすえ、

——薫がいい——

内親王の縁組としては降嫁《こうか》となるが、過去に例のないことではないし、薫ほどのよい相手はそうそうありえない。

ある日、帝は女二の宮と碁を打って寛《くつろ》ぎ、ふと、

「薫は参上しているかな」

「はい」

「呼んでくれ。碁を打とう」

さりげなく女二の宮と薫を近づけようという魂胆だろうか。賭け碁《か》が始まり、帝が、

「なにを賭けるかな」

「はい？」

「すばらしいものがあるのだが、軽々しく賭けるわけにはいかない」

薫は帝の意中を知らないでもない。薫が勝つと、

「今日のところは菊の花を一枝だけだ」

と、これが賭けの賞品。薫は庭に降りて菊の枝を折って戻った。

世のつねの　垣根ににほふ　花ならば
こころのままに　折りて見ましを

普通の家の垣根に咲いている菊の花なら心のままに折ってながめますが……内親王となるとおそれ多いことです、と、ほどよく答えた。帝が、

霜にあへず　枯れにし園の　菊なれど

のこりの色は　あせずもあるかな

霜に耐えられず枯れてしまった庭の菊の花だが、残された花の色香はあせていないぞ、であり、母を失って気の毒な立場だが、残された色香は充分に美しい、と娘を売り込んでいるのだ。因《ちな》みに言えば、この姫君はまこと充分に美しい。女一の宮のほうがもっとすてきという声もあるが、この女二の宮も一級品であることは疑いない。薫としては、帝からこうほのめかされて、正直なところ、

——困ったな——

もともと薫は女性関係には消極的で、早くから仏道に帰依《きえ》することを考えていた。このところ大君を皮切りにこの方面で煩《わずら》わされることが多く、われながら、

——どうしたことかな——

と戸惑ってしまう。どうせ俗世のことに煩わされるならナンバー・ワンと噂《うわさ》の高い女一の宮、

——あの姫君のほうがいいかな——

望みが高過ぎるし、ちょっと思ってみただけのことである。すべてがペンディングのままストーリーは進んでいく。

こんな様子を聞いて夕霧は自分の娘、六の君の相手について、

――薫がいいと思ってたんだがなあ――

熱心に頼んだら断るまいと考えていたのだが、帝から声がかかるなんて……雲行きがよろしくない。

――じゃあ匂宮だ。ちょっとした好き心でも案外それが本気に変わることもあるだろう。逆に、いくら情が深くとも身分の低いのは外聞がわるいからペケ――

しかし、このお父さん、陰で思案して、

「娘の結婚がやたら心配になるなんて世も末だな。帝も婿探しをするし、臣下の娘も婚期をのがして、まったく困ったものだな」

と呟《つぶや》くのは、もっともだが、明石中宮にも（腹ちがいの妹だ）しばしば愚痴るので、中宮みずからが息子なる匂宮に、

「夕霧の左大臣がずいぶんと気を使ってあなたとの縁組みをほのめかしているわ。逃げてばかりいるのは薄情よ。あなた、言っておくけど、親王という立場はよい外戚《がいせき》を持つかどうかで盛衰が決まるものなの。帝はしきりに譲位を口にされているし……。あなたは東宮になるかもしれない立場でしょ。そうなれば、そば近くにたくさん女たちを侍《はべ》らしていても文句を言われないわよ」

さらに夕霧が堅物に見えても、あちこち巧みにつきあっている女のいることを告げて……これは言ってみれば、この縁組みは「この先、あなたが浮気をしても義父どのは寛大ですよ」ということ。母はなかなかのリアリストである。

そういうことなら匂宮の心は浮き浮きと蠢《うごめ》く。束縛されるのはいやだが、左大臣に恨まれるのはつらい。少しずつ匂宮の心が六の君へと傾く。そればかりか根が気の多い性《さが》なので紅梅大納言《だいなごん》の娘にもあい変らず手紙を送ったりしている。

薫はちがう。帝の女二の宮は母の喪があけ、次は縁談のほうだ。帝の意志を薫に知らせる人もあって薫もそうそう頑《かたく》なではいられない。知らんぷりもできないし、ノウとは言いにくい。帝は婚礼の日取りまで決めているらしいのだ。でも薫としては死んだ大君への慕情を捨てきれない。たとえ身分の低い女でも、

――大君にそっくりの女がいたら――

なんて、香のけぶりとともに恋しい女が現われた、という中国の故事に思いを馳《は》せている。中の君への屈折した思慕も抱いている。

その中の君は……あれよあれよと思うまに夕霧の六の君と匂宮との結婚が決まってしまい、

――やっぱりこういうことなのね――

と嘆く。匂宮に熱く口説かれ、宇治を捨てて二条の美しい館《やかた》に囲われて、それなりに愛されていると思った矢先、この仕打ちである。匂宮の熱い言葉は、

——なんだったのかしら——

まさか捨てられることはあるまいが、この世に生きることはなんと悲しいものなのか、父宮が「山里を去ってはいかん」と言い、姉がけっして男たちの誘いに乗らなかったことが、

——正しかった——

今さらのようにわが身がくやまれてならない。匂宮の優しさが……それなりに渡って来ては愛してくれるのだが、ひどく嘘《うそ》っぽく感じられて悲しい。

——でも、このごろ——

中の君は体の不調を覚えていた。懐妊かもしれない。

ふたたび薫の心情に返って……憂鬱《ゆううつ》ばかりが続いている。匂宮が左大臣の娘を正式の妻として迎えたら中の君がどう扱われるか、かえすがえすも気が滅入ってしまう。もとはと言えば、

——全部私が画策したことではないか——

と恨めしい。匂宮を中の君の御簾のうちに導いたのも薫自身だった。大君はむしろ

薫と中の君との結婚を考えていたのに、それに逆らって小賢《こざか》しい策を弄《ろう》したのも薫自身なのだ。せめて中の君がしあわせになってくれれば喜べるものを……匂宮はもともと女性関係には奔放な人柄で、それを知っていながら中の君を取り持ち、可憐《かれん》な女《ひと》を悲嘆に陥《おとしい》れてしまった。こんなことなら、

——むしろ私がこの女《ひと》と結ばれればよかった——

大君にどこか似ている妹君ではないか。匂宮の女となり、薫は後見を務めながら、それ以上のことは慎まなければならない。どう親しんでも中の君は薫を御簾の中へ導くようなはしたないビヘイビアを嫌うし、薫だって相手が嫌うことをしたくない。だが、中の君のあわれな姿を見ると……大君とそっくりなことを知ると、この鬱積にいつまで耐えられるだろうか。

中の君の体調が冴《さ》えないことを知って訪ねてみると、ある程度は近しく接してくれるが、あい変わらず御簾を垂れたままの仲である。前には御簾の中まで入って、清いながらも一夜を明かしたことがあったのに……。なんだか恨めしい。御簾の下から手折った朝顔をさし入れ、

よそへてぞ　見るべかりける　しら露の
ちぎりかおきし　あさがほの花

〝よそへる〟は関係をつけること。歌の意味は、関わりのあるものとして見るべきでした、白露が約束してくれた朝顔なのに、であり白露が大君、朝顔が中の君である。姉君が勧めてくださったのに、それを損ってしまって、という恨み節だ。中の君が答えて、

消えぬまに　かれぬる花の　はかなさに
　おくるる露は　なほぞまされる

ここでは花が大君、露が中の君、と入れ替り、露より早く消えてしまった姉よりも、遅れをとった私のほうがずっとはかなさが勝っています、くらいだろう。

宇治の山里の思い出が語られ、中の君が、

「宇治へ行って父の供養《くよう》を催し、久しぶりに山寺の鐘の音を聞きたいわ。そっと連れてってくださいな」

と願うと、薫としては叶《かな》えてやりたいが、下手をすると、

――この女はそのままあそこに籠って帰って来ないかもしれない。それに、私が連れて行くのはまずいよなあ――

薫にはほかの考えがないでもない。この日はこれにて退散。ここを立ち去れば薫はこのところ勤行《ごんぎょう》にばかり励んでいるのだが、薫の母なる女三の宮は、それを知って不

吉に思い、

「私が生きているあいだは、へんな考えを起こさないでくださいね。私が出家していながらあなたに駄目とは言いにくいけど、若い身空でそんなこと、かえって罪深いですよ」

この母君はあい変わらず若々しく、なにを考えての出家なのか、わかりにくいところがないでもない。

匂宮というすばらしい婿を迎えた夕霧は六条の東の館を整え飾って到《いた》れり尽せりの大歓迎ぶり。

——うちの娘を大切に——

この心構えにひたすらである。

ここで匂宮の心情をはっきりと述べれば、中の君について、

——すてきな女《ひと》だ——

惚《ほ》れ込んだ心にはなんの偽りもない。夕霧の求めに従って六の君を妻に迎えたのは義理が絡んでという側面がなくもなかった。ところが迎えてみると、

——この女《ひと》もわるくないなあ——

どんどん好きになってしまう。だからと言って中の君をないがしろにするつもりは

ない。

——あっちも好き、こっちも好き——

そういうタイプなのだ。見ているとどちらもいとおしく、特上に思えてくる。だが、六の君は正妻だ。夕霧の目も光っている。左大臣家という家柄に対していいところを見せたい。身寄りのない中の君とは少しちがう。二人の扱いには少し差が表われるのも致し方なかった。

匂宮は六の君との結婚のことさえ、しばらくは中の君に伏せていたのである。思いやりかもしれないが、これが中の君をひどく傷つけた。知らせずにすむことではあるまい。中の君は女房たちの話などから事情を察し、

——恨みは私ひとりの胸の中で——

と、そしらぬふりをするのもまた悲しい。匂宮はどちらにも愛を振りまきたく、これは忙しいばかりか、どちらの女性にとっても疑心を深めることになる。とりわけ中の君は、

——どうしてこんなさだめなのかしら——

妊娠の苦しみも加わる。匂宮は祈禱師《きとうし》を呼んで手当てに入念だが、効きめはいまいち。

「もっとよい僧都《そうず》に勧めてもらおう」

「いいえ、私はへんな体質で、昔からときどきわけもなく苦しくなるときがあるのです。今によくなりますわ」

と、そっけない。

「ずいぶんあっさりと言うなあ」

匂宮が養生を勧め、いくら骨折っても、中の君は喜ばない。彼女の悩みは……体の苦しさもさることながら本筋はそこではないのだ。

世間の人は中の君をして〝幸運の人〟と見ているが……いずれ東宮にものぼろうという人の相当な寵愛《ちようあい》を受けているのだから、この評判はけっしてそっぽうではないけれど、中の君はもっと確かな安らぎを求める女《ひと》であった。思い余って薫に手紙を書き、

「父の法事のこと、心配りをいただいているよし阿闍梨から聞きました。直々にお礼を申しあげたく……」

と、この誘いはなにかしら中の君の慮外の意志をあらわにしている。

薫は中の君に会うたびに微妙な思いを……慕情に近いものを感じてしまう。はっきりと言えば愛を抱き始めていた。中の君を通して大君を慕っているのだが、この区別

はむつかしい。後見人としてそば近く会うことはある程度許されている。中の君からの手紙を見てすぐに足を運んだが……さらに近づこうとすると拒否に会う。宇治に連れて行くのはよいけれど、匂宮の手前どういう名目を立てようか。

実を言うと、このところ薫と匂宮のあいだでは心理的なジャブの応酬がくり返されていたのである。匂宮は、

——薫は真面目《まじめ》な男だ——

と人柄を信じていながらも中の君については、

——一線を踏み越えたのではないか——

疑いが拭《ぬぐ》いきれない。中の君の衣裳《いしょう》から薫の体臭が（独特の芳香を放つ体質なのだ）漂ってきたりして、これはおおいに疑わしい。仲のよい友人だが、これは許せない。薫としては、匂宮が、

——もっと中の君をしあわせにしてくれればいいのに——

と恨みながらも募ってくる自分の恋情めいたものをどう収めたらよいのか、匂宮の存在が昨今は憎たらしい。それぞれの苦悩が深まるうちに日時が経過し……このあたりを紫式部は入念に、しつこく描いているが、やがて薫が、荒れ果てていく宇治の山荘に大君の姿を映す人がたを作って、

「勤行に励みたい」

と言いだしたことからストーリーがべつな方向へ動いていく。

「そう言えば姉そっくりの人がいるんです」

中の君が言う。

「どういう人？」

「よくは知りませんが……」

父なる八の宮が北の方の死後、たまたま短くつきあった女がいて、そこに生まれた娘……。八の宮は縁を切っていたが、娘は二条院に訪ねて来たこともあったらしい。これぞこれからのヒロイン浮舟《うきふね》の姫君である。薫としては、

――中の君は自分を遠ざけるためにそんな話をするのではないか――

と思って、とりあえずはそれだけの、はっきりしない話と聞いてこの日は終わったが、次第にこのことが心にかかる。

日時をおいてまた宇治を訪ねた。山荘がさびれているのがつらくて、まず阿闍梨を呼んで大君の一周忌供養を願ったり、一帯の改造を訴えたり、阿闍梨の同意を取りつけた。そのうえで今度は弁の尼を召して気がかりな姫君の消息をただした。果せるかな、弁の尼は多少のことを知っていた。八の宮がほんのいっとき、けっして素性のわ

るくない上臈《じょうろう》女房に情をかけ、そこに姫君が生まれ、

「今は二十歳くらいになりましょうか」

かすかなつてを通じて父なる八の宮の墓参りをしたい、と言って来ているとか。

「では、そのときにでもさりげなく会ってみるかな。機会があったら知らせてくれ」

と命じた。薫と弁の尼はここで歌を交わし、

　やどり木と　思ひいでずは　木《こ》のもとの
　　旅寝もいかに　さびしからまし

昔宿った記憶がなければ山荘の木の下の旅寝はさびしいものだったろうな、と、この宿への追慕を訴えれば、弁の尼が、

　荒れはつる　朽木《くちき》のもとを　やどり木と
　　思ひおきける　ほどの悲しさ

と返し、これは、荒れ果てた家を昔宿ったところと思い出す心が悲しいのです、くらいか。これがこの第四十九帖〈宿木〉のタイトルである。

このあと中の君は男子を出産。周囲の情況もこれを高く祝い、匂宮の寵愛も深くなる。中の君も母としての自覚が生じたのか、自分の運命を受け入れることへ傾き、いきおい薫への依存は弱まる。薫は帝の女二の宮を妻に迎え、権勢は人も羨《うら》やむほどに

なったが、心の弾む結婚ではないし、中の君との親しみは薄くなるし、日々の暗愁は濃い。

春の四月の二十日過ぎ、薫が宇治の改造工事の進捗《しんちょく》を確かめに行くと、たまたまここへ訪ねて来たあの女、浮舟をかいま見る。

——大君に似ている——

弁の尼を呼んで、

「これこそが、なにかの縁だな」

と仲介を頼めば、

「あれまあ、いつできた縁でしょうか？」

と笑いながらも応じた。薫にとってなにかよいことが起きるのだろうか。

第四十九帖から第五十帖〈東屋《あずまや》〉にかけて浮舟の背景と情況が少しずつ明らかになる。母なる中将の君は八の宮の北の方の姪《めい》に当たり（中の君には従姉《いとこ》か）しかるべき家柄の女であったが、八の宮と密《ひそ》かな関係を持って娘《こ》をなしても八の宮は俗世の関わりを嫌って出入りを許さなかった。いきおいこの母娘は宇治の山荘にはかすかな消息を漏らすのみ、やがて中将の君は常陸介《ひたちのすけ》であった男の妻となり、ここに多くの子女をもうけた。常陸介は（陸奥守《むつのかみ》でもあった）およそ風流など解さないが、受領《ずりよう》としてそこその資産は持っている。人間性も欲望も、現代なら苦労して出世して、ようよう役員に手が届くかどうか、というタイプ。娘たちの婿選びには栄達の願いが籠っている。左近少将《さこんのしようしよう》なる男が、仲人口《なこうどぐち》のせいもあって、ここの娘に関心を示し、初めは浮舟を妻にする方向で話が進んだが、

「えっ、その女は受領の本当の娘じゃないのか」

そうなるとこの先この結婚のメリットが薄くなるかもしれない。思慮の浅い小物にふさわしく常陸介の実の娘のほうへチェンジング・パートナー。常陸介は妻の連れ娘より自分の娘のほうがやっぱりかわいいし、このチャンスをつかみたい。浮舟の母・中将の君にしてみれば（なにしろ浮舟は特上の女《ひと》なのだから）正直なところ左近少将じゃもったいない。不足がある。親たちのこんな思惑に仲人のいい加減さが加わって、結局、この縁談は常陸介の若い娘のほうへ突如変更してまっしぐら。浮舟のために用意されていた新婚の調度類などいっさいがたちまちそっちへ流れるように移っていく。浮舟の母なる中将の君にしてみれば、

――ばからしい。こんなの、ありなの――

大切な浮舟をないがしろにされ、新婿の通っている家に浮舟を置いておく気にはな

れない。

はっきりと書かれていない事情まで推測して説明すれば、この中将の君という女、屈折した心理の持ち主だったろう。当人の出自もわるくないし、八の宮なる帝の皇子に仕え、娘を生んでいるのだ。その娘はみごとに育っている。

——世が世であれば——

高望みをしても不思議はない。八の宮に粗略に扱われ、

——仕方ないわ——

現状肯定の道を選んだが、プライドは燻《くすぶ》っている。

——せめて娘だけは——

すてきな風が吹いてくれれば、その風にも吹かれてみたい、と、そんな心理が伏在していただろう。このあたりをわきまえておかないとストーリーの深い部分を追いにくい。

かくて中将の君は、

——常陸介の家を離れてどこか浮舟を住まわせるところ、ないかしら——

今の住まいは屈辱が多過ぎる。身寄りはほとんどないのだが、思い切って中の君を頼った。これまでの縁は薄かったが、信頼のできる人柄だし、今、彼女は匂宮に抱え

られて二条院で優雅に暮らしている。中の君にしてみれば、

——父が疎遠《そえん》にしてきた母娘を私が認めていいのかしら——

その思いはあったが、根が優しい人だし、近しい人たちがトラブルを起こすのは彼女の立場としてはまずい。侍女の大輔《たいふ》に相談して（この侍女は中の君の腹心であり、昔から中将の君をよく知っていた）救いの手をさしのべる。

「じゃあ、お世話しましょう」

「あつかましいことですが、事情がありますので、だれにも気づかれないよう、そっと」

「ええ。西の対《たい》に手ごろな部屋がありますから」

密かに浮舟が引越してくる。見れば本当にすばらしい妹……。確かに姉の大君によく似ている。中の君も子を生んで人間的にも成長し、周囲への配慮が深くなっていた。彼女が不遇の母娘に好感を抱いてくれたのは大きい。もちろん中将の君も引越しについて来て数日滞在する。常陸介には、

「もの忌《い》みがありまして」

とかなんとか適当に言いつくろって出て来たのである。たまたま滞在の最中に中将の君は匂宮を覗《のぞ》き見て、

——なんてすてきな人なのかしら——

わが家の婿・左近少将などとは比べようもない。比べること自体がおかしいほど……。

——浮舟はこんな人のところがいいわあ——

と、これははかない夢でしかないけれど、とにかく、

——左近少将じゃなくて、かえってよかったわ——

この思いを深くしたのは本当だった。

常陸介の家では、

「婿を迎えるのに母親がいなくて、どうするんだ！」

中将の君は常陸介のもとでも子をなしており、今の花嫁も彼女の実の娘なのである。しかし常陸介の心が実子たちに傾くぶん中将の君はたった一人の、あわれな娘・浮舟のほうへ情愛が傾く。バランス感覚、とも言えるが、

——浮舟のほうが断然すてきだもの——

中将の君の心にある雅《みや》びへの憧憬《しょうけい》が、よいものは絶対によい、わが娘ながら浮舟の美しさを正しく高く評価してやまなかった、と見るべきだろう。それほどのすばらしさが周囲に漏れなかったのは往時の社会のありようだったろう。

このころ明石中宮は病気に襲われ、匂宮は参内《さんだい》が多く、二条院には留守が多い。薫がやって来て、中将の君はこの人をもかいま見る。匂宮ほどの人はこの世におるまいと思っていた矢先、

——この人もすごい——

いずれあやめかかきつばた……いやいや、男の場合にはこうは言わないのだろうけれど、とにかく二人ともすばらしい。女なら見ているだけでうれしくなってしまうだろう。薫はいつも通り中の君を相手に大君への慕情を訴えたり、中の君への執心をほのめかしたり、話が弾んで大君に似た人のことに及ぶと、なんと！　中の君が、

「その女《ひと》、今、こちらに忍んで泊ってますのよ」

薫がすでに知っているなら漏らしてもよいだろう。

「えっ、本当に。そのご本尊が私の心を満たしてくれるとうれしいけど、逆に煩悩《ぼんのう》のたねになったりして」

薫は会ってみたいけれど、露骨に興味を示すのは、これまでのいきさつ、この人の性格からいって、できることではない。その気がありそうな、なさそうな……。中の君は隠している女《ひと》を本尊呼ばわりされて、

「仏様をどう考えていらっしゃるの？」

と笑う。薫は、

「とにかく私の気持をそっくりさんに伝えておいてください。でも、あなたは、それで厄介払いをするつもりかな」

また大君を思って泣いたりしている。

二人は歌を詠《よ》みあい、薫は退散、中将の君は二人の話をそっと聞いていたが、いつまでもこの館に留っているわけにはいかない。常陸介に強く帰宅を求められ二条の西の対に浮舟を残して朝早く用意の車であわただしく帰ったが、その車を参内から帰った匂宮が見て、

「あれは、なんだ」

「常陸介の北の方です」

「なんで、その女《ひと》がここへ来ている？」

「こちらの女房に昔の知り人がいて」

なんだか怪しい。夕方になり、中の君は髪を洗っているので、なかなか匂宮の前に現われない。匂宮が家の中を見まわっていると西の対に見慣れない女《ひと》がいるみたい……。

――だれかな――

入り込み、執拗《しつよう》に名を尋ねる。匂宮にしてみればだれにも遠慮のいらない自分の館なのだ。新しい女房かと思ったが、見れば見るほどすばらしい。にじり寄って、そばに身を横たえる。浮舟は困惑の極み。ひたすら恥ずかしく、どうしていいかわからない。こうなったら獲物を見逃す匂宮ではないのだ。中の君の洗髪が終って居間へ戻っても、匂宮はたじろがない。女房たちもどうしたらいいかオロオロ。中の君も困ってしまう。そこへ御所から、

「中宮のご容態がひどくなりまして」

と使者が匂宮の参内を求めて来た。女房たちは、

「でも、もう駄目」

「今さら……遅いわ」

「使者がも少し早ければ……よかったのに」

「まだ大丈夫よ」

これは御簾のうちで決定的行動に到ったかどうか……なんだか喜劇の台詞《せりふ》みたいで、おかしい。匂宮は立とうとしなかったが、さらに中務宮《なかつかさのみや》（匂宮の弟）が参内したことを聞いては、

「また今度」

と告げて身を引くより仕方なかった。浮舟は危機一髪、恐ろしい夢でも見たみたい。

中の君は、

――困ったわねえ――

匂宮の浮気にはそれなりに慣れてきたが、浮舟は、中将の君によくよく頼まれ、手落ちなく保護することを約束した女《ひと》なのだ。ひたすら泣いている浮舟がいじらしく、また美しく、確かに大君に似ている。

――かわいそうに――

配慮を深くめぐらすところは、やはり中の君も子をえて心の成長が進んだからだろう。さいわい最悪の事態は逃がれたらしい。二度とこんな恥知らずが起きないよう心がけたが、中将の君は出来事を知って、

「やはりこのままでは」

危険このうえない。方《かた》たがえのために備えておいた小さな家に浮舟を連れ移した。

そして、

――あの娘を薫様に預けられるといいのだが――

夢はこちらのほうへ傾く。いろいろ見聞するに薫のほうが誠実な人みたい……。第

一、娘が匂宮と結ばれては中の君に申しわけが立たない。薫が帝の女二の宮を妻としていることは知っていたが、同じ夢なら、こちらの夢に娘を託したい……。

先を急ごう。読者諸賢はすでにして、

――薫と浮舟はよい仲になるぞ――

と予想をつけておられるだろう。

それはその通りなのだが、ことはそう簡単には進まない。いろいろな思惑が入り乱れている。いくつかの手続きが必要だ。紫式部はこのあたりを丁寧に綴っているが、小説の技法としてはここは思いのほか厄介なところ。読者が承知していることに過不足なく触れてわざわざ綴るのは案外むつかしい。くどくて野暮になりがちなところを、読者をして、

――あ、なるほど――

現実感をたっぷり、しかもおもしろく提示しなければならない。

まず薫は工事の進む宇治山荘に赴いて、そこで弁の尼に頼み込む。なんとかほどよく浮舟に会えるようにしてほしいと……。弁の尼は都へ赴くことを渋っていたが、ようよう腰をあげ、薫を浮舟の隠れ家に連れて行く。すぐには中へ入ることができず、雨の中、粗末なすのこを置くところに待たされ、

さしとむる　むぐらやしげき　東屋《あずまや》の
あまりほどふる　雨《あま》そそきかな

さし止める葎《むぐら》（山つる草）が繁って東屋に入ることができず、たっぷり雨が注いできましたよ、と嘆き、しかし結局は中へ入って一夜を浮舟と語り明かす。ここで二人のあいだに契《ちぎ》りがあった、と考えてよいだろう。そして翌朝、薫は姫君を連れ出して宇治へ。この人としては果敢な行動だが、それほど気に入ったから……。この逃避行は充分に優しく、心の籠ったものであり、思えば薫と浮舟の短い蜜月《みつげつ》であった。

第五十一帖〈浮舟〉では、タイトル通り川を渡る小舟の風景が歌に詠まれているが、ストーリーは文字通り浮舟の姫君にかかわるものばかりである。

まず匂宮は二条院の西の対で見た女《ひと》が忘れられない。たぐいまれな美女であり、品位もある。

――いま一歩のところだった――

逃がした魚は大きい。正体のわからないところが、また興味をそそる。

一方、中の君は姉妹で匂宮を分け合うようではなさけない。浮舟は母ちがいの妹なのだ。中将の君にも保護を固く約束した女《ひと》なのだ。過日の手ちがいはまったく恥ずかしい。匂宮になにを聞かれても、この件は答えず、そういう猟色をひたすら嫉妬《しっと》しているふうに装《よそお》った。

　薫のほうは宇治に移した浮舟が気がかりで気がかりで仕方がないけれど、人目を忍ぶ仲であり、なんの口実もなく訪ねて行くわけにはいかない。逢瀬《おうせ》もままならない日が続いた。当然、関係者のあいだで文通が繁くなるのだが、ここでエラーが生じて……つまり浮舟から中の君への手紙が、二条院の道理のわからない女童《めのわらわ》に渡され、それが匂宮と中の君とが寛いでいるところへ届けられ、

「だれからだ」

「なんでもないわ」

　中の君は女房同士の手紙だろうとごまかしたが、なんだか怪しいぞ。結局、匂宮が見ることとなり、宇治の山里に姫君が潜んでいること、それがどうやらこの館で先日見て口説いた女《ひと》であるらしいこと、さらに薫がかくまい、時折通っているらしいことを知る。薫は宇治に寺を設けて見聞に出かけるとか、また親しい尼を訪ねているとか、そんな触込みだが、真相はそれではあるまい。匂宮の好奇心が、好き心がめらめらと燃え上り、懇意の家臣・道定《みちさだ》を召して探索を命じた。この男、儒学者らしいが、匂宮に頼りたい筋があり、こんな役目を務めるにはうってつけの立場だった。

日ならずして宇治の実情が、薫と浮舟の仲が匂宮の知るところとなり、

「よし、宇治へ行こう」

匂宮はよこしまな決心を固める。狙《ねら》いは初めから逃がした姫君を手に入れることだったろう。美形を見たらもう〝どうにも止まらない〟のがこの人の気性であり、薫への対抗心も伏在していたのかもしれない。

道定に遠出の用意をさせ案内をさせ、恐ろしい夜道を馬で行き、女の住む寝殿をそっと覗けば、

「まちがいない、あの女だ」

浮舟には右近《うこん》という女がそば近く仕えている。匂宮は薫に化けて忍び込み、右近はうまうまと騙《だま》され、匂宮を浮舟の寝所に導いてしまう。男君二人は似ているところもあるし、右近はまさか浮舟の居所が人に知られて、こんな夜更《よふ》けに山里まで訪ねて来る人が薫よりほかにあるとは考えもしなかったのだ。

浮舟は気がついたが匂宮が声を出させない。夜が明け、右近は自分のまちがいを知ったが、もう遅い。どう繕うか。周囲には〝薫が来たのだ〟と装い、トラブルを防いだが、朝になっても匂宮は居続けている。

浮舟のショックは大きい。薫の愛を受けながら匂宮と契りを結んだことも辛《つら》いが、

匂宮の情熱に圧倒されている自分にも戸惑いを覚えていたにちがいない。匂宮もみごとな美丈夫だし、一夜の愛はただごとではなかった。慎しみ深い薫とはちがう。匂宮は女心をとろかすような言葉を次々に囁《ささや》く。浮舟は、

——愛情が深いって、こういうことなのかしら——

薫の親切心と誠実さを信じながらも、なにかしら妖《あや》しいものが浮舟の心を揺さぶるのだった。

匂宮はいつまでもここに留まりたかったが、都から中宮の命を受けた使者が来ては従うよりほかにない。名残りを惜しみながら都へ帰る。

日を置いて薫が宇治に赴くと浮舟は浮かない様子でいる。浮舟は薫に合わせる顔がない。が、薫は真実を知るよしもなく、

「都に家を建てました。近くお移しいたしましょう」

と、あい変らず優しい。その姿は匂宮と比べてもまったく優劣がつけがたい。そして、

——こちらのほうが誠実な人——

匂宮は浮気な人柄らしいと浮舟にもわからないでもないが、匂宮の愛のくさぐさが……女をとろかす技が脳裏にちらついてしまう。匂宮からもしきりに手紙が来て都に

住まいを見つけたことを伝えてきているし……。計らずも二股《ふたまた》をかける立場となり、

――どちらの君にも申しわけない。私はなんと厭《いや》な女――

母はどう思うか、中の君にも顔むけができないし、噂が広がったら世間はどう蔑《さげす》むことだろう。若い娘として負うべき煩悶《はんもん》があまりにも重過ぎる。

都では薫と匂宮とが顔を合わせ、ちょっとした歌のやりとりから薫がまちがいなく浮舟を恋い慕っていることを痛感した匂宮は、

――薫のほうが愛されているかも――

いたたまれず雪をおかして宇治へ急ぐ。おどろおどろしい夜である。浮舟に仕える女房の中にも、この志の深さに感激する者もいる。匂宮は浮舟を川向こうの小さな家に移した。その道すがら緑の木の繁る小島を見て、

年経とも　かはらむものか　たちばなの
小島のさきに　契るこころは

年を経てもあの小島の常緑樹のように契った心は変わらないよ、と匂宮が詠むと、

たちばなの　小島の色は　かはらじを
このうき舟ぞ　ゆくへ知られぬ

たちばなの小島の緑は変わらないでしょうが、この浮き（憂き）舟の行方はわかり

ません、と、浮舟はみずからの漂い迷う心を返した。二人は小さな隠れ家で酔いしれるような甘い二昼夜を過ごす。匂宮と浮舟の短い蜜月であった。

このあと二人の貴人からの激しいラブレター攻勢が浮舟にかかり、匂宮は多弁で情熱的、薫は短く深い慮《おもんばか》りを示し、浮舟はますます迷いと困惑を深める。薫は家臣の気転で匂宮の横恋慕《よこれんぼ》を知り、憤《いきどお》りを覚える。当然だろう。幼いころから親しんだ仲であり、匂宮の恋にも手助けをした。薫の浮舟への思いが、かりそめのものではなく大君への慕情とも通じる深いものであることを知ってか知らずか、とにかくほかの女に浮気心を示すのは咎《とが》めないけれど、これは許しがたい。薫が中の君への思いを抑えたのはなんのためだったのか、そして、これは少し見当ちがいだが、薫としては浮舟に対しても、

――おっとりしているようだが、軽薄で浮気心を持つ女なのだ――

そう疑ってみたくなる。その心をほのめかして詰《なじ》る歌と手紙を浮舟に送ったから、これがまた姫君をいたく悩ます。右近と、もうひとり、事情を知っている侍従が顔を寄せて、

「私の姉が、常陸の国で二人の男とつきあっていて……」

そのため、関係者がみんな不幸に陥ったことを語って、これは浮舟への聞こえよが

しらしい。侍従は匂宮を勧めているらしく、右近は、

「なにもかも前世の縁でしょうが、少しでも心の引かれるほうへお決めになることですね」

と呟《つぶや》く。

この第五十一帖は貴人に添う家臣・女房などの存在が目立ち、それぞれが主人に対する忠誠心、出世欲、自己主張、取りつくろい、賢さ、愚かさをあらわにして、われ等二十一世紀の庶民にもわがことのようにつきづきしい。多彩でリアリティがあり、まさしく小説家の技であり……でも詳しくはやはり本文をたどっていただきたい。紫式部に敬意を表しながらも、はて、浮舟の行方はどこなのだろうか。

18 末はエロスか仏の道か

浮舟　蜻蛉　手習　夢浮橋

浮舟は少し前からみずからの死を考えていたらしい。もともと幸薄い定めであった。父には捨てられたも同然、母の高望みはどこかに無理があった。彼女自身の、たぐいまれな美しさもプラスにばかりは働かなかった。薫と匂宮と、二人の貴人に熱愛され、契《ちぎ》りを結びながらもどちらに対しても真心を尽すことができず、自尊心はズタズタにちぎれてしまった。よい相談相手もいない。

——生きていても仕方がない——

死こそが自分に残された矜持《きょうじ》ではあるまいか。読者としてこの心境は理解できるのだが、紫式部は、

〝児《こ》めきおほどかに、たをたをと見ゆれど、気《け》高う世のありさまをも知る方少なくて生《お》ほしたてたる人にしあれば、すこしおずかるべきことを思ひ寄るなりけむかし〟

と原文は少しむつかしいけれど、今に訳せば〝子どもっぽくて弱々しく見えるけれど、貴族社会の気高さを知らずに育った人だから、荒々しいことを考えついたのでしょう〟である。浮舟は確かに東国の育ちであり、鄙《ひな》びた気風と無縁ではなかったろうが、自害決断の拠《よ》りどころとして、

——これを言うかなあ——

と考えてしまう。

紫式部自身も貴族社会の中枢《ちゅうすう》から少し離れて田舎（越前の武生《たけふ》）で過ごし、みずからの心中にもしたたかな心構えを抱いて、それを自覚していたのかもしれない。
それはともかく、ストーリーは急速に進展して、浮舟は身辺を整理し、とりわけ面倒を残しそうな手紙を破り、人目につかないよう少しずつ焼き捨ててしまう。母なる中将の君は不吉な夢を見て祈禱《きとう》を勧めてよこすし、女房たちも不安におののくが、浮舟の決意はかりそめのものではなかった。まず母への歌をしたためる。

のちにまた　あひ見むことを　思はなむ
この世のゆめに　心まどはで

後の世でまた会うことを思ってください、この世の夢に惑わされたりしないで、であろう。そして、もう一つ、山寺で打つ鐘を聞きながら、

鐘の音《おと》の　絶ゆるひびきに　音《ね》をそへて
わが世つきぬと　君に伝へよ

消えていく鐘の音にそえて私の命も尽きました、と母に伝えてください、と残した。
そして密《ひそ》かに宇治川のほとりへ……。入水《じゅすい》のくさぐさは記されていない。
第五十二帖〈蜻蛉《かげろう》〉へと移り、浮舟の失踪《しっそう》は周囲の者たちをして、

――急にいなくなって、どこへ行ったのかしら――

だが時間の経過とともに深刻な事態が推測され、波紋のようにショックを広げていく。

まず初めに、そば近く仕える右近と侍従が激しい不安を覚え、姫君の行方を探しまわったあげく、最悪のケースを直感したにちがいない。思えば、このところの浮舟の悲嘆は並たいていなものではなかった。折しも朝早く中将の君より娘の消息を危ぶむ使いの者が来たこともあって、昨夜、浮舟が母へとしたためた手紙を開いて読んでみれば、

――やっぱり、そうだったのね――

死の覚悟が綴《つづ》られているではないか。宇治川あたりへの入水が一番ありそうなこと……。

右近にしてみれば、

――なんでそんなことを――

恨めしい。なさけない。幼いときからずっと親しく仕えて来たのに、なんの相談もなく、たった一人で死出の旅につくなんて……。しかし右近は嘆き悲しみながらも、いくつかの事情を考えあわせて浮舟の死を確信する。

ほかの関係者はどうなのか。これより少し前、匂宮は浮舟からの手紙を見て、

――変だな。私のこと好きらしいけど、私の素行を疑っているふしがあるから、どこかに姿をくらますかもしれんぞ――

なにかしら胸騒ぎを覚えたのだろう。使いの者に手紙を持たせて宇治にさしむけると、取り込みのまっ最中。

「どうしたんです？」

「姫君が亡《な》くなりました」

「そりゃ大変」

使いの者はくわしい事情を聞くこともできずに都へ帰って報告すると、匂宮は、

「そんな馬鹿な」

重い病気とは聞かなかったし、腹心の時方《ときかた》を召して、

「行って調べて来い」

「しかし、あそこは、このところ、大将殿の命令で出入りが厳しく、なんの口実もなく私が行っても入れません。それにこれが大将殿の耳に入ると……」

つまり匂宮の配下が事情を探ったりすると、大将、すなわち薫がおおいに気にかけ、トラブルとなるかも……と腹心らしい配慮である。

「でも事情を知らずにいられるものか。なんとか侍従にでも会って調べて来い」

因《ちな》みに言えば、これまでの宇治コネクションでは、浮舟の身辺に侍《はべ》ってくわしいのは右近と侍従。右近は薫寄りであり侍従は匂宮寄りであった。

命じられた時方が宇治に急げば、もう今夜のうちに葬送がおこなわれるとか。右近には会えないが、侍従とはようやく会うことがかなった。

「本当に、急に亡くなられました。悲しくて悲しくて」

「だれかが隠したんじゃないのか。下手な報告をすると、あとでひどいことになる。本当のところを教えてくれ」

「隠すなんて……。もしそうならどうしてみんながこんなに泣き悲しんでいるんですか。姫君はお二人の板挟みに苦しんでおられたのです。それで心が乱れて命をお捨てになったのです」

事情が少しずつ周囲に漏れていく。

浮舟の母なる中将の君も宇治へ訪ねて来て、これもびっくり仰天。

――変だわねえ――

浮舟が京へ移ると聞いて、薫の北の方周辺が、

――一服盛ったんじゃないのかしら――

と疑ったりしている。

この先、この事件は浮舟失踪の謎《なぞ》をめぐって、

――ちょっと推理小説みたい――

紫式部は早くもミステリー仕立てのおもしろさを直感していたのかもしれない。目下のところ入水自殺が有力で、もちろん亡骸《なきがら》の行方を探したが、

「今ごろはもう海でしょう」

遺品を集めて葬送の車を仕立て、ごくごく親しい者たちが見送る中、山の辺に運んで密かに焼いてしまった。まことにあっけないあと始末である。

「こんなことでいいの」

「あとで叱《しか》られるわ、きっと」

ささやく声も多い。おそらく右近が中心となって仕切ったのだろう。右近はなによりも主人・浮舟が二人の貴人と契りを結んだ、という事実があからさまになり、スキャンダルとなるのをおそれたのではあるまいか。一切をひた隠しにすることに努めた。

薫は と言えば、母尼・女三の宮の病気が重く、石山寺に籠《こも》って祈願をしていたから、噂《うわさ》を聞いても宇治へと走るわけにいかない。

「本当か。亡くなって……えっ、葬儀まですんだのか」

こちらも腹心の大蔵大輔仲信《おおくらのたいふなかのぶ》を使者として宇治へ送った。薫自身は参籠《さんろう》の立場で身動きもできず、例によってウジウジと悩み悲しみ、くやしがるやら反省するやら、ついには、

——私はもとはと言えば仏の道をひたすら求めていたのだ。これは仏が私に俗世の迷いを捨てよ、と導いているのかもしれない——

勤行《ごんぎょう》に励むばかりであった。そして、その一方で、

——あの女《ひと》は匂宮とも関係があったらしい。これでスキャンダルは消えたな——

胸をなでおろしたりしている。ひたすら嘆く匂宮とは人柄が少しちがう。匂宮は宇治からの知らせを聞いて正気を失うほど、病気で伏せてしまう。参籠を終えた薫が見舞いに行けば、若いころからの親しさとはべつに、亡き女《ひと》をめぐっての腹の探りあい……。

匂宮は亡くなった浮舟をひたすら恋い慕い、突然の死を聞いて身を損うほど泣き苦しんでいるのだが、

——まさか見抜かれてはいまいな——

横恋慕をこの友に知られるのは辛《つら》い。宇治方面とはなんの関わりもないよう装《よそお》っているのだが、薫のほうは、すでに匂宮と浮舟の関係を知っていて、

見て、

——さぞかし私をまぬけなやつと思っているだろうな——

コキュの辛さを隠さねばプライドが許さない。努めて冷静を装えば、匂宮はそれを

——冷たい男だな。浮舟の死より人生の無常に思いを馳せているらしい——

薫は人格者で、その点ではすてきな姫君の伴侶《はんりょ》にふさわしいのだろうけれど、愛の深さにおいては匂宮は、

——負けてはいない——

と自負を抱いていた。恋においては人格より愛の深さが尊い、とも言えるだろう。

薫はいつまでも情況を隠しておくわけにもいかず、

「実はネ、宇治で亡くなった大君と縁続きで、そっくりの女がいると聞いて、こっそり会ってみたりしてたんだけど、私には内親王の降嫁《こうか》があったりして、山荘への訪問はおろそかになりがちでね。でも、その女は私独りを頼りにしていたわけではないみたいで、まあ、そこそこにつきあっていたところ、あっけなく死んでしまってね。これも浮世の習い、悲しいことだが……なにか聞いているでしょ？」

と、涙をこぼしながらも探りを入れる。

「きのうちょっと小耳に挟んだけど、あわれなことだな。お悔みを申しあげるよ」

と、匂宮はとぼける。

しかし薫の見たところ、目下の病臥《びょうが》は、

――浮舟の死を悲しんでのことにちがいない――

思えば匂宮は身分はこの上なく、眉目《びもく》秀麗にして人品骨柄も申し分ない。多くのすばらしい女と情けを交わしあっているのに、なお浮舟にこれほどの愛を傾けているのだから、

――浮舟はもって果報とすべきかもしれんなあ――

薫だって内親王をいただく身でありながら浮舟を忘れられないのだ。

「人、木石にあらざればみな情けあり」

と白楽天の詩の一節を呟《つぶや》き、この詩はこのあとに〝如《し》かず、傾城《けいせい》の色に遇《あ》わずんば〟と続くのであり、天下の美女になんか会わないほうがいい、とほのめかしている。これも薫の本心の半分であったろう。

このあと匂宮は時方をふたたび宇治へ送り、くわしいいきさつを究めるかたがた右近を都へ呼ぼうとしたが、右近はやんわりと拒絶、侍従が召されることとなった。

今度は失踪のそば近くにいた者との直接の対面だ。

「病気ならともかく、なんで川に身を投げるのに気づかなかったんだ！」

「申しわけございません。お手紙をお焼きになっていらしたのを目にとめながら気づかず、どうして、あんなことを……」

と青菜に塩のてい。匂宮は腹わたが煮え返るほど悔しいが、今さらどうにもならない。夜通し語り合い、みやげものをたっぷりと与えて帰した。

薫のほうはみずから宇治に足を運んだ。道中にはあの山、この川、辛く悲しい思い出が散っている。右近を召してくわしい事情を尋ねた。

「いまだに信じられない。なにがあったんだ」

「こちらへいらしてからは、ずっと物思いに沈んでいらっしゃいましたが、殿から厳しいお手紙をいただいたのが、おつらかったのでしょう。みずからの薄倖《はっこう》をことさらに気にかけ、人々の物笑いを受けて母上を悲しませるくらいならいっそのこと、とお考えになったのでしょう」

右近の立場としてはあからさまにはしにくい。〝殿からの厳しいお手紙〟というのは、薫が匂宮と浮舟の関係を知って〝おっとりしているようだが、軽薄で浮気心を持つ女なのだな〟と疑い、それを手紙で浮舟にほのめかしたことである。これを右近に言われては薫も困惑する。一歩踏み込んで、

「私は忙しくて、なかなか思うように動けなかったが、本気であの女《ひと》のことを考えて

京へ引き取ろうとしていたんだ。なにかあの女《ひと》のほうに屈託があったんじゃないのかね。だれも聞いてないから言うけど、匂宮とはいつから始まったんだ？　彼は女心を迷わす人だからな。悩みの原因はそこだろ。私にはなにも隠すな。話せ」

しかし右近としては、あのことは……匂宮を薫とまちがえて御簾《みす》のうちに通してしまったことは話せない。

「姫君はひたすら殿のことをお慕い敬っていらしたのですが、あるとき、どうしたことか匂宮様が渡っていらっしゃり、もとより抗《あらが》いましたが、それからはしきりにお手紙を寄こされて、まれにはご返事などもさしあげておりました」

言外に契りがあったことを漏らし、おそれ入っている。薫は思う。浮舟があの弱々しい様子で入水を企てるなど、よくよくの思い悩みがあったからだろう。今さら深く探ってみても埒《らち》があくまい。わけのわからない死が珍しい時代ではなかった。こんな寂しい川辺に住まわせていたのがいけないのだ。

――その名も宇治と言い、これは〝憂《う》し〟に通じている――

浮舟との縁は、大君の人がたを求めたことから始まったが、人がたなんて水に流すもの、不吉きわまりない。薫の悲しみには彼自身の配慮のありかたを問わねばならない側面も伏在しているようだ。

われもまた　うきふる里を　荒れはてば
　たれやどり木の　かげをしのばむ
私がこの宇治の憂き里を捨てて荒れるにまかせたならば、だれがこの宿に昔のかげを偲《しの》ぶであろうか、と歌い、ここにゆかりの深い阿闍梨《あじゃり》に供養《くよう》を託して、いったん京へ戻った。

そして浮舟の母へは大蔵大輔を遣《つか》わして、ねんごろに慰め、多少の曲折があったもののの、その夫・常陸介《ひたちのすけ》や一族にも恵みを施した。常陸介は俗っぽい中クラスの役人であったから薫に目をかけられ、今さらのように、

――うちの北の方は偉い女なんだな。浮舟もすごい運をつかみかけて――

息子たちも現実的なご利益に与《あず》かりそうで、わるい気分ではない。

が、そういう末輩《まつばい》の話はおくとして、薫は浮舟のため盛大な四十九日の法要を催す。

巷間《こうかん》では、

「なんでこんなわけのわからない女のためにやんごとない人が張り切るのよ」

自殺は罪悪であり、鼻白む声も起こったが、帝《みかど》や明石中宮は薫の秘めたる恋を知って好意を示してくれた。右近は、薫からの誘いがあったが、断って宇治に留まり、侍従は匂宮に呼ばれて中宮のもとに出仕することとなる。

お話変わって、蓮の花咲く夏の初め、明石中宮の肝いりで法華八講が催された。今は亡き源氏や紫の上の供養を主とするものであったが、その華やかさはおくとして、薫の数少ないガールフレンドの一人に小宰相《こさいしょう》の君がいて、この女《ひと》は女一の宮に仕え、薫の愛を受けたがゆえに匂宮の誘いをきっちりと避け、キリッとした人柄なのだが、八講に加わった薫がさりげなく小宰相の君を(慰めを求めてか)探していると……あれっ、御簾の奥に女一の宮の寛《くつろ》いだ姿をかいま見てしまう。女君は、氷を持って女房や女童《めのわらわ》が戯《たわむ》れているのを笑いながら眺めている。その美しいことと言ったら……これまでに奇麗な女をたくさん見て来たが、

——こんな女《ひと》はいない——

と、くらくらするほどだ。

説明を加えれば、女一の宮は現在薫の妻なる女二の宮の姉にして、妹よりもっと美しいと噂の高い女、薫はわけもなく憧《あこが》れを抱いていた。胸がドキン、ドキン。館《やかた》へ帰った翌朝、妻なる女二の宮が姉君に似ているような気がして、そっくりの衣裳《いしょう》を着せたりするが、

——ちがうなあ——

氷まで取り寄せて昨日のまねごとをさせてみたが、納得のいくはずもない。薫の心は悶々《もんもん》として留るところがはっきりとしない。

——女一の宮はすてきだなあ——

思いが絶ち切れない。

仏道を思いながら俗世の女にも幻を見たり高望みを抱いたり、定まりなくフワフワしているのだ。小宰相の君と語り合って、ささやかな慰めになるのだろうか。薫は明石中宮のもとに出入りし、それは女一の宮に会えるかもしれないと願ってのことでもあったが、そこにもう一人、新しい姫君が暮らしていた。血筋を言えば桐壺院の皇子に蜻蛉の宮がいて、その人の娘である。薫にとっては従妹《いとこ》ということになる。先ごろ、この蜻蛉の宮が没し、継母がこの姫君を嫌って邪険に扱い、つまらない男との結婚を勧めているらしい。明石中宮が聞いて、

「それはひどいわねえ」

と引き取った。宮の君と呼ばれて特別扱いの宮仕え、女一の宮の相手となったが、それでもこの姫君の出自を考えれば、いくら特別でも女房の身分は気の毒であろう。

薫は、

——とんでもないことだ——

と、おもしろくない。父なる蜻蛉の宮はこの姫君を東宮の女御にと考えていたふしがあるし、薫自身の妻へという気配もあったのだ。それが女一の宮の女房だなんて……。

こういう立場の変転を思うと、入水した女《ひと》のほうがしあわせだったのかもしれない、などと思いながらもこの宮の君のことを気にかけている。匂宮もこの姫君に狙《ねら》いをつけているから油断がならない。

明石中宮はしばしば六条院へ退出して来る。こちらのほうが御所よりも広く、寛げるから女房たちも緊張を解いてにぎわっている。匂宮も訪れるし、薫もここは馴《な》れ親しんでいるところ。女房たちとのやりとりが綴られ、薫が、

――今度はこっちが匂宮のお気に入りを奪ってやるかな――

宇治の仕返しを考えたりするのは、まあ、この人らしくない。よほど恨みが深いのか。女房たちと歌を交わしたりして心の憂さを慰めているが、そんな戯れのさなかにも胸中に去来するのは宇治の姫君たちのこと……。

――山里で育ちながら、すてきな姉妹だったなあ――

もとより浮舟への思いも、あの姉妹と密接につながっている。そして西の対《たい》に住む宮の君のこと、この女《ひと》も父宮を失い、はかない定めにさらされているのだ。女たちの

運命は悲しい。ふと気がつくと、

——蜻蛉が飛び交っている——

なんとはかない命なのか。心しみじみと、

　ありと見て　手にはとられず　見ればまた
　ゆくへもしらず　消えしかげろふ

見えても手には取れないし、もう一度見れば行方もわからない蜻蛉、これが人生だなあ、と独り呟いて、これが第五十二帖のタイトルであり、モチーフであったろう。

　ここで京都周辺の地図を思い浮かべて……横川《よかわ》は比叡山《ひえいざん》の奥、初瀬《はつせ》は奈良県桜井市の長谷寺のあるところ、奈良坂は京都と奈良の境、宇治はその北に二〇キロほどの距離である。

　なにかと言えば、横川に徳の高い僧都《そうず》がいて、その母八十余歳、妹五十歳くらいが、僧都の高弟なる阿闍梨（宇治の阿闍梨とは別人）の案内で初瀬詣《もう》でに旅立った。かなりの長旅である。その帰り道、奈良坂のあたりで母尼が体調を崩し、さあ、大変、たまたま宇治に知人の家があったので、とりあえずそこに赴いて世話になった。横川から僧都が駈《か》けつけ、近くの川辺に故朱雀院《すざくいん》の別荘・宇治院があって、そこの管理人と僧都は親しい。母たちをその寝殿に移すこととした。

一帯はひどく寂しいところである。寝殿の裏に怪しく白いものがうずくまっている。

「あれはなんだ」

「狐が化けたのかな」

近づいてみれば、女……。若い女がさめざめと泣いている。が、狐かもしれない。

横川の僧都が来て、

「これは人間だ。ひどく弱っている。ものかげに連れてって様子を見よう」

そのことを妹尼に話すと、すぐに見に来て、

「初瀬で夢を見ました。亡くなった娘が返って来たんです、きっと」

彼女は少し前に一人娘を失っていたのである。だから初瀬の仏の霊験《れいげん》を訴え、この娘にあつい介抱を施す。娘は白い綾の一重に赤い袴《はかま》、香も薫って、身分が高い女らしい。加えてとても美しい。しばらくはなにを聞いても答えない。意識がはっきりしないらしい。妹尼がわが娘の生まれ替りと信じて、いたわり見守って病気平癒の祈禱をさせた。にわかに病人が二人となり……しかし、こちらのほうは魔性のものの化身かもしれない。大騒ぎにならないようひっそりと扱われた。

近くに住む下人で、かつて横川の僧都に仕えていた男が挨拶《あいさつ》に来て、

「母尼君のご病気を聞いてすぐに来ようと思ったのですが、遅れて申しわけありません。八の宮の山荘で姫君が亡くなられて、その葬送を手伝っておりましたので」

「ほう、だれのことかな」

八の宮の姫君（大君）が亡くなられたのは二、三年前のことである。僧都は訝《いぶか》ったが、母尼の病状がよくなったので、その住まいのある小野（比叡山の西）へと連れ帰った。素姓の知れない娘もいっしょに連れて行く。姫君の発した言葉は「川に流してください」だけ。しかし、見れば見るほど雅《みや》びで美しい。

――なにか事情のある娘らしい――

僧都も妹尼も口止めをもっぱらにし、なにもわからないまま二カ月あまりが過ぎてしまう。いったん横川へ帰って籠もった僧都も妹尼に乞《こ》われて小野へ下り、いよいよ入念に祈禱を続けると、もののけが姫君から憑坐《よりまし》に移って白状を始めた。

「おれは昔、法師だったが、邪念を持ったため成仏《じょうぶつ》できず、美しい女を狙ってとりついているんだ。たまたま夜の川べりで〝死にたい〟と願っている女がいたので、もっけのさいわい、とりついたまでのことよ。法力に負けて、おさらばだ」

と逃げていく。姫君の様子は少しよくなったが、やっぱりなにも語らない。彼女にしてみれば、正気に返ってみても、まわりにいるのは知らない人ばかりではないか。

読者諸賢はすでにこの姫君が浮舟であることに充分お気づきだろう。このあたり紫式部は推理小説ふうの技法まで用いている。浮舟の入水の夜、横川の僧都とその妹尼がどう動いたか、それがいつのことなのか、説明がさりげなく示されている。ザックリと言えば、二人はたまたま深夜、ひとけない宇治川のほとりに来て、失心同然の女を助け、箝口令《かんこうれい》を布《し》きながら密かに比叡のふもとに連れ去ったのだ。そのタイミングについては下人が八の宮の山荘の〝葬送を手伝っておりました〟と言い、それは浮舟の失踪の直後であったはず。川岸で気を失っていた浮舟が山荘の人々に見つけられたり、生存が噂されたり、そのチャンスが極小であるよう伏線が張ってある。入水した浮舟はしばらく川を流されたのち岸に這《は》いあがり、意識を失っていたのだろう。一昼夜くらいだろうか。つじつまは合っている。推理小説ふうと称する所以《ゆえん》である。

そして、次に倒叙法を採用し、描写は第三者の視点から謎の人物その人の視点に移って（これは推理小説によく用《い》いられる手法だ）この姫君は入水を決意したとき〝皆《みな》人《ひと》の寝《ね》たりしに、妻戸《つまど》を放ちて出でたりしに、風ははげしう、川波も荒う聞こえしを、独りもの恐ろしかりしかば、来《き》し方行く末もおぼえで、簀子《すのこ》の端《はし》に足をさし下《おろ》しながら、行《い》くべき方《かた》もまどはれて……〟と必死の行動を明晰《めいせき》に思い出し、読者に打ち明けてくれるのである。しばらくはこんな調子が続いていく。

話をストーリーに戻して……妹尼はこの姫君の面倒を見るにつれ、ますますかわいらしく、いとおしく、

――私の娘でいいわ――

断然好きになってしまう。その美しさは並たいていではない。しかし姫君のほうは、あい変わらず事情は語らず、ただただ「死にたい」、さもなければ「出家したい」と願うばかり。まず横川の僧都が髪を少し削《そ》いで五戒だけを授けた。妹尼は、

「若い身空で出家して、この先どう生きるつもりですか」

惜しくて、惜しくてたまらない。姫君は記憶喪失を装っている。そして母や右近や、もちろん薫や匂宮のことなども思い出し、切実な悲哀を抱くのだが、

――恥多い過去を知られたくない――

かたくなに拘《こだわ》って心を開こうとしない。

この妹尼の、死んだ娘の夫が中将になっていて、時折、このあたりに訪ねて来ていた。齢《とし》のころは二十七、八歳、供人を連れ、狩衣《かりぎぬ》姿も凜々《りり》しい。いまだに義母なる妹尼の覚えはわるくない。

――あの姫君がこの人と――

と妹尼は願いを膨らませ、これは、まあ、妥当な思案だろう。それとなく浮舟に勧

めるが、こちらは、

妹尼をひたすら頼りにしながらも、この願いには応じられない。

――とんでもない――

ああ、それなのに中将が姫君をかいま見て、

――すてきな女《ひと》らしいぞ――

探りを入れれば入れるほど特上とわかる。かくて中将の礼儀正しく、だが執拗《しつよう》なプッシュが始まる。浮舟はすきさえ見せない。中将としては、

あだし野の　風になびくな　をみなへし
　われしめ結《ゆ》はん　道とほくとも

おみなえしの花よ、よその男になびかないでくれ、道がどんなに遠くても私が結び取りますから、である。でも姫君は手紙さえ返さない。仕方なく妹尼が代筆をして事情を伝えている。

浮舟は月の夜に琴を誘われても和して興じようとしない。大尼君が、あの奈良坂で病んだ八十余歳が、いかにも年寄りらしい醜態を示したりするが、それは省略、浮舟はただ反故《ほご》紙に歌などを綴って独り慰めとしている。こうした手習いは陰気な寂しい趣味であり、この帖のタイトル〈手習《てならい》〉にふさわしい。

妹尼がまた初瀬詣でに行くこととなり、浮舟を誘ったが、これも断って反故紙に、

はかなくて 世にふる川の うき瀬には
たづねもゆかじ 二《ふた》もとの杉

初瀬川の二本杉に因んで、はかなく生きている私はもの憂くて、その二本杉を訪ねて行く気になれません、であろうが、妹尼は、

「あら、二本杉だなんて……お会いしたい殿方が二人いるということかしら」

軽いジョークなのだろうが、浮舟にしてみれば図星をさされて、つい顔を赤らめてしまう。それがまた滅法かわいらしいのだ。本当に出家なんて、もったいない。

妹尼が初瀬に発《た》った留守に中将が訪ねて来て、これは浮舟にとって大ピンチである。守ってくれる女《ひと》がいない。ほかの女房たちは頼りにならないのだ。中将の態度におののいて、仕方なく大尼君のところへ逃げ込んだ。さすがに中将もそこへ近づくことはむつかしい。この大尼君は気むずかしいうえに老齢のせいもあって、どこか薄気味わるい。それが大いびきをかいているし、ほかにも大いびきをかく尼が二人いたりして浮舟はわけもなく恐ろしい。夜中に大尼君は咳込《せきこ》んで目ざめ、かたわらに姫君の伏せているのを見て、

――変ね。だれなの――

灯かげに大尼君の白い髪が異様に乱れ、手をかざす姿はいたちが襲って来るみたい……。

――怖い――

おののきながらも、

――どうして、こんなことに――

もともと不幸な身の上であったが薫の君の慈《いつく》しみを受け、いよいよ幸福になれると思ったとたん愚かにも身をあやまって匂宮の愛を受けてしまった。いっときは、その人がすばらしく見えて……今はうとましい。そんな自分がなさけない。薫の君はどこか淡白で、愛が薄いように感じられたが、慕い続けたならばおそらくずっと優しくいたわってくれただろう。合わせる顔がない。

朝が来て大尼君たちが、しつこく朝がゆを勧めるのだが、これもなじめない。

――やっぱり出家しかない――

この日、横川の僧都が山から訪ねて来るのを知って浮舟は決心を固めた。

「どうして、そこまで？」

と疑う僧都に泣く泣く願って、とうとう髪をおろしてしまった。僧都も本意ではなかったが、僧職としてはそこまで願われては拒否するのがむつかしかった。

中将の落胆は激しい。義母なる妹尼が旅に出ているときにこの断行は恨めしい。

岸とほく　漕《こ》ぎはなるらむ　あま舟に

のりおくれじと　いそがるるかな

この世の岸を遠く離れて漕ぎ出していくあなたの舟に私も乗り遅れまいと急ぎたい、である。珍しく浮舟がこの歌を見て、

心こそ　うき世の岸を　はなるれど

行く方《え》も知らぬ　あまのうき木を

心は憂き世を離れたけれど、弱い女の木舟のことゆえ行方も知れません、と、これも手習い、紙の端に書いただけで中将へ返したわけではない。おつきの尼が気をきかせて中将に届けると、

「まったく、なんということだ」

悲しみの極みである。

旅から帰った妹尼は事情を知って、これも嘆き悲しみの極みである。

「なんという無分別を！　これからどうされるのです」

泣きながらも、この女《ひと》は優しい人柄なので浮舟のために新しい、若向きの法衣《ほうえ》を用意するのであった。

女一の宮はしばらく病んでいたのだが、横川の僧都が招かれて親しく祈禱した結果、平癒へと向かった。母なる明石中宮は、

「もう少しいてください」

と願い、祈禱のあとのつれづれに僧都と話を交わした。すると、

「珍しいことがありましてな」

僧都が語ったのは宇治の山中で助けた女のこと……。狐のいたずらかと思ったが、まことに雅びな姫君で、

「じゃが、いまだに素姓がわからないようでして」

ついには出家させたことを伝えた。明石中宮は、その近くに仕える小宰相の君（薫と親しい女房である）も、

——もしかしたら、それは薫大将の思い女《びと》かも——

と思ったが、すぐにはどうしてよいかわからない。どこか不確かな話である。だからしばらくはペンディング……。

一方、妹尼の住む小野では浮舟は勤行に励んで心を落ち着かせている。妹尼は兄なる横川の僧都を恨んだり、嘆いたり、たまに訪ねてくる中将とあい和して悲しんでい

る。

そして、もう一つ、日時が流れ、たまたま小野に訪ねて来た客人が宇治の山荘あたりの近況に通じていて、薫大将と宇治の姫君とのことを噂にした。

「八の宮の姫君は確か二人おられて……匂宮の北の方はどちらでしょうか」

と妹尼が尋ねると、

「妹君のほうでしょう。でも薫大将がお通いになったのは、それではなく、もう一人、べつ腹の姫君がいらして、そちらでしょう。事情があって充分に心を尽すことができなかったが、去年の春、その姫君も亡くなられて、このたび一周忌の法要をされるとか」

「ああ、そうでしたか」

「川べりで大将は泣いておられましたとか」

妹尼はなにも気づかないが、密かに聞いている浮舟は、

——今でもあの人が——

と感無量。さらに客人は匂宮の消息にも触れて、

「いや、りっぱで凛々しくて、女ならだれでも近くに仕えたくなりますな」

これもまた浮舟は複雑な思いで聞くよりほかにない。

話を京に移して……ペンディングのストーリーは当然のことながら進展して、明石中宮を訪ねた薫が悲しい恋をこの姉宮に打ち明ける。明石中宮は、

——その姫君には匂宮も恋い焦《こ》がれて病気にまでなったはず——

そう気づくと、薫にだけ浮舟の生存をほのめかして一方的に身方をするのがためらわれてしまう。小宰相の君に、

「さしさわりのない範囲で話しておやりなさい」

と促した。女房の立場ならさしさわりが少ない。やがて情報が薫に伝わって、

「えっ、本当に」

聞けば思い当たることばかりである。だが薫はここでもまた、

——匂宮のほうが先に情報をえて動いているんじゃあるまいか——

もしそうなら、これはきっぱりあきらめてしまおう。みずから死を選び、生き延びてもなお身を隠そうとしている女を争ってまでしつこく追いかけるのは、みっともないし、色好みに映るだろう。そのことを明石中宮に、次に会ったときに訴える。

「まだ匂宮はなにも知らないと思いますよ」

「そうでしょうか」

疑心を抱きながらも、

――その女はどこにいるのかな――

比叡山を訪ねるおりがあり、横川の僧都のところへも立ち寄ってみようと考えた。

第五十四帖〈夢浮橋《ゆめのうきはし》〉に入ると、

「これは、これは、わざわざお越しいただいて」

と横川の僧都は薫を見て痛み入る。

「ついでながらご挨拶に参上いたしました」

薫は古くから僧都と懇意というほどではなかったが、先ごろ女一の宮の病気平癒について僧都の効験《こうげん》があらたかであったことから尊信を深め、一通りの親交が成っていたのである。しばらくは仏の道についての話が交わされたが、これは、まあ、薫にとってはダミーである。話の途切れを待って、

「つかぬことをお尋ねしますが、小野のあたりにお知合いがおられましょうか」

「山荘に私の母と妹が住んでおります。二人とも尼ですが、なにか？」

「どうお話したらよろしいのか、あのあたりに、私が世話をしなければいけない女が身を隠しているらしく、そのことを確かめ、お力ぞえをお願いしたくて……」

「ほう」

僧都には心当たりがある。

「すでにあなたの弟子となり、戒を受けているとも聞きましたが、まだ年若い女で、母親もあって……私がどうこうしたと恨まれたりしております」

いわく因縁がありそうだ。

「なるほど、身分の高い姫君のように思ったが、やはりそうでしたか」

僧都は浮舟を助けあげた事情を語り、薫もまた浮舟とのいきさつを語った。僧都は、聞けば聞くほど、

——ずいぶんと深い思い入れよのう——

と薫の慕情に胸を打たれ、早々と髪をおろさせてしまったことを悔んだが、はて、どうしたらよいものか。薫は僧都に、

「どうか下山して姫に会ってください」

と取りなしを願ったが、僧都は忙しい。にわかには、こんな役目に応じにくいし、薫も無理強いはできない。

「さしあたっては、むつかしい。そこまで事情がわかっているのなら、ご自身で行かれたらいかがですか」

薫はいったん退いたが、連れて来た供人の中に浮舟の父ちがいの弟・小君《こぎみ》がいて

（薫が面倒を見てやっていたのだ）

「では、これを使いにやりましょう。どうか手紙を書いてください。〝あなたを探している人がいます〟と、それだけをしたためてください」

しかし僧都としては、一度出家させた女に、みずからこんな橋渡しをするのはためらわれてしまう。渋っていたが、薫はなおもひたすらに、

「恥ずかしいことですが、なんで私が仏の道に背くことをいたしましょうか。私自身、若いころより出家を願っておりました。いたずらにその姫君の道心を妨げたりはいたしません。ただ母御の気持を思って、消息をあきらかにしたいだけです。まず弟を使いにやって……」

結局、僧都は頷《うなず》いて短い手紙を書き小君に託した。偉い僧都にとっても薫の権威はないがしろにしにくいし、また人情においてもほだされるものがあったからだろう。

が、それとはべつに私見を述べれば、これこそが薫のビヘイビアなのだ。もし匂宮であったならば、すぐさま小野の山荘に踏み込んで浮舟をさらい、執拗に愛を訴え、強引に浮舟を還俗《げんぞく》させようとしたのではあるまいか。薫にはそれができない。彼は良識の人であり、紳士であり、仏道への敬いも真実深いのである。ゆっくりとルールに従って……少しじれったい。

小君は常陸介の子で、幼いころ浮舟にはかわいがられていたこともあって、重い役目を背負って小野へ行かねばならない。途中までは薫といっしょだった。

その行列が夜の山を縫い、灯を連ねて行くのを小野の山荘では、

「源氏の大将が僧都のところへ行かれたとか」

「大将殿って、帝の女二の宮の婿君《むこぎみ》でしょ」

妹尼たちが話しているのを聞いて浮舟の心中は複雑だ。薫が宇治へ渡って来たころの様子が思い出されて懐《なつか》しい。胸騒ぎも激しい。

薫はいったん館へ帰り、それから小君を送った。

「しばらくはだれにも話すな。母君にも黙ってな。むこうは、だれにも知られたくないと願っているのだ、下手をすると台なしになるからな」

「はい」

小君の持参した手紙とはべつに小野の山荘にはもう一通、僧都からも〝よろしく〟という手紙が届けられていた。妹尼は驚き、喜び、

「なにをお隠しになるのですか」

と、小君を浮舟に会わせようとするが、浮舟はためらい、肯《がえん》じない。僧都からの手紙は薫との再会を勧め〝一日でも出家した功徳《くどく》は計り知れないもの〟とあって、これ

は還俗をほのめかしているのではあるまいか。

御簾のあいまから見る小君は懐しいし、母親のことも思い出されてしまう。薫からの手紙もあって、筆の跡、香の芳《かぐ》わしさ、すべてが心を打つ。そこには、
法《のり》の師と　たづぬる道を　しるべにて
思はぬ山に　ふみまどふかな
仏の道の師と仰ぐ僧都を道しるべにして思いがけない山に入り込み、踏み迷っています、であり、目下の薫の率直な心境……いや、仏の道を言いながら〝あなたに会いたい〟と告げている、と見よう。因みに言えば、これは源氏物語にある七九五首のうち最後に置かれている一首、七九五番目の歌である。

妹尼からは、

「ぜひともお返事をなさいませ。失礼に当たります」

これからの生き方についても強く、まっとうな説得があったが、浮舟の心はかたくなであった。

「母が生きてるなら会いたいけど……」

薫については、

「この人には会えません。人ちがいとでも言ってください」

小君にも会おうとしなかった。

薫は今か今かと小君の帰りを待っていたが、返事はむなしかった。

――もしやだれかほかの男があの女をかくまっているのではあるまいか――

そんな疑いさえ抱いてしまう。

そして大河小説は、

〃わが御心の、思ひ寄らぬ隈《くま》なく落しおきたまへりしならひにとぞ、本にはべめる〃

つまり薫自身が浮舟を抜けめなく隠しておいた経験に習って疑念を深くした、と、本に書いてあります……と、あっけなく終わっている。

――どの本にだよ――

と問うのは素人《しろうと》のあさはかさ。これは小説家の韜晦《とうかい》だろうが、それにしても大作の大尾としては曲がない。もの足りない。未完ではないか、という説もあるが、それを言っても仕方ない。浮舟はこの先も俗世のむなしさを避けて仏の道にいそしむことをよしとするのか、あるいは薫と再会して〃めでたし、めでたし〃物語らしい結末を迎えることになるのか、二者択一のままこそ世紀を超える名作の、その作者の先見的な手法であったのかもしれない。いずれにせよこれにて源氏物語全五十四帖の終幕である。

男と女、古典と現代、それぞれのビヘイビア

島内景二

阿刀田高は短編の名手として知られるが、『源氏物語』は大長編の代名詞である。また、阿刀田は現代の小説家だが、紫式部は古代の物語作者である。「両者の相性や、いかに」というドキドキ感と期待感を胸に本書を読み始めた読者は、すぐに阿刀田マジックに引き込まれるに違いない。

二十一世紀を生きる現代人が、千年前の作品を理解するには、壁やハードルがいくつもある。それを乗り越えるため、先人たちは二つの方法のどちらかを採用してきた。一つは、現代人が過去の時代にワープして、留学生感覚で王朝人に成りきる方法。これは、古典学者の立場である。もう一つは、王朝人を現代日本へと招待して、「現代人」になってもらう方法。こちらは、さまざまな現代語訳・口語訳で試みられてきた。

ところが阿刀田高は、本書で「第三の方法」を提案している。それは、現代人が王朝人の心を理解する努力を払う一方で、王朝人にも現代社会の側へと近づいてもらう

という、「両者の歩み寄り」路線である。

本書の表紙は、姫君や女房が、スマホやタブレットで、『源氏物語』の本文を楽しんでいる絵柄である。どこかに、パソコンに向かって執筆している紫式部がいるのだろう。女房が物語本文を読み聞かせ、姫君が絵を見ながら聞くという、伝統的な絵巻物スタイルの読書形態とは大きく異なっている。『源氏物語』の世界が、現代に歩み寄ってくれた。それをにっこり笑って見守る貴公子は、光源氏なのか。いや、光源氏の心に近づいた阿刀田高その人だろう。

短編を得意とする阿刀田が「大河作品」に挑むことで、『源氏物語』の短編性が浮かび上がる。この物語はそもそも、五十四の短編の集合体だったのだ。正しくは、「後を引く短編集」だったことが、理解できる。さらに、「小説作者」の視点から、紫式部の「物語創作」の手法をあぶり出し、その長所と短所を的確に論評することで、古典の物語が一挙に現代小説に近づく。この世界に誇る古典の傑作は、ミステリーにも通じていて、読者が楽しんで読める「最良質のエンターテインメント小説」だったのである。

阿刀田は、永く直木賞の選考委員を務めた。候補作の小説作法を鋭く見抜き、ウイットとエスプリに満ちた感想を述べることで定評があった。本書は、寸鉄人を刺す、しかも遊び心に満ちた「選評」の流儀で書かれている。もちろん、阿刀田は高みに立って、『源氏物語』を審査しているのではない。本書を読んだ国文学者には肌でわかることだが、阿刀田は研究者が座右の書としている『日本古典文学全集　源氏物語(一)〜(六)』(小学館)を、本文・現代語訳のみならず、細かな「頭注」の部分まで熟読している。

『源氏物語』と阿刀田という、古典と現代の両横綱が、仕切り線を越え、互いに歩み寄ったうえで「がっぷり四つ」に組んだ。阿刀田は、無心に『源氏物語』の懐《ふところ》に飛び込もうとか、立ち会いの変化で奇襲攻撃をかけようなどとは、まったく考えない。阿刀田は『源氏物語』の力量を正確に図るため、相手の仕掛ける技のすべてを柔軟に受け止め、相手の動きに合わせて自分も動きながら、「おっ、そうきましたか」、「ほう、そこまで、やりますか」、「なるほど、たしかに」、「さすがですな」などと、適切にコメントする。

『源氏物語』に「人生」や「生き方」などの重苦しい教訓を求めてきた近代の読み方から、本書は解放されている。何とも軽やかである。私は、本書によって『源氏物語』の「ベートーベン読み」が超克され、待望久しい「モーツァルト読み」が出現したと感じた。『源氏物語』は、「古典」という重圧から解放され、本来の爽《さわ》やかな素顔を取り戻した。

本書の読者は、『源氏物語』と四つに組んで、長い取り組みを楽しんでいる阿刀田の背中に乗っかって、『源氏物語』との出会いを果たす。これが、阿刀田マジックだ。そのうち、読者は阿刀田と一体化する。光源氏や紫の上をパートナーとして、自分もワルツを踊っているような感じになる。『源氏物語』の空気を呼吸し、『源氏物語』の世界を生き始めたのだ。男と女の複雑な恋愛心理の綾《あや》が、当事者として手に取るようにわかってくる。このときめき感が、古典をブラッシュアップさせる。

『源氏物語』との大一番に際し、阿刀田が磨き上げた決め技が「ビヘイビア」である。これまで、『源氏物語』と格闘してきた人たちは、この強敵の本質を、さまざまに推し量った。「貴種流離譚《きしゅりゅうりたん》」「好色の戒め」「仏道の勧め」「政道論」「もののあはれ」「女性の苦しみ」などである。だが誰も、『源氏物語』の素顔を完全には見届けられなかった。

阿刀田は、『源氏物語』の登場人物たちのビヘイビアに注目する。それが、阿刀田本人の文学と人生に対する信念であり、ビヘイビアだからである。言い換えれば、「ビヘイビア」の領域にまで『源氏物語』を誘い出したことで、誘い出された『源氏物語』の側もまた面目を一新し、二十一世紀の大河小説として生まれ変わることができた。
「ビヘイビア（behavior）」には、振舞・品行・態度・行動様式などの意味がある。人間の品格は、人間の文化そのものである。『源氏物語』の本質を「ビヘイビア」と見抜いた阿刀田の慧眼《けいがん》は、『源氏物語』を現代の日本文化の好敵手、理想、あるいは反面教師へと変貌《へんぼう》させた。読者は、「ビヘイビア」という言葉に込められた阿刀田の批評意識を我が心として、本書を読み進めてゆく。

ビヘイビアは、人間としての「たたずまい」のことである。「たしなみ」あるいは「ギャラントリィ」、さらには「教養」とも言い換えられる。場合によっては、世間の「思惑」と戦う武器としての「心意気」が、ビヘイビアである。主要人物だけでなく、すべての登場人物が、自分だけのビヘイビアを持っている。それが周囲の人々に、感動・感謝・迷惑・困惑・悲哀・喜劇・悲劇などの波紋を広げてゆく。その種々相を精緻《せいち》に描き分けた紫式部の小説技巧を楽しみつつ、波紋の行方を見届けること。それが、『源氏物語』という大河小説の水源地から、上流、中流、下流、河口へと向かって、両岸の風景の変化を楽しみつつ、川下りの旅をすることである。すなわち、『源氏物語』を知り、『源氏物語』を生きることである。読書の時間は、「生きる喜び」や「生きる哀しみ」が生成する、かけがえのない命の時間なのだ。

かつて、カント哲学の影響もあってか、「趣味」というキーワードで、文学の本質に迫る批評がなされた時期があった。内海弘蔵《うつみこうぞう》（一八七二〜一九三五）の『徒然草』趣味論などが、その代表である。けれども、近現代の世知辛い文芸批評は、文化論としての「趣味」を片隅へと追いやり、世間有用の功利性や、社会的側面の評価へと傾斜していった。阿刀田高は、ここに『源氏物語』趣味論を引っ提げて、現代における文学観の閉塞《へいそく》を打破しようとしている。

「誠実」も、本書で何度も用いられるキーワードである。「ビヘイビア」に着目すれば、おのずと人間としての生き方の「誠実（道義・正義）」と「不誠実（そっぽう）」とが区別できるようになる。なぜならば、趣味とは、人間の生き方そのものだからである。

大河の横には、いくつもの「溜池《ためいけ》」がある。ストーリーの本流は、あくまでも光源氏の人生。その本流から離れた傍流に、末摘花《すえつむはな》や源典侍《げんのないしのすけ》など、滑稽《こっけい》にしてリアリティに富む人々が棲息《せいそく》している。これは、『源氏物語』の永い研究史で「並《なら》びの巻」と呼ばれている難解な構造論（にして成立論）を、阿刀田が平易に語り直してくれた好例である。

阿刀田は、『源氏物語』の語りの生命線である「草子地《そうしじ》」についても、その本質に触れている。「草子地」は、近代最初の文芸批評である坪内逍遙《つぼうちしょうよう》『小説神髄』でも使われた、『源氏物語』の分析用語である。簡単に言えば、ナレーションのこと。ストーリーの中に突然割って入ってきて「ツイッター」のような感想を述べているのは、作者本人なのか、編集者あるいは筆記者なのか、作中人物の一人なのか。それとも、『ちびまる子ちゃん』のような「天の声」なのか。古来、諸説が入り乱れている。阿刀田は、「詳細をもって鳴る〈日本国語大辞典〉」の説を引用することで、この部分は「作者の感想」だとして書き進める。なぜならば、『源氏物語を知っていますか』という作品は、作者である阿刀田高が直接に顔を出せる「草子地＝コメント部分」を必要としていたからである。文末の「ですね」という読者への親愛な語りかけ口調も、草子地の一環である。

　むろん、阿刀田のコメントは、「人間・阿刀田高」の本心だとは必ずしも限らない。物語作者である紫式部を、現代の小説家に転生させる手助けなのだから、あえて本心ではない「隠れ蓑《みの》」「演技」の告白も交じっていることだろう。

　そう言えば、『源氏物語』には「省略の草子地」と言って、「この話題は、以下省略します」という、描写の切り上げ宣言が、語り手によってなされることが多い。阿刀田も、「くわしくは本文をどうぞ」という省略の手法を駆使している。また、挿入する和歌がうまく詠《よ》めなかった時に、紫式部は「卑下（謙遜《けんそん》）の草子地」を連発する。阿刀田が、本書の冒頭で、難解な『源氏物語』の原文を「半分くらいわかる」ことで良しとしようと言っているのは、この「卑下＝謙遜」の草子地である。読み進めるうちに、「卑下の草子地」が実は「自信（自慢）の草子地」であった事実に気づかされる、という段取りである。

このような「草子地＝作者のツイッター」は、本書の読者を『源氏物語』の本文へと導くためだけに書かれているのではない。長編物語の枝葉を刈り込んで現代小説へと組み替える、庭師にも似た「現代小説の作法」であり「技法」なのである。

本書では、手練《てだ》れの現代小説家の手によって、千年前の物語が現代小説へと「お色直し」された。ストーリーの分岐点となる「ポイント」の箇所が残され、「くさぐさ」は思い切って省略される。これによって『源氏物語』は、身軽な現代小説となった。

現代小説に必要なものは、何と言っても「リアリティ（現実感）」。本書にしばしば顔を見せ、いつしか読者も記憶するであろう形容詞が、「つきづきしい」である。「つきづきしい」には、「似つかわしい、ふさわしい、好ましい」などの多義的な意味がある。要は、『源氏物語』のストーリーや場面設定、あるいはキャラクター描写などに現代小説に匹敵するリアリティがある場合に、阿刀田は「つきづきしい」というコメントを述べて、共感しているのである。

だが、物語には現実感のない場面もある。読者に、大河小説をまるごと共感してもらうためには、ある時は読者の批判を先取りするかのように、阿刀田が前面に出て「ここは、おかしいですね」と、紫式部や光源氏を批判する先頭にも立たねばならない。実は何と、この「批判することで、作中人物を擁護する」という小説作法も、『源氏物語』で既に紫式部が千年前に行った高等戦術である。

阿刀田は、『源氏物語』の枝葉を刈り込んで現代小説に変貌させるだけでなく、蘇《よみがえ》った物語の力を利用して、小説作法が窮屈になりつつある現代小説の行き詰まりを突破しようとしている。ほかならぬ『源氏物語』が開発していた「小説作法＝ビヘイビア」を用いて、『源氏物語』を現代化し、現代小説としての「ビヘイビア」を確立したのである。

だから、『源氏物語を知っていますか』は、古典のダイジェストではない。評論書でもない。まぎれもない現代小説である。『源氏物語』という古典が持っていた遺伝子をゲノム解析し、組み替え、新生させた古典は、楽しみながら人生の真実を教えてくれる現代小説となった。

ほんの一例だけ挙げよう。「友」に恵まれなかった光源氏にとって、紫の上は、妻であり、友(知己)であり、「すべての人」であったと語る阿刀田の現代的な見解は、現代小説家として二十一世紀に蘇った紫式部も納得するだろう。そういう紫式部の現代小説家としてのビヘイビアを、彼女を蘇生《そせい》させた阿刀田高がにっこり笑って満足げに眺めている。

紫式部と阿刀田高とが一心同体となった共著『源氏物語を知っていますか』は、宇《う》治十帖《じじゅうじょう》に入って、さらに面白さを加速する。大河小説の唐突な終わりは、成功なのか失敗なのか。それは本書を読んでのお楽しみであり、判断は読者に委《ゆだ》ねられている。ということで、私も今は「省略の草子地」で締めくるとしよう。

(二〇一五年一〇月、国文学者)

本書で引用した原文は『日本古典文学全集　源氏物語（一）～（六）』（小学館）に拠ります。

この作品は平成二十五年一月新潮社より刊行された。

源《げん》氏《じ》物語《ものがたり》を知《し》っていますか

新潮文庫　あ－7－39

平成二十七年十二月一日発行
令和六年十一月十五日五刷

著者　阿《あ》刀《とう》田《だ》高《たかし》

発行者　佐藤隆信
発行所　株式会社新潮社
郵便番号　一六二―八七一一
東京都新宿区矢来町七一
電話　編集部(〇三)三二六六―五四四〇
読者係(〇三)三二六六―五一一一
https://www.shinchosha.co.jp

価格はカバーに表示してあります。

乱丁・落丁本は、ご面倒ですが小社読者係宛ご送付ください。送料小社負担にてお取替えいたします。

印刷・大日本印刷株式会社　製本・株式会社大進堂

ISBN978-4-10-125539-2 C0195